U0527026

[英] 约翰·鲁思文 著
(John Ruthven)

汪疆玮 译

客厅里的鲸鱼

THE
WHALE
IN THE
LIVING
ROOM

西苑出版社 XIYUAN PUBLISHING HOUSE
金城出版社 GOLD WALL PRESS

中国·北京

THE WHALE IN THE LIVING ROOM: A WILDLIFE DOCUMENTARY MAKER'S UNIQUE VIEW OF THE SEA by JOHN RUTHVEN
Copyright: © 2021 BY JOHN RUTHVEN
This edition arranged with RUPERT CREW LIMITED
through BIG APPLE AGENCY, LABUAN, MALAYSIA.
Simplified Chinese edition copyright:
2025 Xiyuan Publishing House Co.,Ltd., an imprint of Gold Wall Press Co., Ltd
All rights reserved.

图书在版编目（CIP）数据

客厅里的鲸鱼 /（英）约翰·鲁思文（John Ruthven）著；汪疆玮译. -- 北京：西苑出版社有限公司：金城出版社有限公司，2025. 4. -- ISBN 978-7-5151-0935-0

Ⅰ. I561.65

中国国家版本馆 CIP 数据核字第 20244HD595 号

客厅里的鲸鱼

著　　者	[英] 约翰·鲁思文（John Ruthven）
译　　者	汪疆玮
责任编辑	许　姗
责任校对	汪昊宇
责任印制	李仕杰
开　　本	880 毫米 ×1230 毫米　1/32
印　　张	10.5
字　　数	266 千字
版　　次	2025 年 4 月第 1 版
印　　次	2025 年 4 月第 1 次印刷
印　　刷	鑫艺佳利（天津）印装有限公司
书　　号	ISBN 978-7-5151-0935-0
定　　价	78.00 元

出版发行	西苑出版社有限公司　金城出版社有限公司
	北京市朝阳区利泽东二路 3 号　邮编：100102
发 行 部	(010) 84254364
编 辑 部	(010) 64214534
总 编 室	(010) 88636419
电子邮箱	xiyuanpub@163.com
法律顾问	北京植德律师事务所 17600603461

目　录

写在前面　　　　　　　　　　　　　　　　　001

深蓝之域，无尽之水　　　　　　　　　　　　003

丈量海洋　　　　　　　　　　　　　　　　　019

维多利亚时代的蓝色星球　　　　　　　　　　032

寻宝游戏：探索未知的乐趣　　　　　　　　　045

吞噬鳗：神奇的海洋生物　　　　　　　　　　053

咸水之乡：色彩纷呈的神秘海洋　　　　　　　063

意外的鲸鱼骑手：与鲸类的近距离接触　　　　070

棕色星球：海岸地带的生命　　　　　　　　　081

与海狗同游：在海带森林中拍摄海豹　　　　　103

绿色星球：海洋森林　　　　　　　　　　　　123

海岛——冒出头的海底山脉：公海上的重要小岛	146
在发光的星球中寻找巨型乌贼：那些夜晚在海水里闪耀的生物	210
蓝海中的蓝鲸：拍摄地球上最大的动物	231
蓝鲸2：与大卫·爱登堡一同拍摄蓝鲸	262
红色和橙色的海：珊瑚奇迹	271
清洁海洋：海洋垃圾	304
致谢	327

写在前面

第一眼看到这本书,可能会让您产生有关海里的鲸以及家里的客厅的联想。但事实上,这本书花了更多的笔墨在鲸身上,而非客厅里的精美装潢,或是在您家客厅的电视机上播放的有关鲸或其他海洋生物的纪录片。也许在您家的卧室、厨房或者其他地方都可能挂着电视,但我始终认为客厅才是电视机最好的归宿。当然,这本书的意义远不止如此。它实际上讲述了一个如何才能更好地了解我们的家园的故事。这里的"家园"指的是所有生物的家——整个地球,尤其是人类不常涉足,却是这颗蓝色星球上最美妙且罕见的湛蓝水域。

我对鲸的喜爱丝毫不亚于对威尔士这片土地的热爱。我本人是在威尔士北部的一个古老农场长大的。童年时期,我总爱领着家里的牧羊犬,或是在植被茂盛的田野里漫步,或是沿着长长的树篱探索,抑或是在长满蓝铃花的森林里探险。我曾在神秘的小池塘边发现蝾螈的身影,也曾在废弃的铅矿遗址中的裸露页岩层中寻找化石的踪迹。只需敲开厚重得可怕的表层岩石,就能发现埋藏其中的银灰色的铅矿石。这一切都使得年少的我萌生出对自然世界的浓厚

客厅里的鲸鱼

兴趣。我意识到，大自然中所蕴含的奥秘远远不止人类所熟悉的小猫、小狗。好奇心驱使着我去寻找有别于日常生活的另一个生物世界。那些陌生的生物事实上就是构成生命世界的另一些拼图碎片，等着人类将它拼接完成。当然在这个过程中我们时刻能感觉到自己认知的局限。

如果一头鲸出现在您家的客厅，它庞大的身躯大概会占据整个客厅，顺带将您家的厨房都给堵得结结实实，长长的尾巴也会因为空间局促而在您家的楼梯上不舒服地弯曲着。如果您家是起居卧室一体的小套间或者是小公寓，那么体形庞大的鲸没准会将大门都给堵住。当然这里我们谈论的是正常尺寸下的鲸和客厅。如果您住在郊区的大别墅，那么您可能需要一条体形更大的鲸才能达到同样的效果。而对于世界上体形最大的蓝鲸来说，哪怕是世界上面积最大的客厅，想必也无法容纳它那庞大的身躯。

从某种意义上说，"客厅里的鲸鱼"与"房间里的大象"的意义极为相近。在繁忙的日常生活中，我们偶尔也应该将注意力停留在我们面前的电视节目，感受一下深海中的鲸是如何耐心地等待着我们的关注和爱。

深蓝之域，无尽之水

你是否有过深潜的经历？环绕在你身边的水是如此清澈，如此湛蓝迷人……但如果你此刻身处水深超过3千米的深海之中，又会有什么样的感觉？在游泳池里游泳，与漂浮在深色的海洋表面又会有什么区别——水同样只浸没了你的肩膀。不同的是，当你身处深海的怀抱，仿佛能体会到一种令人心悸的清晰感。周遭的一切是那么安静，但你的耳边仿佛又激荡着地球母亲的心跳声。

我身边的潜水电脑发出了急促的警报声：43米……44米……45米——甚至超过了水肺潜水员的极限安全深度。我就像一只介形虫，倒着翻跟头——介形虫是一种超乎我们想象的生活在深海的奇特生物。我已经分辨不出自己是在上升还是下降，像是一个迷失在太空中的宇航员一样，做着自由运动。这时我发现了我的潜水伙伴迈克，他正在我的上方。他身体的轮廓倒映在水中，在浑然一体的海水中给了我一个明确的参照点。我冲着自己身旁的浮力调整器吹了一口气，开始缓缓地上浮。这不禁让我回想起在幼年时期曾经将一个浮沉子*装

---

* 又名笛卡儿潜水器，是由法国科学家笛卡儿发明的，用以演示液体浮力、气体具有可压缩性以及液体对压强的传递。——译者注（后文如无特殊说明，均为译者注。）

进玻璃瓶的场景。只要将玻璃瓶内的浮力调整恰当,然后轻轻按压瓶口的木塞,里面的浮沉子就会下沉。如果你向外拉动木塞,浮沉子就会上浮。这一切都与位于浮沉子内部的空气所受到的挤压和膨胀作用有关。此时的我恰如那个小小的浮沉子模型般无助,如果当年的它也有我此刻的情绪波动的话。不过我并没有被装进一个巨大的玻璃瓶,我周围是数以亿吨计的深蓝色海水。我想,海水的盐分浓度应该与我的体液浓度差不多吧?实际上,海水的盐分浓度大约是人类血液的三到四倍,但我们并不能因此否认生命起源于海洋的事实。此时,我寻找着那艘正在朝着我们驶来的深潜器。

约翰逊海洋链接深潜器是20世纪发明的众多默默无闻的技术奇迹之一,其重要性甚至可以与"阿波罗"号飞船或者传真机相提并论。唯一的遗憾是它的内部空间里没能设置厕所——毕竟船体空间有限,只能允许四个人以固定的姿势乘坐。它就这么突然在我的身体下方出现,并如蒸汽机一般吹出许多气泡。在它反光的主座舱的亚克力球体上甚至还安着一块火车铭牌——"港口分局"。当然不用我们说你也知道,这艘小深潜器通体橙黄*。迈克冲着深潜器打着简单的手势,示意深潜器从他身边驶过。当迈克在给深潜器拍照时,我则以旁观者的身份进行着一场难得的幕后记录。深潜器慢悠悠地从我们的下方驶过,我能清晰地看到它的顶板,以及顶板内部缓慢转动的垂直推进器。随后深潜器清空了空气舱内的气体,逐渐下沉并离开了我们的视线。我们不清楚它潜到了多深的地方,但我们坚信它会在我们的视线之外重新浮出水面。果然,不一会儿,我们就发现深潜器伴随着一串串银镜般的气泡再次出现在我们身旁。

---

* 橙黄色在蓝色海水中更容易被识别。

那是1999年6月，我们在距离美国新奥尔良市附近的弗尔雄港约300英里（1英里等于1.6093千米）的墨西哥湾深海里，拍摄《蓝色星球》系列深海节目的首幕场景。

这些天我一直在想，健康与安全部门的工作人员是否会允许一个纪录片摄制组在距离海岸几英里远，深度超过2英里的陌生海域开展深潜拍摄工作，还得冒着可能被重达12吨的黄色钢铁碾过，或是被潜艇推进器击伤的巨大风险。不过上述危险与自由自在地沉浸在浩瀚无垠的海洋之中，亲自感受着一波又一波激荡的海水相比，就显得不值一提了。

钻进深潜器内部的体验则截然不同。在我们与深潜器初次相遇的几天后，我有幸进入深潜器内舱，体验了一把不一样的深潜探险。不用我说想必你们也能想到，空间逼仄的深潜器内部会给人一种幽闭感，加之对重回那片全世界最辽阔的深海世界的期待，作为深潜新手的我的心情无比复杂。我平躺在深潜器的后舱，这是我唯一可以维持的姿势，因为舱内空间受限，我无法站起来，甚至无法跪在铺了垫子的舱板上。我可以通过位于身体右侧的窗口观察外部的情况，在我头顶的正上方还安置着一块屏幕，上面有实时数据传送。前方与我隔开的舱室里坐着迈克和深潜器驾驶员，迈克需要在那里负责控制主摄像机拍摄。有趣的是，深潜器工作人员给后舱取了个"棺材"的绰号，他们正在兴高采烈地讲述几年前这个深潜器发生过的唯一一起致命的安全事故，并导致整个深潜器的安全系统换新的故事。不管怎么说，此时的我依然沉浸在兴奋之中，完全没有因此产生一丝焦虑的情绪。

深潜之前的"安全检查"由跟我一起坐在后舱的技术人员负

责。他正用一连串技术术语与驾驶员核实深潜器的各项系统是否正常运转："舱口安全……仪表盘开启并检查……洗涤器检查……氧气流量调节正常……灯光正常……一切准备就绪！我们准备下潜。"

此时的海面上，潜水作业总监正守在爱德文·林克科考船（RV Edwin Link）后甲板的绞盘旁边，全神贯注地等待着深潜器驾驶员的信号，完全没有注意站在舰桥上的船长。

对讲机里传来一个微弱的声音："我们准备深潜了！"

"收到！起重臂即将到达最大伸距。"潜水总监一动不动地盯着深潜器，看着它一点点从后甲板上升起。

深潜器被挂在船尾的A形架上，仅靠一根巨大的缆绳连接。这是一个巨大的可移动的龙门架，大致呈三角形，与支撑横梁一起组成了一个巨型的A字，方便船只在海浪中安全平稳地移动深潜器等重物。总的来说，这一系列操作流程的安全系数很高，但是在实际操作过程中仍需非常小心地关注并正确判断海况变化。后来有一次，我曾目睹一艘吨位小一些的船只在辅助另一只深潜队的过程中因误判暴风雨而发生意外。悬挂在半空中的深潜器在狂风暴雨中剧烈摇摆，最终将固定缆绳给扯断，原本挂在A型架上的深潜器就如同古罗马时代的攻城弹丸一样，以惊人的速度落入大海。

此时我们的A形架拖动着深潜器来到距离船尾大约5米的位置。潜水总监最后看了一眼海面的情况，然后继续与深潜器驾驶员二重唱。

"解除锁扣！"

"收到！出发！"

很快深潜器就移动到了水面正上方。当你亲自观赏到"半天半水"的场景（视角上方是海面上的天空而视角下方已经被海水浸没），看着眼前的整个世界仿佛沿着透明球体舱的中线被整齐地分割成两半时，你就会领略到下潜的奇妙之处。随着深潜器慢慢进入水中，我们开始感受到海面的颠簸起伏。但总的来说，这比我预料的要舒服多了。

"密封确认！"

"密封确认！"

深潜器缓缓没入水中，头顶的缆绳因失去深潜器的重力而变得松弛下来。我们真实感受到了波浪的起伏。很幸运，我们的深潜器并没有漏水。

"断开绳索！"

"收到！断开！"

深潜器操作员先是解开了A形架的绳索。当他再次确认深潜器运行正常时，就解开了第二根备用拖缆。深潜器与母船彻底断开了连接。

深潜器先是在水面上盘旋了一会儿，然后就下潜入水了。这场景让我不由得想到了鲸鱼，大概这就是它们下潜时的感受吧！至少我所熟悉的座头鲸、蓝鲸或者是深潜抹香鲸应该如此。

耳边传来了与母船对接的细碎的声音——"你可以自由安全地下潜了！""收到！开始下潜！"伴随着一阵阵气泡，我们离开了海面，乘坐着另类的水下电梯，朝着脚下的深渊出发。

丹·博格斯和迈克一起，坐在我前方的驾驶舱里。他是从当地的报纸上了解到这份工作，并顺利地成为一位深潜驾驶员，真是一条不寻常的求职道路。"我曾在美国空军服役了6年，"他对我说，

"退役回家之后,就在劳德代尔堡-迈阿密一带(美国佛罗里达州东南部地区)的滨海购物中心工作。很快我就厌倦了这种枯燥的半郊区生活。有一天,我被Vero杂志(*Vero Press Journal*)上一条不同寻常的广告吸引了,'诚招经验丰富的深潜器电子技术员。每年3—6个月的工作时间,主要负责海上作业,以及培训深潜器船员。希望有军事经验背景'。"

那个周日晚上,美国公共电视网(PBS)正在转播英国广播公司(BBC)出品的,由大卫·爱登堡(David Attenborough)于1986年主持的关于港口分局海洋学研究所(Harbor Branch Oceanographic Institute)的特别节目。丹盯着屏幕一动不动,因为他问遍了他的朋友们,却没能找到一点点关于这家研究所的信息,而这档节目就是他面试前能做的唯一准备了。在不经意间,大卫爵士又一次改变了一个人的生活轨迹。

"周一我就给研究所办公室打了电话,"丹继续说道,"我的面试官是吉姆·苏利文,那家伙总是把'人生的成功取决于你的备用计划'这句话挂在嘴边。他当时是深潜器电子部主管,也曾是空军飞行员,所以他很清楚我的工作背景符合要求。吉姆说他正准备开启一段为期40天的加勒比海之旅,从圣托马斯岛出发前往圣卢西亚。我并没有被这个消息给吓到。我设法记下了其中一些细节,比方说我们会在马提尼克岛和瓜德罗普岛停留时接种疫苗,办理签证。两周之后,我成了港口分局最年轻的深潜器驾驶员。"

说到这里,想必读者朋友们会好奇,要如何才能成为一名科考深潜器驾驶员。

港口分局海洋研究所是一家位于佛罗里达州中北部海岸的海洋

研究机构，办公地点坐落在印第安河的一条分支河流附近。它最初是由强生公司资助的——这家制药公司最出名的产品应该是婴儿爽身粉。研究所的创始人之一，爱德文·林克（Edwin Link）是著名的飞机工程师，也是约翰逊海洋链接深潜器（双壳深潜器以及回收船）的设计师。

我们缓缓下潜，周围海水的颜色也越来越暗，伴随着斑驳的光影呈现深浅不一的蓝色。深度计的计量单位是英尺，这个单位对于欧洲人来说更有一种戏剧性的享受，毕竟相同深度下"英尺"的数值要比"米"大许多。在600英尺（1英尺等于0.3048米）的深度时，我还能依稀分辨出海面上透下的些许亮光，但已经被一层朦胧的蓝色雾气给笼罩了。我们马上就将越过透光层[*]，进入永恒的黑暗世界。

潜水深度达到1200英尺时，周围已经是一片漆黑。不——等一下——有一个闪光点。那是什么？我的眼睛紧紧盯着漆黑的窗外。有一些白色的颗粒从窗外划过，就好像窗外在下雪。又出现了……还有蓝色的光点！显然，我们遇到了深海的原住民，它们正因我们这一群不速之客的到来而惊慌失措，有些生物没准一边心生抱怨，一边发出恼人的蓝色生物光。从深潜器内部向外看去，仿佛是在欣赏一场烟花表演。在这片深水世界中，撞到任何东西都应该是一件怪事儿。

"太空极广极大，你无法想象它有多么浩瀚无垠。我的意思是，也许你会觉得从你家里到楼下药店的距离已经很远了，但这与太空相比简直无足轻重。"此时的我不由想起了道格拉斯·亚当斯

---

[*] 指海水表层能被阳光照亮的区域，深度大约200米。

（Douglas Adams）在他的著作《银河系漫游指南》（*The Hitchhiker's Guide to the Galaxy*）中的这句描述。在继续深潜的过程中，我暗自发笑，道格拉斯对太空的描述恰如此时我对深海的感受。也许你会问，大海如何能够与宇宙相比呢？从某个角度看，如果我们考虑到这颗星球上独有的存在——生命，那这一比喻就显得恰如其分了。海洋是地球上最大的宜居空间，其孕育的生命的丰富程度远超我们的想象。全球海洋的平均深度大约是3.5公里，覆盖了约四分之三的地表面积，这些都是我们耳熟能详的基础知识。

然而，最重要的是那些经常被忽视的渺小的存在：微生物。它们的数量只能通过估算得到——不然我们还有什么办法——海洋中大约有44千秭（Octillion）个单细胞生物。千秭这个单位代表着10的27次幂。这个数量级虽然远不及古戈尔（Googol，指10的100次幂），但依然是目前人类能观察到的星球总数的一万倍。这个数字还不包括体形稍大一些的浮游生物、成群出现的藻类、小虾等桡足类动物，以及生活在这个巨大的三维世界里的鱼类、螃蟹、藤壶和水母等生物的卵、幼虫和幼体生物。

此时我正与约翰逊海洋链接深潜器里的同事们一起坠入"暮光带"。用严谨的科学用语来说，深海中的这一层被称为中层带。如果你是个音乐爱好者，那么这个名字也许会让你感到困惑，因为这恰好与钢琴的某个琴键的名字重合（Middle sea与Middle C的谐音梗：C4键即五线谱大谱表最中间的音值），不过也正如它的字面意思：中层带恰好位于表层海洋和深层海床之间，只不过"恰好"两字并不意味着它可有可无。实际上，中层带是全世界地位最重要、空间最广阔——当然也是历来最被人们所忽视的——生物栖息地。全世界大约95%的鱼类生活在中层带。琵琶鱼、龙牙鱼、尖牙鱼等相貌恐怖的鱼类都生活在中层带，它们共同的特点就是有着大到合不拢嘴的牙齿。我想，当你意识到它们不过只有你的巴掌大小的时候，才会收敛几分对它们的恐惧吧。除此之外，中层带还生活着许多相貌丑陋的生物，像是宽咽鳗、幽灵鱼、海猪以及吸血墨鱼。不过这是它们在黑暗、寒冷、高压的水环境下生存所需要付出的代价，我觉得它们各有各的美丽。如果没有深潜器，人类在这样的环境下就是死路一条。我敢打赌，在这些奇怪的生物眼中，人类的样子也是很奇怪的。这其中的很多生物出现在地球上的年代要比人类早得多，也比人类更适合作为地球生命的代表。

到了海下1800英尺深时，深潜器的灯光已经能够在海床上形成反射。这里笼罩着一层轻薄的雾气——可能是因为深潜器的引擎搅动了海底的细小沉积物。一簇簇的管虫（Tubeworm）在海底摇摆，就好像是雪白色沙漠中翻滚的风滚草，这场景颇有种美国西部大片的感觉。我们的深潜器驾驶员丹·博格斯将深潜器开到距离海床只有几英尺的高度。当我们穿越那一层"灌木"的时候，我发现它们并没有"翻滚"，而是牢牢地扎根在海底。它们属于冷泉（Cold-seep，指海底天然气渗漏）管虫的一种，和我们平常所熟悉的管虫并不相似。

这些管虫需要食物，但遗憾的是，它们并没有进化出完整的口腔、肠道和肛门，这些器官扎堆在一块，共同组成了管子里的一个囊。不过，在细菌这个媒介的帮助下，它们可以将海底渗出的带有臭鸡蛋味的硫化氢分解，并从中汲取生存所需的养分。海底居然会有硫化物、石油或是甲烷渗出，这种事情对我们来说仿佛是天方夜谭，但在墨西哥湾海底，这却是稀松平常的事情。这种现象被称为"冷泉渗漏"，因为这周围并没有高温火山作用的痕迹。似乎是为了证明这一点,丹操作着深潜器停在了原地,并用它螃蟹钳子般的金属操作臂探进了海床表面。一串串气泡从操作臂的位置冒出来,仿佛操作臂正在切入一团黄色的切达干酪(Cheddar cheese)。后来我们才知道,这是一种名叫甲烷水合物的物质,是甲烷气体在海底高压低温的环境中冻结的产物,也被称为"可燃冰"。有的国家尝试将其提取作为燃料。虽然这是一种相对清洁的碳燃料,但甲烷和其燃烧形成的产物(二氧化碳)却是影响气候变化的重要因素。

管虫丛普遍都能长成庞然大物,有些甚至能长到大约3米那么高。它们所处的环境对人类来说简直就是一杯剧毒的鸡尾酒,但管虫却能在细菌伙伴的帮助下茁壮成长。它们那扭曲的管状身体也能为细菌提供庇护所。通过给管虫涂上特殊的颜料,可以发现它们的生长速度极为缓慢,有些寿命甚至已经超过200年。在这个没有阳光的海底世界,这些动物表现得就好像是扎根于此的植物,利用海底的化学能量来组成自己的身体。它们是这个地球上最古老的物种之一。我感觉自己对自然界的认知体系再一次产生裂痕,但我那日益增长的好奇心却因为这种奇怪的物种而感到满足。

迈克·德格鲁伊是坐在前舱的摄影师。这是个不同凡响的人物,他热爱海洋,热爱电影,热爱研究,十分博学。他年纪轻轻却一头白发,但这并不影响他拥有一颗既能掌控全局又不放过任何细节的大脑。他可以一边思考海洋对地球上的生命的意义,一边考究某一张野生动物镜头架构的细节。早前在海面上的时候,他还挑剔过我们乘坐的深潜器前部的照明大灯,惹得好几个科研人员很不高兴。关于这一点我必须要说,虽然每个人发脾气的阈值都不相同,但和气一些总是不会错的。

在海水中拍摄可不是个轻松的活计。首先要遵循的一条规则,尽可能地靠近你的拍摄对象，这样就能将海水的影响降到最低。第二条规则与光线有关，如果周围的光照过于强烈，那么海水中的悬浮颗粒就会产生强烈的反射作用，给人一种在雾气中前进的错觉。所以当你的拍摄角度恰好与光线平行时，镜头的能见度反而会大幅下降，这就是水下摄影所谓的"反向散射"现象。正确的做法是将相机和射灯保持一个偏向角，很大程度上就能避免上述现象的发生。因为这样一来，相机拍摄角度正前方的细小粒子就不会被射灯直接照亮，而会通过光线的漫散射提供足够的亮度。这就是迈克先前试图"摆弄"深潜器的射灯，确保其与相机之间的角度合适的用意。事实证明这是很有必要的。

我躺在深潜器的后舱，看着眼前这片完全陌生的风景，突然感觉到一丝寒意。此时的我们与海面上那有着灿烂阳光的精彩世界相隔甚远，也许还会有迷失方向的危险。这时我突然被迈克摄像机显示器上出现的东西吓了一跳——当你沉浸于某种思绪时，总是会突然出现某种荒诞怪异的东西——只不过这一次，出现的东西的确只能用"荒诞怪异"来形容了。摄像机恰好对准了一只巨型管虫的开口处，初看就好像是一根漆黑的管子。突然，"管子"里开出了一朵花，一朵美丽的深红色的花。这情形就好像是魔术师突然从袖子里抽出了一束红色的羽毛。这些行为举止都酷似植物的动物居然还会"开花"。

通过深潜器发现的这些管状蠕虫称得上是海洋生物学有史以来最伟大的发现之一。但随着我们对海洋的了解与日俱增，所面临的困惑和难题也越来越多了。这种酷似羽毛的"花"是如何做到精确地开放，而且每一次开放的方式都近乎完全相同？如果周围有螃蟹等动物正在虎视眈眈，想要啃食它们时，它们还懂得马上缩回去，

013

它们是如何依靠那少得可怜的神经细胞完成这样的动作？它们那定居在浅水区的亲戚倒是在羽毛般的触须上发育进化出了具有感光功能的"眼睛"，确保头顶出现有威胁的阴影时能及时地合上"羽毛"，难道生活在黑暗中的管虫也有这样的能力？

它们的近亲生活在世界各地的海洋花园之中，其中最为壮观的族群生长在奥本市北部的苏格兰湖。在那里，这些管虫带着束腰的躯体老化成礁石，形成足球场大小。管虫们身穿红白相间的羽毛，斜斜地站在海底体育场上，为这座海底城市里的居民——螃蟹、海星、蜗牛和扁虾——提供栖息地。苏格兰湖里的淡水管虫以碎屑为食，但我们在海底冷泉区附近见到的管虫却是以剧毒的硫化物为食。这种食物对于大多数动物来说都是致命的毒药。

海底管虫那血红色的触手，以及其特殊的根部会将硫化物吸收，并通过血液将其输送到体内的共生细菌处，在那里将其转化成管虫可以吸收的养分。有些观点认为，这种演化来的与细菌的共生合作关系首先能使管虫免受硫化物的侵害，随后才是利用这些细菌来实现这种类型管虫的独特的竞争优势，毕竟不是所有的管虫都有能力将硫化物通过"血液"输送并将其转化为食物。40年前，我们甚至都不知道有这样的冷泉管虫的存在。之后人们哪怕是意识到了它们的存在，也不得不承认，冷泉管虫就好像大多数海洋生物一样，越是深入研究它们，就越能察觉到它们的神秘和特殊。

丹巧妙地操纵着深潜器，使其平缓地在海床上方前行，那架势仿佛是在操纵一艘气垫船，更准确地说是一张魔毯。深潜器缓缓地在管虫丛上方滑行，我们仿佛身处一个没有重力的世界。整整两小时，我们在这片深海海域中缓慢前行，幻想着周围可能有鲸的骨架或者是沉没的船只，但给我的感觉却好像只过去了几分钟。人们普遍认为，这是当年终结恐龙时代的那颗巨型小行星的安息之地。这颗巨大的陨石于6500万年前坠落在墨西哥湾的右下角，靠近尤卡坦半岛的希克苏鲁伯（Chicxulub，在玛雅语中意为"恶魔的尾巴"）。先前我一直以为，正是这颗陨石造成了佛罗里达州、得克萨斯州与墨西哥周边的巨型的凹陷地貌。但实际上，墨西哥湾的历史要比这颗陨石古老得多。虽然这颗巨型太空炸弹的确使得海湾内的某些区域深度增加了几英里，但墨西哥湾本身其实是肉眼难以察觉的缓慢的板块构造运动的产物，而这一带的板块运动使得大陆分离，并已经持续了大约3亿年。

一直到侏罗纪中期——距今大约1.8亿年前——墨西哥湾还只是一片巨大的浅海区域。在漫长的地质时期中，它曾出现许多不同的海平面高度，有多次涨潮和干涸的记录。而每一次都会使得墨西哥湾底部积存起大量的盐分。今天，如果你烧干一吨来自大西洋的海水，就能获得大约56公斤的盐，当然还少不了一张巨额的电费账单。但是历史上，曾经有数万亿吨的海水在这里蒸发，以至于海湾底部的某些区域积攒起厚度超过8公里的盐层。随着墨西哥湾与大西洋的连通，海水一天天变深，底部的盐层也慢慢被海洋沉积物覆盖，但是这些浓缩的盐分依然分布在墨西哥湾的大片区域。由于盐的硬度远小于周围的岩石，因此常常受到挤压作用而向上移动，并在海底形成巨大的块状沉积。这往往是许多神奇现象的起因。

透过我所在的"棺材"（深潜器的后舱）的小舱口，我斜斜地观察着窗外。远处仿佛有一层薄薄的雾气，被深潜器的射灯给照亮了。我们继续向前。随着雾气逐渐消散，映入眼帘的应该是地球上最奇怪的栖息地——一个咸水湖。眼前的风景仿佛是被不小心放错了地方，在海底居然有这样一个湖，甚至还有铺满鹅卵石的河岸，以及波光粼粼的湖面。当我们经过湖岸边的时候，我发现那根本不是鹅卵石，而是数以百万计的大规模的贻贝。它们密密麻麻地沿着湖岸边排列，形成了长长的一条岸线。在贻贝海滩中间还可以找到大量的仿佛贫血严重的古怪螃蟹，成千上万条粉色、白色的长毛蠕虫，长相奇怪的龙虾，一头孤单的巨大木虱，以及许多我叫不上名字的生物。咸水湖上方那"升腾"的雾气实际上是溶解盐。里边颜色较深的区域会产生一种吸力，拉着你向下走；而那些混杂着沉淀物的湖水则是乳白色的，但你仍然能清楚地看到几英尺以下的情况。总的来说，咸水湖里的水就像果冻般的质地，看上去要比周围的海水更厚实、更黏重，这是因为这些水的含盐度至少是普通海水的五倍。这部分海水的密度很大，能产生的浮力也十分惊人，因此就算我们有这个想法，深潜器也无法深入。尽管如此，当丹试图操控着深潜器抬升时，推进器依然发出了一些声响。事后他才告诉我，有时他会故意将深潜器的起落橇伸进咸水湖里，这样他就能欣赏"海岸"边的浪涌。所以这才是事情的真相，对吗？

墨西哥湾的海底有不少类似这样的咸水湖。它们被称为"绝望的热浴盆"，这是因为湖水相比较周围的海水，温度和咸度都更高。也正是因为如此，许多误入其中的动物失去了生命。这不由得让我想到了洛杉矶的拉布雷亚沥青坑里出土的剑齿虎和猛犸象化石，由于身处重油环境中，这些化石都被保存得很好。我敢打赌，一定有许多古老的海洋生物的遗骸保存在海底的咸水湖里，没准有一天人们还能在里面挖出一整条巨齿鲨呢！这种巨型的食鲸鲨鱼恰好于360万年前出没在眼前这一带海域。当然，这不过是我的白日梦，虽然对于一些人来说这个梦未免有些过于可怕了。

即便如此，依然有一些强壮的鳗鱼能够经受住咸水湖的考验，至少一次能坚持几秒钟时间。《蓝色星球2》的拍摄团队刚好记录到了这一幕。根据推测，这条体形细长的杀手鳗之所以这样做，并不是出于玩闹，而是为了潜入咸水湖去寻找被咸水湖杀死的动物，吃上一顿免费的午餐。很显然，这条鳗鱼正在玩热盐浴的轮盘赌游戏，因为只要它待在咸水湖里的时间稍微长了那么一点，等待它的就是一阵痛苦的痉挛，它的身体甚至会扭成一个数字8的形状，打成一个结，看起来十分痛苦。不知道怎么的，这不由得让我回想起自己吃柠檬时被酸得浑身打战的场景，虽然我也清楚与眼前的情况相比这不过是小巫见大巫罢了。如果这条鳗鱼无法尽快脱离，它的下场就和它正在啃食的动物一样。从某种意义上说，这的确是一种"杀戮游戏"。

我们的深潜器准备上浮返航。回去的路上同样充满了乐趣。丹关掉了深潜器的射灯，方便我们欣赏比来时更加热烈的烟火表演。深潜器一路撞上了似乎心怀不满的浮游生物，使得它们加速逃离。抬头向上看，头顶上方的水仿佛越来越浅，给人一种仿佛冲向黎明的错觉。我发现自己从未有此刻这般地想念太阳。虽然海底世界十分迷人，但是我毕竟是向往光的生物。

在这艘狭窄得连厕所都没有的深潜器里挤了约6小时之后，就在我感觉自己的膀胱快要爆炸的前一刻，我们又一次浮出了水面。丹操控着这艘黄色的深潜器快速地靠近回收船。当我们看到舱外突然出现潜水员的笑脸时，一开始还挺吃惊的，但很快我们就意识到，必须有人将缆绳和深潜器固定在一起。就这样，深潜器在液压臂的帮助下，伴随着机械声和海水飞溅在甲板上的声音，最终回到了固定的停放位置。舱门刚被打开，几个人就冲着厕所跑去，那速度简直比扇贝躲避海星（它们的捕食者）的速度还要快。

这些深海盐湖最早记载在20世纪80年代的海军地质调查报告当中，属于近年来对海洋的重要发现之一。首批深海盐湖的清晰图像来源于佛罗里达州港口分局海洋研究所运营的约翰逊海洋链接深潜器。在缺少政府支持的情况下，这类机构能否正常运作完全依赖于资助人的想法。2011年，也就是在我与他们一同深潜的10年之后，港口分局失去了许多资金支持，不得不遣散了7名专门负责为两艘深潜器提供驾驶员和后勤支援的员工，其中就包括丹。这也意味着他们从1971年就启动的研究项目草草结束。深潜器被封存，他们的研究船也被售出。

　　最近我给丹打了个电话。他已经退休了，显得有些沮丧。但是当我们谈论起他当深潜器驾驶员的那些年，我明显感觉到他的声音变得洪亮了起来。他给我寄了一份自己的潜水日志，上面记录着665次深潜的经历，也意味着他曾经领略过很多其他人永远不曾见过的奇异场景。在他们探索深海的42个年头里，约翰逊海洋链接深潜器曾照亮过我们的海洋，照亮了我们星球的深处。放弃资助这类项目的事让我不禁产生了一种失落感。哪怕这些项目成本昂贵，但从另外一个角度看，我们所在这片世界需要被人们理解和认识。

丈量海洋

如果早期欧洲的探险者们能拿到一套来自"阿波罗"8号卫星拍摄的"地出"(Earthrise)照片,或者是美国国家航空航天局(NASA)于2012年拍摄的"蓝色弹珠"(Blue Marble)系列图片,想必就能免去许多的麻烦。这些照片无一不展示了广袤的太平洋在我们这颗星球上的分量,以及它本身的光辉荣耀。当我们将16世纪最早尝试从西方横渡太平洋的水手的死亡人数加起来,就大致能够了解到,这片蓝色海域的跨度是有多么惊人。在墨西哥湾的海底发现的这些飘逸的深海盐湖的精美图片已经足够让身在客厅的人们惊讶万分,但是要想拍摄到这样的场景,你必须要大致了解它们可能出现的位置。这就是为什么绘制海洋地图是最基础的工作。而绘制海洋地图的工作实际上在电视发明前许多个世纪就已经开始了。

1519年9月20日,费迪南德·麦哲伦(Ferdinand Magellan)率领一支由5艘船和270名成员组成的探险队从西班牙出发前往巴西,希望能找到一条通往香料群岛(也就是今天我们所熟知的苏门答腊岛附近)的快捷通道。在沿着海岸线向南前往智利的路上,他发现了一条连通太平洋的航道,而这无疑是欧洲航海家们的首次发现,意义非凡。麦哲伦和他的船员们本以为很快就能抵达香料群岛，但他们不知道的是，这一趟太平洋之旅才刚刚开始。对于早年间的欧洲水手来说，距离往往意味着死亡。食物和饮水的短缺只是其中一方面，毕竟哪怕是爬满蛆虫的饼干也可以下咽，但缺少一种重要的营养成分却是万万不能的。在今天的我们看来，他们没能解决好这个问题是让人十分惊讶的，但是今天的我们只能是事后诸葛亮。维生素C，这种重要的微量营养素是无法靠人体自身合成的，只能通过摄入水果和蔬菜提取。如果缺少维生素C，就很容易患上坏血病，身体组织会迅速溃烂，最终迎来万分痛苦的死亡。麦哲伦和他的船员们正试图穿越世界上面积最大的海洋，哪怕风向有利，天气晴好，也阻挡不了旅途从几天变成了几周，然后变成了好几个月。他们从南美洲出发，花了大约120天时间才抵达近8000英里开外的关岛。而这一路上他们已经损失了80名水手，相当于平均每100英里，或者每36小时都会有一个人死亡。这趟漫长的旅行带给他们难以磨灭的痛苦，但这也是首次横跨这片星球上最辽阔海域的惊世壮举。三年后，只有一艘载着18名船员的船只返航归国，一同出发的大多数人都因为缺少维生素C而死去。而麦哲伦本人，作为全世界公认的第一个环游地球的伟人，却因发生在菲律宾的麦克坦岛上的一次小规模武装冲突而失去了生命。

站在空间站远眺这一片湛蓝的海洋，与亲身体验海洋浪涛卷起的盐雾和吹过头发的海风的感觉是截然不同的。哪怕是到了今天，海洋中依然还有许许多多的秘密需要我们去发现，去理解。值得庆幸的是，这个世界上依然有致力于此的伟大探险。比方说，哈立德·本·苏丹王子以自己名字命名的海洋生命基金会（Khaled bin Sultan Living Oceans Foundatio，简称KSLOF或LOF）就是一支资助海洋科学研究的力量。基金会在过去6年时间里持续推进"全球珊瑚调查"（Global Reef Survey）项目，研究分布于世界各地的珊瑚礁。也许你要问，为什么要这样做？因为我们始终还没能完全了解我们所在的星球。和我打过交道的大部分海洋科学家都持反对生物灭绝的立场，他们一直发挥着自己的聪明才智，从人类自己手中拯救地球。珊瑚礁对他们来说是一种极为重要的指示物种，因为它们对海洋温度的变化非常敏感，这也是它们被称为"海洋中的金丝雀"的原因。珊瑚礁的生存状态是全球变暖的重要指标，预示着我们的海洋和地球都生病了。因此，监测珊瑚礁的变化就显得极为重要，但是怎么判断它们发生变化了呢？在KSLOF启动全球珊瑚调查项目之前，没有人做过全球性、标准化珊瑚调查。我和摄影师道格·艾伦受邀记录他们的工作。当你接受了拍摄世界各地珊瑚礁的任务，就意味着你也许要为此花费6年时间。而你也许会毫不犹豫地回答："好的！让我们出发！"

这句话预示着你将在海洋生命基金会的"金影"号游艇上待上好几个月。这艘66米长的游艇最初是用于捕捞金枪鱼的，而它最终成了极佳的海洋研究平台。请注意，我并没有称呼它为"研究船"，因为即使它是一艘拥有四层甲板的庞然大物，它依然只是一艘游艇，而且也只是租借给基金会使用的。"金影"号的日常工作是负责为哈立德王子的黄金舰队的两艘游艇提供服务。哈立德王子在2013年前一直担任沙特国防部长，他也是一位潜水爱好者。有一年他在澳大利亚的大堡礁潜水。不幸的是，那恰好是珊瑚礁的一个史诗级"漂白年"。由于海水过热，大堡礁的珊瑚全然褪色了。哈立德王子所到之处，珊瑚礁仿佛是一副副雪白的骨架，有些地方看着就好像是建筑废料的填埋场。珊瑚礁是由无数的小珊瑚虫建成的，而它们因过热的海水而全军覆没。被眼前的场景震撼得无以复加的哈立德王子发誓要为此做些什么，随后他就成立了以自己名字命名的海洋生命基金会。

当然，对某些人来说，以石油作为家族财富主要来源的沙特王子，居然致力于环保事业，这不免有些讽刺意味，毕竟消耗石油所产生的二氧化碳占全球碳排放量的40%左右。但是我要说的是，每个人都或多或少地和石油打交道。如果说石油公司是供应商的话，那么我们每个人都是石油的瘾君子。关键问题在于能源和资源的过度消费，而非石油供应。哪怕我们不开车，不乘坐飞机环游世界，我们仍需要在农业生产、运输业以及工业生产过程中用到这种粗糙的棕色液体。还有一种石油化工产物在我们的家里随处可见，那就是塑料制品。相信大多数人很难将石油和塑料联系到一起吧！但实际上，每当我需要长途跋涉才能完成环保类拍摄节目时，我也受困于这种"环保"和"浪费"之间的复杂关系。

当我航行在法属波利尼西亚的社会群岛和土阿莫土群岛，过着9岁时曾看过的维拉德·普莱斯的《南海历险记》中描绘的冒险生活的时候，萦绕在脑海里的就是这样的困扰。"金影"号沿着巴哈马群岛、牙买加、加拉帕戈斯群岛、汤加群岛和塔希提岛前进，探索着沿途海域的每一处珊瑚礁。每到一处，都会吸引二十多位在当地工作的海洋科学家加入。我并没有写日记的习惯，但遇到有不同寻常的情况时还是会记录下来。下面是我与KSLOF华盛顿分部合作一百多天里记录下来的一页笔记。我记得那时我们刚结束一段漫长的旅程，正在塔希提岛附近的莫雷阿岛潜水。

我坐在"海瓦"号双体船上，这会儿它正被拴在塔希提岛帕皮提港的"金影"号边上。时候尚早,而我却睡不着,因为窗外是热带常见的暴雨天气。过去的两周时间里,我一直待在"海瓦"号上,但我们今天要准备离开了。早些时候我曾看到有些人在打扫街道,还有几个摊主在码头上摆摊,那里算是一个市场。如果仔细看,会发现街上游荡着几只流浪狗,当然哪里也少不了老鼠。沿街都是挂着白色和红色彩灯的圣诞树,那是法属波利西尼亚群岛的购物中心。

昨天我们在水下有了激动人心的发现。我们的目的是寻找柠檬鲨。就在前一天,科学家兼潜水向导尼古拉斯·博雷信誓旦旦地向我们保证,柠檬鲨一定会在诱饵吸引下出现。但事实并非如此——根据他的记载,自从2008年9月24日第一次目睹这种生物后,他已经在这里坚守超过12年了。对于野生动物纪录片制作人来说,动物的回避行为算是一种职业难题,但是我们对此无能为力。所以昨天我们又去了同一个地方(在莫雷阿岛北侧的珊瑚礁外,大约15米深的地方,就在库克船长第一次登陆的海湾附近)。

我们在一个臭烘烘的金枪鱼头附近埋伏了大约30分钟,一无所获。黑鳍鲨盘旋在我们身边。它们是浅棕色的,背鳍上有一个独特的黑色标记,体长约1米。不知道怎么回事,它们总让我联想起海面上拾荒的海鸥。我几乎快要睡着了,心想着:"果然,柠檬鲨总是不上镜!"但是下一秒我们的摄像机的取景镜头就被什么东西给遮住了!一条大约3米长的柠檬鲨出现在我身前不到一臂的位置——黑鳍鲨就好像一群被猎狗驱散的母鸡。瞬间我们就被5条成年柠檬鲨包围了,它们在附近盘旋着,寻找食物的踪影。

有4条雄性柠檬鲨和1条雌性柠檬鲨。雄性柠檬鲨身上还留有交配季节的战斗所留下的伤疤。柠檬鲨与我们之前遇到过的其他类型的鲨鱼都不太一样——巨大的身躯仿佛是在宣示着此地的主权："不要招惹这些大男孩！"但这一次它们表现得十分温顺。只见它们缓缓靠近我们，然后在最后关头转身离开，向下张开的嘴巴里浅浅露出几颗牙，仿佛是在笑。雄性柠檬鲨在尾巴下方有两个"扣环"。我想，它们的确是柠檬色的，如果周围的光线再明亮一些，也许还会变成黄绿色呢！最为特别的是它们居然拥有两块背鳍。如果在水下遇到柠檬鲨，我们一般会用一个特别有意思的潜水信号表示，那就是用手用力挤压，假装自己是在用榨汁器挤一颗柠檬。

它们发现了作为诱饵的金枪鱼。几个鲨鱼脑袋猛地凑了过去，撬出一块块鱼肉，然后金枪鱼瞬间就被瓜分殆尽。当时的拍摄条件并不好——海面上有大约2米高的巨浪，因此哪怕我们身在15米深的水下，依然被海浪裹挟得起伏不定，海水也因混杂着扬起的沙子而显得浑浊不堪——幸好我们有3台摄像机同时在工作。同行的科学家拍下了两张照片，并做了记录。这真是巨大而美丽的生物！

莫雷阿岛那锯齿状的山脉同样是令人难忘的壮丽景观：火山岩上覆盖着玉石般的浅翡翠绿色的植被，就好像一头巨型黑鲨的牙齿，破开海水，从海底一直延伸出来。我们去的那个潜水点位于库克湾外侧，恰好位于整个莫雷阿岛海拔最高、风景最美的休眠火山——托希维亚火山的阴影笼罩范围。我甚至还畅想着能够穿越过去，回到英国皇家海军"决心"号战列舰甲板上。这可是赫赫有名的库克船长的座船，也是眼前这道海湾命名的由来。当然，那时的他肯定不知道海面下还有柠檬鲨的存在。事实上，最初我畅想登上的是他的第一艘船"奋进"号，但我在写下这些文字的时候才意识到，当库克船长访问莫雷阿岛的时候，应当乘坐的是他的第二艘探索船"决心"号。而这也应该是库克船长本人的第三次全球航行。

库克船长曾于1777年登陆莫雷阿岛，而今天他的英灵依然矗立于此：对于像我这样的人来说，探索海洋的动力正是建立在库克和麦哲伦等人的冒险故事之上的，世界地图的绘制也是以此为基础的。这一点不难理解：在过去500年间，从葡萄牙、西班牙再到荷兰、法国和英国，海洋霸主们引领着世界发展的潮流，并统治着全世界的大片海洋。但是站在各地"土著"的角度来说，要是有人告诉他们，"你们的存在被外来人'发现'了"，这场面难道不是有些滑稽吗？毕竟，他们一直就生活在这里，并且可能也像欧洲人那样探索了很多其他地方。事实上，早在麦哲伦开始他的探险历程的前一百年，就有一支庞大的船队从中国出发，并环游了整个世界。虽然嘉文·孟席斯在其著作《1421：中国发现世界》中提出的观点在某种程度上受到了质疑，但我并不在乎这些，因为我认为每个社会里都会有一部分渴望探索海洋的人的存在。这不过是一个渴望程度的问题，或者更准确的是，他们愿意为探索海洋冒多少险的问题。一直以来，他们都没有意识到，自己才是今天走进千家万户客厅里的海洋故事的开拓者。

时间到了晚上11点钟，我在卧室里与白宫办公厅前主任兼国防部长莱昂·帕内塔闲谈着关于"鱼和薯条"的话题。

我试图向他说明，人们可以从日常生活中了解到一些与海洋相关的事情，依靠电视节目来唤醒人类对海洋的关心是一条值得尝试的路径（是的，这是一条双向奔赴的旅程）。显然，位于加利福尼亚州蒙特雷市的这个"时光回溯"房里，还有另外14个人在聆听这场谈话。虽然这样形容带点超现实的意味，我不确定自己是否真实表达了自己的观点，"鱼和薯条"的含义没准在解释过程中有些失真，但是我最终还是在话筒中依稀听到了同意的咕哝声。

"这就是好莱坞的路数"，我想到：召集一群有本领的家伙，然后提出一个绝妙的电影创意。会谈的结论是由巴里·奥斯本做出的，他是《指环王》《黑客帝国》《水怪》等著名电影的制片人。不过最让我敬佩的是他也是《现代启示录》的制片人，而且到现在还是活蹦乱跳的。我们用好莱坞式术语来概括他的想法：《指环王》遇上了《蓝色星球》。

假设把关于海洋的神话故事，与涉及海洋动物和海洋环境的故事交织在一起……能让你联想到什么？一大堆精彩的角色，从奇奇怪怪的诸神到海洋怪物，这些都能启发人们认真思考海洋和环境保护问题。于是接下来我就被要求写一些具有测试意味的小剧本。

我写了这样一个故事：因纽特人在阿拉斯加打猎的过程中，遭遇到了比过去更频繁的摔进冰雪、摔下雪橇、摔伤雪橇犬的情况，这很可能是由于近些年来北极圈加速变暖的缘故。这种叙事方式贴近生活，但又发人深省，能让观众很好地了解到全球变暖的影响。开头的画面是一个猎人在冰天雪地中摔倒，在他的脑海里，梦到了因纽特人的海洋女神塞德娜（Sedna）。关于塞德娜的故事有许多个版本，但大多数都是关于她如何从船上掉下，然后在试图抓住船帮时失去了手指，最终坠入黑暗的深渊，就和我们可怜的因纽特猎人一样。在神话故事里，塞德娜的每一根手指都变成了海豹、海象和鲸,所以在我的故事里,我们会说到这些北极海洋常见的哺乳动物。我不记得整个故事的发展是否有回头将猎人从冰冷的死亡中解救出来。希望我们有写到这部分内容。

在另一个故事里,我讲了毛利人是如何利用长在海岸边上很高的托塔拉树(新西兰罗汉松)的树干制作独木舟。这种质地坚硬的木材非常适合制作独木舟,其中一个原因是它含有一种防海水腐蚀的化学物质——桃柁酚(Totarol)。但是要想砍下托塔拉树,就必须由巫医(毛利人中的精神领袖或治疗师)向神灵占卜,询问是否允许砍倒这棵树。如果没有经历这个重要环节,船只有可能会变回大树。在电影中,通过类似《指环王》中的CGI魔法(电脑三维动画),我们能亲眼看到这个过程的全部细节。这反过来又可以引出关于托塔拉树的悠久历史。这是一种针叶巨树,可以长到40多米高,寿命超过1000年。砍倒这棵树所需的"神灵许可"暗示着它在毛利人文化中的宝贵价值,而这一过程的重现也能唤醒大众对于自然资源的珍惜。

和许多电影或电视节目一样,这个故事最终并没有获得"绿灯",这意味着它并没有获得制作许可。(如果你想资助这部电影,那么请站出来!)但每一个想法都会催生出新的东西,最终被整合成新的作品,并在获得资金支持的条件下被拍摄出来。哪怕作品最终没有问世,也算是一种知识储备,能帮助人们更好地理解未来可能出现的新项目。对我而言,这个故事让我对以波利尼西亚人为代表的大洋洲土著的独木舟技术,以及他们在欧洲人之前是如何征服太平洋的故事充满了兴趣。

波利尼西亚人,也就是我们常说的"拉皮塔"人,是有记录以来的第一批远洋水手。大名鼎鼎的维京人与他们相比不过是一群海上初学者。今天的我们对他们所操控的船只知之甚少，因为并没有完整的实物留存下来。但是我们知道，这种令人惊叹的能够横跨太平洋的独木舟大到能允许老鼠不被发现地开启一场免费的冒险之旅，而这大概也是老鼠遍布太平洋各岛屿的奥秘所在。我们同样知道，这些船只能够容纳足以支撑长途旅行所需的食物，但又不至于在海浪的颠簸中折断或沉没。塔希提岛西部的胡阿希内岛曾经出土过保存良好的远洋独木舟碎片，证明其完整时的长度应当为72英尺左右。但科学家们估计，独木舟的最佳尺寸应当是55—60英尺之间。现今留存于世的为数不多的复制品之一就是"大角星"号独木舟，其复刻了夏威夷岛出土的独木舟模样，通体以玻璃纤维制成，长62英尺，最宽处大约18英尺。

显然，船帆是远洋航行中必不可少的物件。独木舟的船帆是一个简单的倒三角形，通常是用露兜树（Pandanus）的叶子编织而成。这是一种纤维丰富的棕榈叶，可以编织成薄毯状的船帆。对于大洋洲土著来说，他们在航海技术方面的伟大突破，就是掌握了逆风航行的技术。他们并不像后世的西方水手一样采用沉重的转向舵，而是依靠完美平衡的双桨在水中上下调整，配合船帆一起实现船只的顺风和逆风行驶，这样一来他们就免去沉在水下的转向舵所产生的额外阻力。可以说，他们所发明的一切都是为了使双船体木舟（Double-hulled canoe）能够更好地适应海洋航行。

这种灵活的船只在很多方面都要遥遥领先于欧洲人用于海洋扩张的大船，后者同样是用树木制成，但却更加笨重，还极易漏水。事实上，这一观点普遍被当时亲眼见过两种船只的欧洲船长们所认可。1686年，当时的欧洲海洋探险的先驱之一，曾担任英国海军军官的海盗威廉·丹皮尔就曾亲自体验过一种小型的独木舟：

> 我认为他们的船只是世界上最棒的。为了满足自己的兴趣,我曾试着亲自操纵测试了其中一艘的速度……我相信它可以跑出每小时24英里(约每小时38千米)的速度。看着这艘小船在另一艘船的旁边飞速前进,真是让人愉悦……印第安土著在船只操控方面的敏捷身手并不比他们建造船只的水平逊色。据说他们去30里格(大约166公里)开外的岛屿做生意,来回只需12小时不到。还有人告诉我,其中一艘船专门负责去400里格(约2222公里)外的马尼拉送货,只需要花费4天时间。[以上摘自威廉·丹皮尔所著《新环球旅行》(1697)]

粗略估算一下,丹皮尔所说的这艘船的平均航速大约是14节(1节=1.852公里/小时)。从巴布亚新几内亚出发前往复活节岛的路程相当于横跨整个大洋洲,总距离约9000英里,以这样的速度只需要不到一个月的时间。当然,船只在大海中并不能始终保持这样的速度,毕竟还有许多重要的影响因素:海风、洋流、出色的导航员,以及足够的食物和水。不过这一结论依然令人印象深刻,引得人类重新审视古老的海洋旅行。我想知道的是,波利尼西亚人是否会和当年的欧洲人一样,在长途旅行中患上坏血病。答案显然是否定的,因为他们随身携带了富含维生素的食物,如棕榈饼和发酵过的面包果,这些食物的保质期很长。要是欧洲人和大洋洲人当年能交换航海经验,那该多好啊!

人类于3500年前开始试图征服太平洋,并在短短300年内就完成了这一壮举。在精确的导航设备问世之前,这种灵活的独木舟就可以在这片2200万平方公里的宽阔水域内自由航行,并引领土著人在几乎所有的岛屿上定居,而这一切的发生甚至远远早于精确的欧式导航体系出现的年代。很显然，大洋航行并非真的需要闪闪发光的黄铜仪器，或者精确的天文钟。现代研究，如对古时航海旅程的描摹和"大角星"号独木舟复刻，表明大洋洲的土著居民仅仅依靠对恒星、洋流、风和野生动物的深入了解就足以完成远洋航行。他们甚至还用木棍和贝壳制作地图，记录洋流和风向变化。不过这些举动很可能是用于教学，而非远洋航行。

1975年，作为一项考古修复实验，波利尼西亚人的远航独木舟"大角星"号在现代科技帮助下重见天日。但当时根本不敢肯定是否有人能以传统方式操纵独木舟。幸运的是，负责这个项目的波利尼西亚航海协会（Polynesian Voyaging Society）的工作人员找到了为数不多的能帮助他们的人才。皮亚斯·毛·皮亚鲁格是来自加罗林的萨塔瓦尔岛（位于巴布亚新几内亚北部约1300公里）的密克罗尼西亚航海家。1936年，他的祖父安排年仅4岁的他学习传统的航海技术。他逐渐成长为能在星星、海浪和鸟类行为的帮助下在海上航行的大师。在他的指挥下，"大角星"号独木舟开启了许多段长途旅程，甚至包括一次夏威夷和塔希提岛之间的往返旅途——这样以传统方式进行的航行已经有500年未见了——这有力证明了在欧洲人征服海洋之前的数千年，独木舟就具备探索太平洋的能力。但是这位古稀老人的成功依赖于从小练就的高超技能，当夏威夷的现代水手们询问老人是否愿意传授这项技能时，老人说："你们？你们年纪太大了。把你们的孩子带来，我来教他们。"

尽管今天已经没有完整的航海独木舟留存下来，但近年来依然有令人兴奋的考古发现。2014年的一场暴风雨后，新西兰阿纳瓦卡的沙丘中曾出土过一艘古代独木舟的部分构件。这显然是一艘巨型独木舟，因为构件上有明显的钻孔和固定绳索的痕迹，这是用来

"缝合"甲板及两艘独木舟船体的。构件的一端还有一只形态优美的海龟浮雕。众所周知，海龟是天生的航海家，总是在辽阔的海洋中长途迁徙。它们也和水手一样，从深海到陆地，在海水和泥土之间穿梭。因此，在波利尼西亚文化中，海龟被视为引领亡魂通往彼岸的领航员。拉皮塔人流传下来的陶器上的脸谱是海龟而非人类，这恰好与一个广为流传的神话传说相契合，而这个神话传说是关于一个骑在海龟背上的人的。对我们来说，这是一个特殊而有力的象征，不仅能将600年前驾驶这艘船的古人展现在我们面前，也证明了古人对于海洋生物的观察是多么敏锐。

令人羞愧的是，几千年前的人类就开始丈量海洋，而直到200年前，关于这片湛蓝海洋的信息碎片才被粗糙地拼接成我们今天所知晓的模样。哪怕到了今天，对这一片全世界最广袤的区域（其面积大致相当于两个火星大小）的精准绘图工作（100米分辨率的精度）也并不算真正完成了。幸运的是，现在有一项名为"海床2030"（Seabed 2030）的新运动，计划在2030年前绘制出详细而完整的海底地图。

过去，海图的制作主要考虑商业用途和地缘政治，而非捕捉海洋奇观。但毕竟这些海图界定出了一个拼图的框架，帮助我们认识到这颗宝贵的含水星球的整体规模。至于海面之下到底是什么情况，哪怕是最近这些年也只有寥寥无几的人亲眼领略过，更不用说坐在客厅里对着电视了解海洋的各位了。值得注意的是，维多利亚时代（指英国维多利亚女王统治时期，一般被认为是1837年—1901年）以来，人们已经找到了让大众了解海洋的方法——这种方法的出现甚至要比电视的发明还要早许多年。

维多利亚时代的蓝色星球

如果客厅的角落里立着一块玻璃屏幕，路过客厅的人总是会被它所吸引，有些人甚至会直接坐在沙发上开始欣赏。时下其最新的款式有着极为艳丽的色彩，其屏幕分辨率也远超过4K（超高清），足以带来身临其境般的绝妙感受。此屏幕仿佛成了你通往其他世界，或者是另一种生活的窗口。今晚的电视节目单中有一档关于橘子鱼的节目，这不由得让人想起当初"先锋台"在频繁遇到技术问题导致节目停播时用作替代的金鱼图案，而这种动画技术在电视机发明之前就已然存在了。你猜怎么着，今天我们耳熟能详的水族馆早在18世纪50年代就已经出现在人类社会了。

自人类诞生以来，亲眼见识过海底景象的人寥寥无几。当时的海洋远比今天的更为"黑暗而神秘"。维多利亚时代疯狂涌现的各种发明和探索所导致的其中一个结果就是，人类有史以来第一次有机会近距离观察到海洋生物。海底的美妙景象引起了人类的兴趣，并让人类意识到，有许多非凡的生命体与人类共享着脚下的这颗星球。人类对生命的认识也因此发生了翻天覆地的变化。

19世纪的英国人萌生出了对海洋生物的浓厚兴趣，也因此涌现出了许许多多可敬的自然历史学家，多到我一时间不知道从谁说起。这种感觉就好像收音机里突然出现了一道突击测验，需要你大声说出你所有朋友的名字，但你知道你一定会漏掉一些人。既然如此，让我们从头说起……

首先，让我们为菲利普·亨利·戈斯（Philip Henry Gosse，1810—1888）欢呼，因为他几乎以一己之力，掀起了英国人民，乃至全世界人民对水族馆的热情。有人说，他是水族馆的发明者——老实说，他的确从令人尴尬的"生态缸"（Aqua-vivarium）一词中演化出了洋气的"水族馆"（Aquarium）——但自从4500年前苏门答腊人（Sumatran）首次在池塘里养鱼以来，有类似想法的人也不胜枚举。

在帮助伦敦动物园建立了全世界第一个水族馆后，戈斯出版了广受欢迎的《水族馆：揭示深海奇迹》（1854年）一书。第一个水族馆的成功使他意识到家庭水族箱会有多么受欢迎，于是他又出版了《海洋水族馆手册》（1856年），这本书详细介绍了应该如何平衡海洋动物和植物的关系，以及如何处理玻璃水箱中的水。这些畅销书之所以受人欢迎，很大一部分原因是书中的插图。这些插图都是由戈斯本人亲自绘出草图，再由当时著名的印刷公司"赫尔曼德尔&沃森"制作成精美的木版画。《水族馆》一书中只有五幅插图，而之后出版的《大英帝国动物学：英国海葵和珊瑚的历史》一书中有700幅插图。哪怕到了今天，这本书依然是英国海域常见的海葵类动物的重要参考书。

我还要郑重提到让娜·维勒普勒克斯-鲍尔，也有人称呼她让娜·鲍尔。她是一位法国裁缝，也是一位专门研究纸鹦鹉螺（Paper argonaut）——普通章鱼的近亲的自然学家。为了能解开纸鹦鹉螺是如何制作"纸状"外壳的奥秘,让娜打算更加仔细地观察这种神奇的动物。于是她先动身去了西西里岛海峡,那一片海域有大量纸鹦鹉螺出没。但事实证明,野外条件下的观察还远远不够。1832年,她灵机一动,将纸鹦鹉螺放在一个灌满海水的玻璃罐中,实现了真正地对纸鹦鹉螺的近距离观察。可惜的是,关于如何在玻璃罐里喂养纸鹦鹉螺的笔记全部丢失了。搬家公司的船只在将鲍尔一家的家当从西西里岛运往伦敦时发生了海难,所有的笔记都回归了大海的怀抱。

也许这也算是菲利普·戈斯被视为现代水族馆发明者的原因之一,但更有可能是因为他是一位伟大的通俗作家。一位与他同时代的人是这样描述戈斯的:他的笔尖可以向读者传达亲手研究鲜活的海洋动物的快乐。我们只需要记住一点,戈斯是第一个意识到"水族馆"这个名字会受大众欢迎的人。平心而论,"水族馆"这个名字也十分地简单好记。

我们还要为阿米莉亚·格里菲斯喝彩,是她引领了收集海藻以及在海边度假的时尚潮流。她和她的好朋友玛丽·怀亚特一起在托尔坎开了一家旅游主题商店。她本人还出版了两本关于海藻的书。这一系列举动开启了维多利亚时代中产阶级女性的一种流行爱好(收集海藻),部分原因是收集和压制海藻是当时主要由男性从事的海洋生物学和科学工作的一种方式。将岸边的红藻压出特定的形状,然后拍下漂亮的照片,这种娱乐消遣哪怕是到了今天,也在eBay网或Etsy手工网上占有一席之地。读者朋友们也可以自己试试:在一盘清水里铺几层厚纸,然后将海藻放在上面。将纸和海藻从水中取出,然后在海藻上面覆盖几层报纸。然后找块砖头或者其他什么重物,压在报纸上面。记得每天更换报纸,直到海藻彻底变干。

我记忆中见到的第一种海洋生物，是在北威尔士普雷斯塔廷的海滩上发现的水母。那一年我刚满8岁，母亲带着我们去那里度暑假。第一眼见到水母，我有些害怕，但又被眼前这奇妙的物种所吸引，迫切地想要弄清楚这紫色的斑点到底是个什么东西。不过沙滩上并没有太多的海洋生物，浑浊的海水也掩盖了潮汐下的动静。因此，我第一次真正意义上接触到海洋生物，应该是在雷丁大学进修动物学课程的时候。1980年的夏天，我们被派往克莱德坎布雷岛的米尔波特，那里有一座苏格兰野外科考站。

我已很难记起40年前的好友的名字。不过其中有个人，我想还是让他匿名为好。他本人是个性格活泼、热情主动的家伙，我们就称呼他"菲尔"好了。站在科考站外的码头上，你可以看清水面以下很深的地方。而在靠近海面的位置，美丽的乌鱼每天晚上都会在附近转悠，啃食着落在水面上的碎屑，或是那些距离水面太近的苏格兰蚊。如果现身的是"银色"鲻鱼，那场面可能会更好看一些，因为它们有长达2英尺的曼妙身躯，钝而细长的身体上有许多鳞片，如镜子般闪着光。菲尔全神贯注地盯着水下的鲻鱼，看着它们在水下寻找体形微小的食物，也许他就是在惊讶，那么大一条鱼居然以如此小的食物为生。不过话说回来，巨型鲸鲨和其他许多大型生物都以海洋浮游生物为食，想到这里我们也就释然了。每次鱼儿们打算冲上水面时，都先会有一团浑浊的水暴露它们的位置，随后就会有一条鱼儿跃出水面，和波光粼粼的海面交相辉映。大约30秒后，水面重归平静，只剩下一片漆黑，直到它们再次出现。

菲尔一直全神贯注地盯着水面。我注意到他的右手提着一整块红砖。他的手臂微微弯曲，并将红砖悬在水面上方几英尺的地方，仿佛时刻准备朝水下的目标猛扑过去。这是一个漫长而宁静的夏日夜晚，菲尔一动不动地坚持了好几小时，手里抓着那块砖，蓄势待发。他的全部注意力都放在海面上那一条条银色鲻鱼身上，看着它们跃出水面，就好像要进入它们的世界似的。菲尔就这样待了很长时间，直到我们一个个都失去了耐心，不再去关注他的举动。

突然，身后传来了一声巨大的水声，伴随着一声大喊，我们转过身来，看到一条巨大的银色鲻鱼在地面上扑腾。它显然是受到重击，无法回到深海了。那一刹那，我仿佛感觉自己领悟了人类自石器时代以来就掌握的生存技能。菲尔把这条大鱼捞了上来。那天晚上，雷丁大学的海洋科学老师们用这条鱼做了一道好菜，他们对此赞不绝口。每个人都品尝到了它那柔软的雪白的鱼肉，其中蕴含着新鲜海水特有的咸鲜味道，一如流经米尔波特的克莱德河的味道，让人赞叹。另外，我想说的是，这条鱼虽然是被"谋杀"的，但我们一致认为这种死法很不错。相比被渔网捕捞起来，在空气中缓缓地痛苦地窒息死亡，我敢说眼前这迅猛一击会省却鲻鱼许多痛苦。不仅如此，传统的捕捞方式只会让鱼无人知晓地默默死去，但是这条作为"被害者"的鱼我们却很熟悉。因为我们一直在观察着它那银色的舞蹈，它在水中起伏的曼妙舞姿，就如同阿瓦隆之剑的倒影。

为什么多年之后我依然对这一幕印象深刻？很大程度上是因为菲尔在捕猎时那近乎滑稽的紧张和专注，还有他那不同寻常的武器。但是我觉得，这也赤裸裸地反映了人类与海洋，与自然界的关系。填饱肚子的本能总是驱使着我们的行动，这让我们陷入困惑：人类到底是自然的保护者，还是自然的剥削者呢？神秘而美丽的大海，必须通过死亡来向我们提供食物。奥斯卡·王尔德（Oscar

Wilde）在他著名的诗篇《雷丁监狱之歌》（*The Ballard of Reading Gaol*）中写道："每个人都杀死了自己所爱。"虽然他本人可能并无这样的意思，但是我认为这句诗完美描述了我们对待自然的态度，我们会因对所爱的这个世界的所作所为而感到愧疚。

还有一次在克莱德湾，我目睹三个同伴直接从一个码头跳入海中潜泳。记得当时的我分外嫉妒，并暗自发誓一定要学会潜水，这样才能有探索海浪下隐秘世界的资格。在那之前，我只能满足于在海边的岩石潭中追逐潮水，并在潮水退去的短短时间里寻找海星和龙虾的踪迹。

在岩石潭里，我找到过一种红色的珠状海葵（*Actinia equina*，也有其他颜色）。这是一种广泛分布于英国海域的海葵，大多生活在地势较高的海岸上，能在退潮缺水的环境下存活好几小时。在戈斯的著作《大英帝国动物学：英国海葵和珊瑚的历史》中就有关于它的描述。尽管在那之后我见过许多更奇特的海葵品种，但红色珠状海葵始终是我的最爱。我们可能对它并不熟悉，但每个在海岸边散步的人都能找到这种美丽的海葵。它正是海洋世界里那不为人所知，且长相奇怪的众多生物的代表。和许多海洋生物一样，第一眼见到海葵的人很难分辨出它是一种动物还是一种植物，哪怕它的名字让人联想到一种"花朵"。事实上，海葵是一种与水母相近的动物。水母本身也存在一个被称为"水螅体"（Polyp）的发育状态，附着在海底的水螅体长相酷似海葵。当条件适合时，水螅体就能疯狂生长，并分离出成千上万只小水母，也就是我们所熟知的漂浮水母的样子。这就是水母群诞生的全过程。但话说回来，海葵并没有如浮游水母的水螅体阶段，它看上去只是呆呆地坐在原地。但事实真的如此吗？

为此我还特意做了一个动物学实验。我在珠状海葵周围画了一条黄线，尽量贴近它们但又不会碰到海葵的根部，然后就可以观察它们是否会在被潮水淹没期间移动了。当时的我不过6岁，精心挑选了一块在涨潮期间半露出水面的岩石，开始了我的实验。驱使我这样做的并非是什么诺贝尔奖，单纯是为了满足内心的好奇。我就在石头上待了6小时，等着潮水将它们淹没，然后又缓缓退去。潮水并不会等人，而我却在那里静静地等待着潮水。

果然，这些红色的小斑点移动了，有些甚至跨越了大半块岩石。也许它们是想逃离身旁那一圈黄色的涂料！但是今天，当我再次接触到关于海葵那微弱的运动天赋时，我意识到这对于与藻类共生的生物来说是很有必要的，因为海葵总是会携带着海藻去寻找阳光更充足的区域，这有助于获得更多的养分。但是，珠状海葵并没有其共生海藻，所以你会认为它们待在哪里都没什么分别，但事实上它依然还是在四处移动。也许它是为了寻找到更合适的洋流，以便于获取更多的食物；也许还有更加戏剧性的解释，那就是它需要向它的同类开战。珠状海葵顶部的红色小珠周围有192根触手，还有一圈更小一些的蓝紫色的尖刺触手，这些都是用来攻击入侵领地的其他海葵用的。只不过与人类相比，海葵和它的同类们生活在时间的"慢车道"上，两头处于竞争关系下的海葵之间的战斗只能通过延时摄影技术才能清楚地展现在我们面前。我曾经自制了一批水下延时记录装置，并将其安置在苏格兰的圣阿不思海岸附近约20米深的大丽花海葵（Dahlia anemones）周围，来捕捉它们的活动。在长达几小时的工作时间里，延时摄影装置每6秒钟拍摄一次，并支持一分钟内的回放功能，这样一来我们就可以尽情观察海葵的世界，欣赏它们进食的样子了。这种感觉很奇妙，但必须要承认，海葵的进食现场有些可怕。尽管海葵全身几乎找不到两个位置相邻的神经细胞，导致其进食速度极为缓慢，但这并不意味着它们的进食方式简单。

虽然潜水头盔和水肺等潜水道具出现的时间远比我们想象得要早，但直到20世纪40年代，雅克·库斯托的努力才使得潜水设备趋于完善。在维多利亚时代，深潜往往伴随着溺水的风险和严重的减压病。潜水设备的发展历史丰富得可以写下厚厚一本书，只不过与本书的主题相比显得极为枯燥。但在这中间我必须要提一下法国的卡玛尼奥拉兄弟在1878年设计出的早期潜水服，这简直就是硬质潜水服的杰出代表。整套潜水服看上去就好像是科幻电影里使用的道具，在道具外还套上了一层中世纪的骑士铠甲。头盔部分安置了24个独立的玻璃观察孔，其平均间距恰好与人眼的平均距离相同；整套设备还有不少于22个可滑动的关节。我敢说，如果指派一个没有一点水下工作经验的设计师，设计一套应对所有可能发生在水下突发状况的潜水服，大概就会是这个样子了。20世纪60年代，我曾在巴黎国家海事博物馆见过一张库斯托在这套潜水老古董边上骄傲地摆拍的照片。我可以发誓，他的脸上满是对这套古怪的金属潜水服的悲伤，以及他本人通过潜水服技术改进，成功地将潜水员从这种古怪设备的手中解放出来的解脱感，最起码免去了潜水员那可怕的浅滩负重。

在缺乏安全潜水设备的条件下，19世纪那些机智的博物学家们找到了将海洋生物带出水面，带到公众面前展示的其他办法。尽管他们缺乏超高清摄像设备，但我认为，与今天的同行相比，他们是更为称职的观察者。因为绘制海洋生物的图像，或者构建仿真模型，往往需要更加细致的观察，而不像今天这样简单地用相机拍摄就行了。

关于这一点,最精巧的模型来源于德累斯顿的一对玻璃工父子,1895年去世的利奥波德·布拉施卡和他的儿子、1939年去世的鲁道夫·布拉施卡。父子俩制作植物和海洋生物的玻璃模型的技艺之精湛,可以说是前无古人后无来者。父子俩的作品质量之高,细节之完美,一下子吸引了世人的目光。他们所使用的许多技法,包括首次使用丙烯酸涂料等划时代的创新,直到今天也依然是一个谜。

利奥波德早早就成了玻璃工匠。怀着对早逝父亲的悲痛和怀念,他向大自然寻求宽慰,并开始在家研究起植物素描。1853年,在他动身前往美国的旅途中,船只在大海中抛锚了约两个星期。无所事事的他只能靠着观察大海来打发无聊的时光,而最吸引他的是海洋生物在夜晚发出的奇特的光。"一个美妙的五月的夜晚",他记录下了后世定义的"生物发光现象"(Bioluminescence):

> 我们期待地凝视着漆黑的海面,海面光滑如镜。渐渐地,海面四周出现了闪光点点,就好像成千上万朵火花,汇聚在一起形成了明亮的火焰和大团的光点,酷似天空中的星星。就在我们眼前不远的地方冒出了一个小点,在一道强烈的绿光中,小点越变越大,最后成了一个明亮、闪闪发光、如太阳般的身影。

这一发现激起了他对海洋生物的兴趣。由于许多海洋生物都是透明的,利奥波德意识到玻璃是一种构建海洋生物模型的理想材料。但是和大多数人一样,在谋生的压力下他不得不专注于家族事业，也就是制造人工玻璃眼球。后来，他所制作的精妙玻璃模型引起了赞助人的兴趣，排在首位的就是卡米尔·德·洛汗王子。王子一下子就订购了一百支兰花模型作为私人收藏。德累斯顿自然历史博物馆馆长赖兴巴赫教授也在利奥波德的工坊里预定了12个海葵模型。利奥波德因此意识到，自己终于可以将兴趣爱好当成谋生的事业了。

到19世纪中期，人类还没有找到合适的保存软体海洋动物使其长时间维持形状和颜色不变的办法。当时普遍使用酒精溶液来保存标本，而这会使标本褪色并解体。这样的标本无论是作为教学用具还是向公众展示，都显得极不合适。但是，那时候的人们却对这些长相奇异、色彩艳丽的海洋生物产生了极其浓厚的兴趣，这使得利奥波德擅长的海洋生物玻璃模型业务蓬勃发展，博物馆和私人收藏家都愿意花大价钱购买。布拉施卡家族还采用了一套类似今天"亚马逊"平台的商业模式，制作了一张邮购清单，将自家生产的玻璃作品销往世界各地。这项业务极为考验他们对作品打包邮寄的功夫，因为这些玻璃模型已经不能简单地用"脆弱"来形容了。工坊对水母、章鱼和鱿鱼等部分海洋无脊椎动物进行了精细化地建模，其细节之精妙简直令人叹为观止。近乎透明的身体组织、眼睛、脊椎和触手在玻璃作用下完美呈现。在水下摄影技术出现以前，它们可以算是仅次于《蓝色星球》纪录片的，将海底世界生动地带入教室、实验室、画廊和客厅的划时代尝试了。

目前已知有超过10000个海洋生物玻璃模型是由布拉施卡父子俩制作的（还有大约4500朵玻璃花模型）。如今，模型保有量最多的当属康奈尔大学。作为当年最大的股东之一，它拥有许多植物玻璃模型，以及约570个海洋生物模型，甚至还收藏有利奥波德和鲁道夫的玻璃模型设计草图。伦敦自然历史博物馆（The London Natural

History Museum）收藏着约180个模型。我曾两次参与这些玻璃模型的拍摄工作，一次是与大卫·爱登堡合作BBC的《野生动物一号》（*Wildlife on One*）节目，还有一次则是为博物馆举办的展览会"宝藏"（*Treasures*）拍摄素材。这些模型被视作改变人类对自然看法的标志性物品。我记得第一次去拍摄这些模型时，它们都被绵纸包裹着，放在博物馆后面那宽大的制图师的抽屉里。好心的管理人员准许我们拍一整天的素材，那是一集关于章鱼、鱿鱼和墨鱼的特别节目，而这些动物都在布拉施卡的杰作中呈现。这些模型因为长时间放置的缘故，有些积灰，有些甚至还有轻微的破损，但它们并没有褪色，依然是那么漂亮。我们将模型放置在一个电动转盘上，轻轻地旋转，这是一种让模型更加生动的拍摄手法。当我几年后再次拜访时，它们的重要性已经为人所知。在策展人米兰达·洛的细心努力下，这批尘封已久的模型恢复了往日的光彩，每一尊模型都有了特制的带玻璃罩的盒子，底下还铺着一层软垫。

到了今天，布拉施卡的许多模型都在电脑帮助下完成了3D扫描和数字化工作。在我看来，这是数字动画发展历史上的一个重要阶段——制作数字"线框架"模型。从这一步开始，让模型移动，并在不同的海洋背景下制作动画就不算是什么难事了。通过这样的方式，赋予这群玻璃动物生命，并从中领略在维多利亚时代发现蓝色星球上的新生物的兴奋之情，不也是很有趣吗？布拉施卡父子俩制作的玻璃模型小巧、精致而美丽，仿佛永远固定了这些深海精灵所携带的一丝神秘的气息。

我原本打算继续讲述恩斯特·海克尔博士的那些浮夸作品。他出生于1834年，是一个非常多产的海洋和解剖插画家，也是布拉施卡父子创作的灵感来源。恩斯特对于海洋微观生物的描绘堪称一绝。但是最近我与一群热情的年轻电影制片人进行了一场关于野生动物电影制作技术的灾难级谈话,在这次谈话中我过分强调了一些关于设备的深奥细节,给他们造成了困扰,所以我打算先停下来休息一阵子。不要担心,恩斯特。如果有机会谈论海洋浮游生物,以及拍摄浮游生物的难处,我是不会忘记你的。

让我们回归主题。就是这样,我被海洋给吸引住了,正如它吸引了戈斯和那么多维多利亚时代的先驱那样——一个盛满神秘的岩石潭,仿佛是大海的一片缩影。但是我的海洋之旅也不免走了一些弯路。时光长河顺流而下,在朝着三角洲地区进发的过程中,总是不免与沿途的更奇特的生命形式产生各种影响。

在取得一个动物学学位后,我打算再拿下一个动物学学位。1982年,我开始攻读狼蛛博士学位。我总是开玩笑地说,我觉得这对我来说很重要。即便当时的我并没有意识到这一点,但事实的确如此。从另一个角度来说,"狼蛛博士"这个称呼只是让我显得有些与众不同,毕竟这不像蜘蛛侠那么有名。我儿子给我取了个亲切的(我希望他是出于这样的心思)绰号,WOM(怪老头,Weird Old Man)。我觉得这个绰号很贴切:我所追寻的那种奇异性已经传染并影响了我。

蜘蛛对于人类来说是一种陌生的存在:它们的生活习性与人类有很大不同。它们的腿由7个部分组成,移动全靠流体液压作用。不同类型的蜘蛛有6—8只眼睛不等;它们浑身上下的硬毛都是感觉器官(这是我研究的主题),甚至还包括皮肤的3000多个缝隙。这些缝隙能接收并很好地分析各种压力和振动变化。这就是蜘蛛不会理会雨水击打蛛网的原因:相比粘在蛛网或是落在上面的苍蝇拍打翅膀所产生的振动,雨滴所产生的振动频率要低得多。

但这种动物根本算不上"奇特"。蜘蛛属于节肢动物，这是地球上最常见，也是进化得最成功的动物类型之一，相比人类，其分布范围更广。节肢动物来自海洋，时至今日，它们依然统治着海洋乃至我们的星球：寄居蟹和马蹄蟹，藤壶和桡足类动物，片脚类动物（比如虾）和等足类动物（如土虱），甚至还包括将身体所有器官都塞进脚里的海蜘蛛。虽然我们必须承认，品种最为丰富的节肢动物，昆虫在海洋里并不多见（海黾属例外）。没人知道确切的原因，也许是甲壳类动物（螃蟹、龙虾、虾和藤壶）率先占据了海洋，或是因为甲壳类动物与昆虫的关系要比我们理解得更加紧密也不一定。

一个狼蛛学位能帮助你进入BBC工作吗？这是必要条件吗？1984年，我被派遣加入法兰克福的一个研究小组，在那里工作了一年。那时还没有互联网，所以我每天只能通过收听BBC的国际广播，以慰思乡之情。一年后我返回英国，看到一则招聘"工作室经理"的广告，要求应聘人员对科学和艺术都有兴趣，大概是因为科学技术与音乐鉴赏能力一样，都属于经营广播工作室的必要技能。长期以来，人们总是在生活中将科学和艺术拆分开来，就好像一个人要么遵从逻辑理性，要么遵循情绪感性，这种简单的划分方法让我很恼火。恰好因为狼蛛研究的工作，我对录音工作并不陌生，再加上这一整年我都在收听BBC的广播，对无线电也很熟悉，于是我就拿到了这份工作。

在写了几年科学广播剧本后，我从伦敦搬到了BBC自然历史部门的所在地布里斯托尔，开始制作野生动物广播节目。随后我又转岗进入野生动物电视台。出于对水下摄影的爱好，我于1998年加入了《蓝色星球》团队。

寻宝游戏：探索未知的乐趣

年幼时的我最喜欢寻宝游戏，那场景至今依然让我印象深刻：几桶木屑里埋着糖果和玩具，准备伸出手摸索的我无比兴奋，但又相当谨慎。因为我相信我能在木屑里找到什么东西。探索海洋的感觉与之十分相似：一半是发现宝藏时的惊喜，另一半则是担心在寻找宝藏的过程中受伤。

在我写下这篇文章时，阿波罗11号升空登月已经是50年前的事情了。今天我又听了一遍卫星发射时的原声带——距离我上次听大概也有近50年了，哪怕它就这样不起眼地与我这些年来看过的历史类、科学类和新闻类录音带混在一起。这是我第一次特意将它挑出来播放，而它也将我的记忆带回到了1969年7月，北威尔士的一个农家小院温暖舒适的客厅里，餐具柜上摆放着一台黑白电视。我已经记不清墙壁、窗帘的颜色，也记不清沙发或者餐具柜的模样，但是我确实清楚地在16英寸的电视屏幕上看到"阿波罗"号发射的影像。

"阿波罗"号升空时发出的噼啪声将我带入了一场即将开场的伟大冒险。我的心情十分激动，堪比8月份一大家子人开着汽车，带着捕虾网出门度假时的心情。噼啪声并不是录音带的杂音——这盘录音带的质量非常高——我认为应该是来自航天器升空时需要克服的巨大压力：大量的燃料燃烧导致运载火箭两侧的坚冰缓缓脱落。质量惊人的"大铅笔"就这样缓缓抬升，却能始终保持笔直向上。火箭升空的声音中夹杂着一群男人自信的命令声（火箭发射室里只有一位女性，她的名字叫乔安·摩根）。他们很清楚自己应该做什么，尽管当时火箭成功发射的概率也只有50%。50年过去了，今天的我还能看到"阿波罗"8号拍下的月球背面的近距离照片。"阿波罗"8号比"阿波罗"11号早发射了6个月。作为月球登陆前的彩排，"阿波罗"8号的宇航员是有史以来第一批亲眼见过月球另一面的人类。我在电视屏幕中见到了月球表面的陨石坑，以及白茫茫的尘土飞扬，不由得心生敬畏。无论是客厅里坐着的大人，还是远在月球上的宇航员，他们仿佛都在触摸着上帝的脸庞。也许那时客厅里弥漫着我父亲卷烟的味道——玩者牌的"海军切片"（一种切片的块状烟草）——他抽的烟味道很重，全家人都在他的二手烟笼罩之下。当时的社会对气候变化、心理健康、癌症或同性婚姻等话题并不是很关注，不过也许"阿波罗"号是将这些问题带入社会变革的一部分，是《地出》一图加速了这一变革？不得不说，回顾过去是一件很有意义的事情。

20世纪60年代，也就是所谓的"登月时代"之前，人类也将目光投向过海洋最深处。雅克·皮卡德和唐·沃尔什勇敢地驾驶着形状奇特的潜水器，"里雅斯特"号，在著名的"挑战者深渊"（Challenger Deep，太平洋马里亚纳海沟最深处）深潜了10911米。准确地说，他们的潜水器应该被称为"测深仪"（Bathyscaphe），因为整艘潜水器只有一个非常狭窄的球形船舱，就位于32000加仑的汽油舱下方。巨大的汽油舱同时也可以充当抗压浮子的作用。大约100年前，英国的勘测船"挑战者"号首次发现了这个地方，并以船只的名字将其命名为"挑战者深渊"，因为这是世界上最深的地方。他们发现的是马里亚纳海沟里的一个山谷，位置大约是在巴布亚新几内亚和日本之间。有趣的是，如果你在"谷歌地球"（Google Earth）上搜索"挑战者深渊"（正如我刚做的那样），映入眼帘的一个湛蓝色的大盒子，中间有一根红色的棒棒糖标记。你需要用鼠标将地球模型拉动好一会儿，才会见到菲律宾、巴布亚新几内亚和澳大利亚北部的海岸线。这不由得让人感叹地球真是一颗被水包围的星球，大海是多么深不可测。那这片方圆4000平方英里（约10360平方公里）的海洋不可能毫无特色，对吧？至少这条著名的海沟周围一定还有许多地球的"伤疤"，只不过被海水填满了而已。事实上，整个太平洋至少有5条长度超过10000米，深度超过10000米的狭长海沟。海底之所以能有如此深的海沟，是因为海床在世界各地的分布并不整齐。海底有着巨大的山脉，也有巨型的裂缝。但如果我们将地球改造成一个有着瓷器般光滑表面的规律圆球，那么地球上的海水平均深度大约是2.6公里。

就如同登月一样，人类已经有很长一段时间没有实质性地探索海洋了。2012年，詹姆斯·卡梅隆（James Cameron）的"深海挑战者"号重回"挑战者深渊"，似乎重新点燃了全世界探索深海的热情。包括"维珍海洋"（Virgin Oceanic）和"特里顿潜艇"（Triton Submarines）在内的几家公司都接受了"挑战者深渊"的探索任务。其中最成功地当属达拉斯商人和探险家维克多·维斯科沃（Victor Vescovo）领衔的"五大洋探险"，即分别探索地球上五大洋的最深处。维克多还在2019年创造了另一项"挑战者深渊"的深潜纪录，超过皮卡德和沃尔什当年的纪录约11米。领先的纪录相较于海沟的整体深度而言，自然算是微不足道。但是值得强调的是，在特里顿潜艇公司所设计制造的名为"深潜限制因子"（DSV Limiting Factor）的潜水器帮助下，维斯科沃和他的团队在"挑战者深渊"短短10天内就完成了5次成功的深潜；而在过去59年里，这里有记载的成功载人深潜仅有2次。2020年到2021年间，"火环"探险队与维斯科沃团队合作，又圆满完成了至少9次载人潜水。当然，许多深海研究人员（包括月球探险者）都会告诉你，惊险程度稍差一些的普通深海探险其实一直在进行，如深海拖网、遥控潜水器、着陆器（指携带摄像头的金属框架，其智能化程度越来越高），以及各种有人驾驶，但工作深度稍浅的潜艇。海洋科学似乎在以一种不紧不慢的速度向前发展。发展的速度取决于资金支持，以及工程和材料技术的进步。

绘制并探测海洋地图对于了解海洋生物的习性至关重要。比方说，北极熊生活在北冰洋区域，抹香鲸通常出现在亚速尔群岛的深水区域，棱皮龟则喜欢在特立尼达的海滩上筑巢。清楚去哪里寻找拍摄目标是制作探索类节目最重要的环节。当然，也有许多海洋生物的习性特别奇怪，让你找得满头雾水。

中世纪和维多利亚时代的艺术家曾根据各种传言和自身的想象画出各种奇形怪状的犀牛。这些画充分体现了人类对自然的好奇，也赤裸裸地揭示了一个事实：人类之前对地球的了解是多么有限。对陆地上的动物都是如此，更不用提更加神秘的海洋世界了，至今人们还对海洋中是否存在犀牛而众说纷纭呢！在一个世纪以前，深海普遍被认为是充满恐怖的刺激的地方，还有些人干脆将其视为不祥之地，认为那里生活着各种可怕的怪物，会将它们眼前的一切全部吞噬。大多数人对鲨鱼那种歇斯底里的恐惧无疑证实了这一点。

所以,在我们还未深入探索的95%海洋中,还有什么奇妙的生物等着我们去发现呢?海洋生物多样性专家沃德·阿佩尔坦斯和他的同事们认为,大约有三分之一到三分之二的海洋生物尚未被人类发现。生态学家查尔斯·帕克斯顿依据这些年来新物种的发现速度所得出的结论则更具轰动性(当然也更具争议)。他认为,还有至少18种体长超过2米的海洋生物等待人们去发现。对我而言,探索这些未知的存在无疑是令人兴奋而快乐的。伟大的探索时代并不算结束。在相机陪伴下,眼前还有许多精彩万分的、永不会终结的旅程。

维多利亚时代,人类对于海洋以及海洋生物的认知有了长足的进步。起初人们认为,深海那可怕的高压环境使得生物无法生存,然而关于这个深度的临界值又引起了广泛的争议。科学家们认为,就算海洋生物能够适应海水的重量,由于深海中不存在洋流运动,无法提供生物生存所必需的营养物质和氧气,因此海底应当是一片毫无生机的地方。与今天人类在火星上寻找生命的尝试相似,当时的人们试图以铅垂线技术探测海底是否存在生命,而这无异于是大海捞针。

一位自学成才的年轻教授,爱德华·福布斯提出了一个观点:海洋生命的分界线在300英寻(约为550米)。他本人曾撰写了许多关于奥地利的植物学,以及英国的海星的野外观察著作,而他之所以得出这个结论,是因为他于1841年在爱琴海的一艘勘测船上观察到,随着海水取样的深度逐渐加深,海水样本中的生物数量越少,个体体积也越小。基于逻辑推算,他认为在550米左右存在一条生命边界,超过这个深度将不存在海洋生物。

接下来的20年里，福布斯的"生命边界理论"在全世界广泛传播。但这不过是人类更愿意相信容易理解的理论，喜欢随大流的又一个证据罢了。事实证明，爱琴海并没有多少物种栖息，福布斯当时的设备也不支持他捕获多少海洋生物。那时候已经有许多证据表明，更深层的海洋依然有生命存在，19世纪早期开始的远洋捕鱼业已经在更深的海域中收获了不少鱼类。比方说，19世纪初的人们在比福布斯提出的生命边界深四倍的海水层中捕捞黑带鱼（Black scabbard fish），其钓线长达1200米。黑带鱼是马德拉群岛（Madeira）一道著名且可怕的名菜。

真正揭开海底生命奥秘的是跨大陆电报线路的铜线敷设工程，这一工程于19世纪40年代正式启动，也代表人类电子时代的揭幕。当然，铜线本身是无法在水下传输信号的，因为铜线在水中会发生短路现象。所以需要使铜线具备绝缘属性。当时所有的绝缘橡胶都来自马来西亚的一种胶木的汁液。这种汁液在马来语中被称为"盖塔"（Getah），在英语语境中被称为"杜仲胶"（Gutta-percha）。对于海洋来说颇具讽刺意味的是，这种树胶推动人类更好地了解海洋，但其作为一种柔韧性较好的天然塑料，又与它的同类材料一起，已成为地球海洋最可怕的污染物之一。1840年，英国政府进口了约15万吨的杜仲胶，主要用于制造绝缘电缆。尽管如此，当时海洋电报线缆的使用寿命并不长久，时常需要修理。19世纪60年代，一条连接撒丁岛和阿尔及利亚海岸的受损电缆从1830多米深的海底被打捞出来，人们发现电缆上覆盖着厚厚一层海洋生物。这无疑推翻了深海没有生命的观点。

对于许多人来说，他们依然怀着对深海的恐惧，生怕哪一天在这片未知的区域中发现什么可怕的怪物。1868年，德国著名博物学家古斯塔夫（Gustav Jäger）写道："神话中的预言依然可能成为现实，巨型怪兽将会从大海深处出现。"可惜的是，当年的他没有机会观看《鲨鱼周》（一部关于鲨鱼的海洋纪录片）。

随着越来越多的海洋生物从深海中被打捞出来，人们仿佛走进了一个陌生的新世界，到处都是令人兴奋的新物种。当时的大英帝国仍处于鼎盛时期，维多利亚时代的繁荣支持着英国人以前所未有的方式探索科学和世界，同时，公众也对此十分感兴趣，迫切地想要知道海洋到底还藏着什么秘密。1872年到1876年，一艘经过改装的战舰"挑战者"号进行了一次传奇般的全球探险，其最值得称颂的成就是发现了海洋的最深处。这次探险由查尔斯·威维尔·汤姆逊爵士（Sir Charles Wyville Thomson）牵头，他是爱丁堡大学教授，因在北大西洋的惊人发现而名声大噪。

"挑战者"号原本是英国皇家海军的一艘轻型巡洋舰，在扔掉所有枪支弹药之后，被改造成一艘先进的研究船。我原本想称呼它为"海洋科考船"，但"挑战者"号算是海洋学的起源，因此这样并不合适。船上有专门的实验室和显微镜，还有各种新式科研设备。船上配备有许多类型的采样装置，可以轻松地采集海床上的岩石和沉积物，也有特殊的渔网负责捕捉特定深度的海洋生物。船上还有多种动力绞盘装置——这是今天的科考船上必备的设备之一——在蒸汽动力驱动下，这些绞盘能将数英里长的电缆下放到深海。如果没有动力辅助，这会是一项极为缓慢的工作。关于这一点我完全可以证明：2011年，电影制作者马丁·多恩（Martin Dohrn）和他的团队在亚速尔群岛手动投掷并回收了500米的光纤电缆，那可真的是一件苦差事。作为一项常规作业，收放电缆往往需要转动几十吨重的电缆桶来调整电缆的深度，维多利亚时代发明的蒸汽动力首次解决了这一难题。

威维尔·汤姆逊和他的科学家团队是人类有史以来第一批系统收集海洋特征数据的人。这些数据包括海水温度、化学成分、洋流、海洋生物和海床地质特征。他们规划了一批位置固定的采样站，并在采样站放下渔网和采样器，收集位于不同深度的实验样品，然后回收储存在"挑战者"号宽敞的货仓里。

三年多的时光里，"挑战者"号共探索了363个位置，发现了近5000个新物种。到了今天，"挑战者"号的一些重要发现已经是家喻户晓，比如整片海洋最深的位置——西太平洋的马里亚纳海沟，其深度大约为8000米到11000米，也被称为"挑战者深渊"。在这趟海洋冒险之旅中，"挑战者"号环绕地球航行近三圈，绘制出了第一张海底山脉地图，还在大西洋中线位置发现了一个抬升的水下山脉，也就是所谓的"洋中脊"。

让我们对"挑战者"号及其探险团队的功绩做一个总结。在长达19年的海洋科考工作中，他们累计收集并整理了约50本《圣经》大小的数据信息，以及许许多多的实验样本。哪怕到了今天，科学家们依然在孜孜不倦地研究这些数据和样本。有些数据的应用场景是当时的人们无法想象的，比如研究过去150年间，海洋温度是如何随着全球变暖而变化的。我想说的是，这可能是"人类认知海洋生命"的第一步，但这远不算是起点，因为"挑战者"号挖掘出的一些东西哪怕到了今天也依然无法解释明白。

吞噬鳗：神奇的海洋生物

> 这个奇怪生物的模样酷似一把勺子和一个漏斗拼接在一起。除了在海底附近徘徊之外，它几乎没有多余的动作。它藏在淤泥中，只露出一张几乎没有牙齿的大嘴，在那里耐心地等待着。
>
> ——威廉·马歇尔（William Marshall）

在德国生物科学作家威廉·马歇尔写下这句话的117年以后，我正打量着眼前的生物。它显然就是马歇尔曾描述过的这种生物，也与维多利亚时代用拖网捕捉到的众多深海动物是亲戚。当然，今天的我们很清楚，眼前的动物属于一种中层带洋生物，而非海底生物。

"要是它们的眼睛不曾灰暗，倒也会是研究的好材料。"专门研究鱼类视觉的深海生物学家罗恩·道格拉斯（Ron Douglas）说道。可惜的是我们眼前的这只已经奄奄一息了，从深海捕捞上来的生物大多难逃这样的命运，而我们所能做的无非是尽可能详细地记录这种生物的特征。

眼前这支拍摄小组的另一位成员朱利安·帕特里奇，是深海专家，也曾是《蓝色星球》节目的科学顾问，我俩正是因为这层关系才认识的。由于中途有一位科学家退出，朱利安热情地邀请我加入斯克利普斯科考船的"新地平线"（New Horizon）项目。斯克利普斯（Scripps）是加利福尼亚州圣迭戈市一家著名的海洋研究机构，他们还将科考船以每天4万美元的价格出租。这次任务是由塔米·弗兰克组织的，当时他还在佛罗里达州港口分局工作。那时的我是个自由人，所以只带了些自己能负担得起的简易设备上船，因为我知道这是一次不容错过的拍摄机会。我记得那是2005年的事情了，我刚从BBC离职，成为自由职业者。

之前我就和罗恩打过交道，我还问过他，能不能把一只变色龙和一只猫头鹰送到他那里做个视力测试——当时我们正在拍摄一档名为《人类感官》的科学节目，想将以视力敏锐著称的猫头鹰、能360度旋转眼球的变色龙与人类的视力进行比较。朱利安告诉我，他的朋友罗恩在伦敦城市大学教授眼科课程，他也许不会被这个请求给吓到，毕竟将猫头鹰和变色龙送去做视力测试对于寻常的眼镜店老板来说可能有些过于骇人听闻了。

"还需要再亮一些，"我一边说着一边把相机凑到这条鱼面前近距离拍摄，"光线太暗了。"我们调整了一下灯光。这是一盏价格30美元的弧光灯，是一周前从"德宝"平台上买来的。调整后，弧光灯的光线在天花板上反弹了一下，稍稍将我们拍摄的水箱亮度提升了一些。"这条鱼的胸鳍真是小得有趣。"

如果你是第一次见到吞噬鳗，那么我想它的胸鳍肯定不是最吸引你的部位。吞噬鳗全身上下长得最奇怪的当属它那气球一样的脸，裂开两半，仿佛一个巨大的笑容；再配上两只扁豆大小的眼睛，死死地盯着自己的上唇。如果你的脑海里能浮现出一张鹈鹕的嘴（不包含其他部位），你大概就能想象出吞噬鳗的样子了。吞噬鳗早在一个多世纪以前就被人类发现了，然而今天的我们依然对它知之甚少。鉴于它经常出没的区域是常人难以抵达的，出现这样的情况也是可以理解的。

哪怕是到了现在，寻找深海生物的方法依然只能以"粗糙"来形容。"新地平线"号是一艘大号科考船，也是一艘拖网渔船。船上有一张特别的大拖网，拖网底部的挡栅处有一个巨大的开口，需要好几个人才能将其解开并沉入海里。当然，船上还少不了巨大的钢缆桶，上面缠着几英里长的电缆，可以投入深海。这张拖网可以在特定的深度打开和关闭，这样我们就能分辨出拖网捕获的海洋生物生活在什么深度。在拖网的末端有一人大小的塑料圆筒，是用来收集生物样本的。尽管生活在海洋"中层"的生物拥有全世界最宽广的栖息地，其数量也可能极为惊人，但其种群密度却往往很低。这就意味着，6小时回收一次的拖网很可能颗粒无收。每当拖网被拉上来，将末端的塑料圆筒里的生物小心翼翼地倒入巨大的塑料槽的时候，所有人都很兴奋，仿佛到了幸运开奖的时刻。每一位科学家都会拿走属于他们专业的研究物种——虾、鱿鱼或深海鱼类，而我们这些临时摄影组则趁着研究还没有正式开始对着这些生物使劲地拍摄。这些动物都会被储存在一个黑暗而寒冷的房间里，防止腐烂。但可惜的是，它们要么死于拖网的撞击，要么死于捞出水面过程中温度和压力的剧烈变化。尽管只是几只深海生物，但我们都怀着无比的敬意，希望从它们身上获得尽可能多的知识，并拍下它们令人惊叹的样子，作为永久的记录。从这个角度看，我们和维多利亚时代的艺术家们没有什么分别，因为他们在一个世纪以前也试图将深海生物的细节完整地记录下来。

为了方便拍摄，我们在后甲板上放了集装箱，里面有一个直径约1.5米的圆形水箱，是用丙烯酸材料制成的。水箱里安置过滤泵，负责注入新鲜海水。这种水箱还有一个更贴切的名字："回转装置"（Kreisel）。这个词在德语中是"旋转木马"的意思，与水族馆中用来展示水母等生物所用的玻璃箱设计理念相似。水箱里的水流是以旋转形式注入的，这是为了防止将里面的动物冲到另一侧的水箱壁。我在英国技术电影公司的朋友兼同事乔纳森·沃茨，以一份咖喱和几瓶啤酒的价格，为我的微距镜头补充了一些配件，这可帮了我大忙。在这些工具帮助下，我可以直接从水箱侧面，透过水箱壁拍摄其中的动物。

当科学家们需要组织样本进行化学分析时，就会用拖网捕捉一些生物，这种做法要比启动深海潜艇便宜得多，也能覆盖更大的范围。如今，低成本的"下沉相机"及其回收再利用技术，以及安置在海床上具备实时摄影功能的新相机——海底版的"丛林之眼"（指红外驱动相机，常用于野外记录生物特征），这些都是包括我在内的许多人正在研究的内容——能帮助我们观察到更多的深海生物。虽然拍摄技术在技术创新加持下已经极为便宜，但在深海安置以及回收相机的费用依然昂贵。如何能有效降低成本，已经成为限制人类更深入探索深海的主要因素。

2005年，当我忙于拍摄吞噬鳗和其他神奇的深海生物时，我真不知道该如何处理手头的这些镜头。我敢保证，这些镜头非常有趣，观众也能清晰地分辨出水箱里的深海动物，但是高品质的野生动物纪录片往往需要稳定且巧妙的镜头材料，并以高质量的视频格式呈现。相比之下，我手头的设备只能算是半职业，拍出的素材"投机取巧"的成分更多一些。有些时候，镜头会因船的震动而摇晃，这一点哪怕在集装箱里面也无法避免。更糟糕的是，笨拙的三脚架限制了我的发挥，总是很难跟上动物们的运动轨迹。对于野生动物纪录片来说，我手头的素材是达不到标准的。

接下来的几年时间里，这一批"业余"制作的视频虽然内容精彩，但却逃不过被闲置的命运。除了在追寻自我的道路上表现出对一些与众不同的事物的特别关注之外，电影制作人普遍还有一个特殊的癖好，希望能将自己感兴趣的内容分享给全世界。与此同时，当时的我也饱受个人道德要求的困扰：费了那么大的成本将这些深海动物捕捞上来，甚至还伤害了它们的生命，这样才拍摄到的视频就只配得到这样的待遇吗？正因如此，当我意识到YouTube（"油管"网站）——它的成立时间恰好与我第一次见到吞噬鳗的时间是同一年——可以提供给我一个向全世界分享这些精彩视频的机会和平台时，我可真的是乐坏了。2011年10月29日，我在YouTube平台上开设了一个名为"Indoona"的海洋生物专栏，并向所有对海洋生物有兴趣的观众开放。截至目前，频道访问量已经超过200万人次。从视频播放的角度看，这个成绩也许并不算出众，但平均下来，每个月的来访量也足以比得上一座足球场的观众了。

在YouTube平台上给自己的专栏取名是一件值得再三考虑的大事。而我的专栏名"Indoona"来自我父亲幼年在埃塞克斯生活时家里的一艘船的名字。他说少年时出海航行是他这一生中最快乐的时光，而我想通过这个名字去追寻那种纯粹的喜悦，以及对海洋的迷恋。每当我想起这个名字，脑海里浮现的就是这样的场景。而且我一直坚信，情感上的联系要比所有的现实联系更加奇妙且紧密。无怪乎海洋学大师雅克·库斯托（Jacques Cousteau）总是念叨着："大海一旦向你施展魔力，你这一辈子都难逃她的掌控。"

　　YouTube平台的作品价值当然难以与《蓝色星球》等制作精良的纪录片相比。平台上大多数人其实都不怎么了解新媒体，但是我个人却很乐于接受这种视频内容制作方式。不管怎么说，电视节目制作是有门槛的，是极少数有幸进入这一行当的人才能享受的"特权"：他们往往表现得聪明、机智、充满人情味和好胜心，当然还少不了满足"上镜"的要求。这一点，到现在似乎也是如此，但是在YouTube平台上，任何一个连上互联网的人都可以成为广播员、电影制作人和节目主持人，而且这一数字目前仍在快速增加，超过50亿（全球联网人数）。

　　我一直很羡慕剧场表演，因为台下的观众们总是能够即时互动。每一句台词、每一段乐谱、每一场精彩的表演，以及每一处制作细节，当天到场的观众总是能在现场做出回应。从他们的脸上你可以轻易地分辨出喜悦或失望。而作为传统的广播节目制作人，你是很难获取到反馈信息的。在英国，收视节目的客户反馈研究是由英国广播公司观众研究委员会（BARB）负责的，其调研对象是抽样选取出来的5300个家庭的1.2万人（但是现实中我从未见过一个——你见过吗？）。公司内部还有一套自动记录装置，可以反映全英国231个主流电视频道的观看受众比例。在BBC电台，还专门设有"观众日志"，负责记录观众反馈（电话、邮件或者写信）。但是在YouTube频道上，我可以清楚地看到观众对我的剪辑视频的反应，就好像剧院的观众们那样。来自世界各地的观众，每分每秒都在对我的视频做出反应——我可爱的200万观众。

最让我感兴趣的是，我视频下的评论和互动揭示了他们对海洋和海洋动物的看法。吞噬鳗的视频是点击观看次数最多的视频之一，总点击量超过50万，还有超过300条评论。人们见到这种奇怪生物的最常见反应之一就是恐惧。以下是其中一些评论：

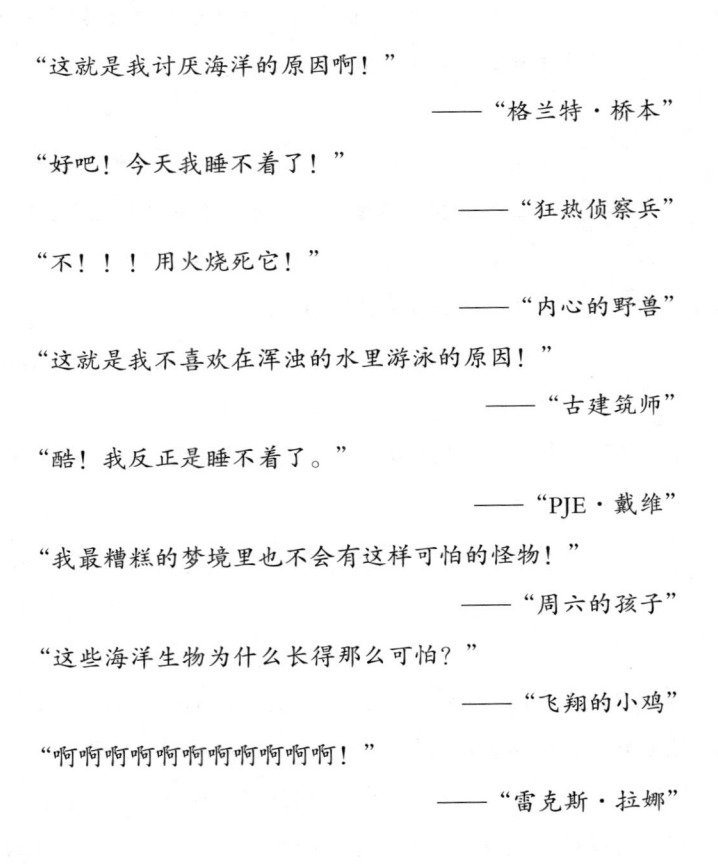

"这就是我讨厌海洋的原因啊！"

——"格兰特·桥本"

"好吧！今天我睡不着了！"

——"狂热侦察兵"

"不！！！用火烧死它！"

——"内心的野兽"

"这就是我不喜欢在浑浊的水里游泳的原因！"

——"古建筑师"

"酷！我反正是睡不着了。"

——"PJE·戴维"

"我最糟糕的梦境里也不会有这样可怕的怪物！"

——"周六的孩子"

"这些海洋生物为什么长得那么可怕？"

——"飞翔的小鸡"

"啊啊啊啊啊啊啊啊啊啊！"

——"雷克斯·拉娜"

当然，也少不了许多表达惊讶和赞美的评论：

"上帝创造的另一种美丽的生灵!"

——"埃里克"

"我觉得它很可爱!"

——"肯尼·瓦尔加兹1941"

"遗憾的是,我们大多数人无法看到活生生的深海动物,只能在电视纪录片中看到了。"

——"Met3Angel"

"我觉得,鳗鱼本身很帅气,但是它的鳃让我毛骨悚然,里面有那么多尖刺!不过,总体上这是一只迷人的动物。"

——"麦克斯韦·戴科"

"它看上去像是一只破鞋。"

——"RazgrizOne"

吞噬鳗视频下方所有的评论中,我最喜欢这一条:

"吞噬鳗长有一张政治家的嘴。"

——"Amadaeus"

也许你会觉得很惊讶,我居然会把YouTube平台上单条收益只有几美分的视频与制作最精良、成本也极高的野生动物纪录片《蓝色星球》相提并论。但在我看来,拍摄野生动物的方式有许多种,今天你可以用手机自带的相机拍下随处可见的花和蜗牛,生成的视频质量远远超过30年前的纪录片。虽然这些视频并不算高端精致的纪录片(请原谅我的冒犯),但它们的确可算是一种另类的"野生动物电影"。互联网为观众提供了一种更"民主"的方式,让人们自行判断视频内容是否能引起他们的兴趣。

制作低成本的微电影，或者剪辑制作视频是相当轻松写意的。你可以在某一天突然决定要做些什么，然后立马开始拍摄，而不需像传统节目制作，花费好几个月的时间来研究，来制订后勤计划，以及将时间浪费在开会或者得到高管的经费许可等事情上。当然，在最初的那段日子里，经费似乎并不能算是自然历史纪录片拍摄的主要限制因素，至少对那些体制内的人来说不是。大卫·爱登堡是史上第一批电视纪录片的制作人之一。他曾经开玩笑地说起过，有一次领导向他提了一个要求："去婆罗洲拍猴子，6个月以后回来。"这是多么自由、多么快乐的工作啊！

到了后来，纪录片拍摄的决策控制和权衡要素就变多了。按照如今广播制作公司的工作流程，首先需要由开发团队提交拍摄想法，然后在每年的特定时间里，以半正式的形式向频道专员（如《探索》节目副总裁，也是公司预算审批人）提交方案，并由他们审批决策。在BBC内部，这一流程被戏称为"发录取通知书"。整个决策过程是随机的，取决于掌控这一频道的专员如何将这些拍摄想法融入日常工作计划，也取决于这些拍摄想法是否与该频道的品牌特色相符合。但不管怎么说，这些大公司的资金预算是充足的，而且野生动物纪录片的制作成本之高（每小时几十万英镑）、花费时间之长，也是业内的普遍现象。而大多数YouTube频道，尤其是实时录制频道，往往不需要什么成本支出。

很显然，整个电视节目制作领域正在发生翻天覆地的变化，流媒体频道、YouTube网站或是许多尚未被命名的创新正逐渐替代传统的电视节目。在过去的短短几年时间里，许多大公司已经将电影产业改造得面目全非。奈飞（Netflix）、迪士尼（Disney）、亚马逊（Amazon）和苹果（Apple）目前正在进行一场流媒体大战。他们凭借手头充足的现金预算，孵化大量的新想法，支持纪录片以任何顺序观看，也可以一口气看完。在数据实时在线分析技术的帮助下，后台大数据已经能掌握你早餐是选择了家乐氏公司（Kellogg）生产的玉米片或是维他麦，以及这些数据与你的观影爱好的相关性。如果你对数字媒体或电影制作有那么一点兴趣，又没能及时去了解身边这个日新月异的世界，那你可真是太遗憾了。这些都是电影拍摄的内涵所在，对于海洋电影这个领域来说更是如此，毕竟光是依靠资金，你已经无法在这场战斗中获胜了。我本人对此深感兴趣。即使我无法控制电视和海洋类电影的发展走向，但是我也不会放过任何一个向大众展示吞噬鳗等深海生物的机会。

咸水之乡：色彩纷呈的神秘海洋

澳大利亚土著将海洋称之为"咸水之乡"，这是对海洋的一种美好的理解。他们认为海洋并非单纯呈现湛蓝色，而是包含如彩虹般的各种颜色。在他们看来，当你真正了解海洋时，你会意识到，海洋的每一部分都是与众不同的，有着可以被绘制出的专属特征，就好像我们所在的陆地一样。

马库斯·巴伯在澳大利亚北领地阿纳姆地东北部蓝泥湾海岸线的伊尔帕拉雍古人（澳大利亚土著的一支）那里生活了两年，完成了他的博士研究。十年前的我正筹谋自己的原创作品，而他的这一选择让我印象深刻，因为通过与海边的原住民"同吃同住"，向他们学习与海洋共生的经验，这是极聪明也是极了不起的做法。他的毕业论文标题也很神奇——《云之所在》。一眼看去，这仿佛是谈论海上云的位置变化的文章。但实际上，这篇文章绝不是枯燥的学术著作，它主要论述的是雍古人在日常生活中涉及的人、水和地之间的关系，并让每个人反思应该如何看待海洋和流入海洋的河流。眼下环境保护问题变得更加紧迫，我们显然也需要一些全新的观察视角。

巴伯指出，有别于简单地将陆地和海洋划分成泾渭分明的两个板块，雍古人更关注淡水和海水混合的方式，河流注入海洋的路径以及海洋深层涌动的激流。他们敏锐地感知着水的流动和混合，并早早发现了河流、海洋、潮汐、洋流、云、雨和多变的天气其实都是属于同一个系统的组成部分，这让我们自愧不如。雍古人将这种变化理解为精神世界的一部分，水和海洋是生命本身延伸出的丰富多彩的隐喻。比方说，在雍古人看来，每个人都与我们的祖先紧密联系在一起，就好像一块扔进池塘的鹅卵石激起的一圈圈涟漪。鹅卵石代表着生命的起源，而我们这一代人的生命也不过是其中一圈涟漪。波在水中传递着能量，将振动从一个粒子传递到下一个粒子。而我们的过去、现在和未来也像水一样紧密连接在一起，无数代人就这样在时间的海洋中旅行。

说实话，我并不能很好地理解这些概念，而且我认为把科学和生命的意义混为一谈有些别扭。不过我依然意识到，其中有一些有价值的东西是我长久以来忽视的，而雍古人对于海洋的理解方式可以帮助我将其串联在一起。如果没有什么方法能让我更好地进行海上拍摄，并且我拍摄时的首要任务就是寻找到可以拍摄的海洋动物的话，那我不过是一个"图像猎手"罢了。更为重要的是，我们需要构建一张覆盖更广泛、思考更全面的关系网络，从而能深入了解这颗星球根本上的运转逻辑，以及应该如何以"更可持续"的方式在地球上生活。然而颇具讽刺意味的是，这种古老的智慧对我们而言却成了一种"新闻"；这种思想带着某些探究且盲目的意味，但我们仍需将其消化吸收，并意识到它们能补充人类对于海洋的认识。

我自身对于海洋的盲目认知，很大一部分原因要归咎于伴随我成长的老式地图册。在地图册上，海洋不过是毫无特色的湛蓝。而这恰恰是马库斯·巴伯指出的常见世界地图中的一个巨大疏漏：

> 与细节满满的陆地相比，海洋却只是一片湛蓝：没有深度，没有颜色变化，也没有关于水体或洋流运动的任何标志。不像陆地的地貌，海底地貌没有任何标记。礁石和淤泥没有被区分，海草和泥沙在地图上混为一谈。这在一定程度上反映了测绘遥感系统能力的不足，但最关键的却是视角和价值认知的差距。[*]

对于雍古人来说，这种差距极为重要，因为他们是一个以狩猎为生的民族，他们的生命依赖于此。海洋每一个细微差别都会是他们的食物来源的重要线索，而这也揭示了常见地图上的另一个错误，那就是：海水是动态变化的，它绝不会静止不动，也许短短几小时内，海洋就会发生翻天覆地的变化，更不要提季节跨度的变化了。地图应该是较为精确的参考工具，有明确的边界和线条，但是奔腾的海洋却很难在静态地图上显示出来，尽管它的洋流变化是海洋生物运动和觅食的关键。

巴伯还指出，大多数海洋地图还有一个巨大的缺陷，那就是它们并没有将天空的要素表现出来，而"删除天空就是破坏整个系统"。在构思《蓝色星球2》中《深蓝》这一集时，我们想要表达海洋和云的力量有多大，以及它们是如何共同影响天气系统的。太阳

---

[*] 马库斯·巴伯：《云之所在，澳大利亚北领地蓝泥湾原住民与水、地以及海洋关系研究》，澳大利亚国立大学，开放获取论文。（2005年）

照在海面上，促使海水蒸发，这一个简单的环节却对全世界的气候变化产生了极为深远的影响。这一事实与雍古人所坚持的"海和云应该在同一张地图上"的理解有着异曲同工之妙。在《蓝色星球2》的剧本设定中，我们原打算用一个精确的数字来反映每天从海洋中蒸发的水量，但后来我们意识到，用严格的数学方法来描述一些模糊的数据并不合适，于是我们将这个数字换成了云层在海面上逐渐形成的动画，再配上一段画外音："水蒸气上升凝结成云，并迅速成长为壮观的云塔，最终酝酿成可能笼罩1000英里（约1609千米）范围的巨型风暴。"这是一种更具想象力的方法，不管怎么说，在记录一切快速变化的影像中，想要在短时间精确掌握某个数字都是比较困难的。不过，事后我还是根据美国地质调查局（United States Geological Survey）的数据做了这方面的"粗略"估算：每天大约有280立方英里（1170立方千米）的海水从海洋蒸发流向天空。但是我发现，这种数值很难在观众之间产生共鸣。于是我开始寻找一种能更好地理解这一数字意义的方法：你也许知道，海水中含有微量的黄金；如果你将这部分海水蒸发，那么每天你能收获价值30亿美元的黄金。而这就是海洋气候系统的力量。正如雍古人那长达4万年的民族传承所坚信的那样，这种力量需要所有人重视起来。

不得不承认，要想用一张纸质地图来展现变幻莫测的天空，终归是不现实的，哪怕尝试用模糊概括性的线条来代表洋流的运动都很勉强。当然，用摄像机捕捉洋流的运动轨迹是可能实现的，但也需要做更进一步的研究。但不管怎么说，我们对于海洋的描绘是不充分的。雍古人则和我们不一样。他们用超过38个名字来给不同特征的海水命名，如"Morri"代表"平静的海水"，"Dhangayal"代表"海上的白色碎浪"。他们给云朵命名的总数大约是我们的三倍之多！尽管英国的天空中飘浮着全世界最好看的云，但大多数人却根本分不清层云（Altostratus）和破片云（Pannus）。

彼得·斯库恩斯（Peter Scoones）与雍古人的气质截然不同，而他可能是有史以来最伟大的水下野生动物摄影师。我俩第一次会面是在非洲马拉维湖（Lake Malawi），我们都在那里拍摄，当时他已然年过六十，但在潜水技术上依然远远超过我。他总是戴着一副厚厚的眼镜，双目炯炯有神，配上一副具备探险家狂野气质的大胡子，似乎与他身上那种英国式矜持极为矛盾。然而，就对海洋和海水的了解和酷爱而言，彼得与雍古人之间却有着惊人的相似性。

之前我曾说过，居住在蓝泥湾附近的澳大利亚土著民比我们更熟悉海洋，这并不奇怪，因为他们从海洋中获取食物，而我们则更依赖超市。我想说的是，不同的文化会导致对某一个概念的表述出现差异。就好像我们那充满机械、科学的文化体系，也会有类似"栖息地"的概念。我们习惯于将自然界描绘成"绿色"，而将我们的星球描绘成"蓝色"。

彼得曾和我分享过他成为水下摄影师的经历。他高超的摄影技巧是20世纪50年代末在英国皇家空军（RAF）服役时练就的。当时他主要负责在阿拉伯湾上空飞行，并拍摄海面上是否有被禁运的油轮出没。这份摄影工作和这样的生活都很对他的胃口。在新加坡，他经常出海航行，一次在清洗船壳的时候，他被海中的鱼给迷住了。水下摄影所需要的工程问题难不倒他，很快他就用飞机座舱盖上备用的丙烯酸树脂做出了一套防水相机外壳（这时距离雅克·库斯托第一次拍摄水下电影还不到十年）。很显然，彼得在制作水下相机和潜水等各方面都有着惊人的技术天赋。于是英国皇家空军资助他在新加坡成立了一家潜水俱乐部，而俱乐部里的设备大多都是自制的。退役之后，他很快就找了一份新工作，负责为海上石油钻塔提供检查设备。也算是机缘巧合，有一次闲暇之余，他在马达加斯加西北部的科摩罗群岛附近海域拍摄到一群腔棘鱼（Coelacanth，一种被认为灭绝已久的史前鱼类），这是史上第一次有人拍摄到这种鱼，这一发现也为他的下一份工作奠定了方向。

虽然彼得并没有用类似神话或者其他形而上的术语来描述海洋，但显然他有自己的一套理论体系，他和雍古人的观点不谋而合，即海洋地图应该包含各种细节，甚至比陆地地图还要详细。另外，他也认为海洋的每一个部分都是独一无二的。在我接触到雍古人对海洋的理解之前，彼得就很直率地向我灌输了类似观点。他认为，每一片海域的色彩，以及其洋流特征都是独一无二的。他本人就是研究色彩和光线如何在水中传播的专家，甚至还随身带着一小本"彩色凝胶纸"，是他从一本剧场照明公司的目录页上裁剪下来的。彩色凝胶就是一种有色的塑料片，垫在灯光或者镜头前面就能改变色彩。彼得的一整套免费样品大概有50种不同颜色的凝胶，颜色范围从蓝色到品红色，全部放在一个调色板中。这些凝胶一眼看去仿佛很相似，但都有微妙的不同。他将凝胶片放在水下相机外壳的镜头前面，方便精确地调整水的颜色，使得拍摄出来的画面更符合人眼的色彩平衡习惯。同时这样也能最大化发挥相机内置数字芯片的运转效率，因为大多数相机的内置算法都不适应水下的拍摄环境。我曾见他在一艘摇摇晃晃的船上连续四次打开并关闭一个操作繁琐的杆式相机外壳，只为了选出最适合当前海水特征的紫色凝胶，来过滤因海水反光而呈现的绿色（紫色和绿色属于互补色）。这就是海水的独到之处。事实上，早在1951年，瑞典海洋学家尼尔斯·杰洛夫就创建了一个基于不同水域颜色和清晰度的精确分类体系，并沿用至今。

　　彼得于2014年去世。我至今还为能与他共事感到荣幸，羡慕他年过七十还能坚持水下拍摄事业。虽然我很少提及，但不得不说，我俩一同参与了一项令人惊叹的伟大事业：一起将海浪带进了千家万户。

意外的鲸鱼骑手：与鲸类的近距离接触

彼得站在橡皮艇的一端，他和他身下的小艇已经与水面呈大约45度角了。小艇上价值15万英镑的设备正倒在甲板上，缓缓地滑向船尾，而彼得却像个木偶一样傻笑着。当时我们正在新斯科舍省芬迪湾的中心区，那是距离海岸大约40英里的地方。令人难以置信的是，当我从船舷处探出脑袋，映入眼帘的是一个穿着厚厚的潜水服的大胖子。事实上，这是一条露出水面的黑色鲸鱼。它的皮肤在海水中闪闪发光，但细看又满布疣状突起。这条鲸鱼驮着我们的橡皮艇，将我们带离了海面。此时我的眼里已经容纳不下半分海水，满眼都是这条巨大的鲸鱼。负责掌舵的是一位反应迅速的科学家，他马上停下了舷外机，并将其高高抬起，这样既不会伤害到鲸鱼，也不会让我们的小艇倾覆。随后，一团巨大的暖空气包围了我们，伴随着一阵低沉但响亮的隆隆声，就好像有个人对着管风琴上最大的那个管子卖力地吹气：

"呜呜呜呜呜呜呜呜呜呜呜呜……"

也许这是一个拉长版"哇哦"，是它用以吸引异性的方式。正如我所描述的那样，我们之所以陷入这种不寻常的境地，可能是因为鲸鱼将小艇错认为异性鲸鱼了。但不得不说，那恶臭的空气闻着就像一杯浓缩的大蒜汁，此时围绕在我们身旁的这团暖空气正是鲸鱼在深海里畅游20分钟后吐出的那一口气。

下一刻，我们已经和这条鲸鱼贴在一起了。我已经可以想象到小船是如何被打翻，以及所有人都要被扔进海里的可怕场景了。也许是这种联想信号传到了鲸鱼的大脑，在那瞬间我仿佛理解了它的想法："咦！这可不是什么寻常的情况呀！我的背上到底是什么东西？"此时小船几乎倾斜到了极限，而鲸鱼也已经尽可能地跃出了水面，但我们并没有掉下去。小船在鲸鱼背上保持着平衡，大概也是这条鲸鱼努力维持的结果："哦！我还是让他们安全离开吧！我想想……如果我慢慢下潜，他们就能稳当地落在水面上了吧？"

它真的是这样做的。

我感觉天都要塌下来了。眼前这头鲸鱼是一条北大西洋露脊鲸，属于高度濒危物种。各国政府都出台了极为严格的规定，禁止人类随意靠近这些海洋生物。美国关于这方面的规定尤为严格，哪怕你只是打算拍摄这些动物，也必须与一位拥有研究执照的科学家陪同。像这种用橡皮艇来"骑"鲸鱼的操作是被明令禁止的。因此我们一直非常小心，尽可能遵守所有的规定。我们并不想伤害我们的拍摄对象，而且破坏规定也很愚蠢。一旦你的错误行为被其他人看到，就会面临重罚，并且永远不允许再靠近鲸鱼。

在这里我必须要为自己的行为辩解。在橡皮艇下出现的鲸鱼完全出乎我们的意料，直到小艇被它顶出了海面，我们才真正意识到它的存在。当时距离我们不远的地方还有一条露脊鲸，它将胸鳍高高地举出了水面。事后我们回想起来，认为那很可能是一条母鲸。而它这种身体侧躺、胸鳍朝天的姿势很有可能是交配仪式的一部分。也许它正在呼唤其他雄性露脊鲸，这种举动类似雌性大象在寻找最佳性伴侣时的表现，毕竟"爱情岛"（一款真人秀综艺节目）并非人类专属的节目。所以我们应该是无意中挡住了雄性露脊鲸奔向雌性露脊鲸的路，而出于某种巧合，雄性露脊鲸又恰好选择在橡皮艇所在的位置浮出水面换气。这大概就是我们相遇的全过程。幸运的是，它并没有将它那长达4米的交配器官露出来，尽管这也是值得一讲的故事。

这头巨大的野兽举止温柔，尤其是它小心翼翼地让我们重回水面的动作，给我留下了深刻的印象。"在影片制作过程中，鲸和人类都没有受伤。"纪录片中的这句话完全不错。我希望我们遇上的这位友好的巨兽能继续它的求爱之旅，或者至少被那位挑剔的雌性同类认真考虑过，毕竟这一种群已经濒临灭绝。当时留在支援船的同事们将整件事情拍得一清二楚，但我直到今天才将它公之于众，因为我很担心这件事情会给我们引起麻烦，并被制作人判定为"干扰濒危动物"的危险行为。通常情况下，这应该是《蓝色星球》纪录片幕后花絮中最令人兴奋的镜头了。毕竟电视纪录片的首条不成文规定就是，最引人注目的片段往往也是审查最严格的重点环节。

彼得对此不以为意。他沉浸在这美妙的经历中，丝毫不担心失去自己所有的设备，也不担心被扔进距离海岸那么远的冰水中。也许这就是专属于他的那种20世纪50年代的英式淡定。但我也怀疑，他是不是无意中觉醒了身为"鲸鱼骑士"的血脉，感受到了他的远古祖先派克（Paikea）的召唤。传说中派克曾骑着鲸鱼，带领他的族人躲过一场可怕的海难。

我们在芬迪湾的拍摄持续了近五个星期，而这一段拍摄也成为《蓝色星球》第一季纪录片中的史诗级经典画面。接下来的时间里，我们一直都在拍摄鳍鲸。它们的游泳速度要比露脊鲸快得多。作为蓝鲸的近亲，它们甚至还可能与蓝鲸杂交。它们的脊背中间有一个酷似斧头的背鳍，因此得名"鳍鲸"；它们的个头比蓝鲸要小一些，不过这并不妨碍其成为地球上有史以来体形第二大的物种。鳍鲸的外表是黑色的，而不是蓝色的。当然这样的描述并不准确，因为鳍鲸是唯一一种身体颜色不对称的海洋哺乳动物。许多海洋动物腹部的颜色要浅，以适应较亮的海面；背部的颜色相对更深，这样就很难被位于其上方的动物发现。这种"反荫蔽"（Countershading）特征在自然界随处可见，人类甚至还将其应用在军用飞机上。我记得小时候我们用兵人（Airfix）玩具工具包给玩具喷火飞机涂色，就习惯将其顶部涂成斑驳的绿色和棕色，而将其底部涂成浅浅的鸭蛋青色［23号亨宝（Humbrol）漆］；反荫蔽特性能帮助那些上下背景颜色不统一的飞行器或海洋生物隐藏痕迹。

鳍鲸的奇怪之处在于，它们有一种被称为"不对称色素沉淀"的特征，即它们身体的左前侧是深色的，而右前侧则是浅色的，它们的右下颚却是白色的。它们是为数不多的"左右阴影"而非"上下阴影"的动物，没有人知道为什么。其中一种理论是，鳍鲸用这种特征来协调族群，让它们朝着同一个方向前进。也有人认为，这是鳍鲸用来觅食的本领，当它们沿着顺时针转圈以驱赶鱼群时，能确保它们的猎物只看到那可怕的浅色调的一面。但如果没有进一步的证据来证实后一种觅食理论（人类是不大可能目睹这样的场面），那我只能选择相信第一种猜想，因为我在芬迪湾与鳍鲸的第一次相遇就证明了这一点。

当时我们正站在拍摄船甲板上,目睹七头巨大的鳍鲸向我们游来,其动作之整齐划一,就好像是一支飞行表演队——"呼叫领队,我可以看到你的白色侧面,就在我的三点钟方向;此刻我俩相距两条鲸鱼的长度,方向一致。完毕!"作为喷火战斗机模型的狂热爱好者,我的脑海里很自然地浮现出这样的对话。

看到这七头鳍鲸整整齐齐地全速(大约有20节,也许还更快)向我们游来,再没有比这更棒的场面了。这也是我对此印象深刻的原因,毕竟拍摄鲸鱼往往需要等待数百个小时,就为了在那么短短的几分钟里捕捉到它们的风采。五分钟前,哪怕有来自另一艘船的无线电通报提醒,告诉我们有一群鲸鱼出现了,但我们眼前的海面却依然风平浪静。然而就在下一刻,七枚巨大的鲸鱼鱼雷向我们齐射而来,仿佛随时都能从侧面将我们的船只打穿。

就在它们即将撞上我们的船前一刻,它们灵巧地潜入水下,预想中的碰撞并没有发生。它们一头接着一头冲入水下,只留下一圈圈光滑的涟漪,就好像水底下有一头鲸鱼将海水吸进了某个位置的空间。扑在船舷处的我们可以清楚地看到一条条黑影从我们的船身另一侧钻出。这一队鳍鲸有一头负责领队,还有一头负责在最后面压阵,两头鲸鱼之间保持约五秒的距离。甲板上的彼得清清楚楚地拍摄到了水面上的变化,但如果还有下次的话,我们一定会将杆式照相机(Pole camera)准备好。

由于海雾的原因,尤其是早上的晨雾,芬迪湾大多数日子都是令人沮丧的。我们在芬迪湾待了将近五十天,大约有三分之一的时间都是雾气蒙蒙的。在大雾天里,我们只能看清旅馆的窗户,再远一些就根本看不清楚了。芬迪湾让我印象最深刻的就属这散不开的浓雾了,因为它总是伴随着压力而来。不用我说你也知道,在这样的大雾天里，不管你付出多大的努力去拍摄，最终也将一无所获。

尽管这令人沮丧的雾气让我们看不清船头以外的情况，但我们依然决定出海。在这种条件下出海是一件诡异的事情，那场景就好像我们经常看的海盗类恐怖电影。在之后的某一天，我听到了鲸鱼浮出水面换气的声音——一阵阵轰隆隆的巨响。我看不清它们的模样，不过这一幕依然让我印象深刻。不管怎么说，被浓雾笼罩的日子并不算虚度，因为彼得一路上都在和我详细讨论不同颜色的海水问题。

在拍摄了"鳍鲸七勇士"之后的几天，我们抓住了用杆式相机在水下拍摄鳍鲸的好机会。彼得·斯库恩斯可以算是"杆式照相机"的发明人之一。从某些角度看，所谓的杆式相机不过就是将照相机固定在一根长长的棍子上，当然相机本身必须被安置在防水外壳之内，而棍子也必须又轻又结实。当你以垂直角度握住棍子时，相机必须以一个稍微向下的角度倾斜。杆状照相机已经有许多款式，其中设计最为精巧的一款已经具备视频监控功能，且在另一端还有虹膜遥控对焦功能。它能让你在不下水的情况下快速实现水下拍摄，并免去了摄影师可能面临的危险。第一次与鳍鲸的相遇已经证明了它们那无与伦比的游泳速度，也证明了杆状照相机的必要性。

杆式相机最适合在距离水面很近的船上使用，如RIB（刚性充气船）或橡皮艇。因此我们特意从母船转移到小型充气艇，并来到了前几天看到鳍鲸的位置附近。海上的浓雾散去了一些，但是依然可以看到雾气飘浮在海平面上。我们在小艇上漂了很长时间，希望能再次遇到鳍鲸。彼得小心翼翼地控制着杆式相机，将相机那一头放在船头附近的水中。他让我牢牢盯着显示屏里的动静。显示屏外侧包裹着防水袋,并用一根4米长的缆线连接到相机上。因此我不得不将脑袋埋进黑色的防水袋,以便更好地看清显示屏。不得不说,明明站在水面之上,眼前却全然是水下的场景,这着实让人有些头晕目眩。

和往常一样,我们身旁还有科学家丹·德丹托(Dan Dendanto)负责指导。他对天气和鲸鱼都了如指掌,是一位研究经验丰富的专家。正当我们准备放弃时,他突然喊道,我们正前方就有鳍鲸出没。但是,除非它们游到距我们20英尺范围之内,不然单凭芬迪湾的海水能见度,我们根本无法在水下拍摄。就在这时,我的屏幕上出现了一只巨大的动物——它的速度太快了,我根本来不及反应——就在它跑出镜头的那一瞬间,我拍下了它的尾巴。不过根据先前的经验,我知道下一条鳍鲸会在约五秒后出现,于是我按下了录像按键。果不其然,在朦胧的蓝色海水中,另一条鳍鲸径直朝着我们的摄像机游来。整整九秒钟,它就像是另一条铁轨上奔驰的列车,从我们身旁驶过,并消失在蓝色的隧道里。这个场景被我拍下来了!我的内心一阵狂喜,这是对摄像师最好的奖赏!虽然这奖励并不算丰厚,但能拍下这样的水下照片也是极为难得的。这几周内拍摄的每一个片段最终成为更宏大的图像序列的一部分。而正是通过这些图像,我们可以向世人讲述生活在这里的动物的故事。

第三次与鳍鲸相遇的场面是最令人难忘,也是最令人悲伤的。先前我们一直在做着各种准备工作,然后从新斯科舍省布里尔岛西港口出发。我还记得很清楚,那是一个晴朗的日子,甚至能看到几英里外的动静。但我们整整一上午都没有收获(一切都很正常)。突然,我们发现远处仿佛漂浮着一根黑色大木头。当我们靠近时才发现,这是一头奄奄一息的鳍鲸。它的背部高高拱起,大部分露出水面，甚至连胸腔都清晰可见。它几乎失去了行动能力，就在海面上无力地漂浮着。随着我们与鳍鲸的距离越来越近，我们发现了问题所在：它的嘴里缠着一条大约200英尺长的渔网。"捕鲸时代"已经是很多年前的事情了，但对于鲸鱼来说，与人类接触始终是非常危险的。人类所产生的垃圾随处可见，那些掉落在海里的渔具依然会对海洋生物造成严重的伤害，这就是所谓的"幽灵捕鱼"。我们真的很想把这只无法进食的巨兽拍下来，来向世人说明渔网对于它们来说是多么可怕的存在。

整张渔网横跨它的嘴部，两边拖着的网带甚至还有30—40英尺那么长。渔网应该是由尼龙绳和麻绳组成的，似乎还是由好几张渔网缠绕在一起形成的，但不知道怎么被鲸鱼的嘴巴给勾住了。需要说明的是，在芬迪湾一带，自然资源保护主义者、旅游业者和渔民都在保护着鲸鱼，尤其是濒临灭绝的露脊鲸，其种族数量可能不到450头。然而，保护鲸鱼需要巨量的资源支持，而且需要每时每刻保持警惕，因为几乎每一周都会有鲸鱼被各种海洋垃圾缠住。为此，海洋动物反应协会、加拿大渔业和海洋部和成立于2002年的坎波贝洛鲸鱼救援队（CWRT）等组织联合起来，共同致力于帮助海洋动物解决一些突发事件。

眼前这条鲸鱼的情况似乎要危急得多，而我们所能联系上的唯一一艘装备齐全且训练有素的救援船恰好正忙于保护另一条露脊鲸，就算赶过来也需好几小时。而且如CWRT等组织必须获得当局许可才能帮助鲸鱼。不过，我们的船长（我们姑且叫他"埃里克"）也受过解除渔网的训练。我看得出来，他这会儿正纠结是否要留下这头可怜的鲸鱼在这里自生自灭。先前我已经很郑重地表达过，我想要拍下一张真正有感染力的鲸鱼照片。眼前这条鲸鱼的嘴里缠着一张渔网,虽然有些残忍,但这画面确实很有感染力,我想借此引导那些坐在客厅里观看电视节目的公众同情鲸鱼所面临的不幸遭遇。

此刻我才注意到,我们的船后面还拖着好几个巨大的浮标。船长告诉我,在我们动手帮助鲸鱼解开渔网时,鲸鱼可千万不能因受惊而潜入水中,这对于双方来说都是极为危险的情况。要想解开缠在鲸鱼嘴部的渔网,就得将渔网和浮标固定在一起,并阻止鲸鱼在这个过程中挣扎。只要浮标的浮力足够大,鲸鱼就能摆脱渔网的束缚,并成功潜水离开。根据埃里克估计,眼前这条奄奄一息的鲸鱼大概需要6个浮标才能抵消它的自重。一旦浮标将渔网和鲸鱼固定,我们就可以切断它嘴边的绳索,并将渔网取下来。

埃里克来到鲸鱼身旁,将渔网的一端捞起来,固定在其中一个浮标上,然后又用一根短绳将浮标系在船尾。随后他又一次来到鲸鱼身边,重复了一遍刚才的操作,将第二个浮标固定好。我满怀希望地期待着我们能够解救这条可怜的鲸鱼,并抓住机会给这条鲸鱼的嘴部以及它那瘦骨嶙峋的身躯拍一张特写。

作为纪录片制作人,要考虑的因素有很多,安全无疑是首当其冲的。根据相关规定,要想亲自动手解救一条鲸鱼,我应该写一份长达12页的"风险评估报告",然后去找好些人盖章批准。20年前的我是否有过这个念头?说实话我没印象了,但我记得很清楚,当时我认为救下这头鲸鱼很重要。我要拍下它获救的照片,并向世人展示渔网对于鲸鱼的巨大危害。埃里克、彼得和所有的船员都同意我的看法。

拍摄是一种"孤注一掷式"豪赌:你需要照片来描述你的故事,如果你没有这张照片,你的故事分量就会大打折扣。不过眼下我是在写书，所以我可以直接告诉你印在我脑海中的场景是什么样的，而不需要借助照片的帮助。我能看到长须鲸瘦骨嶙峋的身体，能感受到它临死前的绝望。这个场景就好像一道留在我心底的伤疤。这么多年过去了，当年的场景依然在我的脑海里栩栩如生。通过照相机的镜头，我看到船长将第三个浮标固定在渔网上。这时鲸鱼开始准备下潜，也许是因为它被渔网的牵动而扯动了伤口，急于摆脱眼前的困境。我并没有意识到这种情况对所有人来说都是十分危险的。水面上的两个浮标被鲸鱼拉着往下沉，船尾固定浮标的绳子也受到了鲸鱼下潜的力量，拉着整条船向下沉。

哪怕是一条饿了好久的鲸鱼，也有好几吨重。我意识到它能将我们所有人都拖下水。埃里克对此更是一清二楚，他事先就在靠近绳索的甲板处放了一把斧头。只见他毫不犹豫地抓起斧头，往绳索上一砍，就好像是在切砧板上的一根胡萝卜。绳索掉进了海里，成了缠在鲸鱼嘴部的渔网的另一部分。随后埃里克又将浮标从鲸鱼的身旁拿开。受伤的鲸鱼发出微弱的声响，最终消失在黑暗的海水中。理论上来说，它最多40分钟就要再次浮出水面换气，但我们在那里等了好几个小时，却再没能见到它的身影。这也许是它这一生中最后一次呼吸了。

这大概就是我们这一行遇到的最大挑战。你可以拿到数百万美金的预算，来拍摄关于海洋的纪录片。纪录片至少得分成7到10个章节；你该如何定义每一部分的核心情节？你可以按地理位置划分，跑遍全球每一片大陆。你也可以根据动物的种类来区分，按照海洋哺乳动物、鱼类、水母、软体动物、珊瑚和浮游生物来拍。也许你还可以设计出更具故事性的情节，比如跟着洋流的移动方向，或者讲讲座头鲸、海龟和信天翁遨游10000公里的故事。当然你也可以整理全球各地的捕鱼文化。我更中意最后一种——人类和海洋生物需要共同面对海洋的苦难，但像《蓝色星球》这样的野生动物纪录片很少会将人类活动当作拍摄重点。

　　有趣的是，两季《蓝色星球》纪录片都是根据不同的海洋栖息地划分章节的。我们虽无法像澳大利亚的雍古人那样精确地给海洋分类，但我们还是尽量整理出不同的海洋的一些独有特征。在我的印象中，这些海洋有着各自专属的颜色：沙质和淤泥质的河口地带是棕色的，长满海藻的浅滩是绿色的，红色和橙色的珊瑚区最好看。当我们开始进入开阔海域时，首先映入眼帘的是一种美丽的深蓝色，至少在靠近水面的区域是这样的。随着你越潜越深，光线会慢慢消失，海水也会变成墨色。当然我们也可以选择去极地冒险，那里有着雪白的冰封海洋。

棕色星球：海岸地带的生命

艾伦向眼前的墨鱼举手示意：他的手伸得笔直，掌心朝外，手掌向上，活脱脱就像是指挥交通的警察。墨鱼乖乖地停在他面前，距离他不到一只手臂的距离，这可是拍摄的最佳位置。眼前这只有着斑马条纹的墨鱼在距离海床几米远的水中盘旋。它的游泳技巧极为高超，可以在急流中缓缓前进。最令人惊讶的是，我们的气垫船所引动的海浪在它的身下激荡，它居然还能缓缓后退。

也许你时常能在英国各地的海滩上找到被冲上岸的墨鱼骨头，但眼前这只可是鲜活的存在。当然，所谓墨鱼的"骨头"其实本质上并不是骨头，而是由文石（Aragonite）组成的蜂窝状结构。文石是碳酸钙（Calcium carbonate）的结晶物，其性质与白垩（Chalk）相似。海水中溶解着大量的碳酸钙，而大自然总是有办法使用它手边的各种材料。墨鱼等软体动物特别擅长提取海水中的碳酸钙，并利用其构建身体的骨架，并在骨架帮助下赋予身体更大的力量。墨鱼骨还能使墨鱼获得类似内置救生衣一般的浮力。

小时候我曾在家里养的鹦鹉的笼子里见到过这些白色的椭圆形

物体*，当时我就被这些奇怪的东西给迷住了。墨鱼骨很有趣，兼顾柔性与韧性——鹦鹉的喙可以很轻松地将其压弯，但是当它们弯曲到一定程度时又会突然折断。年幼的我还没有想过，未来的某一天，我会和出产这些东西的生物面对面，并花费大量的时间拍摄它们，研究它们。

我刚掌握在开阔海域潜泳的本领时，就将注意力聚焦在墨鱼身上了。如果你想研究海洋生物复杂的行为方式，那么它们是绝佳的"入门级"对象。如果你与它们的初次相遇是成功的，你对后续更宏大的冒险就会更有热情，这样的热情将让你始终保持这种"爱好"。如果再幸运一些，没准这种"爱好"就成了你的工作。这些墨鱼引领我走进属于它们的世界，也为我创造了拍摄海洋野生动物纪录片的绝佳契机。

三月中旬正是与居住在南德文郡（South Devon）巴巴科姆（Babbacombe）附近海域的墨鱼一同潜水的好时机。潜水区距离海岸并不算远，哪怕是一只海星也能在一天内走完这段路程。在这里潜泳很方便，也很便宜，因为你甚至不需要一艘船。我是抱着玩乐的态度来这里的，因为那时的我还没有意识到，拍摄海洋生物其实可以成为一份工作。也许你们当中的一些人可以——毕竟我看过库斯托（Cousteau）的作品**，但我没有机会。

我漂浮在海里，距离海床只有18—24英尺的距离。我见证着它们生命中最重要的环节——交配。这些黑白相间的动物也被称为"水下斑马"，它们时常在这片海域出没。当你有幸遇到好多墨鱼

---

* 墨鱼骨是鹦鹉的一种辅食和补充营养剂。
** 雅克-伊夫·库斯托，水肺的发明者。1956年制作了纪录片《沉默的世界》并获得金棕榈奖。

扎堆出现时，也许是因为你偶然闯入了一个水下竞技场。雄性墨鱼聚在一起，向雌性墨鱼求爱，而雌性墨鱼会从中挑选出最合适的雄性墨鱼。但今天我并没有太大把握，因为英国温带海域常见的灰绿藻阻挡了我的视线。在这样的环境中，就算你穿着厚厚的橡胶潜水服，想要弯腰看清自己的脚趾都可能是一件很困难的事情。

我们穿的是干式潜水服。这种装备与我们常见的T恤和牛仔裤相比，简直差了好几个光年的距离。如果潜水服的脖子、手腕、脚踝上的密封圈正常工作，拉链和其他位置也都没有漏水的情况出现，那么平心而论，这种潜水服还是比较温暖舒适的。不仅如此，设计师还在橡胶层内部加了一层厚厚的羊毛衬垫。这层衬垫也被我们戏称为"羊毛熊"。衣服的内胆还有一根额外的充气管，可以使潜水服内部充满空气，在提升抗打击能力的同时也使得整个人在水下的行动变得无比笨拙。尽管你暴露在海水中的脸颊、前额和鼻子会被冰冷的海水冻得发麻，但我们总不能说这套潜水服毫无用处嘛！毕竟只要熬过最艰难的30秒，所有暴露在外的部位都会因寒冷而麻木，你也就不需要忍受这种痛苦的煎熬了，唯一的缺点可能就是，你根本感觉不到自己是否在笑。如果你将浮力调节得恰到好处，你就可以悬停在某个位置，然后利用自己的呼吸实现深度的微调。这样一来，你就可以一动不动地待在那儿，静静观察墨鱼的动静，前提是你第一时间就发现了它的踪迹。

20世纪90年代中期，每年的三月份我都会和我的潜水伙伴们一同前往巴巴库姆，在海里待上几小时，观察海里的墨鱼。我的伙伴中最出名的当属艾伦·詹姆斯（Alan James），他是海洋静物摄影界的传奇人物。他在布里斯托尔（Bristol）开了一家水下摄影店，在当店主之前他是建筑师。20世纪80年代末的贷款利率极高，因此艾伦不得不卖掉自己的土地，退出了建筑行业。当时他对于未来的规划一片茫然。这时他的一位搭档看出他对潜水的兴趣，送了他一台尼康水下相机。照相机出了点小故障，艾伦亲自动手把它修好了。这对他来说可能只是小事一桩，但他的潜水伙伴们很快就发现了这一点，于是就将他们那些损坏的或者是进水的水下相机都拿给他修理。以艾伦那勤奋的做事风格，他每天清晨5点起床，到午饭时间就能修好六台相机。这是一个他能够全身心投入的，也是不可错过的商机。

理查德·布尔（Richard Bull）将我介绍给艾伦认识。他是BBC和其他一众拍摄公司的潜水安全顾问。理查德在业界很有名，因为他总是能以一种奇妙的方式，确保那些令人胆战心惊的潜水作业安全完成。当时他在布里斯托尔开了一家潜水店，距离BBC自然历史部门的办公地点并不太远。我在他的店里买过许多价格高昂的潜水设备，也是在那里第一次见到艾伦。理查德在自己的店铺里给艾伦留了一个柜台，一大堆相机和水下相机的配件以及许多模型摆在那儿，把整个柜台都塞得满满当当。有一次，我和艾伦聊了一会儿，正是这次谈话让我意识到，如果能在漆黑一片的水下拍照，那该是一件多么有趣的事情。大多数吸引我们注意的事物总是会在不经意之间给我们带来惊喜。当时我并没有意识到这个想法会引发什么样的后果，毕竟在那个时候，水下摄影技术并不算很成熟。当然我还是得说，艾伦是世界上最伟大的推销员之一。

艾伦耐心地向我解释，如果将普通的相机放在水里，那么它很有可能进水。所以摆在我们面前的就只有两个选择。其中之一就是造出完全防水的相机，每一处孔隙都必须是完全密封的，就连那些控制按钮都必须保证在被隔水树脂填满后还能正常工作（要想做到这一点，就必须在相机设计和工厂制造环节下功夫）。还有一个办法，就是将相机放在密封的盒子里，通过这个盒子来控制装在里面的摄像机，这就必须要借助长杆或者电缆的帮助，因此这个密封盒子就必须开孔。开孔往往意味着漏水，哪怕你用橡胶隔水圈密封起来也无济于事。当然你还得有一个更大的入口，允许我们将整个相机拿出来重新装填里面的部件，当时是换胶卷，今天则是更换存储卡或者电池。

冥冥之中，各路研究水下摄影的机构都将目光投向了库斯托。1961年，尼康公司收购了库斯托和比利时工程师让·德·沃特（Jean de Wouter）的水下摄像原型机"Calypso"，并将其改造，推出了专为潜水员设计的"尼康专业潜水"系列水下相机。这一系列相机的性能极为出色，而且是一种全封闭固定式相机（没有外壳），这一系列的相机直到2001年才真正停产。数字革命的出现在很大程度上消灭了这些专用的水下摄像机。现如今最流行的做法是为高精度的陆用摄像机造一个外壳，因为陆用摄像机的性能普遍更加出色，且应用范围更加广泛。这个"外壳"经过多年的改进迭代已经变得十分精良，几乎成了相机的一部分。性能最好的"外壳"能在水中保持自平衡，其控制灵敏，重量又轻，就算遇到虎鲨也绝对不会卡壳。"外壳"背后往往也有一个大屏幕，方便我们通过潜水面罩观察到内部的摄像机。不过，当我再一次看到漂亮的老式尼康专业潜水相机时，我还是感慨万千。想起当年是如何小心翼翼地规划仅有的36次拍摄机会，确保其能收录潜水过程中出现的全部精彩镜头。而现在，数码相机的出现让我完全摆脱了拍摄次数的限制。

艾伦曾卖给我一个二手的"工程塑料"牌（Ikelite）外壳，可以装下我的尼康F3静态相机。哪怕以25年前的眼光来看，这个外壳也可以说是来自石器时代的产物，但如果你真正了解这其中包含的信仰和价值，没准你就能在它的帮助下拍到一张高质量的水下照片。顺便说一句，这是我从他那买的唯一一个水下相机外壳，因为我的固执和专一简直可以与他那出色的销售能力相匹敌。

当你在水下遇到一条墨鱼时，你往往会发现它也在盯着你。大多数时候，它都会飞快地离开，一旦它停下来，往往就是在向你发出信号。最常见的一种信号，就是在头部上方突起几根触须。我曾经以为这是一种十分可爱的肢体语言，直到后来我才了解到，这是软体动物表达"快走开"的意思。事实上，由于软体动物和人类之间天然存在沟通交流的壁垒，我理解的这个动作应该更倾向于"滚一边去"的意思。我觉得这并不是出于软体动物的自我保护意识，而是真真实实地在冒犯我。（如果我的理解没错的话，这场面可真是太酷了！）

如果你也和我一样，拜读过罗杰·汉龙、路易斯·奥尔科克等人写的《章鱼、乌贼和墨鱼：海洋中最先进的无脊椎动物的可视化科学指南》，你就会知道，欧洲横纹乌贼（Sepia officinalis）可以展现出54种不同的颜色，以及13种不同的肢体语言，这足以说明它很擅长"沟通"。通过皮肤来体现的颜色和形状等元素，有点类似人类语言中的"字母"。墨鱼的语言——也就是这些元素的组合——是十分多样的。你可能看到这样一只墨鱼：它整体呈现白色斑点与黑色条纹混搭的斑驳色彩，皮肤光滑，触手高高举起，在水中盘旋。当然还有其他各式各样的组合。需要说明一点，墨鱼的心脏（应该说是其中三个心脏）位于它的"袖口"处（指八条触手以及整个身体的顶部位置）。

墨鱼和它的同类利用皮肤来伪装自己，并发送生物信号，这不得不说是一项伟大的奇迹。就和自然界中的许多发明一样，它们所蕴含的技术已经远远超过了人类。老实说，它们这种快速改变外表的能力，放眼整个自然界都算是独一份的绝活。利用皮肤上特有的三层系统，墨鱼们仿佛拥有传说中的隐形斗篷。这三层系统都是由动物界最庞大、最粗壮也是反应速度最快的神经所控制的，这也解释了它们为何能够快速改变皮肤的颜色。最表层是一种被称为"色素团"（Chromatophores）的可变彩色像素系统，包含黄色、红色和棕色色素。色素团受环状肌肉控制，后者可以在色素团周围形成一圈虹膜，这样就可以灵活地隐藏或是显示色素的颜色。最令人难以置信的是，这些肌肉可以膨胀到原本的500倍大小，人类至今还没能生产出具备相同弹性和厚度的材料呢！中间一层主要由具备反射和折射光线能力的粒子组成，就好像落入水中的油滴能显现出彩虹色一样，这些粒子也被包裹在被称为"彩虹团"（Iridophores）的细胞内。最里面的一层则是白色基底层，这一层的细胞被称为"白色素细胞"（leucophores），含有能反射环境光的特殊晶体。这三层系统叠加在一起，就类似我们的Photoshop软件的图层叠加操作一样，组合成千变万化的图案和颜色。

　　这种以色素变化和反射调整为主的快速反应机制使得墨鱼能够灵活地融入任何环境。只要它自己愿意，就可以显露自己的身形，并向同类传达爱意或者是决斗等意图。不仅如此，墨鱼和它的近亲们都可以凭借身上一种特殊的小肌肉使皮肤呈现突起状态，从而产生3D纹理效果，这样就能更好地和周围的环境融为一体了。如果人类也拥有类似的能力，就能和厨房里的橱柜或者瓷砖的图案完美融合，并实现类似"隐身"的效果。这该多么有趣啊！那些调皮的孩子们没准会靠着这种本领给他们的父母一个大大的惊喜呢！

罗杰·汉龙毕生致力于研究鱿鱼、章鱼和墨鱼等头足类动物的交流和伪装方式。我们有过几次交流，但从未谋面。他的研究成果让我叹为观止，我在此要郑重地向他说一声谢谢。每一位野生动物纪录片制作人都欠着科学家们的人情，正是这些科学家的研究帮助我们了解到自然界的运行机制。还有一件有趣的事，就是汉龙那最广为人知的"兴奋的呐喊声"。

这种"兴奋的呐喊声"源自某一次他捕捉并拍摄到了墨鱼伪装变色的过程，我敢说这是有史以来最精彩的记录之一。（读者可以搜索"汉龙+墨鱼变色"）。起初出现在我们面前的是一团蓬松的海藻，但随着我们的靠近，海藻的底部变成了白色，慢慢显示出一只墨鱼的轮廓。下一个瞬间，墨鱼迅速喷出了大量墨汁，并消失在远处。上述过程不超过两秒钟。在这一段YouTube视频中，汉龙还特意将其倒回去重新放了一遍，以便我们看清墨鱼是如何从一身光滑的白色转变为一团棕色的海藻模样的。据说，在拍到这段视频之后，他发出了非常兴奋的呐喊声，吓得他的同事以为他发生了什么事故。

哪怕先前他曾目睹过许多次类似的变化，也没有哪次能像这回这样完美而清晰。这段视频清楚地展示了墨鱼形状和色彩变化的顺序。沉迷于此的汉龙花了整整35年的时间来研究头足类动物，并致力于解答蛞蝓这些聪明的远亲是如何迅速看清周围的背景，并使自己的皮肤完美再现环境色等难题。

头足类动物也许很聪明，但是在某些复杂的突发情况下，它们也必须通过"走捷径"或者"猜测"来匹配周围的环境。哪怕是这样一个强大的生物脑，也绝无可能在几分之一秒内改变皮肤的数百万个元素。不过，汉龙和他的团队已经证明了，章鱼、墨鱼和鱿鱼在任何背景下都只有3到5种基本的伪装模式：统一的、斑驳的和杂乱的。在几毫秒内，它们就能选择当下最适合的伪装模式。在确定了伪装"基调"之后，它们会在这个基础上进一步修改，使得这种伪装更加完美。我们仔细研究墨鱼伪装过程的记录视频，就可以清楚地发现，一系列伪装元素是分批次分阶段出现的，而不是同时发生的。汉龙团队的这一研究结论能很好地解释这种现象。

当然，墨鱼的大脑之所以能进化出这样的伪装机制，并不是出于好玩，而是为了躲避大型掠食鱼类或海豹等天敌，免得被它们一口咬成两半。为了欺骗这些捕食者，它们就必须进化出捕食者视角下的完美伪装机制。需要提前说明的一点，墨鱼是无法分辨出不同颜色的；但在这样的情况下，它们还是进化出了如何才能不被那些拥有色觉感知的动物发现的伪装机制。汉龙团队下一步的研究方向是通过模拟海豹或其他捕食者视角的专业摄像机的拍摄来揭示这种伪装的运行机制。我想表达的观点是，针对海洋生物的研究是永无止境的，因为海洋的奥秘是不可能被100%破解的。即便如此，聪明的海洋生物学家们也愿意为此付出一生的努力。

说回我自己当时的情况，我像个军事密码破译学的学徒，死死盯着眼前两只墨鱼的求爱过程。此刻它们并没有用什么伪装，雄性墨鱼和雌性墨鱼的皮肤都呈现黑白相间的特征。不同的是，雄性墨鱼周身遍布斑马条纹，而雌性墨鱼身上则有较多的黑白斑点。雄性墨鱼显然是在守卫着雌性墨鱼，并试图用自己最漂亮的"西装"来给雌性墨鱼留下深刻的印象。两条墨鱼的运动轨迹都十分精细，水流在它们的肉鳍周围缓缓移动。有时，雄性墨鱼会爬到雌性墨鱼的头顶位置，肌肤相亲，看上去极为温柔。

突然间，凭空冒出一团水尘——海床上的一团淤泥被激起——周遭的一切都变得浑浊起来。一只体形较小的雄性墨鱼想要"浑水摸鱼",趁着混乱就冲了过来,朝着雌性墨鱼猛扑过去。而先前那只体形大一些的雄性墨鱼迅速冲着它发出了猛烈的一击,将它赶走。只见它的皮肤在攻击的一瞬间变得漆黑,但下一秒它又回到了雌性墨鱼身旁,皮肤也变回了浅一些的斑马条纹——雌性墨鱼喜欢具备一定攻击性的雄性墨鱼,但又不喜欢过于暴躁的异性。有时候,雄性墨鱼会将朝向雌性墨鱼的一边身体调整成最佳的斑马条纹,而另一边则模拟出雌性墨鱼的斑点图案,两种图案各占一边。这样做的好处在于,避免正在求爱的雄性墨鱼被其他雄性墨鱼所干扰,正如上文所描述的那样。

墨鱼的交配过程就好像是两只手在接吻:雄性墨鱼和雌性墨鱼面对面地将触须[*]向对方伸出,雄性墨鱼将自己的触须伸进雌性的口腔,并先导入一团水流,将其他雄性墨鱼留下的精子给挤出;随后它再将自己香蕉形状的精囊刺入雌性墨鱼的口腔后端。如果运气好的话,雌性墨鱼会排出一颗卵子。当它们处在交配过程中时,潜水员是否在它们眼皮底下就无足轻重了;毕竟在动物王国中,交配算是头等大事了。

如果我在当下这个季节的稍晚些时候(一个星期左右)回到巴巴科姆,也许我就能目睹雌性墨鱼产卵的过程了。墨鱼产卵是一个复杂而神秘的过程,因为没有人能看清雌雄墨鱼的口腔中到底发生了什么。但如果你在边上静静地待着,雌性墨鱼会允许你近距离

---

[*] 严格地说,"触须"这个词专门用来形容墨鱼作为进食辅助的一对"触角",与其余八条"腕足"的功能是不同的。但是这样一来,将墨鱼的交配过程比喻为"两只手在接吻"就显得有些不准确。(在英文语境中"腕足"与"手"同为 arm)。

观察它的产卵过程。它先是将一堆巴巴科姆海岸常见的棕色海藻聚拢在一起,这种海藻的叶片上携带有气囊,可以为其提供足够的浮力。雌性墨鱼从嘴里吐出黑色的卵,并将其附着在海藻的茎干上。很快,海藻丛就变成了一个有些怪异的葡萄园,这些黑色的卵就好像我们常见的黑葡萄一样,每40颗左右就组成一长串。雌性墨鱼大约一次能产下200颗左右的卵,产卵后不久雄性墨鱼和雌雄墨鱼都会死亡,留下一整块腐烂不了的墨鱼骨。过不了多久,潮水就会将墨鱼骨冲到海岸,被沿着海岸散步的人们捡走。大多数人并不清楚,这块墨鱼骨代表着一段非凡的生命过程,代表着曾在海底上演的一出小小的话剧。如果你是收集爱好者,也许你就将它放在浴室的架子上,它能让你回想起广袤的海洋和湛蓝的海水。我家浴室的窗台上就有一块放了15年之久的墨鱼骨。

墨鱼的寿命并不长——普遍只有两年——这对于拥有如此高智力的动物来说是比较少见的。在哺乳动物当中,如人类这般聪明的动物需要长时间的"编程训练"——为适应生活而学习,因此我们往往拥有比较长久的寿命,去适应这一系列规则,并获得应有的回馈。对于墨鱼来说,它们生来就具备许多能力。针对幼年墨鱼的研究结果表明,它们生命中的前60天是快速学习的阶段,之后则趋于成熟。所以其实是我先入为主了:认为这些生活在海洋的生物与哺乳动物有着相同的习性,从而将我作为"陆地生物"的想法强加在它身上。事实上,要想真正理解海洋生物,就必须"颠覆"这种固有的认知。这些神奇的海洋生物所拥有的是一种截然不同的美丽。

今天,世界上有相当一部分人仍生活在沿海区域,我喜欢将这一区域命名为"棕色星球"。我的同事迈尔斯·巴顿(Miles

Barton）为《蓝色星球2》纪录片制作了一集海岸专题。当我给这一集取名为"棕色星球"时，他并没有觉得很惊讶。因为海岸地区有大量的沙子和沉积物，它们大多都是被河流裹挟着，最终在河口地区沉淀下来，而沙子和沉积物为海岸区奠定了棕色的主基调。相比较难辨方向的开阔海洋，墨鱼等生物更适应阳光充足的浅水地带，那对它们而言是理想的栖息地。这是因为存活到现在的墨鱼大多是在海岸地区繁衍进化的。在生物进化过程中，环境因素（栖息地）往往会赋予动物特殊的习性，就如同抹香鲸更适应深水环境，玳瑁总是以珊瑚礁为食那样。

海洋中的"栖息地"可能是数以百万计生物的生存场所。印度尼西亚苏拉威西岛的海岸地带是我见过的生物物种最丰富、风景最美丽的栖息地之一。不过，当我第一次看到它时，脑海中不由得想起了之前在苏格兰科尔岛度假时一位住在城市里的朋友说的话："你为什么带我来《神秘博士》的采石场[*]呢？"

老实说，赫布里底群岛的确有点荒凉，岛上仅有的几棵树也是又小又矮。但是很快你就能领略到它的美——你可以清楚地看到布谷鸟或罕见的秧鸡，这个光秃秃的小岛，这个"贫瘠的采石场"，让阳光、大海和大片大片的白沙深深地印在你的骨子里。这与你在印度尼西亚苏拉威西岛进行所谓的"淤泥潜水"的感觉是一模一样的。

当时我灵机一动，提议来一场颇具异域情调的潜水活动。毕竟我身边跟着一整队"伙伴"，潜水时方便互相照应。我们的情况是

---

[*] 《神秘博士》，英国科幻电视剧。其早期剧情中的大部分外星户外场景都是在威尔士采石场拍摄的。

这样的：我们与另外十个人一同来到苏拉威西岛北部体验"潜水假期"，这支队伍由前文提到的潜水摄影店老板艾伦·詹姆斯和他的搭档希瑟带领。苏拉威西岛的形状酷似一只巨大的章鱼，而我们恰好在它其中一条"腕足"上。从脚下的这个岛礁，我们可以轻松地看到伦贝海峡对面的伦贝岛，它距离我们大约只有15分钟航程。我们周遭被深蓝色的海水环绕，身边是一艘艘色彩鲜艳的钓舟，身后的棕榈树和眼前的岛屿交相呼应。微风吹拂我们的面庞，时刻提醒我们正在一个古典而浪漫的热带天堂。不得不说，这对我们而言是巨大的惊喜。

随行的潜水主管叮嘱我们，单次潜水时间不要超过50分钟，深度不要超过25米，这样就可以省去复杂的"潜水减压"（Decompression）操作——这是一种比较复杂的潜水方式，不太适合潜水初学者使用。有一点我必须要强调，你必须确保穿在身上的潜水装备完全舒适，因为这是成功潜水的必要条件。在这样的海水里深潜是很简单的，眼前这片海水的平均温度大约有28摄氏度，还有温暖的阳光照耀其上。因此你不需要像在冰冷的海水中深潜那样穿着又笨又厚的潜水服，你可以选择T恤和短袖，但是还是有必要穿轻薄的专业潜水裤的，它可以保护你免受各种轻微的划伤。接下来就是穿上脚蹼，如果你穿得太早，那么边上的家伙们就会踩在你的脚蹼上，把你绊倒；如果你穿得太晚，就得像一条海毛虫一样扭动着双脚，小心翼翼地避免和其他人的脚蹼撞在一起。如果船上没有剩余空间了，那么我建议你稍等一会儿再穿上你的脚蹼。

接下来，你需要检查背上的氧气瓶（也被称为潜水瓶）的带子是否牢牢地系在潜水服上。潜水服里有内置气囊，可以随时调整浮力，同时负责将各种东西都固定在你的背上。随后需要检查的是负重腰带，还有你的呼吸管，确保其同样固定在潜水服上。随后你就可以将呼吸管和潜水瓶一起"吊"在背上。我之所以要说"吊"，是因为这个过程有些尴尬。你需要先找到手臂处的一个孔隙，然后再去另一边寻找第二个。由于材料问题，第二个孔隙时常会被挡住。经验丰富的老潜水员会将氧气瓶和潜水服倒过来，同时放在脑袋和手臂处，然后不知道怎么地就能马上调整完毕——这种技巧我至今还没掌握。

船长会将你和两位安全员一起扔在这片浅浅的海水里，请确认氧气瓶已经开启。你需要按一下"呼吸阀"按钮，挤出一些氧气，同时将呼吸管中的水分挤出来。然后你就可以将呼吸管塞进嘴里，检查自己是否能够呼吸。如果呼吸时压力表指针跳得很厉害，就说明你的氧气瓶漏气了。你需要将呼吸阀从嘴里拿出来，只在需要呼吸时再戴上，以节约氧气瓶中的氧气。尤其要注意系好负重带，不然你就会像软木塞一样在水面上挣扎。但也要注意检查负重带的锁扣，确保需要解开负重带的时候能用右手轻松地解开。现在，请你的朋友们帮忙检查你的潜水设备吧！

船长会明确给你可以下水的信号。他需要仔细观察，确保你不会砸在其他人或者其他东西上。当然，外侧的螺旋桨也必须关掉，以防螺旋桨将你吸入。请确保水下相机外壳已经放开，并放在一个不会被撞到、又能在水下很容易拿到手的位置。

接下来，你就可以面朝里坐在船只侧边的橡胶圈上，背上沉甸甸的氧气瓶会试图把你往水下拉。万事俱备。请先往潜水服里吹两口空气，确保其有一些浮力。然后朝潜水面罩吐一口唾沫，轻轻涂抹一下，然后转过身去，小心翼翼地抓着面罩的带子将它沉到海水下面去浸泡一下，这样面具就不会起雾了。前面已经说过了，但我还想再强调一遍：要想获得一次绝佳的潜水体验，就必须要将所有装备都调整到最佳状态。请将潜水面罩套在头上，但不要马上就放下来，因为如果你长时间在水面之上戴着面具，你脸上的汗水就会因温差而快速蒸发；在外侧较冷空气作用下，面罩内的水蒸气会再次凝结。你可以事先询问船长下水的确切时间，这样你就可以在正确的时间以正确的顺序安排好这些准备工作。好了，现在请将面罩放下来，将呼吸阀放在嘴里，你马上就要下水了。按着顺序一步一步来，听上去可能有些复杂，但是这就像给人解释板球规则一样，解释永远要比执行复杂得多。

出发咯！

请先快速扫视四周，确认安全之后，一只手扶着潜水面罩，防止其在入水时被扯开。接下来你只需要放松身体，任由背上的氧气瓶拉着你向后倒。当你扑通一声落入凉爽的海水中，感觉自己变得轻飘飘的时候，你会感觉到一种说不出来的轻松。对我而言，翻滚着落入水中这个过程本身就很美妙。身体落入水中时泛起的白色气泡将整个人包裹，仿佛带着你进入了另一个世界，一个孕育出许多奇特生命的水中世界。也许你会在落水后暂时搞不清方向，也许你会下沉两米，或者来个360度旋转，但随着身旁的气泡散开，你会重新浮出水面，这时身旁的一切都会变得井然有序。你将手伸出水面，同事或导游会将摄像装备递给你。如果水下相机有性能卓越的防水外壳，搭配许多层玻璃和漂亮的摄像头，那么它可能有相当的分量。当然，在水里就不会有很重的感觉，甚至设备还是重点儿的好，你需要一定的质量来确保拍摄的稳定。在水下要时不时关注和你一起潜水的同伴，并确保背上的呼吸管朝上，这样你只要按下呼吸阀的按钮，氧气就会从潜水服中流出。当你要下潜时，压力计显示的数值是200巴（1巴=100000帕）：这代表你此刻所受的水压为3000磅/平方英尺。看一眼你手上类似腕表的潜水电脑，上面会显示你下潜的深度：6米……10米……12米……15米……你并非笔直下潜，而是在下潜过程中保持向下倾斜的角度。

令人惊讶的是，随着你的下潜，你看到的海床全然是黑色的！眼前这一片"采石场"漫无边际，简直可以说是《神秘博士》中场景的完美复刻。整片海床是由颗粒状的火山石构成的，大小与狗粮差不多。我们来这里干什么？这里什么都没有！跨越了大半个地球，可不是为了看这些东西的！

这是海岸区动物们的天堂。这一片温暖的浅海区里生活着各式各样的生命。颗粒状的火山岩（也称为浮石）已然被淹没于海水之下，它们仍发挥着重要作用，它们持续将许多"尘埃"排向海水，这可能是这一片生存着如此多动物的重要原因。火山岩颗粒之间并非严丝合缝。在被海床隔绝的地下，浮石自身的重量并不足以使其紧密结合，至少还有一米厚的岩层孔隙是充满水的。当然，孔隙中还少不了小小的气泡，这是地壳深处滚烫的熔岩加热海水所产生的水蒸气填充在浮石颗粒的孔隙处形成的。如果用一个比喻来形容，这一片海域的海床就好像把你的肺摊在网球场上，凹凸不平的表面足以供养足够多的微生物，并支持藻类等生物的生长。藻类的存在又为鲶鱼、对虾等生物提供了充分的食物，并供养着狡猾的鮟鱇鱼（Frog fish）。火山浮石就是一个巨大的食物网中心，向四面八方散布开，并以食物链形式串联起数不胜数的海洋生物。整片沿海地区变成了一个巨型餐厅。

停下！仔细看着眼前那如坟墓般的漆黑砾石，集中注意力观察！

就在那里——在一个破旧的油漆罐开口处，藏着一只章鱼。它抱着一个塑料盖子，把身体藏在后面，就好像是个在翻报纸的老头。一条黑白相间的鳗鱼从洞穴里蹿出来，在海底沉积物中蜿蜒游动；一条石头鱼（Stone fish）将自己伪装成特种兵模样，脑袋上长满了海藻，一根根垂下来，把整个身体都给遮住了。一条叶鱼（Leaf fish）——看着就像是一片长长的、已经枯萎许久的叶子——顺着海流翻滚。一群黄黑相间的鲇鱼组成鱼墙，向我们这边靠近。约2000条鲇鱼挤在一起，共同组成了一个10条×10条×20条的鱼阵，每条都有你的手指般大小。它们在海床上翻找着食物，并卷起一阵阵"沙尘暴"。仔细观察生长在海底的海绵，它们仿佛与浴室中的海绵没有什么区别，只不过颜色更黄一些，全身上下的"节"也更多一些。当你看到眼前的海绵居然会移动时，你一定会大吃一惊。你大概能在海绵身上找到一只"眼睛"，其上方还有羽毛状"诱饵"，其末端有一个诱人的蓝色斑点。当你将目光从海绵的"眼睛"处移开，却发现不远处露着两只小脚——好吧，确切说应该是鳍和脚的混合体。这两只小小的鳍脚用力摊开，像是两脚架一样固定住身体，只露出一张有着宽宽的嘴巴的大脸。这个另类的生物的其余部位都很难分辨清楚，就好像是陆地上那些设计得乱七八糟的烂尾工程。

这是一条橙色的鮟鱇鱼，它那布满麻子的脸上长着许多酷似海绵的毛孔，这大概就是它被视作大自然最出名的"丑角"之一的主要原因。这样说可能有点不太厚道，毕竟它很努力地让自己长得像海绵了。我本想说"它妈妈很喜欢它"，但它还有179999枚卵，即便它在卵孵化前一直守护着它们（就像有些鮟鱇鱼那样），它也会很快用完所有后代的名字，分不清谁是谁了。我想说的是，如果鮟鱇鱼对它的孩子们表现出一些亲近感，那也只是漫长的生物进化过程中固定下来的责任感。话又说回来，这也许就是"爱"的起源，尽管这其中的分量会更淡一些。

  鱼是一种非常可爱的生物，尤其是它们意识到自己被发现时的应对表现。它们会先放开牢牢抓住的海床，然后就像《翻滚先生》*那样用力地翻滚，搅起海底黑色的淤泥。它们的每一次翻滚旋转，都会让人联想到1969年登月的宇航员的举动，直到它们找到另一处橙色海绵。这是一种非常可爱的逃避行为，尤其是它们那张看着有些困惑的脸，在翻滚过程中仿佛在对观众说："帮帮我！快帮帮我！"自然界中还有红色、白色、黄色、棕色、紫色、蓝色和绿色，以及上述所有颜色组合的鮟鱇鱼，它们统统属于琵琶鱼类的一种——之所以要模仿海绵，是为了伪装自己，方便狩猎和躲藏。假如有一只小虾跑到海绵丛里觅食，它还会以为自己找到了一顿大餐——这大概就是它生前最后一个想法了。

  从你最初见到海底那黑色的浮石，再到你目睹奇特的海洋生物，也不过才短短三十分钟的样子。当你专注探索时，水下世界的时间仿佛是静止的。但是请你看看潜水压力表的指针：110巴（1595磅/平方英尺）。这个数字表明，在维持平稳呼吸前提下，你还有大约15分钟的潜水时间。按惯例，在保证安全情况下你必须在压力表降到50巴之前回到水面。这是一条很客观的规定，我们必须坚守。我需要经常提醒自己，以防被水下的各种奇观冲昏了头脑。

  留给我们的时间不多了，所以是时候去找我们从度假村雇来的潜水导游，请熟悉情况的他给我们指一条捷径，让我们能更快地找到更多的海洋生物。我们开始朝着浅一些的海域出发。不过移动了

---

* 《翻滚先生》，英国一档英语启蒙节目，通过肢体动作教小朋友认识新单词。

十数米，就来到了一片色彩鲜艳的珊瑚丛，其与周围黑色的海床形成了鲜明的对比，虽然两地都是那么富有生命的气息。有一只色彩鲜艳的"老鼠"从脚边匆匆走过。它停下脚步，抬头看了看你；只见它的两只眼睛就这样"插"在躯干上，没有任何保护和遮挡，上下左右地打量着你。这绝对是一只让人叹为观止的生物：它有一条布满棱角的斑驳的绿色尾巴，红绿相间的身躯，最前面则是灵活的蓝色脑袋。它的眼睛一刻不停地在转动，就好像卡通动物，有那么一瞬间我都怀疑它是皮克斯动画电影里的临时演员。

这是一只孔雀螳螂虾，正在海底跑道上缓步前进。它的颜色鲜艳，是一位追求时尚的"美女"，也是一个"远望者"，因为它可能拥有动物王国里最复杂也最奇特的眼睛。乍眼一看，这可能是昆虫常见的复眼，一般由数百个微晶体组成，你用肉眼就能分辨出来。但是这可能是你仅有的认知了，实际上它们的眼睛里有三个互相垂直的黑点在不停地旋转，你可以理解为这是它的瞳孔，而这三个"瞳孔"是相互连接在一起的，可以同时移动。在整个眼睛的中线位置可以找到一条隐隐约约的条带，就好像有人在眼睛表面划了一根线。这看上去就像是个扫描仪，当瞳孔在里面移动时，条带可以记录下眼前这片世界的细节。不仅如此，研究还证明，孔雀螳螂虾感知不同颜色差别的能力要远超过人类。它们的眼睛里有多达16种颜色感受器，而人类的眼睛只有三种。它们似乎能感受到6种紫外线，更不要提各种偏振光了。它的视觉范围也比人类的要广得多，能探查到红光和蓝光波谱之外的其他颜色。

没有人知道它们为什么需要进化出这样的视觉能力，可以肯定的是，这和生物进化的两个主要驱动力有关：食物和繁衍。这大概也能解释为什么它们需要如此艳丽的外表，因为这样一来它们就能精准地向其他甲壳类动物推荐自己。但是我不禁要怀疑,它们这么做是否有更多的搞笑成分,因为它们的模样让我想起了端坐在图书馆的年迈管理员,厚厚的老花镜后面的身体时不时抽搐着,等待着眼前的你缴纳逾期罚款。

氧气瓶中的氧气含量越来越低。幸运的是,眼前这只孔雀螳螂虾先一步离开了。就在你对它的关注点越来越偏向于奇怪的地方时,这只节肢动物从海床上飞了起来,回到了它的洞穴。孔雀螳螂虾似乎对我们的出现既好奇又谨慎,猜想我们是否会伤害它们。当然,我们从未这样想过,毕竟生活环境截然不同的两种生物能有这样的偶遇,已经足够让我们久久不能忘怀了。

我们开始朝着浅滩出发。沿途还有许多珊瑚丛,还时不时有黄色和蓝色的热带鱼群出没,当然还少不了红色小丑鱼、带有珍珠斑点的红衣主教鱼以及色彩斑斓的海蛞蝓。导游指着一团从海底螺旋向上的海扇,它酷似一大盆海底盆景。导游手上拿着一根细小的不锈钢杆子,就如同我们日常生活中常见的天线;此刻这根杆子正指向海扇上的一个小玩意。海扇是一种直立珊瑚,它有着类似树枝一般的分叉,上面还有许多疙瘩状凸起,看着就好像是被切下来的树桩子,但那实际上是珊瑚虫。如果你仔细看,会发现它们身上还有一些小触须。为了让你产生身在独角兽花园的错觉,这棵凹凸不平的珊瑚树还特意长出了一些亮粉色的光影。

导游的杆子停留在海扇其中一根狭窄的枝干上,很难想象他到底是发现了什么有趣的玩意,直到你看到了一张涂着粉色和红色条带的脸,与海扇的颜色浑然一体,甚至与枝干上的凸起形状完美融合。这是一只侏儒海马,体长不超过一厘米。它的尾巴缠绕在海扇的枝干上,似乎一点都不担心你能发现它的踪影。当然,如果不是常年在这一带潜水的导游特意指出,你是绝对不可能发现它的。侏儒海马是如此娇嫩而脆弱,它们唯一的防御手段就是伪装。不得不承认,它啄食落在海扇上微小颗粒的样子真的很可爱。

压力表的指针指向了50巴(725磅/平方英尺),是时候返航了。要注意,返航前必须在水深6米处停留两分钟,以保证血液中的氮不会因快速失压而解析出来。然后你就可以慢慢浮出水面。请先将一只手探出海面,然后就可以露出脑袋,回到充满空气的世界啦。

这真是一次极为特别的潜水经历。以上的经历可不是我瞎编的:这正是我们这群人在伦贝海峡深潜50分钟的真实所见所得。海岸地区通常物种丰饶,而这里的黑色火山"淤泥"所孕育的物种则更加丰富。许多科学家和摄影师毕生都致力于记录苏拉威西岛的海洋生物。

我们在伦贝海峡空空安湾度假村待了10天,平均每天潜水3次,还进行了多次夜潜,每一次潜水都会有新的发现。值得一提的是一种色彩艳丽的章鱼,它大概只有拇指般大小,浑身上下呈现淡紫色、黄色和火红色。它用腕足爬行,像一只小坦克一样在海底移动。这种章鱼的色彩变化十分丰富。当它捕食小虾时,皮肤颜色变化所形成的脉冲变化就如同火焰一般,从它的身体两侧逐渐下行。这种脉冲变化可以帮助它们迷惑猎物,并隐藏真正用来捕食的两根触须。章鱼在捕食时,这两根触须会从它的身体下方猛地弹出,呼啸着冲向眼前的小虾,然后用黏糊糊的触须末端将其捕获。

这种章鱼的体形很小,很不容易发现。在漫长的搜索后,我这才找到了一只。就在这时,我发现摄像机防水外壳上有一道缝隙,取景器里落下了一滴水。此时正确的做法应该是快速浮出水面,因为进水对于电子设备来说是致命的。但是能亲眼看到这条像小龙一样"喷火"的小章鱼，兴奋的我跟着它拍下了一系列镜头，全然不顾取景器里的水滴越变越大。幸运的是，相机和照片最终都得以保全。

苏拉威西岛所有已知生物中，我最想遇上的就是"模仿"章鱼。实际上这一类章鱼有两个品种，一种在黄昏更活跃，另一种则常在白天出没。两种章鱼都有着出人意料的美丽外观。它们的腕足又长又壮，呈现棕色和白色交替的同心条纹图案，这给人一种脆弱又优雅的印象。但这只是它们处于"默认"状态下的颜色。人们发现这种章鱼至少能模仿15种海洋生物的形状和颜色。当其受到大鱼或者是大型螃蟹等捕食者威胁时，它们就会模仿更加凶猛的动物的模样，把掠食者吓跑。当它模仿海蛇时，不仅能将海蛇的条纹模仿得惟妙惟肖，甚至还能向两个相反的方向分别展开一组触须，将它们卷在一起，模仿海蛇的身体特征。它的复制对象还包括有剧毒的狮子鱼。只需要将其中几条腕足竖得笔直，看上去就像是狮子鱼身上那有毒的鱼鳍。有时它还能快速伪装成一条比目鱼，沿着海床快速游动，那架势和真正的比目鱼一般无二。然而，我始终没有我同事一般的运气，这么多天以来，我都没能在海底的黑色淤泥中发现哪怕一个触手的吸盘，这不由得让我有些失望。想到我也曾目睹过许多稀奇的海洋生物，这一次的空手而归让我心里不大平衡。

与海狗同游：在海带森林中拍摄海豹

加利福尼亚州蒙特雷水族馆名声在外，但来访的游客们可能并不清楚，真正的海洋远比砖瓦之内的更精彩，蒙特雷码头附近的海湾可以算是全球海洋中最有趣的地方之一。在距离海岸不远的地方，海带就开始疯狂地生长，形成了一片壮观的海带森林。夏天的海带森林要比冬天的茂盛很多，这一点倒是与落叶林很相似。海带是海洋里体形最大的绿色生物之一。我本应该用"植物"来定义它，但奇怪的是，科学家们总是将海带、海藻等与水霉菌、疟原虫等联系在一起，而不将其划归"植物"范畴。海带其实是一种"原生生物"（Protista），它是这一类生物群体中体形最大的成员。这一群体的成员还包括具备游泳能力的孢子。我之所以将海带视作植物，主要是因为它可以进行光合作用。生长在加州附近的海带被称为"巨型海带"，它们那粗壮的茎秆上伸出巨大又扁平的叶片。尽管海带生活在水下，但它的茎秆却是实实在在的豆茎（Beanstalk）。当你在满是海带的水下潜泳时，会感觉到身旁笼罩着一层温暖的光，这是阳光透过海带橙黄色或是棕绿色的叶子映在你身上的结果。不知道怎么回事，海带的叶片总是会朝着太阳的方向转动延伸。

这个世界上只有极少的人将研究海洋作为毕生的事业,而在这些人里,泰瑞·尼克尔森尤为出类拔萃。大部分时间她都在研究斑海豹(也被称为港口海豹),尤其是生活在蒙特雷或是太平洋丛林镇附近的海豹。这两个地方可以说是人人都爱,这里至今仍流传着约翰·斯坦贝克和他的海洋生物学家朋友艾德·里基茨之间的浪漫故事。两个人的故事大多记载于斯坦贝克偶然心血来潮写下的海洋诗篇:《科尔特斯海日志》(*The Log from The Sea of Cortez*),这本书记录了两个人在20世纪40年代沿着海岸一路向南,前往墨西哥的旅程。这本著作使我悲喜参半,因为在不久以前,科尔特斯海还是一片生机勃勃的海域,如今,这片海域的景象已与当年里基茨和斯坦贝克那个年代相差甚远,但其依然是太平洋沿岸观鲸者和海滩寻宝者心目中的圣地。

里基茨在距此不远的铁路道口因事故去世,但他的英灵依然在这一带徘徊,甚至还有人宣称"亲眼见过"。他当年的实验室依然坐落在罐头厂街810号,那是一座令人惊讶的木头小屋。透过爬满蜘蛛网的玻璃窗,我还能看到实验室里摆着装有化学试剂的旧瓶子、试管,还有装满福尔马林的罐子。我记得很清楚,其中一个瓶子里装着一种类似柠檬凝乳的物质。我觉得这应该是一种苦味酸(Picric acid,三硝基苯酚,室温下是一种黄色针状结晶)。在第一次世界大战期间,苦味酸被视作黄色染料,但它也是爆炸原料。我想,里基茨当年应该是用它来固定显微镜下的样品。过了这么些年,瓶子里的苦味酸应该开始结晶了,而这也是它开始变得危险的信号。1917年,曾有一艘满载苦味酸的军事补给船发生了爆炸事故。这次事故几乎摧毁了新斯科舍省的半个哈利法克斯市。当然这件事情我并没有告诉别人,也许瓶子里装的就是普通的柠檬凝乳也说不定。

此刻我正坐在距离蒙特雷水族馆只有几个街区的阿奇餐厅,向着西方眺望。太平洋的水面在阳光照射下发出特殊的反射光,海洋生物、水、盐和海雾在电离作用下散发出独特气味。我的脑海里还能回想起泰瑞带着她的狗在城外小路上晨跑的场景。那条小路恰好是海洋自然保护区的边界。保护区以蒙特雷海洋馆为起点,一路向南延伸,并经过著名的霍普金斯海洋实验室,终点则是在一英里外的情人角。骑行者、慢跑者、轮滑者和他们的狗狗们一起,在这片沙丘上编织出各种各样的图案。这片沙丘也是泰瑞巡视斑海豹的领地。

想要穿过公路去海边,就必须穿过一片茂密的冰草(Ice plant,指松叶菊,一种番杏科植物)。这是一种从南非引进的多肉植物,是用来固定这一带沙丘的。这一片冰草长势良好,绿色的植被沿着海岸一路延伸到墨西哥。就如同大多数引进植物一样,虽然它们很顺利地在这一带扎根了,但这并不是什么好事情。事实证明,冰草胖乎乎的叶子里储存着大量水分,但它们的根系并不发达;体重与浅根的不匹配使得它们所在的沙洲更加不稳定。不过,现在并不是将它们铲除的好时机,毕竟就如同我父亲说的那样,它们"长得很有趣"。虽说作为自然资源保护主义者,我知道自己本该大公无私,因为冰草的引进杀死了许多本土植物;但不管怎么说,它那黄色和品红色的花朵,以及那一条翠绿的"植物绒毯"的确非常漂亮。我记得我曾问过泰瑞,这种植物叫什么名字,以及它为什么叫冰草。后来有一次我发现,在太阳快要下山的时候,冰草叶子会发出类似冰一样的银色光芒,这大概是因为它的叶子上长着许多细细的绒毛。

圆滚滚的冰草丛的后方是沙滩，然后就是大海。在一些特殊的位置——裂缝、沟壑或者温暖的沙滩上，会有成群结队的斑海豹。斑海豹是很有趣的动物，尤其是在涨潮时分，不想从午睡中醒来的斑海豹在即将被海水淹没时，会为了尽可能保持身体干燥而将脑袋和尾巴高高翘起，远远看去就好像是巨大的香蕉。

泰瑞在这片海域巡逻了十多年，十年如一日地研究斑海豹。她为斑海豹在这一带的每一个主要集聚点取了一个缩写名：

　　PLP：恋人岩过去的位置；

　　LP：恋人岩；

　　BLP：不到恋人岩的位置；

　　WB：西侧的沙滩；

　　CV：海湾区；

　　BR：鸟人岩；

　　SR：海豹岩；

　　MBA：蒙特雷水族馆边上的海滩；

　　PLZ：广场区；

　　ELT：风情饭店附近；

　　RMP：坡道区；

　　HBR：港口区。

斑海豹的皮毛主要呈现白色和灰色，偶尔还夹杂着铁锈色，而泰瑞的主要工作是尝试通过每一只海豹独有的皮毛特征来区分彼此，观察并总结海豹的交流互动机制，以及确认它们是否一年四季都在这一带生活。当然还少不了研究它们是如何一起长大的。

用动物学术语来说，这就是所谓的"纵向研究"（Longitudinal study）。历史上比较著名的纵向研究有戴安·弗西对山地大猩猩的研究、珍·古道尔对黑猩猩的研究、比鲁捷·嘉蒂卡斯对猩猩的研究，以及乔伊斯·普尔对大象的研究。纵向研究往往会将研究重点放在动物的代际间关系上，而非那种仅仅持续几周的短平快研究。纵向研究的对象一般是那些长寿、聪明且喜欢群居的哺乳动物。近年来，纵向研究越来越多地应用于海洋生物以及它们在陆地上的近亲。纵向研究有助于识别动物群体内部长期而稳定的家庭关系或血缘关系。通过长年累月的研究，甚至可以梳理出生活中的各种故事：如某只动物的一生发生了什么故事，某只动物的"女儿"又发生了什么故事。细致入微的观察结果几乎都能写成一部动物肥皂剧，再不济也足够编写一档冗长的《爱之岛》（*Love Island*，美国的一档综艺节目）节目。

泰瑞不只在岸上研究海豹，她还会和海豹们一同潜水，通常固定在一个地点：蒙特雷市唐人街遗址，现在则是著名的霍普金斯海洋实验室。从这片海域朝着蒙特雷水族馆方向望去，可以看到一个白色的岩石小岛，距离海岸大约有55000只藤壶的距离。退潮后，一大群海豹在这座凹凸不平的岩石小岛上打着盹。这群海豹很有名，它们是泰瑞的重点研究对象，已经在这个小海湾居住超过40年。霍普金斯海洋实验室隶属斯坦福大学，所以我可以将这群海豹视作常春藤盟校的成员。作为美国西海岸第一个海洋研究站，霍普金斯海洋实验室极为重要。就连比尔·克林顿和阿尔·戈尔这样的大人物，也曾在众多特工拥簇之下踏上这片海滩，造访这座实验室。特工们守卫他们的保护对象的同时，他们脚上黑色的袜子往往会被海浪打湿。海豹们并不关心你是总统还是乞丐，在它们眼中，你只是一个有一定威胁的直立猿，显然它们并不需要领会人类世界的复杂故事。

斑海豹在德语中也被称为"海狗"，这是一个我个人十分赞同的名字，因为它们的很多行为确实与小狗很像。我与摄影师汤姆·菲茨一道，从水下靠近霍普金斯岛的那块海豹岩。一路上我都能感觉到有好多好奇的目光在盯着我看。海豹们有着一双泪汪汪的大眼睛，就好似一潭永不干涸的泉水；它们长着一张哺乳动物所特有的平脸，脸上仿佛总是带着一丝悲伤和痛苦的表情，一下子就能激发起人类天性中的保护欲。有一项调查结果显示，那些最受观众喜爱的野生动物电影，基本都会选择有着可爱的圆脸和眼睛长在正前方的动物作为主角，比如猫鼬，因为它们的长相酷似人类的幼崽。

这片浅浅的水域极为美丽。高高的绿鳗草（不是海带）像小麦一样在海浪中起伏荡漾，每一片叶子都在波浪中反射着点点阳光。一切都是那么完美，但摄影师汤姆却一反常态地不让我享受这美景，他一直在身后拉我的脚蹼。"到底发生了什么事？"我回过头想要看个究竟。原来不是汤姆，而是一只酷似小狗的斑海豹，它正在那里拉扯着我的脚蹼，看样子是想和我玩耍。斑海豹可以轻而易举地咬烂我的脚蹼，但是眼前的这一只就如同温顺的猎犬，轻轻地叼着我的脚蹼。过了一会儿，它放开了我的脚蹼，就这样直勾勾地盯着我，随后它就飞快地离开了。但下一刻它又带了一位同伴回来，两头海豹就在距离我不远的地方，静静地看着我，也许是在等着我给它们表演人类的游泳技巧？我慢悠悠地摆动了几下脚蹼，然后转过头来继续看着它们。哦，天哪！我简直能感受到它们内心的想法："可怜的家伙？你看他背上还有那么大一个肿块，他完全不会游泳嘛！真为他感到悲哀……"

在拍摄《蓝色星球》第一季（1996—2001年）时，我们使用最多的是索尼公司出品的"Digibeta"相机。它拍出来的作品清晰度很高，在当时属于最上乘的相机了。而在陆地上的拍摄（我们内部称之为"上流"），我们依然没有放弃传统的胶卷拍摄，也就是最常用的"超16毫米"胶片（Super 16mm）。我记得很清楚，1998年我刚加入《蓝色星球》团队时，在某一次会议上有人将水下摄影戏称为"下流"（与陆地拍摄相对应），这在某种程度上属于不合时宜的玩笑，但我却觉得这样的形容词分外贴切。不管怎么说，我最后一次使用胶片拍摄纪录片是在1999年，同样是在《蓝色星球》纪录片节目组。现如今，与Netflix等公司的最新出品相比，胶卷作品的颗粒度更大，尤其是通过质量较差的流媒体渠道传播时，这一缺点将更加明显。但是超16毫米胶卷基本都需要搭配Arri SR2相机或者是Aaton XTR相机使用，在当时自有其独到之处——那就是支持相机以两倍速度运行，并以正常速度回放——这种功能放到今天的摄像机或者是手机上已经是最基本的功能了；在当时，没有第二种设备具有这样的功能。

听起来仿佛有些不合常理，但其实越是具备"高速运行"能力的相机，就越是擅长"延缓时间"。摄像其实是对世界采样的过程，在一秒内多次将镜头对准的位置固定在胶卷化学物质或者数码电子层上。每秒固定的次数越多，你所能捕捉到的"时间细节"也就越多。人类的眼睛会默认周围的一切以每秒12帧（12FPS）的速度运转，胶片设备商为了安全会留下一定的余量，将摄像设备的采集频率提高到24帧、25帧或是30帧，这个数值取决于设备商的心情、所在国家的规定甚至是当地电力供应的情况等。采集速度一旦突破了25帧，你就能在相同时间里获得更多的采样数。如果你以60帧的速度拍摄，然后以标准25帧的速度进行回放，就能实现"延缓时间"的目的。而我们的眼睛也将发现在正常情况下无法察觉到的许多有趣细节。

单张胶片的成本并不算低，更不要说拍摄过程中相机还得以极快的速度运转胶片。即便如此，汤姆还是决定用高速摄像记录下眼前这些斑海豹的表情，再用慢速回放。在当时已经有专门适合室外或者室内钨丝灯照明环境下使用的胶片，这种胶片往往会使用特殊的化学物质。其中以柯达公司出产的超16毫米胶卷最常用型号"7245"为典型。一卷400英尺的胶卷（也可以称为一"盘"）大约可以支持10分钟的拍摄。而这一盘胶卷在英国售价60英镑，这还不算高达100英镑的运输和开发费用，以及400英镑左右的成果传输费用——需要将拍摄好的胶卷送回一个巨大的"电视电影转换机器"将其转换成视频，这台机器本身就有一整个房间大小。不用我说你也知道，电视电影转换的成本占了好大一部分，但是谁叫它能产出最棒的视频呢！将这些成本合起来，10分钟视频差不多需要600英镑的成本，这还没有算上相机的租赁成本。我曾经自费制作过自己的电影，但只拍了四卷就坚持不下去了。

在需要将胶卷转换成视频的年代，不得不说，汤姆提出的高速摄像的想法是有些奢侈的。不过，既然我们手头有足够的胶卷，汤姆还提着功能齐全的水下摄影设备，这足以让我们拍出很漂亮的水下相片。

斑海豹在海带叶片之间穿梭的曼妙身姿让我们心动不已。如果选择高速拍摄方式，就必须小心谨慎地选择你的拍摄瞬间。这不仅仅是拍摄成本的问题，更重要的是，这种拍摄模式下胶卷的消耗速度也是极为惊人的。除去曝光、定焦或者选景等常规要素，这种最佳时机的抓取才是"拍摄艺术"的精华。不可否认的是，其实所有的拍摄都很注重这些细节抓取，但是与普通视频拍摄相比，胶卷制作在这方面的误差控制要求会更高。顺便说一句，这也可能是人们依然钟爱胶卷的原因；即使从拍摄效果看，胶卷的颗粒度等指标可能并不出色，但是胶卷拍摄需要对内容选择有更多的考量，这种"细心抉择"才是魅力所在。比起数码相机简单地用数小时时间来"冲洗"拍下来的一切，胶片摄影需要更多的深思熟虑。当然你也可以在使用数码设备拍摄时严格要求自己，但大多数人并不会有这样的意识。

拍摄野生动物的关键在于观察。你需要仔细观察，动物在做出你想要拍摄的举动之前的铺垫行为是什么，它们为什么会害羞，它们对什么东西好奇，它们从哪里经过——它们通常在某个时间待在某个特定的位置，以及它们是如何被食物、异性或者玩伴分散了注意力。我们注意到，斑海豹总是对相机感兴趣，它们特别喜欢看水下相机那个巨大的丙烯酸"圆顶"。从特定的角度去观察，会发现它好像一面镜子。我见过许多种鱼类，包括大鲨鱼、河豚等动物，总是喜欢凑过来欣赏自己的倒影，尤其是河豚，它们简直已经成了水下拍摄的巨大干扰因素（除非你正在拍摄关于河豚的素材）。实际上，大多数海洋动物都会将"圆顶"反射出的图像视作自己的竞争对手，好奇"图像"中的对手如何能以相同的速度靠近，为什么对手的眼神和自己一般无二。只有一小部分动物能认识到，"圆顶"里出现的不过是自己的倒影，但是动物们究竟视其为"倒影"还是"对手"，其实很难证明。当我还是个孩子的时候，我曾养过暹罗斗鱼（Siamese fighting fish），它们总是能察觉到最细微的光线反射，并抓住一切机会展示自己漂亮的鱼鳍。

心理学家戈登·盖洛普（Gordon Gallup）在研究黑猩猩过程中发明了一项简单但精巧的"标志测试法"，这种办法可以帮助我们确定动物们是否认识"自己"。戈登在黑猩猩眉毛中间画了一个红色标记。如果黑猩猩能够发现镜中自己的眉毛上多了一条红线，并试图将其擦掉，这就证明它们很清楚，出现在镜中的图像其实是它们自己。从斑海豹那聪慧的表现来看，我认为它们一定能够通过这个测试。据我所知，还没有哪个科学家能证明这一点。毕竟要想在斑海豹身上做出明显的标记，并让它们察觉到且试图做出"擦拭"的举动并不容易。但是我依然倾向认为斑海豹就像黑猩猩、海豚，或者喜鹊（是不是很奇怪，喜鹊居然也有自我意识）等动物，也是"自我意识觉醒俱乐部"的一员。人类已经在这方面做了大量工作，但针对群居动物的长期研究往往都需要耗费大量时间。与此同时，我们还有许多极为基础的问题需要弄清楚，比如说，我们能通过海豹皮毛的特征区分出不同的海豹吗？

泰瑞·尼克尔森很清楚，当前她的首要任务就是通过日复一日年复一年的细致观察，证明她有能力区分出这群海豹中的不同个体。这样一来，她就能定义单只海豹的特殊行为，并解释个体在这片巨大的海洋世界和在海豹群社会体系内的生活方式。

1995年至1997年的三年时间里，泰瑞专注于定居在霍普金斯海岸到恋人岩范围内的海豹群。正如上文所说，斑海豹的皮毛大多呈深浅不一的灰色、黑色、白色，偶尔还有铁锈般的棕色。想分辨出海豹个体相当不容易，尤其是当它们同时出现在你面前的时候。然而，每一群长相相似的动物都禁不住长时间的陪伴和观察，你会慢慢发现海豹之间的不同点。经过长达三年风雨无阻的观察，泰瑞已经能认出444只斑海豹，它们各自拥有独特的皮毛特征。另外还有百来只海豹属于这一片海域的"外来户"。这充分说明了，人类在长久细致的观察中足以将海豹的《名人录》（*Who's Who*）编写完整。在泰瑞的研究开始之前，人们普遍认为，斑海豹并不具备很高的社会性，且仅有的社会特征只存在于它们在岸上的情况；水中的斑海豹只会各奔东西，去忙自己的事情。

我顺着海浪一路滑行，差点就错过了一个小峡谷。峡谷里仿佛是海底的岩石花园，在海浪中摇曳的鳗鱼草随处可见，在这明亮的日子里惬意沐浴透过海水的阳光。被眼前的美景所吸引的我差点就踩上脚下一只仰面朝上的斑海豹雪白的腹部。它也被这突如其来的干扰所惊醒，给了我一个不满的眼神，然后嘴里吐着泡泡，扭动着水桶般的身体飞速离开。就当我快要看不清它的时候，它又扭过头来确认我有没有跟上。一头用肺呼吸的动物居然可以在海水里睡觉，这简直难以想象！对于人类来说，溺水和窒息的恐惧始终笼罩着每一个下水的人，但对于海豹来说，海水只不过是它一张舒适的床。除了我们这群野生动物纪录片拍摄者，它本不会受到任何打扰，可以安心地在海里睡觉。我敢肯定，当时这头海豹一定在做梦。而且，就如同你的小狗总是在梦中抓兔子一样，海豹的梦中一定是关于抓鱼的各种故事。

我记得2002年我曾在科隆动物园（Köln Zoo）参与关于动物感知能力的拍摄节目。当时我们用到了一个遥控潜艇模型和一个小型泳池，"嘉宾"是一只非常聪明的斑海豹，它的名字叫亨利。这个实验证明斑海豹可以利用胡须感知周边水流的微小变化，比如一条在水中游动的鱼产生的动静。但你要知道，哪怕是最温柔的金鱼，在水里游动时也不免会产生一点水花。这可能会危及生命，因为它暴露了自己的位置，当然我说的不是金鱼，毕竟它们总是生活在没有天敌的鱼缸里。我指的是斑海豹的猎物们，岩鱼或者比目鱼。斑海豹并没有海豚的声呐系统，因此科学家们猜想它们是依靠胡须来追踪鱼类的，尤其是在那些能见度一般的水域。但是这一猜想该如何证明呢？

身边的人告诉我，亨利是一只被解救的海豹，我记不清楚具体经过了。也许它原本打算逆流而上，结果被困在远离大海的某个地方。这是许多斑海豹都会犯的错误。当然，它的精彩人生应该被编写成《喝下午茶的老虎》等耳熟能详的故事，或者像是《树枝人》（Stick Man）这类故事的反转篇。毕竟亨利是在逃离大海，而不像树枝人先生那样朝着大海游去。

亨利是货真价实的斑海豹，它的表现当然可以证明胡须对于海豹的重要意义。它先前受过训练，只要在泳池中跟上潜艇模型，就能获得一条鱼作为奖励。这一次，它耐心地等在水池上方的跳水板上，实验员小心翼翼地给它蒙上一副眼罩，并在它脑袋上的小孔里放了一些保护装置（这些小孔是斑海豹的耳朵，只不过它们的耳朵不像人类，没有耳叶）。实验员随即将潜艇模型扔下了水，并设定模型在泳池里随机转向。潜艇在水下运动了几秒以后，就会被实验员捞上岸，这时再恢复亨利的视觉和听觉，并允许它下水。在不清楚潜艇模型具体的运动位置情况下，亨利很果断地转向潜艇模型刚刚下水的位置。如果限定在潜艇被捞上来之后的5秒内将亨利放下水，那么它的准确率高达95%。当然，要想在5秒内完成，就必须飞快地转身并将潜艇从水里捞上来，然后取下亨利的眼罩。即使这一过程超过35秒，亨利依然能分辨出残留下来的水流轨迹，其成功率也超过70%。

海豹对细微的水流变化极为敏感,在鱼类路过之后的30秒内,海豹依然能感知到猎物留下的"残影",并一路追踪上去,直到抓住它们。动物的感觉器官(比如我曾研究过的蜘蛛)是通过神经与大脑相连的,连接神经的数量越多感知越灵敏。科学家发现,海豹的每一根胡须都分布着大约1500根直连大脑的神经,这些神经好像大型音乐会中连接舞台和混音台的电缆。我们通常会将猫的胡须与"敏感"联系在一起,事实上猫的每根胡须上"只有"200个神经,而且它们不喜欢水。斑海豹的脸上,每一边似乎都有20根胡须(我亲自数过),还要加上3根比较奇怪的眉毛。这些眉毛就好比我身上的某根特殊的头发,其生长速度大约是其他头发的50倍。所以斑海豹一共有46×1500根神经负责将水流的信息传输到大脑。换句话说,想要追寻水中的精灵,你需要69000根神经,但在海豹们看来,鱼游过所留下的痕迹到底意味着什么呢?

动物们对世界的认知与我们人类并不相同,这一点很有趣。如果我们能进入动物们的大脑,也许会刷新对世界的认知。这也是海豹那具备自动感知功能的胡须是如此有趣的原因。如果我们身处一个持续流动的世界,而你能清晰地看到一条鱼在一分钟前游过所留下的痕迹,那这个世界该有多么奇妙!也许这情景就好像海市蜃楼中反射出的微光,只不过在这里其换成了水中世界而已。海豹们一定对此习以为常,就如同人类适应其所拥有的非凡视力一样。

你也许听过人类的"通感",比方说,听到某种声音,脑海里能自动想起某种颜色,实际上这种能力是指在受到某种外部刺激后可能通过间接触发所产生的另一种感觉,大概率是由"感官—神经—大脑"这条通路上某个交叉线路负责的。人体内部的神经纤维要比路边的电话中转站里的那些如意大利面一般密密麻麻的电话线路还要复杂得多，而那些对线路走向了如指掌的维修人员无非是想展示自己的高超技术，让开车路过的你发出一声惊叹而已。

《人类感官》节目曾经做过一个实验，证明那些油漆制造商更倾向于雇用女性员工，让她们来搭配油漆的颜色，因为女性的色觉普遍要比男性更加敏感。此外，大约有万分之四的女性能感知四种原色，而非我们通常所知道的三种。谁知道这是什么意思？对于拥有这种能力的人来说，现实世界一定格外精彩。也许她们就好比我们遇到过的孔雀螳螂虾，有能力分辨出可见光和紫外线的阴影。

我之所以要强调这些，主要是因为我总是试图去理解，在一个脑袋里使用另一套全然不同的感官会是什么感觉。你眼中的世界和别人的不一样，那么你的心态也会变得不同。可惜的是，除非你真正生活在那个身体里，否则你永远都不能真正理解。我想，如果你曾带小狗外出散步，你就会明白我的意思：小狗的世界比我们的更"臭"，它们总是愿意去寻找一个月前（没准是五年前）路过此地的同类留下的尿液，并且开心地闻个不停。

只要你肯花大量时间和斑海豹一起生活，你很快就会像泰瑞一样意识到，与绝大多数人的认知不同的是，斑海豹其实很擅长社交。在泰瑞与"霍普金斯家族"斑海豹相识的这些年，她曾见到它们用拍打水花、吹泡泡以及嘟嘟嚷嚷的声音来交流。斑海豹之间在翻滚、攀爬和撕咬过程中会小心翼翼地控制力道，这是它们彼此之间玩耍打闹的方式。有时候它们甚至还会用"头槌"，用前鳍挠挠身体，或者用咆哮声来表达自己的意图。这些都是斑海豹丰富的社交手段的一小部分，可以帮助它们减少群体间的冲突，帮助它们更好地在海豹社会中立足。每一只海豹都很清楚自己在社群中的地位，这样一来整个海豹家族才能团结稳定。

雄性大海豹在水下格外显眼，一方面是因为它们的身躯庞大，另一方面则是因为它们的行为处处散发着自信。当我们靠近一头雄性大海豹时，我们看到了非常有趣的一幕。只见它保持着头朝下的姿势，脖子向后仰，露出喉咙，并发出一连串的咕噜声。你可以看到它喉咙附近的肌肉在收缩，胸口也很有节奏地起伏，就好像我们吹口哨一样。随着我们靠近，海豹的声音越发深沉。有些人称之为"歌唱"，而在我看来，这更像一位老人在清喉咙，当然它发出的是刺耳的声音而非老人清理痰液的泛音。突然，两只体形稍小的雄性海豹闻讯而来。它们将脑袋凑到大海豹身旁，亲密地和它碰了碰胡须。

在20世纪80年代早期，人类就发现了雄性斑海豹会发出这种惊人的声音。泰瑞是第一个将这种本质上属于社交行为记录下来的人。她给我看了自己拍下来的画面，有六头年轻的雄性海豹围着一头正在鸣叫的雄性大海豹，这是专属于雄性成年海豹的水下男低音独唱。

人们普遍认为，雄性海豹这样做是为了呼唤雌性，或是在宣示领地主权。海豹发出的声音越大，说明海豹的体形越大，越健壮，当然也就更加"性感"。实际上很难确定雌性海豹是否真的被这种另类的"卡拉OK"所吸引，并促成交配行为。因为雄性大海豹常在夜晚歌唱，且很少有人目睹过海豹的水下交配。

1999年春天，我和泰瑞、摄影师汤姆·菲茨、佛洛里安·格拉纳（Florian Graner）一起在蒙特雷拍摄海豹，为《蓝色星球》第一季积累素材。拍摄成果的一部分被应用于电影《季节性海洋》之中，主要是一小段关于雄性海豹歌唱的内容，当时拍摄下来的画面中只有两头年轻的雄性海豹凑过来"抚摸"大海豹的胡须。奇怪的是，仅仅几年后，我又一次来到这里，以另一种方式为另一部影片拍摄相同的内容。这种感觉非常奇妙，因为你会在这个过程中重新

117

审视自己，并被迫面对自己在这段时间里的身心变化。纵观我的职业生涯，我不止一次体会到了这种心境的变化。

我们之所以再次回到这里，是因为我们意识到，海豹这一题材已经能支持一整集内容的拍摄。这次拍摄结果最终将在大卫·爱登堡的回归之作——《野生动物一号》中呈现。该系列在2005年完结前共播出253集，每一集通常只拍摄一只动物。我们设想的是一只小海豹的成长故事，当然要从它的出生开始讲起。当时还没人拍摄过初生的小海豹，但是佛洛里安已经准备好迎接这次挑战了，只要我们给他足够多的时间。《野生动物一号》也需要一些新题材，因此我们提出了一个有些古怪的想法，那就是将斑海豹和美国的海豹突击队相比较，毕竟两者都在加利福尼亚同一片水域中接受"训练"。通过描述部队受训的艰辛，能够让电视机前的观众深刻了解在大海中长大的小海豹所面临的残酷现实。

斑海豹为了觅食，平均每天都要游60英里；而海豹突击队的地狱式魔鬼训练科目中，有一项任务是沿着圣迭戈（San Diego）附近的科罗拉多海岸线游5.5英里，那里恰好是海豹突击队的大本营。这个距离对于人类来说并非"微不足道"，这也许是因为海水很冷，潜水服不合身，你的大腿又酸疼不已；最重要的是，这项任务特意被安排在"地狱周"的高强度训练之后。在消耗那么多能量之后，你恨不得徒手把岩石抠下来吃掉。

为了完成海豹突击队那部分的拍摄任务，我们直接去了他们在圣迭戈的海军基地。通过摄影师佛洛里安的关系，我们获得了拍摄允许。他恰好是当地海军上将的朋友。当我们说明来意时，负责接待的军官并没有表现得很热情，他花了好几个小时再三确认这次拍摄的许可证，并安排三名海豹突击队员协助我们拍摄。不得不说他们真的是帮了大忙。我们向队员解释说，我们打算近距离拍摄他们在海滩上爬行和穿过海浪的身姿，以及他们在玻璃泳池里游泳的样子，因为这样方便我们将他们的泳姿清晰地记录下来。当然最重要的，我们还拍下了他们给训练舰布置水雷时所使用的水下信号体系（正如我事先猜想的那样，他们有一套十分有效的水下信号传递系统）。我向各位队员解释了海豹突击队与斑海豹之间的相似之处：都很擅长远距离游泳，海豹突击队员们用来辅助游泳的鱼鳍实际上是模仿斑海豹的结构设计的，以及他们应对冰冷海水的方式，等等。队员们频频点头，看上去就像是一群善解人意，但又训练有素的杀手。其中一位队员问："难道连哺乳都很像吗？"

为了深入研究海豹，我们在蒙特雷圆石滩（Pebble beach）地区建了临时基地。对于摄影组来说，租一间平房显然要比住酒店便宜得多，而且还能免去每天把潜水船和水下设备交给托管员的麻烦。令人感到奇怪的是，这个地区最出名的并非斑海豹，而是高尔夫球，圆石滩的美国高尔夫公开赛（U.S.Open）要比海豹突击队有名得多，因为我们根本拿不到前者的拍摄许可。但是这难不倒我们，记住，我们有潜水装备呢！在圆石滩高尔夫球场7号洞附近，靠近静水湾的位置，我们选定了观察点。由于我们无法进入高尔夫球场，因此我们选择从海的那边进入。这只是一次性的观察点，本意是想确认这里的水质是否合适拍摄，并观察我们的海豹朋友是否会出现。它们的确没有让我们失望。如果我说这一片海域的海底有着成千上万的高尔夫球，我想你并不觉得意外；当我们看到斑海豹用自己的鳍夹着一个高尔夫球，径直游到我们的镜头前面时，我真的好想擦擦眼睛确认这是不是真的。可惜当时的我正忙于拍摄。

追踪斑海豹这样的群生哺乳动物总会有一些意想不到的发现。

119

其中最吸引我们注意力的是一只身体上有着恐怖伤疤的海豹。从伤口上看，它曾经差点被分成两半。在它那已经不再丰满的腰部位置还留着硕大的被鲨鱼咬伤所留下的疤痕，仿佛有人将它这一圈皮剥去做了皮带。在大白鲨眼中，成年海豹就好似感恩节火鸡。斑海豹也对此心知肚明，所以每个夜晚觅食归来的斑海豹在回到浅滩区或者回到岸上之前，都会开展针对鲨鱼的反侦察措施。当它们快要游到岸边时，就会特意贴着海床前进，这样可以确保它们不会在海面上留下身影的轮廓，从而引来大白鲨的攻击。

雅克·库斯托曾经说过，千万不要对鲨鱼放松警惕，因为它们始终不会忘记捕食的本能。不过在很多情况下，我们都能见到鲨鱼的猎物们在死亡的刀尖上跳舞。我曾经见过大量海豹在海面上围攻大白鲨的场面，就好像一群乌鸦发现了秃鹫，冲上去将大白鲨给轰走。金枪鱼也会游到鲨鱼边上，在鲨鱼那磨砂一般的皮肤上摩擦，以去除它体表的寄生物。这看上去是相当鲁莽的行为，直到你意识到动物们其实是对自身所处环境了如指掌的。作为猎物，它们对于那些即将到来的危险了然于胸，它们很清楚自己应该在什么时候放松警惕，因为它们的生活中还有其他许多需要关注的事情。

浮在水面上的大白鲨是没有捕猎打算的。这会儿的大白鲨不过是在闲逛、探索或是休息。当它进入捕猎模式时，它会在100米以下的深水层寻找倒霉的海洋哺乳生物。在猎杀过程中，它会化身一枚致命的导弹，并通过一次精准的斩首式打击将猎物消灭在表层水面。它必须确保猎物迅速死亡，还不能让海豹或海狮有反抗的机会，因为这些鳍足类动物会在反击过程中给鲨鱼留下可怕的伤口。如果你看过《鲨鱼周》等节目，你就会注意到，许多大白鲨身上都会有很严重的撕裂伤、咬痕或者伤疤。部分伤疤可能是由其同类造成的，尤其是在粗暴的交配过程中产生的。还有一些更深的咬伤则来自海豹的牙齿。

我们只能通过想象来还原大白鲨与这只差点被咬成两半的海豹之间的战斗。作为初出茅庐的新手，这只海豹也许刚结束某个晚上的捕猎，从法拉隆群岛启程回到蒙特雷的家。它吃得饱饱的，正悠闲地在海面上玩耍，并溅起一朵朵浪花。这一天也许恰好是周五，因为对于上班族来说，周五总是一周中最危险的一天。突然，砰的一声！你眼中的天空突然变黑了，但是你只能看清一颗锋利的三角形牙齿，大到足够遮住你的整个眼睛。这时你还没有意识到，自己的部分身体已经落入了鲨鱼的嘴里。以上的内容并不是我瞎编的，因为另一场惊心动魄的可怕遭遇曾被《洛杉矶时报》《探索鲨鱼周》以及加利福尼亚的其他期刊广泛报道：

> "我只听到一声巨响，就好像是车库门被关上的声音，"49岁的鲍鱼捕捞人员罗德尼·奥尔说，"我的脑袋已经落入了它的嘴里，我清晰地看到它那尖锐的牙。鲨鱼把我从水里拖出来，我能感觉到身旁有海水快速流过。突然，它放开了我，我就从它的嘴边滑出来了。这太可怕了！"

"非常可怕"——开玩笑吗？简直快被吓到大小便失禁了好吗！但是这的确是极为珍贵的第一手资料，记录了一只哺乳动物被大白鲨袭击的全过程。显然，罗德尼在这场袭击中幸存下来，才能完好地给我们讲述这个故事。他的脸上留下了一块巨大的伤疤。幸运的是，在时间的帮助下，伤疤正慢慢和皱纹融为一体（这是他的原话）。2005年，我曾在《鲨鱼周》上采访过他。很显然，从乐观积极的角度看，《探索》频道、BBC和《国家地理》频道都为他的故事提供了一笔可观的出镜费，这让他发了一笔小财。他的经历证明，你可以在大白鲨的袭击中存活下来。

我们的年轻雄性海豹也许遇到了相同的情况，大白鲨或是咬住了它再把它吐了出来，或者是它自己想办法挣脱了出来。你也许会认为，如此可怕的伤口会夺去它的生命，事实上这只勇敢的斑海豹恢复得很好。毫无疑问，它所在的这个"海豹社会"帮助它战胜了自己的命运。我敢打赌，它再也不敢在深海的海面上游荡了！

当你第一次和蒙特雷湾的斑海豹们同游时，它们会跑过来和你玩一会儿，啃咬你的脚踝，甚至还盯着你的防水面罩看。很快它们就会消失在你的视线里，而且永不回来，仿佛已经对你失去兴趣，转而去寻找其他有趣的事情。好奇心就像是一剂持续时间不长的兴奋剂。也许一路上你会遇到在水里睡觉的海豹，会遇到唱歌的海豹，但是它们都对你不感兴趣。大约一个小时之后，除了几条岩鱼、一些螃蟹和飘荡着的鳗鱼草叶子，水下什么都没有了。因为这一片海域只有几米深，所以你和同伴就只能面面相觑，并接受周围没有值得拍摄的素材这一事实，转身朝着岸边游去。你缓缓来到海滩边上，然后扛着沉重的摄影设备和潜水服从水里爬出来。

令人沮丧的是，就在这时，斑海豹们又出现了。原来它们一直在你的视线范围边缘"观察"着你，但这个距离显然还在它们胡须的感知范围之内。当你从水里站起来的时候，它们也会将脑袋探出水面，盯着你所在的位置——我曾经数过，差不过有六只海豹在盯着我们。"嘿！有趣的跛脚又驼背的怪兽！"它们仿佛在说，"你为什么要离开我们？你要去哪里？你虽然很丑，但我们会想念你的！"

🐋 绿色星球：海洋森林

我们的拍摄船"RV鸬鹚"号正沿着运河飞驰。这条长约5英里的运河从加利福尼亚州新港海滩一直延伸到大海，运河两岸整整齐齐地排列着两排游艇。这些游艇在泊位上停靠着，将两边的岸线挤得满满当当。在这一带，如果你家的游艇没有超过60英尺，购买游艇就是一种浪费，毫无意义，因为这个尺寸并不足以彰显你在此地的"身份地位"。想要打入那个"圈子"，就必须拥有一条足够大的游艇。这不免让我想起了著名的反比例法则。

我刚到BBC工作时，花了第一年积蓄买了一辆破旧的MINI，这是我人生中的第一辆车。和英国所有产于20世纪60年代到80年代中期的汽车一样，这辆车的副车架以上部位全部都生锈了。不开玩笑地说，一次违停的罚款都比我这辆车的价格还要高。侧卧式发动机的应用在当时算是一场革命，这种装置只有单薄的格栅，将内部的火花塞和电力系统与路旁的水雾隔绝开来。这原本挺适用于那些不太下雨的国家。但是谁会想到英国是一个多雨的国家呢？一旦火花塞被打湿，车子就发动不起来了。英国人莱兰灵机一动，为火花塞设计了纸板盖，但这不过是将MINI车的可靠性变得更加难以预测罢了。这辆车其中一扇车门生锈后,我爸爸还从废品经销商那里淘来了一扇新门,只不过这扇"新"门是黄色的,而我的车却是红色的。这辆生锈的还有一扇黄门的红色MINI却是我人生中的第一辆车。尽管它有着这样那样的缺点,但我还是很喜欢它。我从没有想过,它会是所谓"不成功的人生"的标志,也从来没有人因这辆车对我区别对待。新车、新游艇或者其他所谓的"有意义"的东西到底意味着什么呢?

我们从一艘极大的多层游艇旁驶过,可以看到船上所有的物件都精美得像是艺术品。船体通体漆成光滑的高级灰色,这是战列舰常用的颜色;游艇上层则是耀目的白色。整艘船大概就比海军上将的旗舰略小。船尾的甲板上,船主正在那里翻着周日的报纸。我并不觉得他是因为今天是周日的关系才选择不出海。这样的船在这一带也不算罕见,因为这里也许还停泊着价值20亿美金的船只,但是它们却很少出航。正当我畅想着我们要是能有这样的大船,该如何探索海洋时,我们脚下那略显破旧、已然褪色的黄色科考船已经绕过了海堤,穿过了灯塔,朝着海峡群岛(Channel Islands)驶去。

在英国人看来,海峡群岛包括根西岛(Guernsey)、泽西岛(Jersey)、奥尔德尼岛(Alderney)和萨克岛(Sark),以及那些不为人知的小岛。(对不住了,布雷库岛。)对美国人来说,海峡群岛是指散落于加利福尼亚州南部海岸的一系列海岛,基本都有一个西班牙语的前缀,如圣米格尔岛(San Miguel)和圣克莱门特岛(San Clemente)。年近四旬的我第一次听说它们的存在,这不免让人有些羞愧。因为这8座岛屿的风景非常优美,其中5座岛屿共同组成了海峡群岛国家公园(Channel Islands National Park)。

13000年前,这些岛屿上还生活着土著居民。在史前时期,海

绿色星球：海洋森林

岛和大陆之间是有道路的，因为当时正好是有记录以来的最后一个冰期，海平面要比今天低得多，靠北的4个岛屿相互连通，其中一个岛屿距离加利福尼亚州只有5英里的距离。很显然，这个距离足以让哥伦比亚猛犸象泅渡登岛。猛犸象趁着海平面还没上升，于10000年前来到这片岛屿，并在这片封闭的海岛上进化出一个自我矛盾的品类：侏儒猛犸象。根据研究推测，只有这种瘦骨嶙峋的猛犸象才能在食物相对短缺的环境下生存。目前已在圣罗莎岛、圣克鲁斯岛和圣米格尔岛上发现了它们生活的证据。这恰好与不远处的洛杉矶形成了鲜明对比。当你爬上圣米格尔山顶，俯视点缀着尖草和冰草的沙丘，大海就在远古大象的魂魄之中，显得格外宁静。

我们并不是来考古的，我们来这里是为了寻找蝠鲼（Bat Ray）。这是《蓝色星球》第一季中"季节性海域"这一集。我们只打算拍一集，不然我们肯定会在后面加一个"1"的。

许多种蝠鲼聚集于此，数量多以千计。比方说，牛鼻鲼（Cow-nosed ray）的数量就很多，以至于我们只能从半空中估计它们的数量。曾经有一份研究报告记载了15万条牛鼻鲼在墨西哥湾地区迁徙，它们在水中组成了3层到10层不等的鱼阵。关于它们为何聚集于此至今还是一个谜，有可能是为了寻找配偶，也有可能是为了寻找物产更为丰盛的地方，那里有更新鲜的蛤蜊或其他贝壳类动物。还有一种可能，成群结队聚集在一起有助于节省旅行的体力，就好比大雁群组队飞行时，后排的大雁能在前排大雁所带起的气流帮助下更省力地飞行。到目前为止，我还没有在任何研究中看到，蝠鲼有类似大雁那样定期交换最吃力的"头雁位"的行为。有那么几次，我还见过一群巨大的蝠鲼排成宽阔的一列前进，而不像大雁和天鹅一样采取倒V队形。要想跟上蝠鲼的运动轨迹，就非得是个游泳高手不可；要是遇到黄鳍鲼（Yellow mobula ray），就连戴着水肺的潜水员也很难靠近，因为它们极度敏感，很容易受惊炸群。

蝠鲼和所有海洋生物一样，长得极为美丽。当然也有人觉得它们的长相令人害怕，是一种可怕的怪物。蝠鲼是海洋中体形最大的动物之一，它的两"翅"之间宽度可以超过2米，体重可以与成人相当（因此它们也是全世界最大的动物之一）。不用我说你们也知道，它们因那巨大的两翅而得名，另一方面，它们的许多特性确实都与蝙蝠很相似。无论是扇动翅膀的动作，还是微微皱起的淡褐色皮肤，都与那面相苍老的蝙蝠无异。

我们之所以来这里，是为了寻找野生动物纪录片制作人所追寻的那种"奇观"，我们将它命名为"夏日蝠鲼节"。和往常一样，在正式开始拍摄之前，我们做了大量基础研究，采访专业科学家和渔民，并通过网络与布里斯托尔基地的摄影师交流意见。我们认为，蝠鲼有可能在靠近阿瓦隆度假区的柳树湾出现。当然，蝠鲼们肯定不是来这里度假的。圣卡塔琳娜岛的赌场小镇阿瓦隆，是由威廉·瑞格利投资建造的。他赖以发家致富的产品——口香糖，远销世界各地。1998年6月10日，有人在这里看到过蝠鲼出现。但是你也知道，这种事情就像股票一样，"过去的表现并不能保证未来的增长"。

将这些场景写下来的意外之喜就是，哪怕我没有打开相机，也没有找对方向，但我却可以将过去已久的场景重现。这一系列场景的重现并不依靠什么技术手段，而是凭借着我脑海里的想象，使得当时的场景重现……

我们的黄色科考船"RV鸬鹚"号停泊在柳树湾，退潮时的海水使得船头笔直地朝向大海。这是个多云的天气，也许会像英国那样下起毛毛雨，但这样的天气在加州并不常见。水下拍摄组正在甲板上做各种准备工作，早饭剩下的咖啡就放在船上厨房的胶合板架子上。在原来大约15米长的船舱基础上额外加长了9米，就构成了我们的厨房。我甚至能听到连接潜水氧气瓶的高压软管在检查时发出嘶嘶的漏气声。潜水组的成员在欢声笑语间完成了潜水计划的讨论。我翻看过我的潜水日志，那是1999年6月9日，我们的一号摄像机摄影师汤姆·菲茨、二号摄像机摄影师戴维·赖克特，还有来自加州大学圣巴巴拉分校的海洋生物学家杰克·恩格尔与我一起组成了潜水小组。作为BBC的制片人，理论上我就是这支团队的领队，我还兼任潜水小组的健康安全员。我的伙伴们都是经验丰富的老手，所以我们会就打算拍摄的内容、当时的海况以及我们选择的"不间断"潜水模式进行民主且充分的讨论。在这种潜水模式下，由于你在水下的时间不长，因此不需要在上升过程中进行减压操作来缓慢释放血液中的气体。当然，在水深6米的位置停留10分钟，依然是一项必要的安全措施。之所以没有选择其他潜水方式，是因为圣卡特琳娜岛海岸线附近的水域，其水深都不超过20米。

要想顺利穿上干式潜水服可不是件轻松的工作，它所散发出的氯丁橡胶的味道总是让人莫名联想到那些众人避之不及的中世纪教堂。当你用力拉扯着潜水服时，这种弹性极好的材料似乎在与你全力对抗。哪怕在滑石粉帮助下，要想让潜水服顺利地从你的脑袋和四肢边上划过也不容易，你一定会累得筋疲力尽。当你费劲地将四肢穿过它的黑色橡胶密封件时，会发现露在外面的头发在沾上滑石粉后，整个人仿佛老了好几十岁。接着你还得请人帮你拉上拉链，因为某些决策委员会成员的喜好问题，干式潜水服的拉链特意被设计在后背处，单靠你一个人是肯定无法完成这项工作的。

既然如此，为什么我们还要选择干式潜水服呢？主要是因为它能保护你免受低温海水的侵害。海面上的温度大约是21摄氏度，而在这样的夏天，这一带的海底水温大约是16摄氏度。即使是这个温差，也不是用普通潜水衣能够克服的。当然，这一切都不过是习惯在作祟：维多利亚时代的人还得穿着重达四磅的粗花呢下水，也没见他们有什么怨言。

加利福尼亚的海洋中斑驳的光线美得令人惊叹。靠近海岸线和岛屿的海水里生长着大片橙绿色的海带森林——大多数人称之为"大海藻"。这一片海带森林就好像是一杯淡茶，在通往海底的道路上轻轻地过滤着阳光。这时太阳肯定已经高高挂在了天上，因为我能看到光柱从海水中透过，就好像你在尘土飞扬的房间里，或者在雾蒙蒙的清晨外出散步时，透过树叶照在你身上的那种光柱。我父亲常把那种从暴雨云层中透出的光称为"上帝之光"，因为它的出现仿佛给这个流动的世界带来了一丝柔和。而在水下，这种光线将在折射作用下进一步放大，并在这片迷人的水下森林里绽放出令人神往的美丽。无论你是不是无神论者，你都能感觉到，对于世界的那份热爱发生了变化。

那看似坚固的海带拱门之间，黑鿕（Opaleye）和铁匠鱼（Blacksmith）悠闲地游动着。这些鱼看上去都很普通，甚至有人会觉得单调，但它们却有着一种温柔的魅力。深色的黑鿕有着蓝色的眼影，而铁匠鱼与之相比一点都不逊色，它们那深黑色外表在被光线直射时会透出美丽的银绿色。铁匠鱼是"小热带鱼"的一种，通常情况下它们会成群结队地在海藻叶中穿梭。风平浪静时它们会试探性地离开海藻的保护，啄食漂浮在开阔水域的浮游生物。一旦有任何风吹草动，它们就会争相回到海藻叶的保护伞内。这是一种巧合吗,还是所有的小热带鱼都很擅长与敌人捉迷藏?在珊瑚礁上,我们时常能见到蓝色、白色和黄色的小热带鱼群做出相似的举动,它们总是会在危险来临之际冲向珊瑚礁枝丫之间寻求珊瑚的庇护。

也许是周围深色的海水背景的缘故,这一片海域格外引人注目。除了绿色和蓝色的鱼儿之外,这里还生活着红色和橙色的鱼。在其中一棵海藻树中间,我发现了一条加里波第鲷鱼,这是加利福尼亚州的州鱼。它长得并不大,大约只有巴掌大小,但却有一身亮橙色的外皮,因此当之无愧地成了这片绿色舞台上的主角。它是全世界体形最大的"小热带鱼",也许是因为它需要生活在温度较低的水域的缘故。它的名字"加里波第"来自著名的朱塞佩·加里波第将军(Giuseppe Garibaldi),这位伟大的将军曾在19世纪中期统一了意大利。他和追随者们总是身穿亮色的橙色衬衫。要是这世上有一种饼干和一种鱼是以你的名字命名的,那该是怎么样的人生啊……

意大利父亲对孩子是出了名的关心,而雄性加里波第鲷鱼同样有照顾幼鱼的习惯。在整整一个月的时间里,它会坚持守护着黄白色的鱼卵,并用它的鱼鳍向着鱼卵扇水。我怀疑眼前的这条鱼是一只雄鱼,于是我开始在周围寻找它的巢穴。一般来说,加里波第鲷鱼的巢穴会安置在岩石裂缝或者海带丛根部,这一次我的运气显然不好。不管怎么说,它在我眼中依然是一位略显浮夸的将军。我继续沿着海带铺就的海底走廊前进,并小心翼翼地观察每一个拐弯处,因为那里可能藏着另外的惊喜。

戴维、汤姆和杰克游到了我身前,或东或西,他们的影子在灌木丛中缓缓移动。海底附近是黑暗的,因为海藻会吸收光线,但依然会有零星的光线从缝隙中照射进来。汤姆·菲茨拿着主摄像机，而我负责协助观察，并在汤姆拍下的照片支持下编出一个个精彩的故事。我们的故事往往是实际拍摄到的画面和想要拍的画面的集合，因为计划总是赶不上变化。在这一场酷似开盲盒的"幸运之旅"中，我们还能拍到什么呢？

我们来到水下森林中的一块空地，上面铺着一层棕色的泥沙。在空地另一边，有一个巨大的黑色物体在有节奏地搅动着一团泥浆，就好像一个锤子一样敲打着海底。这是一只蝠鲼。我试图提醒在我身前的伙伴们，但是没能成功，他们径直游走了。我慢慢走上前，浮在海底上方，尽量控制自己不去搅动海底的沉积物。这会儿我差不多能摸到蝠鲼的背部了，当然还没有进入它那有毒尾刺的攻击范围之内。它脑袋边上的嘴唇就像是一个巨大吸盘的边缘，似乎已经与海底的沉积物粘在了一起。它用力地扭动着脑袋，在沙子里寻找贝壳。海底的贝壳一定是察觉到了危险，更加卖力地向海底钻去。它们做得很对，因为它们并不想被蝠鲼用它那扁扁的骨质嘴巴给压得粉碎。蝠鲼的嘴巴就好像两条锁在一起的钢制履带，新长出来的牙齿会磨出尖尖的棱角。

接下来发生的情形仅仅存在于我个人的记忆中：一只加利福尼亚海狮从约20米上方的水面俯冲下来，也许它先前正在监视蝠鲼和我。也许它只看到了我，一个浑身缠满泡沫的怪物正盯着海底的某样东西；好奇心驱使下的它跑下来检查我到底在看什么。海狮冲到我的面前，用它的鳍碰了碰蝠鲼巨大的翅膀，然后转过身，盯着戴着面罩的我，仿佛在看一个傻子："好吧！这就是一条蝠鲼。有什么值得你这样一直盯着看吗？"

技术的进步使得野生动物摄影作品日益精良，这种变化总是让人津津乐道。但我认为更重要的变化是，全世界动物专家的数量有了长足的增长，那些博学的野生动物工作人员总是陪着摄影师一起进行野外作业。这回我们遇到了一两条蝠鲼，这的确令人印象深刻，但它们并没有多么配合我们的拍摄，或者应该说，至少没有如我们料想般地那么配合。接下来的故事并不在我们原本的计划之内。我们从办公室出发的时候也完全没有料想到这种情况的出现，也不曾有类似的剧本，但是它最终却成了我们纪录片里一个很精彩的小片段。

眼下我们执行的是B计划，代号为"纳瓦纳克斯和杰纳洛（Navanax and Janulus）"。老实说，我并不清楚这两个单词的具体含义。我们的海洋生物学顾问杰克·恩格尔告诉我，这些色彩斑斓的小家伙有着极为有趣的行为，并且它们就在我们船底。我立刻就被吸引，决定记录它们那颇具戏剧性的生活。

纳瓦纳克斯和杰纳洛同属于海蛞蝓，但它们彼此之间却是死敌。严格地说，杰纳洛被归为"裸鳃纲动物"（Nudibranch）；如果你们有一些动物学知识储备的话，你们这些聪明人就会知道，纳瓦纳克斯虽然与其相似，但它隶属海蛇科腹足类软体动物（Marine opisthobranch gastropod mollusc）。这一类动物比裸鳃动物更加古老，被称为头纲动物（Cephalaspidea）或头盾蛞蝓。上述这些都不过是我的玩笑话，因为知道这些知识的人简直要比失去七条腿的章鱼的数量还要少。这是我一直以来的梦想，想找个机会用维多利亚时代的常用语"你们当中的聪明人"来奉承你们。但是，将长相相似的动物归为一类是可以理解的错误，尤其是对于那些生活在海洋中的生物来说更是如此。动物学有一个很有意思的习惯，那就是把长相相似的动物归为不同的类别，而把那些长相截然不同的动物归为同一类（比如昆虫和甲虫，水螅和大象）。

裸鳃海蛞蝓和它的近亲可能拥有自然界中最迷幻的颜色，就连箭毒蛙（Poison dart frogs）看见了也要羡慕不已。它们有着截然不同的形状和风格，但大部分成员都有点像一把倒挂着的髹毛刷子。这些"髹毛"就是它们用来呼吸的鳃，而这也是"裸鳃"这个词语的来源，即裸露在外的鳃，没有别的身体结构在外保护。这种脆弱的身体结构也可能是它们长得如此鲜艳的原因，因为鲜艳的色彩可以向潜在的捕食者暗示它们拥有极强的毒素，任何吃掉它们的家伙都要因此付出代价。裸鳃动物是从它们的食物中获取这种化学毒素的，比如海绵。在某些情况下，它们还会将水母的武器——名叫刺丝囊（Nematocysts）的微小器官偷窃过来。作为它们的近亲，纳瓦纳克斯长得也很漂亮，蓝色的背上布满细细的黄色线条。如果它的体形超过23厘米，你就要小心了。这是一种可怕的捕食者，有着一张可以伸缩的管状嘴，可以在一瞬间伸出它的嘴并吸走受害者的生命。哪怕是《异形》的设计者H.R.吉格尔见到它都会害怕。正如吉格尔笔下的异形那样，这种海洋中的"外星生命"很聪明，它会一直跟在你的身后……

说到这里，我突然想起来，在学校里，"海蛞蝓"有时被用来形容一些七年级学生。那些已然将低年级生活忘得一干二净的高年级学生总是用这个词来形容低年级学生。实际上，海蛞蝓非常狡猾（就如同大多数七年级学生），这种生物就是一种典型的外表愚笨但实际很聪明的动物。这也证明了生活在大自然的生物总是会尽可能地利用一切办法在这个世界生存下去。

蛞蝓和蜗牛的显著特点就是它们的活动方式。如果你曾在凌晨三点抓住过一只蛞蝓，你会发现它已经在你家小狗饭盆里留下了一根黏糊糊的细线，但那会儿你已经对它过往的行踪纳闷了三天。蛞蝓们只能在这条黏糊糊的传送带上滑行。

如果这就是故事的结局,那也只能算是一个略微有些精彩的故事。我的意思是,谁会想到沿着一条由黏液组成的道路来旅行呢?显然,所有"有脚的"软体动物都会采用这种方式。这种行动方式也有好处,那就是能顺利地通过大多数物体的表面,而不用担心受到伤害。形象地说,这就好像一列能够铺设轨道的火车,可以肆意嘲笑一路上出现的障碍。但是这显然不是整个故事的结局。

首先,它们分泌出的黏液本身非常神奇。软体动物能分泌出好几种黏液,我们最感兴趣的还是它们分泌在脚底那种润滑剂和胶水的混合物。黏液与水并没有多少区别,这是我的"生物力学"老师朱利安·文森特在他的一次演讲《鼻涕和黏液》中提出的观点。黏液中大约只有不到9%的糖蛋白,这就好比我们的糨糊,只需要在水中加入一点点粉末就能配置出胶水。

我一直怀疑,软体动物会根据所需黏液的特性来混合"粉末"的数量,从而得到不同黏稠度的黏液,以适应可能出现的垂直攀爬等情况。这种现象在大自然中很常见,相同材料但混合比例不同,就会得到性质截然不同的产物。蜘蛛就是很好的例子。通过调整从纺丝器官中吐出的蛛丝的速度,就能改变蛛丝与氧气混合的方式,从而制造出应用于不同场景的蛛丝,或是专门供织网使用或是织茧使用。人类已经通过模仿掌握了这一方法,当下流行的3D打印技术就可以根据实际需要调整同一种材料的混合比例,来获得特定的重量或者强度属性。说到这里,蜗牛黏液算得上是一种非常棒的存在了,但显然这还不是全部。

和它的同类相似,纳瓦纳克斯已经在这颗星球上存活了数百万年。如果你发明了一种依靠黏液行走的办法,但是会到处留下痕迹，而你本身也没有一点点视力或听力，黏液自然而然就会进化出其他功能。除了辅助运动，这种黏液还可以作为类蜗牛动物之间传递信息的媒介，它们会将化学信号混合在黏液中。纳瓦纳克斯所释放的化学信息被称为蛞蝓信息素。目前科学家已经鉴定出三种不同的信息素，分别用A类、B类和C类信息素来表示。这些信息素都是由足后部肛门下方的腺体分泌，并相互混合形成的。不同信息素中化学物质的百分比都有所不同。当然，纳瓦纳克斯还有可以检测信息素的器官，那就是它们长在口腔两侧高度敏感的"味蕾"，可以提取出黏液以及信息素混合物中所蕴含的信息。

当纳瓦纳克斯发现另一只同类的踪迹时，它会根据混合物中所含的不同信息做出不同的反应。当前方的纳瓦纳克斯受到捕食者威胁时，其所留下的黏液痕迹中就含有警示意味比较浓厚的信息素，而提取出这一信息的下一条蛞蝓就会转身离开（嘿？我们是不是发现了一种环保的花园蛞蝓趋避剂？）如果黏液中含有求偶行为的信息素，纳瓦纳克斯就会紧随其后——有时这是一个危险的过程。因为无论是否处于求偶状态，那些体形较大的蛞蝓个体天然就有以同类为食的习惯。黏液中的信息素在光照条件下只需要几小时就会变质，这样就不会留下许多令同类感到困惑的复杂信号。这真是一群聪明的古老蛞蝓。不过这还不是它们黏液的所有特性。

纳瓦纳克斯也会利用黏液来寻找猎物。说到这里就该轮到我们的第二位主角——杰纳洛登场了。这是一种美丽的、有着黄色斑点的裸鳃动物。在我们的捕食者看来，杰纳洛身上的警告色并没有值得注意的地方，因为它不过是纳瓦纳克斯的一顿美餐。目前科学家们尚不清楚这些蛞蝓猎手是如何分辨出该选哪条黏液道路才能追上它的猎物。也许是它感知到了脚下黏液的流动方式，就好像人类感知水流的走向？不管怎么说，这种捕猎方式非常有效，而且我还在我们的科考船下方的海床上目睹过这一场景。我们将镜头对准了作为跟踪者的纳瓦纳克斯，只见它悄悄地靠近猎物，并果断地猛扑过去，将它的下颚嵌进杰纳洛的身体一侧。

但是，与事物的普遍发展规律相似，这里往往会出现转机：杰纳洛常年受到纳瓦纳克斯的骚扰——这一过程已持续了上万年——所以它很清楚自己应该如何应对。只见它将身体缩成一个球，然后发动自己的喷射技能，就从海床上飞走了，只给纳瓦纳克斯留下了一股难闻的气味和一些黄色的羽毛状鳃线。杰纳洛成功地躲过了"他"的攻击（这里也可能是"她"，因为纳瓦纳克斯大多是雌雄同体的）。读到这里，读者朋友们可能会认识到，《蓝色星球》第一季第五集里一条长达1分59秒的片段，在整集剧本中甚至还凑不齐一整段剧情，而在这本书中却能衍生出好几页的详细记录——所以如果你想了解细节，建议读书——剧集的配文本质上都是些很粗略的信息。

上述场景于2001年11月首次播出，今天它依然在网上流传，比如在名为"忧虑"的博客频道上。我这并不是信口雌黄，杰纳洛死里逃生的表现被视为摆脱忧虑和情感负担的绝妙的隐喻：

> 紧抓不放并不见得是一个好选择；与其纠结，不如直接放手。你可能会失去一些羽毛状的鳃，但至少你不会被吃掉。

没错！"忧虑"，如果我发现自己的尾巴上挂着一个"外星生物"，我大概也会有这样的感觉。我个人认为博主的观点是对的。这的确是很好的人生建议，所以有时候该放手时应当果断放手。

客厅里的鲸鱼

当你开始潜水作业时，你所看到的其实只是在这一小段时间里发生的事情。这就是为什么人们常说，就算是在同一个地点进行的两次潜水，也不可能完全相同。哪怕相隔一小时，你也会看到截然不同的风景。我们只不过是海底世界的短暂过客，所以我们对这片世界的看法其实都带有一定偏见。这就好像你在凌晨四点访问伦敦，但是你只能在这座城市待40分钟，就得去下一个地方参加紧急会议。这时的你可能会认为，英国首都怎么是这样一个空旷的城市，清晨的街头根本没有什么汽车，就连道路上的交通信号灯都没有什么变化。但是这并不妨碍伦敦成为全世界最大的城市之一。大海也是一样的，当然大海的夜晚更加美丽。

潜水日志上记载了我们曾在1999年6月15日，在隶属海峡群岛的圣卡塔利娜岛以北4英里的托尔夸泉礁进行了一次夜间潜水。你也许会想："难道你不害怕进入黑漆漆的海水吗？没准会有鲨鱼或者其他什么可怕的东西出来把你吃掉？"事实并非如此，因为我们深潜的位置距离海岸并不算远，不会碰到大白鲨。更何况大白鲨也没有穿过海带森林来觅食的习惯。生长在这一带海域中的海带森林就好像一张天然的防鲨网。就算大白鲨真的出现在我们身旁，我们也会激动万分地将它拍摄下来！当然，这一片海域也有鲨鱼出没，最近我看到了一张巨大的七鳃鲨（Sevengill shark）潜伏在海带森林中的照片。这些七鳃的"牛鲨"是唯一从古侏罗纪时代遗留下来的种群，其体长可达3米。说真的，就算我丢一条胳膊，也想亲眼见它一面。据说，旧金山金门大桥下就生活着一大群七鳃鲨。

在潜水摄影人员看来，夜潜最怕在黑暗中迷失方向，然后被洋流冲走——这就是为什么我们要配备大量的灯光——每个人都会随身携带一根"默克牌"荧光棒（当然其他牌子也可以）。这种荧光棒在被打碎后会发出持久的光线，许多小孩子都喜欢在夜晚的游乐场中挥舞着各式各样的荧光棒。大多数荧光棒是绿色的，但团队中的每个人最好能挑选不同的颜色，这样你就能清楚地判断是谁掉队了。我们的母船上有一个巨大的信标，只要回到水面上就可以轻松发现它的位置。每个人都带着手电筒、口哨和可以点燃的浮标——一个当你浮出水面后就可以竖起来的充气管——这些都是为了夜潜的安全所做的必要准备。

当我一个后滚翻，落入漆黑一片的海水中时，眼前的海底已经发生了翻天覆地的变化。白天出没的动物们已经全然消失不见。铁匠鱼、黑鮨、什锦岩鱼（Assorted rockfish）和加里波第鲷鱼都已经进入了梦乡。对鱼类来说，睡眠就意味着躲在植被或岩缝中保持静止，除非是一条栖息在珊瑚丛里的鹦鹉鱼，它们需要用黏液搭建一个半透明的睡袋，但是在这片温度较低的水域中是没有鹦鹉鱼的。我们发现了许多夜晚才出现的新面孔。几只小角鲨，穿着棕色夹杂着奶油色的斑点外套，它们还有类似坦克一样倾斜的脑袋，长得就好像某种在沙漠作战的坦克。它们的危险性并不大，因为其体长最长也不超过60厘米，仅与欧洲狗鲨的体形相仿。在它的两个背鳍前部，有一根短而锋利的脊椎从一小块角形皮肤上垂直地伸出来。一直以来，我都认为这就是角鲨的"角"，但是我最近才知道，原来这个名字来源于角鲨眼睛上方的折角。哎！我一直觉得这些"刺"是奇形怪状的"角"，如果有捕食者想要一口吞下角鲨，这些尖刺肯定会卡在它们的嘴里。角鲨也以贝壳为食，也许它们负责值夜班，而蝠鲼则在白天出没。我没有看到蝠鲼的影子，但我想在月光的照射下，它们也会出现。

比角鲨更有趣的是膨鲨（Swell shark）。之所以要给它起这个名字,是因为它可以通过往自己的身体里灌海水来将自己的体积扩大一倍。这也是它能将自己的身体挤进狭窄裂缝的奥秘所在。膨鲨同样生活在这片海带城中。它们的体形只比角鲨大一点,有时会成群活动。我曾见过一张照片,有六只膨鲨挤在岩石的小缝隙里,脑袋挨着脑袋,在那里睡觉。摄影师汤姆和我讨论过是否可以拍下一张类似的照片,再搭配一个小片段作为我们的素材,因为能充气的鲨鱼真的是太神奇了。如果我没记错的话,当时汤姆的确发现了一两条膨鲨,它们所在的那个缝隙太狭窄了,你几乎瞧不见它们。但是这才是膨鲨生存的秘密,不是吗?

汤姆此时就在我的前方。留在船上的戴维用巨大的发电机组点亮的照明灯将他的身影照亮,并在他身下的浑浊海底投下巨大的影子,仿佛雪地里大脚怪的脚印。当我赶到他的身旁时,发现他正奇怪地扭动着身体,仿佛想要从他的氯丁橡胶潜水服中挣脱出来。突然,从他的腿上弹射出一个东西,看上去就像一枚高速运转的橙色板球,迅速地落在我身旁的岩石上。在它静止不动的几秒内,我看清了它的样子,原来是一只巨大的加利福尼亚多刺龙虾。适才我们目睹了它在快要被汤姆踩上时所展现出的应急逃生反应,而汤姆的应变能力同样很快,毕竟谁会想到自己的衣服里还藏着一个大刺球呢?

船上投下的强光吸引了许多小虾米,还有许多海洋微生物,比如箭虫(Arrow worms)。它们的身体呈半透明,头部呈箭头状。数以百万计的小鱼苗和许多浮游生物也聚拢过来,它们在聚光灯下跳来跳去,将打在它们身上的细小光线一一反射,组成了一场别开生面的水下烟花表演。如果海水里浮游生物的密度过高,夜间拍摄根本无法进行,你只能暂时放弃。我们不清楚这些微小的海洋生物为什么会聚到灯光之下,就好像我们搞不清楚飞蛾为什么有趋光性。

也许这是一种性信号,就好比我们突然在海洋中创造出了一片"红灯区"。还有一种可能是,这些海洋生物的主要食物——海洋植物,本身会发出一种微弱的绿光或者是黄光,而我们的灯光相当于将这两类光放大了,饥饿的浮游动物因此蜂拥而来。不过,一旦这些小动物们聚拢过来,这里很快就会出现体形更大的猎手。

当我们返回水面时,一面巨大的银色镜子从我的眼前划过,扑向我们身旁那闪闪发光的浮游动物。那巨大的鳞片就好像太阳能电池板,这明显是条巨鱼。它有着巨大的扇形鱼鳍,紧紧贴着导弹状的身体。也许是因为它出现的角度和距离问题,我敢说自己从未见过那么大的飞鱼。确切地说,我还没有在水下见过飞鱼,毕竟它们是"飞"鱼呀!加利福尼亚飞鱼是地球上体形最大的飞鱼,有时能长到接近60厘米。我环顾四周,大约有20条飞鱼在围着我打转,但下一秒仿佛有什么东西吓到了它们,银光闪闪的"镜子们"飞快地消失在黑色的海水中。除了行动迟缓的老角鲨,其余那些令我们兴奋不已的海洋生物一溜烟就不见了,根本不具备拍摄条件。所以我们决定改天再进行一次夜潜。

回想起来,其实我记不清当时为什么决定取消这次夜潜,我们完全有理由去追踪这群飞鱼。我记得我们回到船上之后就与摄影师兼发明家乔纳森·沃茨一起,用电线将遥控摄像机远程连接在一起,并做了一个实验。说到乔纳森,他可真是个充满故事的人,尤其是他那凭借简单物件的组合就能完成所谓"不可能的拍摄"的传奇能力。这台远程操控的摄像机被安置在防水外壳里,外壳前面还有小小的圆形丙烯酸穹顶,直径约10厘米。丙烯酸穹顶也是"自制"的,出自我水下摄影团队的另一个朋友肯·沙利文的手笔。他是工程师。这个小玩意是他在自家的车库里,用自制的钻机对家用吸尘器进行改造的产物。

在多刺龙虾事件发生之后不久，我们在科考船正下方布置了这样一套远程拍摄系统。连接摄像机的电缆差不多有45米长，所以我们可以舒适地待在船舱里，通过监视器观察海底。白天我们在海底布置好了摄像机，并在摄像机正前方的海床上埋了一些诱饵，一小罐带腥味的猫粮[*]。我们还在附近接了两盏水下照明灯。大约午夜时分，我们把灯点亮了，一下子就看清了在这附近徘徊的六只小龙虾。在开始的几分钟里，我们通过摄像机近距离观察它们，甚至能看清它们小小的眼睛。但是它们显然不喜欢光亮，很快就爬进了黑暗。即使一无所获，能够自由地安排拍摄实验，这种许可对于当时的我来说简直就是天大的惊喜，哪怕到了现在我也会因此高兴好一会儿。我很感激阿拉斯泰尔·福瑟吉尔，他是《蓝色星球》系列的制片人。感谢他能对正在数千英里外进行拍摄的我报以极大的信任，允许我自由决定拍摄方法。不过，创新永远会有回报。类似的远程拍摄系统后来被用于拍摄水下风暴潮的照片，毕竟在那种情况下，摄影师亲自下水拍摄是很危险的。

1999年5月28日到6月16日这段时间里，"RV鸬鹚"号就是我们的家。我们累计进行了53次深潜，并记录了许多有助于描绘我们这颗蓝色星球水下森林的重要信息。最让我印象深刻的一次深潜发生在阿瓦隆以南约50海里，海峡群岛最南端的圣克莱门特岛附近，这里生长着全世界体形最大的海带，被誉为"生长在海底的红杉

---

[*] 在许多情况下，摄影团队会使用诱饵，毕竟远程摄像机不像潜水员那样可以自由地在海底漫游。诱饵通常被用于吸引鲨鱼，但是我并不太喜欢这种方式，因为它会改变生物的自然行为。当然我可以向你保证，事后我们清理了海床，并将埋入地下的罐头拿走了。——作者注

树""海洋中的植物怪兽"。它们所生长的位置比水肺潜水员的最大潜水深度还要深60米左右，总体长可超过60米。巨型海带那手指状的根系交织在一起，组成了一座精巧的根系迷宫，并将这座绿色的巨塔牢牢固定在海底。严格来说，这些结构并不算是"根系"，因为它们并不会从海底土壤中吸取营养，但这并不影响它们神奇的特性。巨型海带的根系不过只有海豹的肉鳍一般大，却能稳稳地承受住海流运转乃至冬季可怕的海底风暴所产生的巨大牵引力，确保巨型海带的位置不会发生偏移。

科学家们对这种既不宽、扎根也并不深的海底固定装置的工作原理很感兴趣，因为这能为船锚功能的改进，以及潮汐发电机在海面上的固定装置设计提供重要的思路。研究发现，这里面似乎蕴含着某些奇妙的力量：在"根"末端有一些粗粗短短的圆盘，即"吸包"（Haptera），其能够像吸盘一样在岩石上生长，并延伸到海底岩床的任何缝隙当中。这就好比登山者将绳索夹在岩石缝隙中，所产生的压力会转化成巨大的摩擦力，从而使绳索牢牢固定在岩缝中。在吸包成功附着之后，细小的枝条就会快速收缩，使得这种结构进一步稳固。混乱生长的根系就好比登山者的攀岩绳，看似乱糟糟地纠缠在一块，实际上却能有效增加彼此接触的表面积，并有助于寻找新的岩石缝隙。巨型海带的茎干和枝节也很灵活，不容易断裂。最后，想必你也已经猜到了，海带有专属的"黏合剂"，而科学家们至今还没有搞清楚这种"黏合剂"的具体成分。日常生活中使用的家用胶水往往会在说明书上写"请务必保持清洁和干燥"，而当你了解到海带黏合剂的使用效果时你肯定会冷笑，因为海带的黏合剂可是在50多米深的水下使用啊！这是多么强力的胶水！

也许你会问，海带到底是怎么长到海面上来的？为什么它不会扑通一声掉到海底去呢？这是因为海带的每一片叶子的底部都有气囊，就好像钓鱼时所用的浮子，其所产生的浮力能让海带叶子在水中绷直。但是还有许多类似的问题，不是吗？气囊里装着的是什么气体？这种气体是怎么来的？在海底承压环境中，这个气囊是如何被填满的？是否有专门充气的阀门呢？海洋科学中有许许多多类似的问题，而相应的答案通通都是"尚不完全清楚"。海带气囊里的气体来自其本身的新陈代谢，其主要成分与空气相似，氧气含量可能稍高或者稍低，最奇怪的是还有很小一部分一氧化碳。海带很有可能在没有阳光的夜晚重新吸收气囊中的氧气，这样一来就会改变其自身的浮力，所以夜晚的海带会因此而下垂吗？我认为你应该成为海洋学家，亲自去寻找其中的答案。

我的潜水日志还记载着，1999年5月29日，我们来到圣克莱门特岛南端的皮拉米德角，距离加利福尼亚州大约41英里。如果我没有记错的话，那里生长着一株体形最为庞大的巨型海带，我们也在那里拍下了它的绝美身姿。

在不同深度、海流和光照条件下，海带会长成不一样的形状。维多利亚时代的海藻生物学家根据枝干和叶片的不同形状，区分出了17种不同类型的海藻类植物。但我很怀疑这种分类方式是有问题的，因为在DNA分析技术的帮助下，现代科学家已经证明巨藻（Macrocystis pyrifera）和巨型海带其实是同一个物种，只不过它们都有着灵活多变的外表而已。这不仅仅是分类学上的证明，我本人甚至还有亲身体验。有一次在蒙特雷附近的海域，我被困在浅水区的海带森林之中。我周身都被海藻所包围，只能尽量说服自己保持冷静，并努力穿过乱糟糟的海带结寻找回到水面的路径。有时候我也会突发奇想，觉得自己死后的墓碑上应该早就被刻上（或者终将刻上）这样的墓志铭：

> 此人死在一只大龙虾巨钳之下。

或者是：

> 此人被海藻勒死。

不得不说，念起来还蛮顺口的。

在圣克莱门特岛那清澈而幽静的深水中，快乐的绿巨人就这样长成笔直而高大的巨柱，吸引你久久在此地徘徊。阳光透过海带的枝干投射下来，并最终消失在脚下的枝蔓之间。这无疑会让你迷失高度感和深度感，这是这片流动的海底森林带来的独特的眩晕感。在《蓝色星球》第一季中，平面设计师米克·康纳尔挑选了我们拍下的巨型海带的照片，并将它们那高耸的柱子框在一个玻璃球中，作为这一系列的标志（Logo）。

这一片绿色的水下森林最美丽的地方在于，这里生长着许许多多有趣的物种。巨型海带组成的水下农庄生活着四十多种动物，如海胆、寄居蟹等，这还不算神奇的巨型章鱼、羊头鲷和大约500多种鱼类。海带森林真是棒极了！你绝对要相信我的话，因为曾有一个非常有名的家伙甚至在没穿过潜水设备的情况下就得出了相同的结论：

> 海藻区的生物类型多得令人吃惊，要想将这些生活在海藻王国中的生物描述清楚，大概需要写一大卷书……唯一能与海

藻森林生物多样性相比的大概只有热带雨林地区了。

——查尔斯·达尔文，《英国舰队"贝格尔"号船所到访国家的地质和自然历史调查日记》（1839）

巨型海藻是地球上生长速度最快的生物之一，它的叶片每天都能朝着阳光的方向生长2英尺。但是它的寿命与陆地上的植物相比就短暂得多，大约只能存活7年。与此同时，巨型海带有着极其粗壮的枝干，它的生长严重依赖海洋生态平衡，因此它本身也是非常脆弱的。在过去的几十年里，加利福尼亚的海带森林曾多次大面积死亡，至今仍未能恢复到历史水平。而造成这一现象的罪魁祸首可能是气候变化。海带喜欢稍冷一些的海水，但这只是其中一部分原因，更为重要的是对海带的天敌——海胆的数量控制。要想控制海胆的数量，就必须维持以海胆为食的捕食者的正常数量。不幸的是，海胆捕食者们生病了。以红色和紫色海胆为食的海星，比如美丽的向日葵海星（Sunflower star），几乎灭绝。2013年以来，这些海星患上了一种慢性病（海星消耗病，Sea star wasting disease），这种疾病使其体形越来越消瘦；而这种疾病的起因是一种病毒，它因海水温度变暖而活跃。生病海星的手臂会朝着不同方向移动，身体也会变软。没有它们的控制，海胆的数量就会失控并快速增长，并最终破坏海带森林。

其余以海胆为食的动物，比如海獭，其种群数量也受到了威胁。它们不仅很难捉到足够多的猎物，还面临着商业渔具、石油泄漏、海洋污染物和疾病的困扰，当然还少不了鲨鱼的捕食。尽管海洋保护主义者尽力施以援手，但海獭的数量依然在下降。被称为海胆荒漠（Urchin barrens）的水下森林遭到破坏，成为新的常态。这种局面还有可能改变，但难度很大。我真希望那些高大的巨型海带还能在圣克莱门特岛附近的海域快乐地生长，让每一个在那里潜水的人都能看到它们曼妙的身姿。也许你仍可以在你家客厅电视播放的纪录片里发现巨型海带的身影，但如若不加以保护，那将是它们留给我们唯一的记忆了。

海岛——冒出头的海底山脉：公海上的重要小岛

许多岛屿实际上是海底山脉的顶部，这些山脉的顶部露出海平面，形成了岛屿。但我们这些习惯于陆地的人，可能并不会意识到这点，我们在岛上感受到的坚实地面与陆地一样稳固。作为海洋登山者，你很容易就能到达"山顶"，并俯瞰脚下的液态蓝色"云彩"。海岛往往也是通往其他海岛国家的中继点，是海洋地图中最显著的特征要素。"是陆地呀！"常年在海上漂泊的水手见到海岛时总是会欢呼雀跃。而在水面以下，寻找食物和庇护所的海洋生物见到海岛时同样会很高兴。

时间来到了2000年，《蓝色星球》第一季的拍摄已经有3年了。我拿到一张如船桨般长的购物清单，上面写着出发前往哥斯达黎加和哥伦比亚的海岸所需准备的物资。对于拍摄时间很长的大型节目来说，这些物资确实很必要，而且也很关键，我们已见怪不怪了，所以看在上帝分上，我们还得咬咬牙坚持下去呀！三位制片人，阿拉斯泰尔·福瑟吉尔、玛莎·霍姆斯和安迪·拜厄特，派我这个送货员去取他们的拍摄任务所需的材料。说实话这并不算是个苦差事,因为很快我就会获得一笔15000英镑的"活动资金",并负责一趟在太平洋上航行3000公里的漫长旅程,管理一艘搭载着三支拍摄团队的65英尺长的科考船。我身上还带着一张信用卡,但是在距离海岸400英里的海面上想必是没有什么刷卡机会的。那时候互联网尚不发达,卫星电话还是很稀奇的玩意,WhatsApp(一款跨平台的即时通信应用程序)还要9年才能问世。所以当我离开办公室的时候,就意味着除非是特殊的紧急情况,一切都需要我自己做决定了。

当然,我并非这艘船的老大。船长海因茨(Heinz)就证明,人类至少可以分成57个变种,每一个个体都是独一无二的。他的船便是我们这一个多月的家,且有一个颇具异国情调的名字"因赞之虎"(Inzan Tiger)。这个名字总让人联想到海岛时代的安提瓜岛和桑给巴尔;实际上这不过是海因茨和他妻子名字的组合而已。至于后面那个"虎"字,我也忘了具体出自什么典故,毫无疑问,它唤起了你驾乘着这样一艘坚固的小船挑战太平洋的勇气。船上共有8个铺位,有足够的空间放下我们的摄影装备,后甲板上还有一个潜水平台。最重要的是,这艘船的引擎极为坚固,坚固到让你忘记它们的存在。船上配备有制水设备,还有一个海水渗透净化器,这就意味着你只需要凭借一个小水桶,就足以完成漫长的海上冒险。整艘船闻上去像是混合了涂漆的胶合板、海水以及潜水员汗水的味道。我还是以相当克制而礼貌的用语来描述这艘船的味道的,因为在船背后的大桶里(或者你应该说船尾)泡着一堆潜水服,里面混杂着的可绝对不止潜水员的汗水……我想你应该懂我的意思。

大多数情况下,这种味道可以忍受。当我们进入炎热的热带区时,潜水服的味道立马变得刺鼻。这味道一旦到了失控的程度,我就需要站起来大喊一句:"快把你们的潜水服捞出来!"然后倒上一整瓶法国特产的TCP消毒液,要求他们仔仔细细地洗一遍潜水服。如果你想让浑身汗渍的潜水员变得香喷喷,我强烈推荐你使用这种消毒液,但它可能会对家里的猫有害,所产生的废液需要仔细处理。

我们的船长海因茨身材高大,总是穿着一件长长的丝绸睡衣。他总是喜欢赤着脚在船上走来走去,脚趾上还戴着一枚金戒指,神气地站在船长室舵轮旁边。他靠着酿酒发了财,因为他总能将美酒卖到其他商人无法抵达的市场。在卖掉酿酒公司后,他和妻子商量了半天,决定了自己真正想做的事情:拥有自己的船只以及潜水旅游事业。这些话都是他原原本本告诉我的,但我觉得很有说服力。不管怎么说,他们最终决定将下半生的事业搬到了船上。他们开展的并非传统的潜水业务,因为"因赞之虎"号可以去到地球上一些人迹罕至的地方,并带你开启一段令人叹为观止的潜水之旅。说实话,我对海因茨是有些戒心的,因为他表现得过于"特立独行"。但是他所说的关于海洋的一切——他对于云层的观察心得,对于鸟类成群集结、洋流激荡的位置的了解——都很有道理,我知道我能从他那里学到很多。

坦白说,我们打算去的地方并没有多少潜水业务。哪怕是今天,也只有极少数潜水经营商愿意带你去"锤头鲨三角区"(Hammerhead triangle)。这个地方位于哥斯达黎加和哥伦比亚附近,是锤头鲨出没的区域。所以,我们该如何选择冒险的同伴呢?这方面,我必须感谢那些执行力非常强,让这一次梦幻般的拍摄之旅成为现实的伙伴。他们很清楚拍摄团队可以获得什么样的经济支持,总是在最短时间里完成决策,并在预算范围内以最恰当的价格成交。他们就是这支团队的产品协调员和产品经理,是他们促成了一切。我们可以一边出发一边查询他们的名字。这个拍摄项目的产品协调员是阿曼达·哈钦森和萨曼莎·戴维斯，产品经理则是凯迪·沃克。考虑到拍摄团队与支持团队之间存在时差，碰到任何问题我都可以首先向阿曼达和萨曼莎寻求帮助。他们会将航班信息、车辆租赁、联系人名单、海关手续以及行程信息安排得井井有条，并以日程安排或者通告单形式传给我们。要是我们的人生也有类似的一张呼叫单就好了。

之所以选择"因赞之虎"号而非其他潜水船只，是因为船长允许我们包下整条船。我们原本可以安排一次规模更大的商业潜水，这样做一方面需要租用一艘更大的船，这就意味着更高的费用；还有一方面就是和其他游客一起共享潜水服。我本人也经常遇到这种情况，但是这对于拍摄团队和潜水游客来说都不太公平。确切说，应该算是一场噩梦。因为旅行潜水通常意味着要尽可能多地领略不同潜水点的独特风光，在每个位置都花一点时间然后迅速离开。水下摄影组则不然。摄影组为了寻找到合适的拍摄对象，需要一次又一次地下水，并在同一个地点待上几个小时甚至是几天，以确保拍摄成果满足制片的需要。这样的工作通常都会很辛苦，团队中没有一个人愿意马虎对待。虽说如此，潜水旅客的建议和拍摄成果也曾帮过我们大忙，这一点我后续会有所解释。我想说的是，一个人永远不应该高傲自大，拒绝向那些明显能教给你东西的人学习。

当你在这个行业干了一阵子之后，抵达目的地的过程就不再那么让人印象深刻了。通常情况下，这一过程包含碳排放量极大的长途航班，为了节省开销而选择的经济舱，还有滞留在机场和海关的大量摄影装备。这一过程还需要邀请来自各地的工作人员前来开会，因为大多数成员都是自由职业者而非固定团队。与会人员的确定主要取决于他们的技能本领，以及他们是否方便参与。当然还需要考虑他们是否愿意接受这份工作，当然绝大多数人都很想要。

优秀的水下摄影师会毛遂自荐，并选择自己擅长的工作方向。他们之间唯一的共同点，就是对于摄影的热爱。和我一同拍摄这部中美洲史诗记录的摄影师都对潜水、拍摄和海洋情有独钟。他们是来自加利福尼亚的摄影师鲍勃·克兰斯顿、英国的艺术大师彼得·斯库恩斯，以及第二摄像机和潜水助理，来自德国的佛洛里安·格拉纳和出生在丹麦，现居于加利福尼亚的彼得·克雷格。顺便说一句，如果你是一位刚刚崭露头角的女摄影师，请不要因为这些家伙都是男性而丧失动力，性别绝不会是阻拦你加入团队的理由，而且新一代水下摄影师当中的确有不少是女性。我更喜欢美国人对摄影师的称呼——摄影总监（DOP），因为这是一个中性词（相比较英国的Cameraman，摄影师）。虽说也蕴含着一些等级和资历的味道，但这个称呼无疑暗示了你是"顶级"的摄影师。

工作人员职责表上标着的"第二摄像机"，听起来有些像爵士乐的腔调，但就像我十几岁的儿子说的那样，"没人在乎这些，爸爸"。节目录制工作结束后，这些职责表就会被扔进纸盒里，或者在自动播放下一集时消失。但我想说的是，对于我们这群电视和电影从业者来说，这很重要！我们的职业生涯取决于是否拥有良好的职业声誉，以及在互联网电影数据库（IMDb）出现的次数。这些名字对我来说意义重大——克兰斯顿、德格鲁伊和斯库恩斯。当然还有许多名字，但我之所以强调他们三个，是因为他们已经永远离开了我们。的确，只有真正失去时你才知道自己错过了什么。他们呈现给世人关于海洋的画面绝对要比你们知道的更多，同时他们也将对海洋的热情感染了我。我觉得自己是个幸运的人，有几次，在一些奇怪的坐标点，我感觉自己仿佛和他们同在。不过，他们也不愿意看到我如此伤感，所以让我们继续我们的故事吧！

哥斯达黎加科科斯岛
北纬5°31′0.8′—西经87°04′18′

鲍勃·克兰斯顿站在科科斯岛北端查塔姆湾正上方的悬崖处，远眺着550公里外的哥斯达黎加。红脚鲣鸟（Red-footed boobies）就好像翼手龙（Mini pterodactyls）一般，围绕在他的身边飞翔盘旋。任何看到红脚鲣鸟的人都会不自觉地将注意力放在它们那蓝色的喙而非红色的脚上，但显然蓝脚鲣鸟会不高兴的。我和佛洛里安站在摄像机后面，尽量不让自己退得太远，以免失足落下，成为海湾里的鱼食。这会儿我们正在录制《蓝色星球》第一季每一集结尾的"制作团队"部分。这部分有个专门的名字，叫"制作浪潮"。

鲍勃看着镜头，张开双臂，以体现大海的辽阔：

这是无量大海的一个偏远角落。海水涌入，冲击着这座海岛，冲击着这座水中的大山，随便你怎么称呼它。海水上涌，将深层海水中的营养物质带了上来。小鱼们就以这些营养物质为食，而大鱼们则以小鱼为食，体形更大的鲨鱼则以大鱼为食。这就是海洋的生态链，而我们的任务就是将其记录下来。

鲍勃在镜头面前表现得很自然，他的吐字响亮、清晰而热情。我认为，他之所以是一个好的演讲者，并不是因为他经常在镜头前演讲，而是因为他最喜欢的事情就是和水下摄像机一起工作。每当他完成一幅作品，作品就好像在向你诉说着什么；而这时鲍勃最想做的就是将他所经历的大海原原本本地解释给观众们听。他是一个美国人，但常年在阿伯丁附近的北海钻井平台上担任潜水员，因此他对英国人很有好感。之后他还当过一段时间的导游，领着游客去加利福尼亚观看蓝鲨，顺便把家安在了圣迭戈。在这里，他和其他一些著名的海洋电影制作人，霍华德（Howard）、米歇尔·霍尔（Michele Hall）一起合作，共同拍摄海洋野生动物电影。他们甚至还尝试用IMAX 3D设备拍摄，那可是一辆小汽车大小的水下摄影机啊！鲍勃对科科斯岛这一带很熟悉，因为他曾与米歇尔和霍华德一起在1997—1998年间花了大约6个月拍摄《鲨鱼岛》，这是一部很棒的IMAX电影。鲍勃是一个身材高大的"牛仔"，一个在毗邻海洋的大平原上驰骋的牛仔，一个喜欢鲨鱼的温和的巨人。

那张长长的购物清单开始掏空我的钱包。回想在科科斯岛发生的一切，我可以负责任地说，当我为《蓝色星球》纪录片制作几个价值不菲的片段时，我脑海中回忆出来的图像和最终呈现在《蓝色星球》的图像真实地重合在了一起，这使得我能以更加平和的心态去记录下这些内容。这就是一个负责野外工作的野生动物纪录片主管的心态。你需要绞尽脑汁去思考每一种办法，确保团队能够在拍摄时间耗尽或者这一轮潮汐结束前得到你想要的镜头。你可能会一无所获，这时你必须向老板和团队解释，毕竟你要保证这一次拍摄的效果至少要和上次一样好。同时，团队也和我们所拍摄的鱼儿一样重要：当团队出现问题时，主管一样需要负责帮助团队，并带领他们继续前进。

那么这个购物清单是什么样的呢？有时我会饶有兴趣地读着这些小纸条，因为从中可以窥探他人的生活。从废弃的手推车上撕下来的单子在风中飘荡，祈求得到人们的关注。毫无疑问，夏洛克·福尔摩斯这样的天才人物能从人们的购物清单上获得很多信息，但就算是我这样的凡人，也知道一个单身汉是不会买家庭装洗衣粉的，他更有可能买一块家庭装巧克力。类似的清单反映了我们的计划，当然是很简单的那一类，但不管怎么说都还在计划范畴内，是战略和远见的体现，它表现我们对必需品的需求，这种"必需"，不是说要把整个商店买下来，而是清楚地知道哪些恰是我们计划内要用到的，哪些不是。我们的拍摄列表也是同理。把想要的一切都拍下来显然不会是个好主意。在你出发之前，最好先搞清楚自己想要什么。当然，如果你突然发现一个很棒的特价商品，一个当季的便宜货，那么你也可能掏钱把它买下来，哪怕它并不在你的购物清单上。

当然，这个结尾片段包含着许多细节内容。开场应该是一段对话，一段极为简短的对话。约翰·斯帕克斯（John Sparks）是布里斯托尔的BBC自然历史部门的传奇人物，他曾与大卫爵士合作，共同完成了爱登堡作品中最著名的场景，那就是大卫爵士与山地大猩猩合影的名场面。约翰曾经对我说："约翰，我觉得你应该去非洲拍摄一些鱼类！"他说这话时满脸笑容，还亲切地在我的背上拍了一记，留下我在原地乐不可支。

另外一个场面则是我们的系列制作人阿拉斯泰尔·福瑟吉尔和我们讨论他本人关于《蓝色星球》纪录片的整体构想。在其中一个环节中，我们讨论了该如何在片中呈现海水中的上升海流和底层海流，因为只有这样我们才能向观众解释清楚，来自深层海水的营养物质是如何为巨大的海洋咖啡厅提供营养物质的。老实说，这算是一个难题，因为这几乎等同于"拍摄那些看不见的存在"。我们仔细讨论过这一环节的表现形式：类似海市蜃楼般的水雾可以表明从深海涌上来的冷水流与表层温度较高的暖水流开始混合，水中类似雪花的颗粒表示其所蕴含的营养物质；而随处可见的生命迹象揭示了岛屿附近海洋旺盛的生产力，诸如随波逐流的海藻，以及在海水中成群结队顺着洋流运动的小鱼，尽管它们看上去不过是在游泳罢了。镜头一开始是朝向深海的，对准水下悬崖的底部，然后就开始慢慢地朝着水面的方向倾斜，缓缓地呈现火山岛的"墙壁"，并暗示这些岛屿是如何将流动的深层海水拦下来，并迫使它们上抬并与表层海水混合的。

"从不同角度拍一些照片，这样我们的工作就有更大的余地。不管是从哪个角度，都尽量给我们一个高质量的可选项。"这大概就是制片人将主管派去现场传达的唯一嘱咐。这是一个很实用的提示，因为移动拍摄可以让你以一份胶卷的代价完成三次拍摄：从某个特定的位置开始，数到十，你就可以将摄像机移动到另一个位置（确保此时摄像机还在工作），这个过程可以坚持八秒，然后再次数到十。这样一来你就有了三次拍摄机会。如果中间移动环节的拍摄质量并不好，你至少还有两个不同位置的静态拍摄。当然，我相信读者朋友们对此已经了如指掌了，但按惯例进行说明依然是很好的习惯，而且（我总是这样提醒自己）不要觉得自己全知全能，永远要留心倾听他人的看法。

野生动物纪录片中制片人和导演的关系可能会有些混乱，因为这两个角色很可能是由同一个人担任。在《蓝色星球》这样的大型纪录片中，一个资深制片人经常会安排一个新晋的制片人和导演（我），并告诉他们应该取得怎样的拍摄效果。这也就意味着，在制作团队中存在着各种各样的关系，以及一个较为粗糙的负责人等级制度。我当初的位置恰好位于组织中层,当然到了今天也是如此。

前文曾经交代过,这会儿我正和其他三个资深制片人合作。玛莎要求我为她的珊瑚电影拍摄一个夜间出没于科科斯岛海域的白鳍鲨(Whitetip shark)镜头,并提醒我千万不要将背景光打得太亮,要保持那种类似月光的深蓝色。我完全赞同她的看法,因为我也觉得在夜间拍摄时使用太亮的背景光是很做作的,完全破坏了夜间的静谧。同时,如果你想获得完美的曝光,周围的环境光线应该比你所认为的满意程度更暗一些。关于这一点,我之后还特意向鲍勃解释了这一点,因为他已经习惯了满光背景下的拍摄,但每次他都会说:"天哪!你简直是想把这一切都搞乱!"而我总会给他肯定的答复。

安迪·拜厄特(Andy Byatt)是《蓝色星球》第一季公海篇的制作人。我不知道14年后我还会为《蓝色星球2》制作类似的一集,而这也是第二季中拍摄难度最大的一集。因为这一集需要穿越辽阔的大海。老实说我总是对安迪怀着更多的同情,因为我很担心花了那么多钱,却没能拍下什么好片段。

科科斯岛很少有大型海洋生物出没,不过安迪还是叮嘱我拍下那里的"海洋清洁站"画面。生活在那里的清洁鱼会帮双髻鲨(Hammerhead)清理皮肤上的真菌和寄生虫。先前来过科科斯岛的电影制作人和潜水员都知道这个"清洁站"位置。在查塔姆湾海岸线上,就离鲍勃拍摄片尾片段的位置不远处立着一块石碑,那是用来纪念雅克·库斯托和他的团队于1987年造访科科斯岛而立的,他们肯定也目睹了这一场景。雅克曾多次回到科科斯岛,并将其视为"世界上最美丽的海岛"。不过这是站在潜水员视角所做出的评

155

价,如果想要说服读者朋友们相信这一评价是中肯的,就至少要把水面上和水面下的整个画面都拍摄下来,尽管科科斯岛还是《侏罗纪公园》的灵感来源。

我们的工作清单上还有许多事情,比如我们预计会遇到大群双髻鲨(全世界的双髻鲨一共有9种),以及我们如何证明鲨鱼是通过科科斯岛产生的磁场找到该岛的。关于这一点其实很简单:你只需要观察双髻鲨的脑袋在"摆动"。

诸如此类的讨论共同组成了关于拍摄内容的清单,可能是这样的:

关于洋流的拍摄内容:

1.水中的海雾。

2.在海水中弯曲摇摆的海藻。

3.在海水中上涌的鱼群。

4.各种海洋生物,不同种类生物的特写。

5.镜头向下倾斜到海底,再顺着火山壁一路倾斜,直到拍摄到海面。这一内容必须从不同角度拍摄至少三条。

6.注意其他能表示洋流的迹象和内容。

关于巨型双髻鲨的拍摄内容:

1.关于"清洁站"的一个广角拍摄。如果条件允许的话,可以跟着其中一条双髻鲨抵达"清洁站",或者埋伏在海床上然后突然出现(这肯定会给鲨鱼们一个惊喜)。

2.黄色清洁鱼,关于它们寻找双髻鲨进行皮肤清理服务的特写镜头。

海岛——冒出头的海底山脉：公海上的重要小岛

3.巨型双髻鲨身上的寄生虫和蜕皮现象的特写。
4.清洁鱼啄食寄生虫的场景。
……

就这样，需要拍摄的备忘录记下了好几页，再汇总其他导演和制片人的要求，这就组成了满满一本清单记录。

从另一个角度看，你其实可以准备一个比较完整的故事板。这是事项清单的另一种表现形式，但它能更好地表达片段之间的组合过程，并描绘视觉故事进展过程中的关键阶段。起先我在广播电台工作时，所谓的视觉故事只存在于你的脑海中，而电影纪录片中的"语法"，我花了好长时间才算真正掌握。这一切的关键在于，在纪录片或电影中，伴随着旁白的推进，你必须代表观众决定将要展示在屏幕上的画面。这件事情看起来很容易，但在执行过程中却并不简单。

我认为你可以在半小时内学会摄影的基本知识——摄像机的角度、剖面图的选取和一些装饰物的摆放。但要想将这些技巧锻炼得尽善尽美，这可能要花费一生时间。这个过程能帮助我们了解电影的历史变迁。电影刚被发明出来时，人们只会通过固定机位的静态照片的拍摄将特定动作记录下来。会有特定的剧院模型，让演员以一个固定的视角表演，演员本身是完全被舞台的拱形框限定住移动范围的。在观看这类电影时，你只能祈求自己的座位角度还不错。紧接着，可以放大的拍摄镜头被发明出来了，这也催生出了一个伟大的发明：特写镜头（CU）。在特写镜头中，你可以看清大脑渴望分析的所有细节。这就好比我们人眼看见一样东西时所做的：先总览全貌，然后将目光集中在某个特定的位置细细观察。唯一不同的是，电影制作者会替你选择所谓的焦点。

你也许很好奇，上述这一切如何应用于野生动物纪录片的制作呢？故事板和剧本当然适用于故事片和舞台剧导演，毕竟演员是可以按照特定的要求念台词做动作的。但是你无法指挥一条鱼，对吧？当然不行——除非你是在拍摄《海底总动员》——所以野生动物纪录片的拍摄过程几乎不能通过协商来解决。即使我们非常认真地向蓝鲸解释："如果你做出我们预想你会做的那些动作，那么我们会很高兴地立马从你那没几根头发的脑袋旁边离开，我想这对我们都好……"不过，你可以预先设想你希望发生的事情，并持续关注你的拍摄对象将要做出的举动。当你在纸上（或者屏幕上）计划好所有的事情时，你会惊讶地发现，脑海里会出现更多的想法，为你的大制作增添许多绝妙的镜头。

回想起来，我刚来到布里斯托尔，加入BBC自然历史部门的那个时间，恰好就是"新旧时代"交替的日子。那会儿决策经理们还会向我发出含糊不清的指示，比如"去非洲拍一些鱼"，或是"去加拿大看看有没有精彩的动物故事"。但是现在，整个部门做事的风格都发生了180度转变。BBC内部甚至还有一条规矩，"如果没有详细的剧本和故事板，绝对不允许现场拍摄"。这种管理手段也许是明智的，毕竟"失败的计划就必然会导致失败的结果"。诸如此类的论断在时下流行的《办公室风云》（*The Office*）中体现得淋漓极致。被称为"现今最权威的电影导演"的德国著名导演维尔纳·赫尔佐格（Werner Herzog）却说"故事板是给懦夫们准备的"，这又是为什么呢？

我曾在好莱坞一家制片公司的走廊里与维尔纳有一面之缘。

确切地说,是我从他身边走过时,看到他在那里弯着腰沉思。我知道那会儿他正在创作《被遗忘的梦的洞穴》(*Cave of Forgotten Dreams*),如果我冒昧打扰,也许会打断他的思路吧!我很清楚他所指的"故事板"是什么意思:当事情没有按照"计划"进行时,你会产生一种错觉,认为所谓的"计划"是你预先设想好的标杆和方向;这样一来,你就不会将注意力投入真正发生的事情。维尔纳本人崇尚自由精神和直觉,推崇"紧张的生活",即全方位活力盎然的生活,他认为如果没有这些要素,电影就会变得陈腐不堪。因此他认为,故事板是陈旧的代名词,是那些原本可能发生又没有发生的事情的回忆,甚至是那些可能发生但事实上已经发生的事情的回忆。无论如何,对于那些正专注于寻找、拍摄和感受当前这一时刻美好的人来说,故事板算是一个不必要的框架。如果你曾经深入了解他的这句话,就会发现赫尔佐格只是告诉你他本人习惯于这种风格。如果你想要故事板作为辅助思考工具的话,他也并不反对。他只是鼓励你要积极思考自己当下想要做的事情。

事实上,这完全取决于你本人的思维方式,取决于你是一个有组织有逻辑的人,习惯于在做事之前设定计划,还是一个所谓的"意识流"玩家,习惯于凭借直觉和突发事件来获得灵感。当然还有一种人属于"中庸派"——介于两种风格之间,并在某些时段偏向于其中一个观点。

问题在于,当前的社会环境总是会对这些行为做出价值判断。我本人其实是"意识流"成员之一,我观察到,那些喜欢提前做计划的同事更容易受到领导的青睐,因为有计划往往可以让那些需要确保计划生效的决策者更安心。如果你和我一样是个"意识流"玩家,尽管你可能有着极为出色的拍摄直觉,只要你在某一次工作中一无所获，你就完蛋了。所以我在外出拍摄之前，也习惯于准备一份故事板和列表清单。我的绘画能力比较差，这项工作总是要花费我不少时间。设想性脚本从某种程度来说也挺管用，因为它能逼着你把想说的话给提前讲出来。尽管对于纪录片而言，很多事情需要在现场观察拍摄之后才能确定，而非事先确定，但按照当前惯用的纪录片拍摄流程，你的直属经理一般会要求事前确定一份比较明确的书面计划。哪怕这份计划在实际工作开展过程中被搁置在一旁，你也最好去写一份，因为这样会省下很多在争论过程中耗费的精力。事项清单、故事板和脚本，还有许许多多你能够想到的手段，都是帮助你成功的好办法，因为它们会给予你新的灵感，提醒你做好一切准备。

当回忆纪录片拍摄的全过程，我意识到这一切都可以总结成"转化"二字。将某个想法转化为实地拍摄的可能性；而在这个特定的地点，你有机会看到并拍下前期研究论证过的可能会发生的某些画面。办公室里讨论的各式各样的内容需要被转化成有形的图片故事或者工作清单，再将其转化成摄影师需要拍摄的具体内容：故事板上要画些什么，这其中需要注意的关键点，以及拍摄风格的确定。你也许会好奇，在"转化"过程中是否会丢失一些内容——毕竟每个人对指令的理解不同，很容易会对某些信息产生误解——但是一个好的拍摄团队总是能在转化过程中发现新的东西，团队的每个成员都会在转化过程中融入自己对工作的理解，而这一切都将在最后一次转化过程中验证成功。从摄像师到观众，只有节目真正播出的那一刻，你才会知道两者是否同频。

好吧，我们差不多该换一次气了——毕竟在两次潜水作业之间，也得留出时间来让血液中多余的氮慢慢析出嘛！我随身的潜水

海岛——冒出头的海底山脉：公海上的重要小岛

电脑会提醒我这一次的休息间歇应该有多长，也就是你所阅读这一章的长度决定了我们的休息时长——希望你们不会因为这些看似无关的言谈而感觉到无聊，毕竟过量的氮气会让你感觉到疲劳。而眼下，我们该进行下一项水下任务了。

让我们回到拍摄"珊瑚海"的现场。这是《蓝色星球》第一季其中一个系列，我们蹲守在科科斯岛附近的海域，想要拍摄白鳍鲨在夜晚捕猎的场景。这一集的幕后花絮，"制作浪潮"栏目中有我出镜的场景。上面有我的身影（我终于也出名了），以及我潜水过程中冒出的气泡出现在镜头前的场面。现在，这一画面已经变成了一个奇怪的梦，梦境中不断变化的记忆与那永久不变的视频记录交织在一起，形成了一个个全然不同的全新故事。镜头里位于我正下方的是鲍勃。他穿着潜水服，上面还有一个极具标志性的简笔画；而位于我正上方的一定是负责拍摄我们拍照时场景的佛洛里安。镜头中的我们显得专业和平静，尽管我们是在一个人迹罕至的海域，和一群鲨鱼一起在夜晚的海水中共舞。一切貌似都按计划进行，但其实并非如此。

首先，屏幕前的你所看到的场景并非在一个晚上完成的，而是接连好几个晚上拍摄的成果，如果我没记错的话，我们大约拍摄了整整一个星期。事实就是如此，因为通常情况下你不会一次拍完一整个序列所需要的镜头。的确，可能大多数动作在每一次潜水中都会出现，但是你通常需要重复好几次才能真正搞清楚鲨鱼在寻找什么，以及为什么要这样做。更为关键的是，你必须在想要拍摄的场景发生之前确定好鲨鱼的"预兆"举动，这样你才有足够时间准备好按下相机的快门。

白天，我们远远观察落单的白鳍鲨，看着它懒洋洋地在珊瑚丛中翻找着，它还有些警惕。这大概是我们最早遇见的白鳍鲨之一，它的背鳍上有一个闪闪发光的白色斑点，就好像一个粗心的画家还没来得及给它的银灰色身体涂满颜色。这个特征是如此明显，所以我不可能把它认错。它的体形不是很大——最多不超过1.5米——看上去很温和的样子。一旦到了晚上，它们就会化身为不同寻常的猛兽。

第一次在黑暗中拍摄白鳍鲨的尝试以失败告终。尽管我们一致认为要在昏暗的灯光下拍摄，并营造出一种类似"月光"的效果，但你绝无可能在毫无辅助光的情况下，在漆黑一片的海水中完成拍摄，更不要提当时我们手头只有20世纪90年代的水下相机了。因此，鲍勃带来了他的全套照明设备，包括两个自制的照明装置，每一个都有两个装在防水外壳中的钨丝灯泡。两个灯泡被固定在一根T型杆子上，后面还连着大约200米长的黄色防水电缆。这些电缆一直连接到一艘小型充气船的发电机上面，而这艘小型充气船的主人则是停泊在查塔姆湾的"因赞之虎"号。

我还记得在某一次潜水测试中，其中一个钨丝灯泡在水下发生了爆炸，发出了震耳欲聋的巨响。灯泡的防水外壳密封条都被震出了缝隙。水和电向来不对付，仿佛预示着接下来会发生不太好的事情。

下午6点左右，热带地区的天空已经开始变暗了，这里没有漫长的夏夜，也没有柔和的日落，就只有"熄灯"！不过，如果打算夜潜的话，我们大概还需要再等上几小时。晚上9点左右，四个潜水员、一名船夫和一个发电机乘着略微有些瘪气的充气艇缓缓驶向大海，感觉就像是驾驶着一辆轮胎漏气的汽车。这是一个没有月亮的夜晚，海面上漆黑一片。在黑暗中的某个位置，马努埃丽塔岛（Isla

Manuelita，科科斯岛的一个卫星岛）恰好指向查塔姆湾之外的哥斯达黎加，那里就是白鳍鲨在珊瑚丛举行夜间狩猎集会的地点。通过白天的踩点，我们已经确定了大致位置，很快船夫和鲍勃就再次确认我们是否正行驶在正确的方向上。我们花了一些时间，将装备穿戴整齐，然后就像那些负责在敌舰上布置地雷的特种士兵一样，静静地滑入水中。船夫将巨大的相机和连着黄色电缆的照明灯递给我们，这就是我们的武器。

为了安全起见，我们事先将气垫船引擎关上了。因为在我们整理工具再到准备下水的这段时间里，气垫船明显已经顺着洋流漂出去好长一段路了。放在船上的发电机就好像一台闲置着的割草机，在气垫船上蹦跳着。我摇晃了几下手里的照明灯，然后它就发出了钨丝灯那特有的温暖灯光。这一带的洋流很湍急，是海洋中主要的河流，所以我们很快就把小船甩在了后面。我将手中的钨丝灯沉到了海水中，这样就不会觉得太热。透过海水看，眼前钨丝灯的光线在水流扰动下渐渐变得模糊。

鲍勃犹豫了，因为连着我手中的照明灯电缆此刻正飞速从船上拉开。如果情况不对，鲍勃是不会下水的，所以我们都愿意听从他的指挥。他让我等一会儿，然后就地潜下水探了探路。下一秒他就出现在了水面。"太深了——我们来错地方了！"

那天晚上，作为最早下水的两名潜水员，鲍勃和我就这样与同事，以及气垫船分开了。早前我还特别留意过，我手中的灯连接着的电缆，是通过标准美国两孔插头插在发电机上面，除此之外就再没有什么连接保护装置了。据我所知，这卷电缆并没有系在船上，而是简单地从船边拖到了水里。此时我还能看到远处有一个"火把"，在越来越大的海浪中晃动着。当电缆被放到极限时，我感觉

163

到连接我的手和船上发电机的电缆突然绷紧了，这说明我此时恰好离船600英尺（182.88米）。发电机插头的两个插孔所产生的摩擦力正在和奔腾的洋流较劲，但是这场面一点都不有趣。鲍勃看看我，他也注意到我手中的电缆已经绷得直直的。

如果你犯错之后一直在做对的事来弥补，那么总体来说你还是能把握住不错的逃生机会。鲍勃冷静地向我表达此刻他的担忧：

我们来错地方了。天已经黑了，我们所在的地方恰好是一股强大的洋流。我们距离哥斯达黎加大约400英里，而且这里不可能会有海岸警卫队。

"以及，我们和气垫船唯一的连接只有一个插座了。"我在心里默默地补充了一句。

"我们遇到麻烦了，约翰！"鲍勃说。

我们携带的氧气瓶有调节器，可以用来降低瓶内气体的压力。这是专门防止那些对氧气瓶使用不熟悉的人而设置的保险装置。如果直接用嘴凑到罐子里去呼吸，那么你的肺部肯定会因为高压气体的涌入而爆炸。调节器里"一级调压装置"内部有专门防止这种情况发生的机制设计，确保你从"二级调压模块"或者"需求阀"（也就是你叼在嘴里的东西）吸入空气时能维持正常气压。尽管如此，在氧气瓶和需求阀之间的密闭管子中间依然存在一段高压气体，其压力大约是大气压力的十倍，也和你呼吸时所产生的压力相当。这一装置的工作原理恰好与哨子相同。根据BBC的安全说明，我背上的氧气罐管子里也有类似哨子的发声装置，就好像雾笛（Foghorn，大雾时发出响亮而低沉的声音，以警告其他船只的装置）一样，它有着充足的高压气体供应。只要你按下哨子上的红色按钮，它就会发出一阵"地狱般的噪音"。

海岛——冒出头的海底山脉：公海上的重要小岛

我按下了那个按钮，并忍受了约十秒钟的噪音。我的耳朵嗡嗡作响，嘴巴里也泛着一股金属的味道，脑袋也晕乎乎的。如果对岸的岛上有人，他一定能听到这个声音。后来查塔姆湾看守人告诉我，我发出的声音确实在夜空中听得清清楚楚。

"看起来我们也不是那么糟啊，约翰！"鲍勃说。

我松了口气，但依然担心某些不可避免的事情会发生。如果发电机的插头突然松开，我们就不得不启程前往哥斯达黎加了。鲍勃似乎可以在没有电缆帮助下凭借高超的游泳技术抵消洋流的作用，但是我想他最终也免不了和我一起登上中美洲陆地。我一时想不出该如何摆脱眼前困境的办法。不过，我们还没有将手中的相机扔掉，毕竟还没有到山穷水尽的时候。我们努力踩着水，尽力让自己在海水中保持平衡。

真实的冒险故事有一个弱点：没有悬念，因为他们讲述的故事必然包含着求生。对于那些想看我的腿被鲨鱼一口一口咬下，或者看着我漂向大海，成为大海中一个未解之谜的家伙们，我只能很遗憾地对你们说，我让你们失望了。尽管如此，当时还没有人注意到我们的处境，远处气垫船上的灯光仿佛越来越暗了。

令我感到惊讶的是，我手中的光缆依然被拉得笔直，这说明气垫船也和我们一起漂流，尽管我们之间间隔着600英尺，尽管它看上去越来越小了。这说明我们还有时间考虑接下来该怎么做。我记得当时我和鲍勃之间并没有什么过多的对话。他一只手扶着沉重的相机，另一只手努力划水在我身旁游来游去，好让过往的船只能注意到这里还有两个落单的人。这时我注意到，我们脚下的海水中仿佛有一盏潜水灯在闪烁。几分钟后，我和鲍勃中间露出了一个潜水员的脑袋。

来者是彼得，我们留在船上的两名潜水员之一，他一定是在寻找我们。"嗨！"彼得的声音都有点变了，我不知道这是他特有的丹麦口音，还是因为找到失散许久的朋友时的那种略带戏谑的喜悦之情。这种戏谑我很理解，毕竟鲍勃曾为了拍摄《鲨鱼岛》而在科科斯岛海水中累计度过了181个日日夜夜，这样的潜水老手居然也会遇到麻烦。但我要说，如果有谁比鲍勃更熟悉这一片海域，那必须是彼得·克雷格，他甚至还和国家公园的工作人员一起，在岛上连续生活了好几个星期。

"你俩选错下潜位置了！"彼得在一旁说道。

（我们知道啊……）

"你们得跟我来——这里有一股洋流的——你们正朝着公海游呢！"

我们自然也很清楚这一点，不过看到他这样不遗余力地寻找我们，内心也是极为感激。他建议我们和他一起潜到海底，然后再一起回到船上。这一带的海床很深，大约有40米；如果我们动作够快，就不会在这个深度停留太多时间，也不需要在上浮阶段做什么减压缓冲。尽量靠近海床是一种减缓洋流影响的好办法，因为在海床上方几英尺的位置，海水会因为与海底的沉积物之间所产生的摩擦而减缓流动速度。

许多水下拍摄作品都是在浅水区完成的，因为深入水下会让人感到迷茫而无所适从。在漆黑的海水中，你大概只能看清微弱光线下的一串串气泡，或者是颗粒般的薄雾，这会让你感觉自己就像是一只落入香槟中的昆虫。"海底"距离你还很远，而你一直坚持往下潜，期待着能够碰到某个坚硬的固体表面；在那之前，你的潜水电脑会提醒你，所处位置过深已无法继续下潜。和那只倒霉的虫子

海岛——冒出头的海底山脉：公海上的重要小岛

一样，你会感觉自己中毒了。这是因为氮气在越来越大的水压下进入你的血液，你会进入一种被称为"氮醉"（Nitrogen narcosis）的状态，你的肺泡仿佛被灌醉了。

二十年后的今天，当我回想起这个时刻，眼前仿佛浮现出当时我用手抓着海床，激起一团团棕色的泥沙的场景。这些激扬的沙尘在我们的灯光下闪闪发光，就好像摇摇晃晃的雪花球，将周围的一切通通掩盖。有那么一瞬间，我感觉到一丝恐惧，担心我们无法成功，但下一刻我们就在气垫船附近浮出了水面，重新回到干燥的船上。当时的我还会觉得有些纳闷，刚才到底是在大惊小怪些什么呢？这就是我所经历过的海洋：深入其中的人很快就会沉浸在那迷人的美丽之中，而这种宁静和神秘可能下一秒就会转变成一种致命的吸引力。我希望当时有记得向彼得说谢谢。

这就是我们在白鳍鲨海域的第一次失败的潜水经历。虽说有时我们一下子就能完成目标，但大多数时候，想要获得成功就必须一步一步努力。我的潜水日志上清楚地记录着，观众朋友们在《蓝色星球》的"珊瑚海"篇章中所看到的片段，是我与摄影师彼得·斯库恩斯一起潜水时拍摄的，距离这一次失败的经历至少过去了4天。

与白鳍鲨一同狩猎是一种令人兴奋的经历。白天它们大多是单独出现的，就算是集体出现，彼此也相距甚远。但到了晚上，你就会看到有超过20条白鳍鲨聚在一起的壮观场面。这是因为他们需要组队捕鱼。一般来说，白鳍鲨会选择一条中等大小的石斑鱼、一条隆头鱼（Wrasse）或45厘米长的鹦鹉鱼作为美餐。这些鱼大多会在夜晚找个地方"睡觉"，一般会选择某个裂缝然后藏身其中，这样就能确保自己不会随着洋流漂走。

在漆黑的海水中，鲨鱼利用它们敏锐的感觉器官，尤其是嗅觉器官和电感器官来探测猎物。水的导电性很好,而所有的生物或多或少都会产生电场,即使有些微弱的电场不过是由它们的心跳产生的,这就是电感定位系统得以成立的原因。更何况海水的导电性要比普通的水更强一些。在古老而漫长的进化过程中,听觉系统和电感系统可能存在一些关联,但这种理论大概是鲨鱼如何通过电感器官"看清"世界的众多解释中最能被我们人类理解的一种了,毕竟这套感官系统与人类所拥有的感觉器官截然不同。

当你在夜晚发现白鳍鲨时,会发现它们经常在珊瑚丛周围打转,并搜索着每一个缝隙。如果没有发现什么猎物,它们就会迅速离开。睡眠状态下的鱼儿往往一动不动,在鲨鱼面前它们更加不敢动弹了。我曾经好几次目睹那些距离鲨鱼的鼻子只有几英尺远的一动不动的鱼儿。很明显,只有距离鲨鱼很近,或是等到这些鱼儿们活跃起来,鲨鱼们才有可能发现它们的踪迹。如果用一种通俗的比喻来形容,那这种电感器官就类似一种模糊的视觉,只有在很近的距离内才能确定鱼儿的准确位置。换句话说,就算鲨鱼知道它的猎物就在那里,它们也无法将鱼儿和它们所藏身的珊瑚丛背景区分开来,除非鱼儿移动身体,或者来到珊瑚丛的正上方。这种感觉就好比是在周六的夜晚,一个人在Netflix频道观看《寂静之地》(*A Quiet Place*)。在这部电影中的剧情设定中,你只要发出一点声音,就逃不过被杀的命运。当鲨鱼靠近它们的猎物时,我能代入鱼儿的处境,它们肯定害怕得全身僵硬。

我并没有为自己,或者为我的同伴而害怕。毕竟白鳍鲨只是一种体形较小的食鱼鲨。它们虽然长着尖而细的钩状牙齿,但在我们的长期观察中,它们只表现出对鱼类感兴趣。即使如此,我也不可能在面对鲨鱼时放松警惕。考虑到先前发生的"漂向哥斯达黎加"

事件后，我每次下水前都会喃喃自语：“永远不要在大海里放松警惕。”

随着时间的流逝，我们拍下了许多关于这些夜间猎手的精彩镜头，当然也不免为此付出了代价。如果我没有记错的话，最早落入白鳍鲨口中的是松鼠鱼。这是一群在夜间活动的珊瑚鱼，通体银白，上面还有极为醒目的红色条纹。它们的背鳍上分布着极为轻薄的锯齿，就好像切糕机器。为了能更好地在夜晚中观察周围的情况，它们发育出了一双巨大的眼睛。当你在岩石裂缝中与它们偶遇时，会发现对方的眼中满是惊讶的神情。不幸的是，松鼠鱼在晚上非常活跃，这就意味着它们更容易受到白鳍鲨的攻击。

只要捕猎队伍中的其中一条白鳍鲨在夜间撞到一条鱼，场面就会开始变得混乱。通常它不会第一时间启动捕猎状态，而是会静静地等着惊慌失措的猎物暴露在鲨鱼群中。猎物准备逃跑时，会产生更加清晰的电感影像。然后我们就会知道为什么白鳍鲨要选择集体狩猎了。鲨鱼们会将猎物围在中间，将它的去路切断，将其彻底困死在珊瑚丛中。

鲨鱼的包围圈开始收缩，绝望的鱼儿试图逃跑。正如你所料想的那样，又有另一条鲨鱼从暗处出现，就好像守门员一样挡住了它的去路。这显然不是一条白鳍鲨能做到的，集体狩猎的优势体现得淋漓尽致。白鳍鲨的集体狩猎是"合作狩猎"，还是"无意的合作和有点暴躁的狩猎行动"，目前科学家们对此依然还有争议，毕竟鲨鱼之间仿佛没有任何交流（嗨！吉姆，它在你后面！），且每条鲨鱼都只管自己吃饱。下一刻，鲨鱼群中的某一条鲨鱼突然一个冲刺，完成了对猎物的必杀一击，然后就叼着鱼从另外一侧离开了。其余的鲨鱼跟在后面，带起一大团淤泥和沙子。如果这种狩猎游戏整晚都是如此,那些优秀的"游戏终结者"可能会因吃下太多鱼而变得很胖,实际情况是,大多数鲨鱼都能有机会饱餐一顿。即使有些鲨鱼没有吃到肉也没关系,因为鲨鱼已经对饥饿习以为常了。有些人认为鲨鱼可以好几个星期不吃饭,但是从白鳍鲨对猎物的渴望来看,它们忍受饥饿的极限时间应该没有那么长。既然白鳍鲨们在漫长的进化过程中形成了这种集体捕猎机制,那就说明集体狩猎还是有一定优势的。

几天后,我们大致完成了对白鳍鲨的拍摄任务,准备再花一个晚上来"补拍"一些镜头,比如以一条藏在裂缝中的鱼的视角记录从身旁游过的白鳍鲨的镜头。这样一来这部分的拍摄任务就算圆满完成了。随后我们又将关注点转向了我们的工作清单。水下摄影这份工作就好像是在做游戏,需要通过客观地评估完成某个系列的拍摄所需要的时间,来确保你能合理安排好你的时间,并尽力保持拍摄时间和拍摄质量之间的平衡。切记,不要急于求成。

在有关鲨鱼的话题结束前,我认为还应该谈谈一个重要的问题。

鲨鱼通常不需要借助光线来完成捕猎。

如果你在非洲的夜晚,选择用灯光拍摄瞪羚,那么你显然会惊动那些习惯于夜间出没的捕食者。那么,水下拍摄又会有什么不同呢?我们的拍摄灯光会杀死那些暴露在鲨鱼面前的鱼儿吗?这些都是确定拍摄方式前需要慎重考虑的道德问题。还有一个问题是,灯光会不会改变海洋生物的行为?我们所拍摄下来的内容真的是海洋生物在完全黑暗环境中的正常行为吗?

除非我们拥有类似鲨鱼一样的电感器官,否则我们是无法在完全黑暗的环境中顺利拍摄的。强光对于鲨鱼来说也是极为陌生的存在，因此我们尽量不让强光直射鲨鱼，以免它们失明。至于那些被鲨鱼捕食的鱼儿，夜晚的强光会使它们产生想要逃离的念头，而这一举动往往使它们更容易暴露在鲨鱼的感知之中，使得原本应该在黑暗环境中被鲨鱼吃掉的另一些鱼儿逃过一劫。在某个特定的夜晚，个别鱼儿的命运会因此发生改变。总而言之，如果你想要在夜晚拍摄，那么光线是必不可少的。你必须要小心，要尽可能少地干预环境，然后尽快离开，让鲨鱼和它的猎物们继续本来的生活。至于说改变命运，也许对于狡猾的鲨鱼来说，呈现在我们面前的行为就如同足球比赛中的定位球。在聚光灯转过来之前，事情的发展方向早已确定了。

在科科斯岛拍摄《蓝色星球》第一季时留存下来的许多记录都是短暂且难忘的精彩片段。我记得很清楚，有一次与彼得·斯库恩斯一起潜水时，曾仰头看到一团由2000多条银鱼组成的水下"龙卷风"。这一团"龙卷风"一直延伸到海面上，并在那里盘旋着。彼得恰好就在鱼群中间，他转过身来，恰好有一队鱼儿从他的身旁经过。他拍下的照片将他那一刻对海洋的敬畏之情表达得淋漓尽致，就算是不在现场的观众也能感同身受。

还有一些我们未曾料想到的精彩时刻。比如鲍勃曾在水面附近用摄像机拍下了一只在水中跳舞的小红螃蟹。制片人安迪·拜厄特和剪辑师蒂姆·库普还特意在《公海》这一集中为它制作了一个30秒的欢乐片段（要知道这一集的总时长也不过17分钟）。乔治·芬顿（George Fenton）还特意为这一段游泳画面补充了一些有趣的背景音乐，使得这一场面越发得别开生面。

世界上现存有9种双髻鲨，但我只亲眼见过3种。体形最小的是窄头双髻鲨（Bonnethead），也被称为铲头鱼（Shovelhead），大多生活在红树林区，或是美国和中美洲温暖的近海水域中。它们大概只有你的大腿那么长。与它的那些亲戚们相比，窄头双髻鲨看上去就像是一只可爱的小狗。我还见过圆齿双髻锤头鲨（Scalloped hammerheads，也被称为路氏双髻鲨），它们的体形就大很多。之所以叫这个名字，是因为它们的锤状脑袋上有类似扇贝的凹痕。最后我还见过令人望而生畏的巨型双髻鲨，它们能长到6米长，长着又长又直的"头鳍"（这是它们那长在头上的翅膀的学名）。它们的确将头鳍当翅膀使用，头鳍能帮助它们更轻松地在水中上浮，这样能省下不少力气。巨型双髻鲨大多是独居的游牧猎人，而路氏双髻鲨则是一种社会群居动物，至少那些雌性鲨鱼具备群居习惯。它们会聚在一起，有时规模会达到上百只。有些人认为这是一种吸引雄性鲨鱼的方式，但不管是出于什么原因，当它们从你的头顶"飞过"，映衬在水面上的倒影美得令人永生难忘。

科科斯岛最常见的是路氏双髻鲨，因为我们知道，它们几乎每天都要来这里接受某些特殊的鱼类的清洗服务。而其中一个"清洁站"，阿尔西恩（Alcyone），是它们最常光顾的地方。

双髻鲨有一个特性很奇怪，你绝对会大吃一惊：它们几乎害怕任何不同寻常的声音。如果你很不小心地把你的备用调节器和你的氧气瓶碰了一下，它们就会立马散开，10分钟内也不会回来，甚至永远不会再出现。这不由让我想起了那句有名的谚语：大象害怕老鼠。和巨大的双髻鲨相比，我们就好像是老鼠；但不管怎么说，双髻鲨的表现和鲨鱼在人类眼中一贯的"凶猛"形象截然不同。

鲨鱼和其他许许多多的海洋生物一样，是通过感知岛屿对于地球磁场的干扰来定位岛屿的。它们时常会在海岸附近徘徊，因为对于鱼类来说，岛屿附近是觅食和交配的好地方。这还是一个美容的好去处：这些双髻鲨身上明显有皮肤脱落和海绵状的附着物，我想它们一定很痒。正是出于这些原因，双髻鲨和我们在科科斯岛相遇了。

摄影组此时正埋伏在一块巨大的山脊石下方，一动不动，就好像是埋伏在无人区的战士。每个人都牢牢地抓着身旁的岩石，因为这里并没有多少地方可以隐蔽自己的位置。那些带着呼吸器的同事在前，因为这种新式潜水装备可以回收你吐出来的气泡，那些使用动静很大且会产生气泡的水肺装置的潜水员则埋伏在后面。鲍勃戴上他自制的军用呼吸器，扛着相机慢慢爬到山脊线附近，然后停了下来，趴在那里一动不动。由于他的换气设备不会散出气泡，所以我们很快就找不到他的具体位置了。

一开始我眼前的水域极为平静。但很快，鲍勃的脑袋上方就出现了一条双髻鲨的身影。他俩的距离非常近，仿佛鲍勃只要移动一下脑袋，就会和双髻鲨碰在一起。双髻鲨拐了个小弯，露出了它的侧翼，然后缓缓减速，最后停了下来。这是让"清洁人员"赶紧上前的信号。六条巴掌大小的鱼儿出现了，它们通体亮黄，就好像穿着一身显眼的夹克衫。只见它们灵巧地上前，精准地找到了皮肤脱落的位置，以及腹部长有寄生虫的位置。这就是所谓的"清洁鱼"（这个名字总让人联想到人类的清洁工），属于蝴蝶鱼的一种。它们一般以珊瑚虫为食。

我知道鲍勃是在打什么主意了！他唯一需要做的一件事情就是在这群清洁鱼附近静静等待。清洁鱼们散布在这条山脊线附近，所以它们的"顾客"很快就会出现。清洁队的成员们的工作效率要比一级方程式的工作人员稍差一点点，大约需要十分钟时间来完成一条鲨鱼的清洁工作，但是它们的动作很专业，而且工作质量很高。这主要是由于它们拥有很特殊的工具——类似牙刷形状的牙齿。享受过清洁服务的双髻鲨离开了，而我们的任务清单又少了一项。

水下摄影很少会有如此顺利的时刻。坦率地说，事后我们还特意回去了一趟，补充了一些额外的镜头，来为这一场景的修改剪辑提供素材，但是双髻鲨们却再也没有出现，所以最后呈现在荧幕上的大部分镜头还是采用第一次拍摄的素材。为了不给读者朋友们留下"这一切都很简单"的印象，我必须要说明，在这之前我们曾在这一带潜水了许多次，但都没能获得让我们满意的成果。对于水下摄影这一行当，你不能总是指望"偶然遇到"的场面，因为这过于"机会主义"了。

关于这一点，我必须要向那支我从未谋面的生物研究团队说一声抱歉。在科科斯岛的另一个潜水点——"脏岩"附近踩点时，我们注意到海床上有一个非自然的装置。这是延时摄像装备，有一块巨大的电池，足够支撑它连续工作好多个星期。它发出了嘀嗒嘀嗒的响声，大约一分钟一次，很明显是处于运转状态。我们搞不清楚这个装置是在进行什么实验，也许是为了统计每小时路过的鱼群数，也许是为了记录海水中的光线变化情况。

所以，当一支疲惫不堪的野生动物摄影组发现了"竞争对手"，而且身后的氧气罐还有一些余量的情况下，被血液里的氮气弄得有点醉醺醺的我们会怎么做呢？当然是齐刷刷地用屁股对准这架科学研究装置来一张自拍！我不记得是谁提出这个建议的——也许是鲍勃——但是我们在水下是如何理解他做出的手势的呢？（水下信号术语中可没有"用屁股示人"这么一条）不管怎么说，我们一下子就理解了他的意思，然后在相机面前排成一排，以最恰当的

海岛——冒出头的海底山脉：公海上的重要小岛

方式弯下了腰。当然我必须要着重强调，我们没有把身上的潜水服给脱掉。我们就这样静静地等待着快门声的出现。不得不说，水中的快门声要比空气中的更加清晰。当那台相机真的自动按下快门的时候，我们笑得差点就把自己淹死了。所以，书本前的海洋科学家们，如果你们曾在中美洲一个偏远海岛附近放置过摄像机，且这台相机于2000年6月5日拍下一张五个屁股对准镜头的怪异照片，请务必原谅我们。或者，可不可以请您把照片寄给我们呢？

在查塔姆湾待了差不多一个星期左右，我们已经习惯了这一带的冷清。除了偶尔会有几艘商业潜水船路过，这一片海域几乎就只有我们这一艘船。但是有一天，当我看到"因赞之虎"号的微型浴室的磨砂玻璃被一个巨大的钢铁影子给遮盖了的时候，我感到很惊讶。这是一艘名叫"探索"号的船，差不多有军舰那么大，后甲板上还停着一架直升机。

我们也曾考虑过从空中拍摄科科斯岛，但这涉及更为复杂的计划，其成本也极高。距离此处最近的机场大约在400英里开外，一架小型直升机要想从哥斯达黎加出发，绕着科科斯岛拍摄几个小时，大概需要消耗一整个应急燃料库的燃料，拍摄成本实在太高了。所以当我看到"探索"号出现在我面前时，我就好像是一条看到松鼠的小狗，满脑子就只有一个念头："直升机！"

船长海因茨用无线电联系了对方，很快我就和安德鲁·怀特（Andrew Wight）通话了。原来他们来这里的目的是为了拍摄一部名为《探险》的水下电视连续剧。安德鲁是澳大利亚Beyond公司的制片人。我询问能否借用一下他的直升机，而他还是一如既往地慷慨大方："没问题！我的朋友！快来，我们一起喝几杯！"没有繁文缛节，没有模棱两可，他总是能给人一种积极乐观且乐善好施的

175

感觉。他先是带我参观了脚下的这艘大船，我猜这艘船的主人应该是速8汽车旅馆（Super 8 Motel）连锁店创始人之一，他在20世纪70年代凭借着每晚8.88美元的廉价汽车旅馆发了大财。

也许你已经注意到了，海洋研究和水下拍摄往往都有着亿万富翁的支持——这是因为这一行的工作成本极高。"探索号"这样的大船在海上航行一天就需要消耗4万美元，其中包含着大约30位船员的工资，还有燃料成本和船只的运营成本。2000年，港口分局的深潜器每次下水的成本大约在2万美元，这还不包括运载深潜器的支援船的费用。港口分局的部分资金是由制药公司（指"强生"公司）负责的。雅克·库斯托也是在洛尔·吉尼斯（Loel Guinness）的资助下才能买下"RV卡吕普索"号科考船，至于其余大部分的准备工作则是在摩纳哥亲王阿尔伯特一世（Prince Albert I）的资助下才得以顺利完成。惠普公司的戴维·帕卡德和露希尔·帕卡德夫妇通过帕卡德基金会资助了蒙特雷湾水族馆，以及其附属研究机构MBARI。所以，事实上是这些啤酒行业、君主、婴儿用品行业、家用电脑行业和汽车旅馆行业提供了足够的资金，将海洋中的精美图像搬运到你家客厅的电视屏幕上。当然，《蓝色星球》不在此列。它的拍摄资金部分来自每个英国公民为享受BBC服务而缴纳的强制税费，以及国际广播公司，它与我们签订了"联合制作"协议，想要拿到这部纪录片的转播权。

安德鲁邀请我上船之后，我们先是聊了聊拍摄任务，然后我就直言不讳地向他说明，我想拿我的BBC信用卡买下停在后甲板的直升机的使用权。为此我不得不动用卫星电话联系了BBC办公室，因为我知道想要动用直升机还需要解决适航证和专项保险等问题。但事实上这一切都很顺利，第二天我们就可以起飞了，而且我们几乎没有花什么钱,差不多只需支付本次飞行的燃料费即可。

鲍勃决定用胶片相机来拍摄天际线,因为它能以两倍的速度运行。这样一来,后期只需通过抽帧技术就能有效减少直升机颠簸所带来的影响。那时候的数码相机还不具备慢速拍摄的能力,直升机上也没有条件固定相机支架,所以他只能手持相机拍摄窗外的风景。这是我最后几次和BBC的纪录片拍摄部门合作,而鲍勃仿佛已经预见了未来,早早地将他的Aaton Super 16毫米胶片相机挂网上出售了。我记得这次拍摄的"幕后"视频中有佛洛里安询问鲍勃的场景:"现在谁还会买这样的胶片相机?"鲍勃是这样回答的:"一个对摄影行业一无所知的人。"我也注意到,今天类似的相机在eBay网的价格大约是4000美元,也许它们已经成为收藏家们的藏品也不一定,毕竟想要拿到所剩不多的库存胶卷也是一件麻烦事儿。

第二天天一亮,我们就来到了位于"探索"号船尾的直升机机库。在听取了安全简报之后,我们开始了在水面上低空飞行的旅程。飞行员是一位来自澳大利亚的越战老兵。他曾驾驶着著名的贝尔休伊直升机(Bell Huey helicopter)执行过数千次任务,他的老练从本次旅行可见一斑。他挺幽默,有一点点喜欢捉弄人。当时,我们清清楚楚地看到了直升机仪表盘上的红灯亮了起来。

"该死,伙计们!"他一边大声说着,一边重重地敲打着直升机的仪表盘,"我可从来没见过这盏灯亮着呀!"他又拍了几下,这才让仪表盘的红灯熄灭了。一切看上去都很正常,除了我们那还没平复的心跳。后来我们才知道,这不过是一种例行检查,就好像你发动汽车引擎时仪表盘的灯也会短暂亮起。

如果你想看不被云层笼罩的科科斯岛,那你务必早点起飞。因为岛上覆盖着高大的树木和茂密的雨林植被,每天下午,这片森林都会不情不愿地释放出大量水蒸气。水蒸气伴随着凉爽的海风上升凝结，并在海岛上方积聚起一团白色的云。当你从30英里开外接近科科斯岛时，这大概是它留给你的第一印象。这似乎稀松平常，但是它是科科斯岛上生命之繁盛的一个标志：一套似乎能控制天气的生态系统，并通过降雨实现水平衡。我曾见过许多小岛，它们往往是光秃秃的，而并不像科科斯岛那样有着海绵一般的森林植被。我们在海岛的北侧飞行了三次，每次大约一个小时，这样就能拍下广袤的天际线下的科科斯岛的全貌。在广阔的公海中，这样一座孤独的海岛，就像一个汽车旅馆一样，为周围成千上万的海洋生物提供了落脚、觅食的地方。

能拍下这样的照片，我们都很开心，这并不是我在这架直升机上所经历的印象最为深刻的事。安德鲁曾经告诉我，其实他也会开直升机，但是他还是更放心我们跟着越战老兵一起去，因为后者有更为丰富的驾驶经验。最令人伤心的是，大约12年后，在澳大利亚执行另一项高空拍摄任务时，安德鲁所驾驶的一架直升机不幸失事了，当时直升机上还坐着迈克·德格鲁伊（Mike deGruy），他是《蓝色星球》纪录片另一位顶尖的摄影师，两人都不幸遇难。

他们将短暂的青春奉献给了水下电影事业。在2000年这次拍摄后一直到遇难前，他们为水下电影事业做出了杰出的贡献。安德鲁导演了水下洞穴电影《圣所》（*Sanctum*），广受观众好评。而迈克则用许多绝美的作品向世人展现了深海奇观（就如同我们在约翰逊深潜器上拍摄的那样），他还是2010年"深海地平线"（Deepwater Horizon）石油泄漏事件的环境记者和摄影师，曾经深入调查并报道了石油泄漏所造成的海洋污染。迈克的妻子曾制作了一部电影，《深潜：迈克·德格鲁伊的生活纪实》，里面有一个很经典的"迈克时刻"：他穿着一身"纽特潜水衣"（一种全人型铠装常压潜水服）从船上吊下来。这是一件坚硬的宇航服，可以让你在300米的深海中维持正常的气压水平。整套衣服被漆成亮黄色，任谁穿上都会变成矮胖子。电影中还有他戴着宇航员式头盔的特写，一张洋溢着笑容的脸，酷似巴斯光年（电影《玩具总动员》的主角之一）。当他挂在绞车上从甲板进入水面时，他还笑着说："一飞冲天，浩瀚无垠。"（To infinity and beyond，这是巴斯光年的一句著名的台词）。的确，他这一生都在不断地追求"超越"。希望此刻他正在宇宙中的另一个角落探索另一颗有水的星球。

大海总是很狡猾地保守着它的秘密。有时——应该说是经常——无事发生，日日如此，眼前所见的只有波浪。然后——砰的一声！一切都爆发了！眼下，科科斯岛仿佛正处于无事发生的阶段。我们之所以来到这里，是因为这里是传说中的"鲨鱼岛"，想着到处都是双髻鲨和丝鲨（Silky shark）。也许我们是一群被宠坏的孩子，总是索求无度？毕竟我们已经拍到了白鳍鲨，还有鲨鱼们的清洁站等"名场面"。但是和往常一样，我们还想要拍下更多海洋中捕食的大场面，如鲨鱼、金枪鱼和海豚聚在一起享用着沙丁鱼盛宴。沙丁鱼群或凤尾鱼群会在海洋中形成旋转的圆球，这被称为"大饵球"或是"圣杯"。

我第一次见到沙丁鱼"大饵球"是在哥斯达黎加海岸附近。当地渔民信誓旦旦地告诉我们："就算你运气很好，这辈子也只能见到一次。"听上去好像没什么机会能拍到这样的场景，事实上，我们曾在一周时间内见到了两次：数以百万计的鱼儿组成巨大的"饵球"，被数千条可怕的捕食者赶到了海面上。当黄鳍金枪鱼发起攻击时，它们就好像一支巨大的标枪冲出水面，狠狠地击中某条凤尾鱼,并将它炸成碎片,只留下海面上漂浮着的银色鳞片。我们拍下的场景应该是最早关于"大饵球"的摄影记录,所以当我们再次遇到这样的场面时,我们多么希望它能像第三次世界大战一样坚持两个小时。但是我们所见的两次都只是"昙花一现":几只鸟儿在海面上俯冲,远处露出几条鲨鱼鳍,随后大海又恢复到了"空荡荡"的平静状态。

有一次,我们在浅水区发现了数百万条绿鲷鱼(Green snappers)。鲍勃很兴奋,因为他知道鲨鱼会尾随它们朝着海岸游去。但那天的海水异常浑浊,我们完全看不清水下的情况,更不要提拍摄了。突然,海水变得清澈——也许是洋流改变了方向——天气也变好了。在这样的日子里,你可以在几英里之外看到鲸鱼的身影,就算是轻微的波澜也是十分明显的。这正是拍摄海上野生动物的最佳时机。

在这片如鱼鳞般银白的光滑海面上,突然出现了许多巨大的涟漪。涟漪距离我们不过几艘船的距离,所以我们很快就来到了涟漪的顶端,或者我应该说来到另一边,因为谁都不想直接横穿并破坏鱼饵球。你至少需要15分钟才能做好拍摄准备。

但这一次并不是常见的鱼饵球。它们通体漆黑,倒映在白色的沙滩上就好像一只只圆溜溜的蝌蚪。它们的尾巴上有两只短短的扇形鳍,有些头顶上还长有短刺。我一下就想到了这种鱼的名字:黑炮弹鱼(Black trigger fish)。它们总是聚在一起产卵。我们并非一无所获——这也是一种"生命的繁荣"。

我注意到,炮弹鱼在杰拉尔德·艾伦(Gerald Allen)等人所著的《热带太平洋的珊瑚鱼大全》(*Reef Fish Identification: Tropical Pacific*)中被形容成"奇形怪状的鱼"。作为在这一领域最好也是最全面的指南之一,我认为书中对于炮弹鱼的定义非常准确——炮弹鱼看上去根本就不像是会游泳的样子。它们向前移动的姿势仿佛总是不太稳定。全世界共有40余种炮弹鱼，但显然它们是一种进化得很成功的物种，因为它们遍布于世界各地的亚热带和热带海域。炮弹鱼脑袋上那类似"扳机"的尖刺显然是为了每天晚上能更好地钻进洞里而进化出来的，但是我却没能亲眼见过它们钻洞的场景。

处于产卵状态的鱼儿们满脑子就只剩下繁衍后代。白色的卵子和精子像灰尘一样，在水柱中翻滚。黑炮弹鱼组成的舞台巨幕偶尔也会分开，显现出蹿入其中的白鳍鲨的身影。白天，白鳍鲨们总是懒洋洋地趴在海床上（有一种说法是，鲨鱼必须一刻不停地游泳，不然就会死。但这其实不准确），但是美食的香味总会吸引这些戏很多的戏精前来表演。当然，没有一条炮弹鱼会真的上去送命，它们只是在距离鲨鱼几英尺远的地方继续跳舞。我们在海床上拍下了几张精彩的照片，鱼群是如何骚动，又如何随着白鳍鲨的到来而四散奔逃。它们就好像是一团乌云，快速聚拢又飞速消散，只留下几条尴尬的鲨鱼在原地徘徊。过了一会儿，鲨鱼们才意识到，它们的猎物已经离开了，但它们这会儿已经被鱼油和鱼卵的味道迷惑了。

接下来的几天，我们孜孜不倦地寻找着更多的"大饵球"，更多寻常见不到的鱼儿，以及更多发生在海底世界的奇异现象，但仍然一无所获。彼得的水下相机进水了。他所用的防水外壳是自制的，所以他正忙着修补。"不管你把什么东西放进水里，它们总是逃不过被打湿的命运。"这是彼得的口头禅。你可以想象，如果你想以最快的速度破坏一块电路板，那么把它扔进海水就是最好的选择。但是这对他而言倒不是什么大问题，即使我们是在谈论价值10万美金的贵重装备。因为彼得所设计的防水外壳会将相机固定在距离盒底约2厘米的位置，这样就算防水外壳进水了，海水也只会落在盒底。同时，这个外壳是用有机玻璃做成的，一旦相机进了水，彼得也可以在第一时间发现。有时候，盒底会有"一杯"浑浊的稻草色海水在晃来晃去，等待着一个腐蚀相机的机会，但只要你确保相机外壳处于水平状态，那么海水永远没机会。但是我听说有一次，一个我不知道名字的制片人打算趁着彼得在水下时坐着回收船去环礁湖（lagoon）看看——当然这里有较为复杂的原因——根据索德定律（Sod's law，指坏事偏来法则），彼得的相机漏水了。所以当彼得结束水下作业回到海面时，才发现他的制片人不见了。而此时制片人端着彼得的相机，已经耐心地等了大约一个小时，其间还得始终确保相机处于水平状态。彼得总是在给他的相机涂胶、焊接或做各种微调，所以你很快就会对这些深潜过程中的小插曲习以为常；但是他在如何用好水下电子设备方面的确是首屈一指的，他拍出来的成果也是质量最高的。

　　我们最初得到的信息是，科科斯岛生活着数不清的鲨鱼，密度大到你根本无法下水；也就是所谓的"鲨鱼墙"。据说这里还生活着许许多多的双髻鲨。20世纪80年代，库斯托和他的船员们曾来到这里，他们"用身上脱下的T恤就能从海里捞上鱼来"。但是这些天来我们所见的鲨鱼虽然气势不凡，但却总是三五成群地活动。某一天我们的确远远地看到一群双髻鲨，但是它们很快就被我们吓跑了，而且其数量也远远不及当初耳闻的水平。也许这也是海洋栖息地环境快速恶化的证据之一。

　　更糟糕的是，科科斯岛附近的许多珊瑚濒临死亡。它们或是支离破碎，或是被绿藻淹没。当海水温度过高时，对生存环境变化极为敏感的珊瑚虫就会开始死亡，这个过程被称为"漂白"。这原本是正常现象，但随着气候变化加剧，珊瑚虫死亡现象越发频繁。气候变暖的重要影响因素之一就是洋面上常规风向的转变，也就是所谓的"厄尔尼诺现象"。这种现象大约每7年就会出现一次，至今已持续了上千年。大多数厄尔尼诺现象是温和的，也有部分极端天气会杀死过量的珊瑚虫，并扰乱全世界的气候。还有一种说法认为，厄尔尼诺现象是引发法国大革命的原因之一，因为它直接导致了1789年欧洲农场普遍歉收。如今，此类事件的发生频率和影响程度都要远远超出当年的水平。尽管全球变暖与厄尔尼诺事件的发生频率提升这两者之间的相互作用仍需作进一步论证，但我们在科科斯岛所见到的一切都是1997—1998年间的厄尔尼诺现象所造成的，而这一年也被公认为有史以来厄尔尼诺现象最强的一年，这年的异常气候共造成全球约16%的珊瑚礁死亡。2000年我们再次造访科科斯岛时，依然还有许多当年死亡的珊瑚骨架留存，当然其中一些珊瑚礁已有恢复生长的迹象。

所以说，尽管我们拍下了许多有趣的画面，科科斯岛的整体景观也很漂亮，但我们依然有些沮丧。当无事发生时，做一些怪诞有趣的尝试应该不错。我记得《黑衣人3》（*Men in Black 3*）中就有这样一个情节，当两个侦探没有工作头绪时，汤姆·李·琼斯（Tommy Lee Jones，探员K）就会说："我们需要去大吃一顿！"然后他们就去了馅饼店寻找灵感。正当我们在科科斯岛无所事事的时候，有人邀请我们去最近才来的一艘大型潜水船上烧烤，这艘船名叫"海底猎人"号。虽然能烤的东西很少，主要是香肠，但它却赋予了我们下一步的工作灵感。

在科科斯岛深潜了大约10天后，我们登上了"海底猎人"号，并遇到了20多位潜水运动员。这群人所携带的设备很是精良，甚至还有最新款的半专业摄像机。烧烤过程中他们互相传递着一台摄像机，里面播放着几天前在哥伦比亚以南约300英里的另一个岛上拍下的照片。屏幕上大概有几千条鲨鱼，体形比较大的主要是丝鲨，还有一些双髻鲨，以及加拉帕戈斯真鲨（Galapagos）。鲨鱼们看上去十分健康——流线型的丝绸状身体，敏捷而好奇，正忙于在深蓝的海水中捕猎——最重要的是，它们数量惊人。这台摄像机就好像是一台时光机，带着我们回到了大规模捕捞、海洋污染和全球变暖之前的海洋。这也是我们一直在寻找的场面——它们绝对会让你大吃一惊。

没有一丝丝犹豫，我知道我们必须动身前往这个小岛，而且越快越好，因为我们不知道鲨鱼是临时集聚，还是一直在附近游荡。这个距离我们大约两天航程的小岛名叫马尔佩洛（Malpelo）。这个名字是由两个西班牙词语组成的，倒也没有西班牙语常见的"阴性"和"阳性"的区分。"mal"意思是"坏"，而"pelo"意味着"头发"。当时的我并没有注意这些细节，因为这似乎预示着我们要度过"头发乱糟糟的一天"（Bad hair day，即倒霉的日子）。

是时候再次掏出我的信用卡，给BBC总部打一个卫星电话了。马尔佩洛岛隶属于哥伦比亚，不适用哥斯达黎加的签证。我们这条船上有来自各个国家的船员，还都在公海上，根本来不及去任何大使馆办理签证。而且，马尔佩洛岛上还有一个秘密军事基地，军方一定不希望我们去那里拍摄。不过总部办公室再一次发挥了重要作用。我与布里斯托尔的制作团队进行了简短的沟通交流，以不多于三个电话的代价拜托他们将我的请求转达给了哥伦比亚驻伦敦大使馆。在纪录片拍摄世界里总会有许多奇怪的要求，每个人都对此习以为常，所以总的来说我们的工作团队并没有因此受到什么影响。我记得最特殊的经历是在《性别之战》（*Battle of the Sexes*）的录制现场拍摄大象的性行为。就算是那一次,在野生动物纪录片制作人的眼中,那也没有什么大不了的。我敢说,比起我们这群直接出发前往8000英里以外珊瑚礁的现场团队,总部办公室一定为此事付出了更多心思。万幸的是,在我们出发前往马尔佩洛岛的途中,我收到了进岛拍摄的许可,同时还有一份向岛上军事基地报备的通知书。

我们花了大约36小时抵达马尔佩洛岛。我粗粗计算了一下,"因赞之虎"号可以以8节左右的速度行驶;除了因旅途中的一棵大树而停留之外,它全程几乎都没有停歇。是的,海洋中也生长着树,还是水平生长的。换句话说,这是一棵漂浮在海面上的树,随着海洋生物和藤壶的附着而越发沉重。当然,它时时刻刻都被海水给浸泡着。

在距离海岸数百英里的地方,海洋垃圾,甚至像树木这样的庞然大物通常会被困在所谓的"环流"中。就好像浴缸排水时出现的旋涡一样,在海洋中缓慢地旋转着。根据测算,全世界的海洋中大约有5个、13个或者是无数个环礁。比如位于夏威夷群岛西北方向的中途岛环礁(但这一地区尚未与美国合并,所以并不隶属于夏威夷州),它恰好位于北太平洋环流的中心,也就是所谓的"辐合区"——海面上的漂浮物都会朝着漩涡的中心聚合。这里聚集着数量惊人的塑料,这对于生活在附近的黑背信天翁(Laysan albatross)来说是一个致命的威胁,但同时它也为研究海洋中的塑料垃圾提供了极好的案例。美国鱼类和野生动物管理局(US Fish and Wildlife Service)的生物学家约翰·克拉维特(John Klavitter)就是这项研究课题的工作人员之一。通常来说,完全搞清楚这些塑料碎片很难。约翰曾在一只死去的信天翁幼鸟上发现一块橄榄绿色的标签,来自1944年被击落的一架美国轰炸机,也就是说,这块塑料碎片在这个旋涡中待了七十多年!

所以一棵大树也有可能从悬崖上掉下来,或者被洪水冲进海里,并在海面上漂浮很长时间。在这个过程中,它会为海洋生物提供免费房间,作为长途旅行中的歇脚处。这好比海上一个孤岛,如果你碰巧遇上,那么它绝对值得一看!而我们就恰好交了这样的好运。

一棵漂浮着的树木是海面上难得一见的"陆地",在距离海岸数百英里远的公海上,这种"资源"显得更加稀缺,所以这样的浮木总是长满了藤壶,主要是鹅颈藤壶。它们之所以有这样一个奇怪的名字,是因为它们曾被认为是藤壶鹅(Barnacle goose)的后代。在人类尚未意识到鸟类会迁徙之前,藤壶鹅的巢穴从未在欧洲出现过。它们还曾被认为是树木的一部分,因为它们经常出现在海上浮木的表面。这些藤壶也属于那种长相酷似植物的动物,在它们的抱柄末端长着一个硬币大小的外壳。在放大的特写镜头中,你还能看到一丛紫色的"脚",这是它们那裂开的黄色口器里负责进食的触须。当我们遇上这棵海中浮木时,正好有两只玳瑁在啃食这些藤壶。尽管藤壶的整个身体都已经缩了进去,但玳瑁们依然乐此不疲地刮着它们的外壳。玳瑁发现了我们,迅速把脑袋埋入了水下,但是早已埋伏在浮木底下的潜水员还是跟上了它们的行踪。

下面这句话很好地表达了海上的生活,虽然我在定稿前两次尝试把它删去,但我还是将这句话保留了下来。如果水面上漂浮着一支小小的画笔,画笔之下没准就栖息着20条小鱼。那么请你们想象一下,一棵来自森林的巨树,还不是那种松叶树,而是那种枝繁叶茂的阔叶树。从前它在森林中为陆地动物们遮阴,阳光透过它的叶子，现出斑驳的光影；而如今它来到海上，搅起一阵阵涟漪，并在鱼儿们中间投下一圈圈光影。我们将船停在距离这根浮木大约半个足球场远的位置，不想贸然上去打扰它。在停下发动机，跟着浮木漂浮了一个小时之后，我们大致确定了它的移动方向，并带着水下相机浮潜了过去。

周围的海水呈现一种淡淡的雾蓝色——令人惊讶的是，距离海岸如此远的地方居然还有如水晶般清澈的海水——就好像通过千万片透明的玻璃所能看到的图像。每一片"玻璃"都很纯净，但汇聚在一起就使得最远处的海水呈现烟雾状。这大概也可以解释为什么双带鲹（Rainbow runner）的皮肤是以蓝色为底纹，夹杂着一些绿色、黄色和霓虹蓝的细纹。因为这样的颜色分布恰好与温和的雾蓝色海水以及荡漾其间的阳光斑点相契合。这些长相酷似鱼雷的鱼儿能长到1米长。浮木下盘踞着数千条双带鲹，而你第一眼却根本发现不了它们的存在。这群鱼儿以海中浮木为参照点，成群结队地在海里盘旋。它们像是幽灵一样出现，在海水中引燃一团团美丽的彩色火焰，下一秒又重新消失在蓝色的海水中。我们很难确定它们消失的具体位置，它们就好像是一架架远去的飞机，逐渐变小并消失在你的视线中。理论上它依然还在某个位置，因为你能够听到类似飞机发动机的声音，它就在你面前的一片湛蓝之中。双带鲹的外表至少可以打4颗星，丢掉的一颗主要是因为它们的身上没有红色，而红色毫无疑问是彩虹的基本颜色，怎么能没有红色呢！

一群体形巨大的"五星"鱼突然出现，打了我们一个猝不及防。它们长相奇怪，皮肤呈现亮蓝色和油黄色，仿佛是想要攻击我们。但是它们显然对我们不感兴趣，只对它们的同类感兴趣。其中两条鱼长着很奇怪的圆额头，就好像年长的秃顶教授一样。它们正以超高的速度平行移动，有人曾经测算过它们的游泳速度，高达100公里/小时，这在水中已经是极为惊人的速度了。这就是强壮的海豚鱼，海洋中最美丽的鱼类之一，要我说至少能排进前十。它们也被称为"Mahi-mahi"，在夏威夷语中是"非常强壮"的意思。它们的体形和体重都与儿童相当，想要通过钓线降服它们可真需要花费好大力气。不幸的是，它们有着致命的进化缺陷——它们的肉对于人类来说过于鲜美，因此成了太平洋上最受钓客欢迎的鱼类。有一次，我曾近距离见到一条海豚鱼被敲中脑袋，在甲板上失血过多而死。原本鲜艳的金黄色皮肤变成了灰色，这就是我们人类对待海洋和海洋生物的真实写照。

海豚鱼的生长速度非常快，是当前海洋可持续捕捞的重要鱼类之一。听我这样一说，对杀死这么漂亮的鱼类的罪恶感是不是可以稍稍减轻了一些？生活习性是确保它们能在这片蓝色海洋中快速成长的主要因素之一。它们是海洋中的可怕猎手，拥有极快的速度和超强的爆发力。它们能轻而易举地追上飞鱼或者鱿鱼，也能轻松地杀死螃蟹和鲭鱼（Mackerel）。即使是这样，它们也无法抗拒一棵漂浮在海水中的巨树，这给了我们一个近距离观看它们游动和狩猎的绝佳机会。

凑近这棵浮木，首先映入眼帘的是一群飞舞的小鱼苗。如果我们能在这里待上几天（我们在《蓝色星球2》中就有过类似的尝试），我们就能确定，它们是否真的在棵树上安了家，是否一直在这里成长。很明显，浮木给了它们一个庇护所，树上生长的藻类、藤壶和碎屑为它们提供了充足的食物。总而言之这是一个很好的"海洋幼儿园"，前提是小鱼们不要脱离浮木的保护伞太远，不要误入大鱼们的快车道。

海岛——冒出头的海底山脉：公海上的重要小岛

　　谁会知道这个24小时开放的海洋服务站会发生什么事儿呢？毕竟从来没有人会在这样一根漂浮在开放水域的浮木附近夜潜。就算是白天，你都会担心是不是有一双大眼睛在注视着你，比如一只饥肠辘辘的白鳍鲨。如果你真的遇上了，那倒是真的需要好好为自己捏一把汗，毕竟好几天没吃过饭的鲨鱼还是值得你好好掂量其中的危险程度的。这棵海中浮木就好像是大海里的一个水坑（如果可能的话），是一个令人难忘的蓝色光点，是你奔赴下一场约会时晚点的绝佳借口。等我们爬上马尔佩洛岛，天已经完全黑了。

　　这恰好是个满月的日子。月光落在海面上，就好像白天的太阳一样在水面上投射出条纹，照亮了黑色和淡蓝色的调色板。我们的巨大卫星——月亮，与海洋在地平线上相连。月球一刻不停地吸引着海水，而此刻海浪仿佛也在拉扯着月亮不让它爬上天空。在远处，有一个比夜晚更黑的轮廓，那就是马尔佩洛岛。大约1700万年前，一座巨大的火山从今天被称为"马尔佩洛山脊"的位置拔地而起，出现在浩瀚的海面上，并在我们的海洋地图中留下这样一个小点。

　　我们距离小岛越来越近了，月光下响起了鸟儿的鸣叫声。戴着面具、棕脚蓝羽的鲣鸟躲在悬崖上叽叽喳喳地说着话，就好像人类世界中那些不愿早睡的少年。月亮爬得越来越高，当我们找到合适的停船点时，它已经被我们头顶上方约400英尺高的悬崖给挡住了。我们的船长海因茨显然要比我们料想的更加熟悉这个与世隔绝的小岛。他很快就找到了一个白色的浮标，这是我们固定船只的好东西。黑夜中的我们还有些担心锚绳是否稳固，万一撞到悬崖可就不妙了。伴随着一声令人安心的"呻吟声"，绳索绷紧了，我们的船也大体保持了稳定，除了偶尔会在海流的作用下出现一点侧向旋

189

转。被海岛的阴影笼罩的我们理了理被海水浸湿的头发，睡眼蒙眬地回到了我们的小船舱。

清晨的小岛在阳光照耀下与夜晚截然不同。岛上那光秃秃的岩石是这座岛的西班牙名字的最好的写照。这个小岛非常奇特，巨大的岩石仿佛是从蓝色的大海中突然出现，向四面八方延伸，这场景令人难忘。整座海岛也不过一英里长，有三个大山包，那是冷却后的火山岩那特有的气泡结构被海风侵蚀了数百万年的结果。

小岛的地势比较险峻，四周都没有平缓的岸线，所以想要顺利上岸并不是一件容易的事儿。我们首先需要向哥伦比亚军事基地报告，以确认我们的位置。作为登岛上岸的协议一部分（当时哥伦比亚革命武装部队正处于暴乱期），我们必须承诺不拍摄军事基地，同时要遵守留守士兵的所有规定。这个基地坐落在一个台地，与岛上的最高峰"猴山"之间相隔一座小山。二十年后的今天，我可以放心大胆地告诉你，基地那棱角分明的红色屋顶看上去就像是必胜客在岛上开的一家分店。

要想顺利登岛，爬山是不可避免的，但恐怕不是你所想象的那种爬山。在一个高出海面约30英尺的龙门架末端，悬挂着一条旧绳梯。我们需要小心地调整船只的位置，直到这根绳梯恰好落在我们的甲板上。然后我们就需要抓着绳梯爬上龙门架，就好像是被一架海上搜救直升机给搭救了。随后我们还需沿着一条陡峭的碎石小路再爬一段路，才能抵达岛上的军事基地。几个友好的士兵已经在那里迎接我们了，并让我们在访客登记簿上签名。他们很高兴地收下了海因茨事先准备的啤酒和巧克力。好些年轻的士兵已经在岛上待了几个月，他们非常想家。事实上，他们之所以驻扎于此，不过是为了宣示"主权"，毕竟它们连一艘船都没有，根本无法监管这一片海域的捕鱼行为。当然，因为这座马尔佩洛岛的缘故，哥伦比亚的领海面积大大扩张了。比基地稍高一些的地方挂着一面我见过的最大的国旗——足够制作几个家庭用的帐篷，还能剩下不少布料。当然，如果你仔细端详过哥伦比亚的国旗，你会知道，黄色块的比例要远高于蓝色和红色块。

电台的工作经历使我习惯于记录下每一个不同寻常的位置的录音。而我与随行的摄影师佛洛里安·格拉纳的简短交谈也被记录了下来，后来这一片段成了BBC广播4号台《荒野故事》的一部分。

当时我们坐在国旗附近的巨岩上，讨论着周围的景色。眼前所见大多是石头；但如果你仔细分辨，会看到其中生活着各种各样的黑蜥蜴。一种是尖头变色蜥蜴，这是马尔佩洛岛特有的，以及一种体形更加粗壮，脸部更加圆钝的蜥蜴，另外还有一种又瘦又白的蜥蜴，是哥伦比亚壁虎的一种，这是40年前才被发现的新物种。与蜥蜴共生的还有一种体形相当大的陆生螃蟹，这是马尔佩洛岛的独有物种，马尔佩洛强盖蟹（Johngarthia malpilensis）。它们长得与生活在哥伦比亚海岸的同类极为相似。如你所见，陆生螃蟹总是生活在陆地上，但是它们依然需要在海里繁殖。它们与生活在水中的螃蟹一样，都有内鳃；但是陆生螃蟹体内有更多的血管，它们充当着肺的功能。

所以除了鸟类之外，上述动物就组成了生活在马尔佩洛岛的较大型生物的名单：三种蜥蜴和一种螃蟹。岛上还有大约80种"大型生物"——蟋蟀、蚂蚁和甲虫，许多也是这座岩石岛屿的特有物种。这听上去虽然有些奇怪，但是对于独有的岛屿物种来说，进化的秘诀似乎就是将它们放逐到某个与世隔绝的小岛，然后让它们在那里生活几百万年。

直到20世纪后半叶，科学家们才对该岛的生物进行了较为详尽的研究，还统计了生活在岛上的蜥蜴和螃蟹的数量。2010年，一个研究小组预测岛上生活着83.3万只红螃蟹，这是根据采样点的螃蟹数量乘以全岛的面积而得到的数据。它们还用相同的办法统计了蜥蜴的数量，得出的结论是11.4万只。可想而知，这个数字的背后包含着怎么样的危险，因为科学家们必须连续一个月打着手电筒在悬崖边上走来走去，还得告诫自己不要因为沉迷数蜥蜴而分心落水。

总而言之，在一个很小的空间里——不到一平方公里，甚至不到半平方公里——生活着相当多的生物。仔细想想，它们要么是失事船只的后代，搭乘着浮板或者植物沦落到这座岛上，要么是依靠着人类来往的船只偷渡上岛。没有人来拯救这些漂流者，它们能做的就是适应岛上的环境，不然等待着它们的就是死亡。就算是那些幸存下来的生物，其生活境遇也不太好——录音到一半的时候，我就被某只不知名的生物狠狠咬了一口，这让我不由得大叫了一声。罪魁祸首是一只贪吃的红蟹，它钳起人来真的很痛。我毫不怀疑，如果你在这里生病了，这些螃蟹，以及体形更大的蜥蜴会毫不犹豫地将你吃掉。这种蜥蜴被称为斑点蜥蜴，以其他蜥蜴、螃蟹甚至是海鸟的粪便为食，它们从不挑食。

归根到底，马尔佩洛岛的食物链需要从海洋算起。最重要的环节是海鸟（大多是纳斯卡鲣鸟），因为需要它们将营养物质从海洋转移到陆地。岛上有一些植物，主要是长相奇特的蕨类植物组成的一丛丛灌木。很明显，悬崖附近组成了一个生态平衡系统。任何出现在地表的东西只需要几分钟时间就会被螃蟹给吃掉，所以在这座饥饿的小岛上你必须万分小心。此刻你也许会纳闷，为什么海岛上的生物会是如此稀有且奇怪，那主要是因为我们还没有将注意力投向生活在这附近的水下生物。

我敢说,马尔佩洛岛与我曾经深潜过的任何一个地方都不一样。最初的几天里,我们是分组行动的。鲍勃·克兰斯顿和佛洛里安·格拉纳一队,彼得·斯库恩斯和我一队。我们并非同时下水,往往会在其中一支队伍完成潜水后由另一只接替,这样就能最大限度地利用我们的支撑船。这是一艘可以搭乘6人的充气船,由三名支持人员负责操控,在"因赞之虎"号和我们的下水位置之间行动,并通过我们在水下产生的气泡来确定我们的位置。

这片海域给我的第一印象,就是有特别多的鱼。我和彼得第一次下潜时,就被一群银棕色的鲷鱼给挡住了视线。鱼群环环相扣,每一条都比摊开的两只手还要大。我们试图绕过它们,但这堵鱼墙一直延伸到我们视线的尽头。我们试着穿过鱼群。在最开始的几分钟里,我们的鼻子仿佛就擦着它们的身侧缓缓前进。我从未见过如此密集、庞大且健康的鱼群。我再次为没有遭受过工业化捕鱼和污染的海洋盛况感到惊讶。

彼得总是有伪装自己的办法。他将自己伪装在海床上,就好像狙击手进入了指定位置。有些时候,他还会用自己随身携带的小抓钳将身体固定在海底的裂缝处。这一次也不例外,我还没来得及提醒自己盯紧他的身影,他就已经消失在鱼群的另一边。潜水安全手册上面写着,如果你和你的同伴在水下分开了,那么你需要先做一个简短的搜索,看看能不能找到对方;随后你就应该抓紧上浮,并期待你们能在水面上会合。事实上,我很清楚,彼得是不可能这样做的,至少在这么短的时间里他是不会选择上浮的。许多潜水摄影师都有点儿特立独行,他们不希望任何人靠近甚至打扰他们的拍摄对象,所以两个人始终凑在一起也不是很恰当。这时选择上浮也不是什么好选择,因为潜水手册规定,不允许回到水面之后马上下潜,所以上浮其实意味着放弃了这一次潜水。在这种情况下,尽管你很担心你的同伴,但你还是得做出理智的判断,水面上的支撑船始终关注着每个潜水员所产生的气泡。

有那么一小段时间,我独自一人被高达20米的鱼墙所包围,它们像烟花般围着我旋转。数百万条红色的克利奥尔鱼(Creole fish)在洋流中嬉戏,黄色的绯鲵鲣(Goatfish)仿佛悬在我们头顶的哥伦比亚国旗,在海水中飘扬。一条石斑鱼混在乔氏笛鲷(Whipper snapper)群中,借着它们的掩护偷袭猎物。"乔氏笛鲷"——我不确定这是专门形容这种狂妄自信的小鱼而起的名字,还是没有注意到这一语双关*的生物学家按照鲷鱼的分类确定的名字。毕竟,要想为那么多的生物命名,原本准备的名字可能很快就会用完,所以选择一些更加有趣的名字也无可厚非。而生物种类之所以会进一步增加,是因为许多生活中的"非洄游"鱼类是马尔佩洛岛独有的品种,这与岛上的陆地动物的情况是一致的。两者的区别在于,水下生物的种类大约是岛上陆生生物的一百倍。

和许多坐落于外海的小岛一样,马尔佩洛岛算得上是一座"海上绿洲"。洋流探测结果显示,在距离海面约3公里的深处,火山岛阻挡了洋流的前进方向,并将富含营养物质的深层海水沿着海底悬崖向上搅动。这种富含营养物质的深层海水吸引了大量浮游生物,浮游生物又供养了数百万的"土著"鱼类。这一食物链就真实地在我身旁运作。

我低头看了看脚下,眼前的景象不由得让我深吸了一口气,

---

* whipper snapper 也有"狂妄小子"的意思。

海岛——冒出头的海底山脉：公海上的重要小岛

因为我的正下方出现了一条鲸鲨。它通体蓝色，身上布满斑点，大约有三个潜水员连在一起那么长。当它将一团黄色的鱼群推到一边时，这场面显得十分壮观。我之所以能清楚地估算出它的长度，是因为它的身旁恰好有另一个潜水员的身影。那是彼得！他漂浮在水中，盯着摄像机的取景器，耐心地等待着鲸鲨从它身旁游过。这是《蓝色星球》纪录片中另一个长达20秒的长镜头，通过一组鱼类场景的剪辑，有力地证明了海洋山脉附近的生命之繁盛。

几天前我们还见过马尔佩洛岛附近数以千计的双髻鲨和丝鲨的视频，但现在我们却一条都没见着。唯一值得关注的就是刚才那条以浮游生物为食的鲸鲨。接下来的几天时间里，我们看到了大量的鱼，但鲨鱼们却好像集体消失了一样。我感觉自己的胃部一阵痉挛，这是一种很典型的"导演焦虑综合征"。毕竟我花费了大量经费，还像鹅颈藤壶那样冒着巨大的风险来到马尔佩洛岛，却还没有得到任何预想到的结果。即使这个决定是整个团队共同商讨的结果，并非我个人行为，我的焦虑情绪也无法得到缓解。

我们唯一能做的就是继续我们的计划，并用更加紧凑的潜水计划来寻找鲨鱼的踪迹。鲍勃和佛洛里安又下水了，紧接着是彼得和我，以及我们的潜水向导蒂娜。我们两组人轮流换班，将我们的"下班时间"翻了一番（潜水工作中的"下班"可与陆地工作中的截然相反）。鲍勃和佛洛里安装备着循环呼吸器，所以比我们这组用"开放式"水肺待在水下的时间更长一些。

其中有一次潜水是在靠近海岸的较浅位置开始的。我缓缓下沉到海底，发现了一棵巨大的深绿色的树，从岩石中伸展开来。当我继续下潜时，我看清了这所谓的"树枝"根本就不是木头，也不是什么珊瑚，而是一种绿色的海鳗。它们每一条都有一整个人那么长，大约有六条海鳗笔直地插在岩石缝里，将脑袋凑到洋流中。它们的身体大约有常年骑车的人的大腿那么粗，那架势仿佛是在坚持锻炼，等待着一个饱餐一顿的机会。就如同许多无法摆脱的梦境一般，我发现自己在洋流的作用下很快就会被"送"到它们的嘴边了。如果你曾见过这样的鳗鱼，你就会知道它们长得有些无趣；它们那有些"污"的小表情并不会因为它们那干枯如胡椒般的绿色皮肤而有缓解，反而增添了几分"黑暗的神秘感"。顺便说一句，这并不是空谈，也不是夸大其词，因为曾经有过许多潜水员被海鳗袭击的案例。有些潜水员的脸被咬了一块，还有一些甚至连大拇指和手指都没保住。当然这种意外发生的前提往往是一些愚蠢的举动，比如试图喂鳗鱼，或者落在它们身旁，正如我现在要做的那样。当我靠近时，它们冲着我做鬼脸，露出了它们短小锋利的牙齿，摆出了一副威胁的态势，就好像一群跃跃欲试的海盗，准备冲上前大喊一句："嗷！"

我冲着自己的浮力夹克喷了一点空气，让它们鼓胀了一些，然后轻巧地落在鳗鱼够不着的岩石上。但其中一条体形较大的鳗鱼依然不屈不挠。当它努力着想要从藏身的岩缝中钻出来时，我知道自己最好转头离开，而且是越快越好。它一直跟着我，直到我再次浮出水面，靠近浅滩才悻悻作罢。我还从没在其他地方见过那么多的鳗鱼。我们每次下潜到海底就好像在轮盘赌——你根本不知道自己是否意外闯入了它们的"巢穴"，因为有太多鳗鱼喜欢聚集在岩缝之中了。

通常情况下，潜水作业会先选择较深的区域，然后再回到浅水区。这种"潜水方案"能很好地利用你回到水面时的"自然减压"过程。但如果你选择岛屿潜水，那通常意味着你要慢慢离开海床，

海岛——冒出头的海底山脉：公海上的重要小岛

进入开阔水域。当你与海岸有一定距离时，周围的一切都会被蓝色所笼罩，没有一点陆地的痕迹。而在马尔佩洛岛，由于其四周都是悬崖峭壁，没有任何海滩，所以事实上离岛屿很近的地方海水也很深，这极大地增加了你遇上成群的远洋鲨鱼的概率。

第二天，当我们的第四次潜水快要结束，彼得和我正准备上岸时，我看到了它们。一开始只有一两条，突然从蓝色的海水中冒出来。然后就是数百条，数百条鲨鱼！我们的氧气罐至多还剩下十分钟的氧气，但我还是坚持用我的小摄像机将这一切都拍了下来。作为一位"水下摄影导演"，我无法在拍摄现场直接与主摄影师交谈，但我可以将我看到的场景拍下来，交给他去回放。这样一来我们就可以在船上讨论了。

那天晚上，在越发凌乱的"因赞之虎"号上，一伙人聚在一起吃晚饭。船上堆满了湿漉漉的潜水装备、相机、电池、照明灯、氧气瓶，还有氧气传感器、取景器等奇怪的电子设备。船舱里嗡嗡作响，那是后甲板上的空气压缩机在给我们的氧气瓶充气，以备第二天使用。其他人都因没有遇上大群的鲨鱼而沮丧，彼得和我默契地没有说话。吃完饭之后，我把我的摄像机放在桌子上，翻开屏幕，并将最后十分钟的录像放给大伙看，并告诉他们我们最后去过的位置。屏幕上满是鲨鱼的灰色条纹，所有人都沉默了。"非常好！"鲍勃说，"明天我们就去那里！"

接下来几天的潜水经历我已经记不太清了，这是整个《蓝色星球》系列最精彩的片段，丝鲨毫无疑问是其中的主角。它们生性警觉，且对我们很感兴趣，但并不是那种"我想要吃掉你"的浅显意图。当然，它们肯定有过这样的想法。丝鲨的皮肤有着一种类似枪械般的金属质感，看上去就好像刚刚被打磨过一样。我觉得它们的

客厅里的鲸鱼

希腊名"Carcharhinus"真是恰如其分,因为它们有一个尖尖的鼻子,还有流线型的身体。丝鲨体长约3米,并不像大白鲨、虎鲨或牛鲨那么大,但似乎更适合在海水中作长距离移动,就好像前线战斗机一样形态优美、功能强大。在我们拍下的其中一张照片里,你可以数出大约70条丝鲨,但这不过是丝鲨群的一部分。至于说它们为什么会集群出现,目前还没有准确的答案。实际上,丝鲨只在马尔佩洛岛和另一个名叫索科罗岛附近的海域集聚。索科罗岛距离马尔佩洛岛很远,更靠近墨西哥。丝鲨群看上去是具有社会性的,因为它们总是沿着同一个方向平行游动,就好像是在打量它的同伴。但这一行为的具体含义目前尚不清楚。

作为一种非常强壮的鱼,丝鲨拥有极为锋利的牙齿,自然也很危险。但事实上我们从未有过这样的感受,即使我们被丝鲨群包围,看着它们在我们身旁穿梭。请注意,这是因为我很相信鲍勃·克兰斯顿的话。他曾在加州的海洋里与蓝鲨一同潜水,也曾多次与大白鲨,以及愚蠢的潜水员打交道。凭借着他与顾客相处的丰富经验,他很擅长分析人类和鲨鱼的行为:平常状态下的人类是有多自信,但如果鲨鱼改变主意想要咬我们一口时,人类又是多么害怕。所以,如果鲍勃说可以和这些鲨鱼一起下水,那么我就会信心满满,尽管记得一开始我曾担心地问过他许多的问题。他的性格直率,这一点我十分欣赏。幸运的是,他的点评被记录在了我和他一同在马尔佩洛岛制作的BBC广播节目中:

丝鲨是一种美丽的鲨鱼,而更令人着迷的是,这里有成千上万条丝鲨——这可是我第一次见到这样的场面。丝鲨是一种圆滑而时髦的鲨鱼,好奇心很重,所以它们会径直向你游来,这种特性很适合我们拍摄。它们会撞你，会咬你，会用鼻子推开你的相机。我觉得它们是想要搞清楚人类是什么物种，以及人类打算在它们的世界里做些什么。

如今读到这些文字，不由得会让人有些担心；事实并非如此。鲍勃口中所说的"咬"不过是像小狗一样，冲着他的相机镜头张开嘴咀嚼几次，一点都不影响相机的正常使用。也许它们能感受到相机内的电流波动，那会是让它们疯狂的东西，因为微弱的电流信号很像它们的猎物发出的信号。有一次，鲍勃的潜水服还被蹭掉了一块氯丁橡胶，如果鲨鱼想要咬你一口，或者在你的皮肤上磨磨牙齿，那你肯定会知道的。更不用说在这个庞大的鲨鱼群中，它所有的朋友都可能参与进来。所以永远不要对鲨鱼麻痹大意。

有时，在距离海岸或者河口300英里以外的海域，海水并没有你所想象的那么清晰。丝鲨特别喜欢待在温暖的水面附近，而那里的海水因为混杂着许多浮游生物显得更加浑浊。我们注意到，在水下拍摄鲨鱼的效果会更出色，因为这样一来就可以将海水的干扰程度降到最低。事实上，我们曾拍到过比我们料想的更加壮观的"鲨鱼剪影"。我们下潜了很多次，每次都和数百条鲨鱼共舞。让我印象最深刻的一次是，我躺在约30米深的海床上，抬头看着我头顶的"鲨鱼潮"；无数的双髻鲨和丝鲨混在一起从我的头顶游过，尾巴一直延伸到远处的地平线。事实再次证明，这个星球并不像我想象的那样，这里的场景在这样的地方已持续了一亿多年。

我们在马尔佩洛岛拍摄的鲨鱼被应用于《蓝色星球》第一季的第一集和第三集之中，这些照片也被印在盒装CD的封面上。我们遇到了双髻鲨、丝鲨，还有双髻鲨和丝鲨的混合鱼群，甚至还有成群结队的加拉帕戈斯鲨鱼。加拉帕戈斯鲨鱼和丝鲨长相相似，但是体形更大，也更为强壮。加拉帕戈斯鲨鱼的活动范围要更深一些，但是有时它们也会和其他鲨鱼一起行动。

我有四个小型双髻鲨的青铜模型，是在墨西哥海边的一家商店里买的。这些模型准确地再现了双髻鲨那优雅的身姿。占身体约三分之一的尾巴在它们那纺锤状的脑袋和粗壮的胸鳍后面灵巧地左右摇摆。尽管双髻鲨在游动时尾巴会有节奏地左右摆动，推动着身体前进，但不知怎么，它们能在水中走直线，甚至是温和但目的明确的曲线。当它们靠近时，你可以看到双髻鲨的翼面就像一对小翅膀。有时候它们根本不是在游泳，而是在海水中滑翔。每当我注意到办公室里的双髻鲨青铜模型时，我都要摆弄它们一番，确保几个金属模型朝着同样的方向，沿着同一条弧线前进，每条鲨鱼之间的距离保持一致。

如果你的研究对象是一种群居或者半群居的生物，那么你的关注点就不应该是单个动物，而是整个族群。同时你还得研究它们在野外状态下的样子。这样一来，你见到它们的第一眼就会知道它们是怎么样的动物，它们为什么要生活在一起。比方说，我以前从未真正了解过大象，因为动物园里永远只有一两只，直到我有一次看到三十只左右的大象群在非洲平原上漫步。同样地，如果你想深入了解群居的鲨鱼，那么最好的办法就是在湛蓝色的海洋平原上观察它们。

鲨鱼的脸上总是挂着貌似天真的笑容，但它们总是处于伺机捕猎的状态，它们很擅长寻找猎物的弱点。那些已经无力自保的生物，或者是那些在大海里走神分心的动物，它们往往更容易受到攻击。从侧面看，鲨鱼依然保留着远古时代遗留下来的特征，那些生活在海洋中的鲨鱼都显得分外健康。哪怕是生活在马尔佩洛岛的丝鲨，它们的侧面还长着一个额外的弯钩，但这并不影响它们有着原始而宏伟的气质。它们浑身上下散发出银色的青铜光泽。

我的理论是，鲨鱼群就好像20世纪30年代的美国黑帮，信奉这样一条行为准则：如果你暴露了弱点，那么你必死无疑。这也就意味着，如果你受伤了，那么你就会变得脆弱。所以尽管鲨鱼们准备攻击的对象是一个虚弱不堪的生物，但在它们用自己锋利的牙齿咬掉猎物的脑袋之前，猎物依然有可能会伤害到鲨鱼；而"你"受伤的事情一旦被其他鲨鱼注意到，那么"你"也逃脱不了被吃掉的命运。这种理论可以很好地解释为什么鲨鱼很少发动进攻，除非它们确认自己有着绝对的优势，且不会为此受伤。

只有在支援船来接我们上浮的那几分钟里，才是丝鲨最有可能发动进攻的时间。如我们这般"脆弱"的入侵者在水下时，丝鲨能清楚地知道，我们的视线始终关注着它们。换句话说，在水下的双方实际上处于某种默认的对峙状态。而当你准备出水时，情况发生了变化。有那么一瞬间，你的脑袋露出了水面，这时你看不见在水下摆动的双脚周围是什么情况，这对于鲨鱼来说一定非常诱人。每次我们从水中出来，我都能看到环绕在身体四周的水在慢慢减少的过程中翻起阵阵水花；如果这时有人在我们身边哼唱着约翰·威廉姆斯的《大白鲨》主题曲，我想气氛一定会更加焦灼。当然我的同事们从来没有这样做过（毕竟我们是专业人士），但我的确怀疑过，所谓"在鲨鱼身边是安全的"的论调是否准确，我们的命运其实就被放置在剃刀蛤的边缘，随时可能被切成两半。

鲨鱼毫无疑问是机会主义者。我们一直希望能拍摄到鲨鱼激起鱼饵球的场面，但可惜的是迄今为止还从未发生过。这也是我们决定来马尔佩洛岛碰碰运气的一个重要原因。在这块巨大的岩石岛周围，鲨鱼和其他大型捕食动物每天都可能会激起巨大的鱼饵球，但是能否在正确的时间和地点拍下这样的场面就是另外一回事了。有一天晚上，我们看到距离马尔佩洛岛约2英里的海面发生了骚动：有大量的鸟类聚集在那里，海面上翻滚出大量的气泡。毫无疑问这就是我们要找的目标。我们赶紧冲向这个鱼饵球，祈祷它不会在摄影师们穿好衣服准备就绪之前消失。

我们停下船，将鲍勃和佛洛里安扔下了水。太平洋里最常见的鱼饵球是由黄鳍金枪鱼组成的，它们当中有好多甚至和你家的小狗一般大小。但眼前的这个鱼饵球却是由一种小得多的鲣鱼（Bonito tuna）组成的。它们通体呈亮银色，身体两侧各有一条精致的黑色条纹，最大的可能都没有一条观赏金鱼那么大。唯一的特别之处在于，这次聚会有众多鲨鱼参与。鲨鱼们当然不会缺席这种聚会，毕竟这里是哥伦比亚鲨鱼之都。就这样，我们拍摄到了"蓝色星球拼图"的另一个重要部分，也就是呈现在第三集"开放的海洋"中的一个镜头。在一幅美丽的背景之下，有一条鲨鱼径直穿过了这个鱼饵球，走出了一条优雅的弧线，最终来到了我们的镜头前。这个场景之美丽，足够我回放一千遍。纵观整个人类的历史，这样的场面几乎每天都会在海洋中上演，而幸运的是，它至今仍在上演。只不过，直到最近的20年，这些令人惊叹的美丽画面才第一次出现在你家的客厅中。

我听说，最近去马尔佩洛岛的旅客已经见不到那么多的丝鲨了。所以也许我们只是运气好，恰好遇到丝鲨群在附近聚会？我希望还能遇上这样的丝鲨群，但是我们通过卫星观察得知，这些鲨鱼可以以每天60公里的速度移动。有一种尚未被证实的结论认为，丝

海岛——冒出头的海底山脉：公海上的重要小岛

鲨可以在两个月内从马尔佩洛岛迁移到墨西哥北部的索科罗岛，两地之间的距离大约是3500公里。卫星数据显示，如果海水的温度高于30摄氏度，丝鲨群就会转移到较冷的水域中去，这种现象在"厄尔尼诺年"经常出现。相比较其他海洋生物，丝鲨更喜欢待在表层海水，所以它们对于温度的变化也更加敏感。这就是我对它们的运动习性的全部了解，因为和大多数行动迅速的海洋生物一样，丝鲨行动的轨迹，以及它们繁殖和成长的过程，在很大程度上依然是个谜。如果你知道它们的行动范围是有多么大，它们是有多难靠近，那么你就会对此表示理解了。我真希望自己能像一条海豚一样，连续游泳好几天也不累，这样我就能跟上这些丝鲨，更好地了解它们的生活。但不管怎么样，我能够亲眼看到那么壮观的场面，这已经足够幸运了。我很感激在科科斯岛偶遇的那群潜水员，是他们促成了我们这一次马尔佩洛岛的行程。

当然，这并不是马尔佩洛岛的唯一神秘之处。事实上，我们可以拍的东西很多，数都数不清。但是马尔佩洛岛的确拥有属于自己的"尼斯湖水怪"，而且还是体形很大的那种"水怪"。我们的船长海因茨有一张让他极为自豪的照片，这是他先前在某次旅行中拍摄下来的照片。这个世上还没有人真正见过尼斯湖水怪，但凶猛砂锥齿鲨（Odontaspis ferox）的神秘即使稍逊于那只传说中生活在苏格兰湖泊中的怪物，也绝对值得你一看。照片中的鲨鱼大约有海因茨的三倍大，要知道我们的船长海因茨本身就不是个小个子，可想而知，这种鲨鱼的体形是有多么庞大。这张照片是由潜水员用广角镜头拍的，这样就算你非常靠近你的拍摄对象，也能确保它在摄像范围之内。水下摄影的常见的技巧，就是让拍摄对象处在你和你的同伴之间，换句话说就是让他在鲨鱼的另一边。这样一来你可以

203

清晰地感知到两者的大小比例；但实际上广角镜头会使远离镜头的拍摄对象变得更小，所以照片中的鲨鱼会比实际看上去更大一些。海因茨引以为豪的照片就是这样拍摄的，但这足以让人印象深刻。他本人也是最早在马尔佩洛岛发现凶猛砂锥齿鲨的潜水员之一。和许多深海物种一样，它们分布在全球各地，但生活在这一片海域的物种数量似乎要比其他地方都要多。凶猛砂锥齿鲨曾出现在深度约1000米的海水中，它们似乎喜欢以深海鱼和甲壳类动物为食。除了出现在马尔佩洛岛的凶猛砂锥齿鲨可能是一个新的亚种之外，更令人兴奋的消息是，它们往往会在冬季时分，从更深层的海水中上升回到潜水员能达到的下潜极限深度。所以即使眼下是六月份，我们也非常想试试看能不能拍到它们的行踪。

我想，当初我们搭乘着"因赞之虎"号，准备寻找这些大型深海鲨鱼的下水地点应当是保密的，只有海因茨和其他寥寥数人知晓。今天，这个地点被称为"怪兽的海底山"（西班牙语中的Bajo del Monstruo），但这只会增加你对这种巨型鲨鱼，以及其他生活在马尔佩洛岛附近的深海中的未知生活的敬畏之情。

我们故意加快了下潜的速度，这样就能比平时更快地到达深海。我随身带着一个小小的"幕后"摄像机，希望能拍下我前方的摄制组遇到巨型鲨鱼的那一刻，因为它们时常会组成五条左右的小群体。我和潜水向导蒂娜一起戴着水肺，佛洛里安和鲍勃则使用循环呼吸器。在经验丰富的潜水员看来，循环呼吸器要比氧气管更加安全，一方面是因为它能延长你的水下时间，延缓空气的消耗速度；另一方面，氧气混合物的稳定性更好，能很好地避免空气中毒。你可能还记得，水肺的最大安全深度在50米左右。之所以采用公制单位，是为了方便记忆，防止你误入高压区域而使水肺中的氧气转化为有毒气体。平日里我们赖以生存的气体在承压环境中居然是致命的毒气，听起来仿佛有些奇怪，事实的确如此。高压环境下的过量氧气会使人体产生抽搐感和不适感，如果你恰好在深海中，这种状况就很危险了。将安全深度设置在50米是很合适的，这是因为在正常的混合比例下，这个深度要比氧气中毒致死的临界点高很多。

氮气的问题同样需要注意。高压环境下的氮气是一种麻醉剂，会让你产生醉酒般的感觉。因此在水深超过50米的环境下，你可能认为自己吸入的不过是普通的空气，但实际上你会死于痉挛或者醉氮。水深环境下气体会以极高的密度进入你的身体，从而使得原本无害的气体变得很危险。50米是水肺潜水的极限值，而人们一般认为，巨型的凶猛砂锥齿鲨不会出现在水深低于60米的位置。

在某些情况下，当你到达水下某个深度时，心底会莫名产生一种担忧，那就是一旦出了问题，你可能永远无法回到海面上了。就好像在你的上方盖了一个屋顶，让你感觉自己是在某个洞穴里潜水。之所以会有这样的感觉，主要是与潜水的深度有关，但也取决于你在水下坚持了多少时间。在大约40米的水深处，我也会感觉到头晕，这是由于血液中的氮含量过高的缘故。但我要说的是，每个人的感觉是不一样的。我会觉得"氮醉"这种感觉很奇妙，甚至可以说是过分奇妙了，因为它会引诱着你前往更深的海域，并最终夺去你的生命。我必须要对自己说："你之所以有这样的感觉，是因为你被氮麻醉了"。大多数情况下，这样的自我提示是有效果的，但也有那么一两次，我会忍不住想继续深潜。我们的脚下仿佛展现出这样一幅美丽的画面，一望无际的白色沙滩平原，在海水中隐约可见。大鲨鱼虽然无处可寻，但我们能感受到这种神秘的诱惑，没准身后还有许多双大鱼的眼睛正盯着我们。当我们最终抵达50米的水深深度时,虽然依然一无所获,但是氮醉所带来的兴奋感和模糊感却已经越来越强烈。我很清楚,我们不应该再下潜了;但是在我有了这个意识之前,身体已经不由自主地往下潜了一段,并试图多待一会儿,只为了有机会能看到并拍摄到这种美丽的怪物。

周围的光线越来越暗——是水深变化的影响,还是我的脑袋产生了化学变化?55米……56米……57米,我们停了下来。每多待一秒,我的血液里就会析出许多有害气体,在高压环境下很可能会损伤我体内的软组织。而且很快我背后的氧气罐里的空气就不足以我在上浮过程中作安全缓冲,这会让我患上减压病。要考虑的因素有很多,但它们无一不是在减少我能做的选择。60米……62米……63米……64米……64米!太深了!这该死的鲨鱼在哪里?最后,我控制住了自己,意识到我的伙伴离我有超过50英尺的距离了,因为她一直待在安全深度没有下来。我在这个深度也已经有两分钟左右,必须马上离开。在克服了深潜所带来的愉悦感和麻醉感之后,我朝着自己的潜水夹克加了些空气,然后回到了安全深度。我很担心我这样做会给大家树立一个不好的榜样,我真正想告诉你们的是,如果你真的和我一样做出了白痴般的举动,那可能会导致严重的后果。我希望我的经历能让你在被氮醉诱惑时能多一分清醒。佛洛里安和鲍勃继续下潜。他们所使用的循环呼吸器确保他们能下潜到更深的深度,因为这种装置相比较普通的氧气瓶,能更好地控制气体的混合比例。但是他们也没有看到"利维坦"(Leviathan)的影子,所以也没有继续下潜。过了一会儿,他们就出现在我的视线里。他们停下来减压,然后慢慢地浮出水面。

所以,我们当中没有一个人亲眼见到了锥齿鲨,但这次深潜依

海岛——冒出头的海底山脉：公海上的重要小岛

然让我们印象深刻。因为我们感受了马尔佩洛岛那美丽而空旷的水下平原，以及那种被某种巨大的生物盯着看的神秘感觉，也许那就是"被深渊凝视"的感觉。

我们在马尔佩洛岛的首次潜水的时间是2000年6月8日，最后一次潜水的时间则是6月20日，我们每个人都至少下水了30次。两个摄影组同时工作，相当于一个人专心工作了三个月。实际上的工作量可能没有那么多，但由于我们身处这样一片壮观的海域，我们拍下的许多照片都成了《蓝色星球》纪录片中的标志性照片。

当你连续好几个星期和一群人挤在一个狭小空间里，比如我们这条船上的六个小船舱，身心俱疲的你很容易情绪崩溃。长时间在水下作业吸入的高压氮气无疑会加剧这种情况。另外，同伴们无意间的干扰也使你久久无法平静心绪，这真的很容易令人沮丧。不过，紧张而繁重的工作分散了我们的注意力，帮助了我们每个人维持必要的礼貌。只有那么一次意外，当时蒂娜想要帮彼得拿潜水设备，性格固执且作风守旧的彼得将她挡到了一旁。这一次误会所产生的紧张气氛持续了大约48小时，大伙才把这事抛到脑后。但这也就是唯一一次了。没有人会在背后抱怨同伴，因为在这样一艘小船上，根本没有所谓的"背后"。

我曾听说过一件事儿：在一次长途旅行中，我的一位部门同事曾要求单独坐在主船后面的充气艇中，只为了能远离大家，一个人独处一会儿。我很能理解他的心情！不过在我们这一次旅程中，这样的情况并没有发生。任何争论，比如关于工作许可证过期的船员的"讨论"，或者关于甲板上的工作人员能否得到船长的小费，以及他们会不会一晚上就把这些钱给换酒喝掉等问题，最终都溶解在了浩瀚的海水中，毕竟大海才是我们的唯一目标。这可能是运气的

207

缘故，但也有可能是我们沉浸于这一次"幸运之旅"和大海给我们的丰厚馈赠之中。

在我们准备离开马尔佩洛岛的最后一天，船长海因茨决定钓几条金枪鱼来加餐。我们沿着马尔佩洛岛最大的悬崖向大海划了一英里，随即放下了两根钓索。钓索很快就绷紧了，这说明有大鱼上钩了。但是突然，钓索又松了下来。我们把钓索拉上来想看个究竟，却发现钓索上面只有一个流着血的鱼头，从鱼鳃部位向下都被齐齐地咬掉了。这样的情况连续发生了好几次，最后负责钓索的船员只好放弃了。随后，船尾附近的水面上出现了丝鲨的鱼鳍。很显然，它们一看到金枪鱼上钩就立马抓住了机会，毕竟上钩的金枪鱼在它们眼中就是极易被杀死的猎物。它们是如何知道避开鱼钩，只咬下金枪鱼的身体，我们就不得而知了。

2000年6月20日，我的潜水记录上写着"最后一次在马尔佩洛岛潜水"，后面还用括号加了一句"截至目前"。这句话读起来感觉我对未来相当乐观，因为马尔佩洛岛虽然是一个绝美的地方，但很少会有人造访，更不要提多次前往了。如果你来过这个地方，那么你一定会想要再次拜访它。当然，大多数人根本没机会领略马尔佩洛岛的绝美风光，所以我很荣幸能成为你们之中的代表，帮助你们拍下地球上的"月背面"的美丽景象。如果你知道我们的浩瀚海洋中还有许多类似的地方等待着我们去点亮，在读完我们的故事后，想必也不会那么惊讶了吧！我们的世界并不完全符合我们的想象，它比我们知道的更加神秘。

尽管我们已经尽可能地丰富我们的计划，而且也完成了许多计划，比如在科科斯岛拍摄下来的白鳍鲨的夜间捕猎场景，双髻鲨接受皮肤清理服务的场景，但大多数任务都是在鲨鱼鳍上完成的。随着我们的这一趟旅程的时间越来越长,我们的计划也变得越来越没有计划性。当然,如果你喜欢的话,我们也可以说计划非常地灵活多变,很好地适应了不可预测的海洋。我们成功地拍下了想要拍摄的素材,并且平安归来,这说明我们是很幸运的。

这一次拍摄结束时,我也完成了在马尔佩洛岛开启的广播节目。我刚刚才回放了一遍录音,听到了当时没有注意到的杂音,那是在戈尔菲托(Golfito)港口的路边录制的一段录音。录制的时间是夜晚,周围却有些嘈杂,大概是生活在哥斯达黎加的青蛙的叫声。

在发光的星球中寻找巨型乌贼：那些夜晚在海水里闪耀的生物

"这可能就是一只巨型乌贼！"马丁正盯着他的笔记本，屏幕上显示出一张有些模糊的图像——这是一张由悬浮在水深约500米的深海特殊摄像机于午夜时分拍下的照片，而这台摄像机被放置在亚速尔群岛（Azores）的皮克岛（Pico Island）以南约3英里位置，处于大西洋中心。也许除了通灵师（还有马丁），没有人会认为屏幕上移动的模模糊糊且完全无法定义的像素组合来自一只巨型乌贼。不过和往常一样，马丁这一次又走在了我们前边。

马丁·多恩（Martin Dohrn）是一个极为聪明的家伙。在他看来，世界上每时每刻都会有神奇的事情发生，而人类总能找到办法将它们"拍摄"下来。当然，"拍摄"这个词语在今天看来已经是一种有些过时的媒介方式，真正能表达它准确含义的词语应该是"摄录"。但要将我们的工作内容定义为"制作视频录像"又显得有些平平无奇，而且在我看来，"摄录"这个词语也已经显得有些过时了。今天大多数拍摄成果都已经转化为电脑内存中的数字流。传统的胶片拍摄方式和数码拍摄方式的不同之处在眼下就显得极为重要，因为通过数字媒介记录下来的拍摄成果可以轻松地放大，而且其灵敏度远高于传统的化学胶片，足够支持我们在这样的午夜时分，捕捉到约500米深水下微弱光亮的痕迹。马丁这一辈子的大部分时间都专注于完善相机的这种"夜视"能力，换言之，就是发明并改进他的"星光"相机。

当我还是个孩子的时候，我住在北威尔士的乡下，那里还没有被路灯的光污染笼罩。乡下的夜晚，天空星光闪烁，清晰可见，宛如银河倒泻。现如今，这种情景大概只能在远离城市的偏远岛屿才能见到。

某一天夜晚，马丁正在波多黎各岛（Puerto Rico）拍摄一个著名的夜间延时摄影作品。他使用的不过是一台普通的静态相机，只需设置相机每30秒拍摄一次，就能记录下夜空中繁星舞动的景象。"太阳从东方升起，"他说，"所以如果想拍摄出星星靠近并越过相机的效果，就得让相机朝着东方。"还有许多类似的摄影诀窍，但其中有一条格外让我惊奇。"看看这些星星，"马丁说，"再留意观察它们之间的空隙。你发现了什么？"

一时间我并没有明白他的用意，但我还是顺着他的目光，观察我们头顶那一尘不染的星空。肉眼其实很难找到星星之间的"空隙"，因为银河中有大量恒星，彼此相隔不远。但只要稍微集中一下注意力，我就明白了马丁的意思。当你将目光聚焦于星空中的黑暗时，能看到一层由小红点组成的薄雾，就好像闭上眼睛，在眼皮内部看到的影像。"这就是视觉噪声，"马丁说，"由大脑里的视觉系统所产生的干扰。"

我不知道这些原理有什么用处，但它们确实不可思议，因为它实实在在地证明了人类不过是一架"生物机器"，而非许多人自诩的"高等生物"。我所在的摄制组与马丁有着长期合作，尝试在漆黑的海洋中拍摄动物，以全新的视角深入了解地球，探索海洋生物奇妙的进化方式。从整体来看，地球并不是一颗蓝色的星球，而是一颗"在黑暗中发光"的星球。夜晚，在终年漆黑一片的深海中，海洋生物们已经进化出了用"光"交流互动的能力。"光"是海洋生物用来警告、分散注意力、引诱猎物以及交流的主要手段。这种"光"有时很难用相机捕捉到，但从仅有的一些信息和画面来推断，这无疑是十分神奇的。

短尾乌贼（Bobtail squid）拥有动物界最精巧的器官，它也是我第一次接触到"生物发光现象"的观察对象。当时我正在为爱登堡的《野生动物一号》（*Wildlife on One*）纪录片制作"八爪特工"（*Gadgets Galore*）这一集，重点关注头足类动物（cephalopods）（章鱼、乌贼和墨鱼）为适应海洋生活而进化出的那些精巧的生理结构。在接下这趟拍摄任务之前，我曾研究过这一类动物在进化出相应功能的器官方面表现出的超强适应性。它们之所以进化得如此成功，是因为它们能够将已经进化出特定功能的器官中的基因进行"混合匹配"，从敏锐的眼球——在某些方面甚至要比人类的眼球更加出色——到皮肤上的变色细胞、墨囊，还有它们的腕足，让它们能像穿着喷气背包的潜水员一样在海水中灵活游动。

短尾乌贼的背部就有这样一个奇妙的"混合器官"，兼具墨囊和眼睛的功能。墨囊中央演化出一个腔室，用于培养海水中广泛分布的发光细菌——费氏弧菌（Vibro fischeri）。这个发光器官"眼睛"部分功能也发生了变化，其内置的晶状体会将细菌发出的光聚焦在乌贼底部。在这个特殊器官内部，数以百万计的费氏弧菌照亮了短尾乌贼的底部，并使得短尾乌贼与来自海水表层的光线融合在一起。这样一来，位于短尾乌贼下方的捕猎者和猎物就很难发现它的踪影了。这是一种"反荫蔽"机制，我们曾发现鲸鱼也具备同样的机制，当然，许多海洋生物也同样具备。以鲨鱼为例，它们腹部的颜色较浅，从下面看，和上方较亮的海水层的色调更加融洽；背部的颜色较深，从上面看，与下方深水层的暗色更能融为一体。聪明的短尾乌贼则将这一概念进一步发展，它们进化出了一种"消光剪影"（Active counter-illumination）系统，一种可以随意调节亮度的隐形斗篷。和它们的近亲鹦鹉螺（Nautilidae）相比，短尾乌贼放弃了坚硬的外壳防护，所以它们必须利用智慧、狡猾和这种"高科技"武器来让自己更好地生存下去。作为海洋中绝大多数生物的食物，这种能力至关重要。但是让我感到惊讶的是，短尾乌贼能以某种不为人知的方式从海水中检测并筛选出它所需的某种特定的细菌，并专门培养，以满足其发光的需求。事实上，这种费氏弧菌在海水中的浓度很低，短尾乌贼的发光器官大概能从一杯海水中提取一个发光细胞。奇妙的是，短尾乌贼发出的光还能与来自海水表面的环境光完美融合，不然所谓的"光伪装"也不可能成立。这是短尾乌贼进化出的非常复杂的系统，很好证明了生物控制自身亮度的能力对于在海中生存是多么重要。

问题是，在拍摄短尾乌贼时，想要准确表达出它的这种"反照明"效果也还是相当棘手的。短尾乌贼能很快地调整其底面的亮度，而当它与海水表面的亮度契合时，它几乎是"不可见"的，这就是拍摄的问题所在。那我们该如何拍摄"不可见"的东西呢？我们曾尝试将相机放置在水箱底部，并通过快速改变水箱表面的光线水平来检测短尾乌贼的亮度匹配能力，希望能出现类似光线调节开关的效果。但要么是它的调节速度太快了，要么就是我们无意间的操作抑制了它的自然行为，这些尝试总以失败告终。但我们并不会因此责怪它。

短尾乌贼在全世界的海洋中均有分布，但在夏威夷火奴鲁鲁（Honolulu）设有这样一座专门研究夏威夷短尾乌贼的实验室，由麦克福尔·恩盖（McFall Ngai）教授主持。2003年，她带领一个大型团队专门研究短尾乌贼以及生活在它的发光器官中的细菌，并允许我们在旁拍摄。这是纯粹的学术研究，但话又说回来了，如果一种动物拥有选择某种细菌并筛除其他细菌的能力，这背后的奥秘也许可以帮助人类研发新的非耐药性抗生素。

我早早地出门了，设置好相机参数，准备去拍摄野外条件下的发光细菌和夏威夷短尾乌贼，但是，这可能是我在BBC工作近20年来出现的唯一一次特殊情况，合作的摄影师生病了，无法继续拍摄。在接下去的一段时间里，我只好暂时找了一个当地摄影师合作，他并不是野生动物专家，所以我自然不指望能拍出同样质量的效果。因此，除了生活在实验室培养皿的费氏弧菌提供的一些发光图像之外，我们一无所获。

我闷闷不乐地回到了布里斯托尔的办公室，开始谋划起后续工作，以及不同计划对拍摄预算的影响。我听说爱尔兰附近的海域生活着一种短尾乌贼，与世界各地发现的短尾乌贼的习性相似。尽管爱尔兰与夏威夷相隔一万英里，但这种乌贼同样有专门的发光器官。所以，我建议选择成本较低的方案，去爱尔兰的丁格尔半岛（Dingle）拍摄三天，把先前没能拍下的镜头补回来。也许项目预算比我料想的更加紧张，我的直属经理否决了我的计划。

我希望自己留给同事们的印象不是那么"固执己见"，虽然每一个电影制片人都多少需要些倔强的劲头。为了解决这件事情，我直接请了一周的假,选择自掏腰包完成这部分拍摄,总成本大约是600英镑。我找了布里斯托尔的两个朋友,艾伦·詹姆斯(Alan James)和艾德·怀廷(Ed Whiting),在一个浅水湾拍了三个夜晚的乌贼。艾伦是一位著名的水下摄影师,艾德则是一名潜伴,水下摄影是他的业余爱好。这次拍摄的成果不仅满足了这一个项目的需要,还卖给了五家对此感兴趣的制作公司。

即便你并不了解短尾乌贼神奇的发光器官,这种在英国被称为"小墨鱼"的奇妙生物也是日常观赏和拍摄的绝佳对象。它们大概和你的大拇指一般大,碟形的大眼睛总是直勾勾地盯着你,这表明它们是一种智商很高的生物。它们身上还有着自然界最美丽的图案:爱尔兰短尾乌贼全身是由彩虹蓝和金黄色组成的,还有着淡淡的绿色底纹。

短尾乌贼的智慧要比它们的美貌更加迷人。你会发现它们不断地做出细小的改变——在我们人类看来可能是微不足道的,但对于它们这些软体动物来说却显得格外重要。它们大多是夜行性动物,当我趁着天黑和它们一同潜入港口的浅水区时,它们径直来到了我的拍摄灯前。下一秒它们就确定了我就是它们名单上的"巨型捕食者"的一员——就好像比目鱼和海豹——然后迅速地躲藏起来。它们使用自己的虹吸管挖掘海床,在海床上的砂土层中挖出一个容身的洞穴,然后用它的两只触手将沙子掸到头顶。很快,砂砾间就只剩下一只银光闪闪的眼睛在观察着动静。我敢说,如果没有目睹它们挖洞的场景,你绝对无法注意到沙土里还有两只小眼睛在盯着你。不过,如果它们时不时地抬起身体,向外窥视,你们的目光没准还会碰到一起呢!如果它们觉得自己并没有被发现,短尾乌贼就会继续潜伏在原地。而它们一旦发现这场捉迷藏游戏结束了,它们就会按下身旁的"弹射按钮",猛地向后喷出一股裹着沙子的海水。

爱尔兰的短尾乌贼习惯生活在浅水区。潜水员在浅水区潜水所需的空气比较少,也不太容易患上深潜病。在这样的海域中潜水,我们可以连续好几个小时不上岸,所以我就有充分的时间去了解它们的行为。有一次,一只雌性短尾乌贼盘旋在我的聚光灯前,挥舞着两条小尾鳍,就好像一只大黄蜂在振翅飞翔。我惊讶地发现,好几只雄性短尾乌贼马上从阴影中出现,在我的聚光灯前向它求爱。这让我意识到,短尾乌贼们其实一直躲在黑暗处悄悄观察着我。

短尾乌贼让我真正明白了"生命之光"的神奇之处。我也曾经历过一两个类似的神奇时刻。有一次夜晚,我和父母坐在萨默赛特郡(Somerset)的滨海伯纳姆(Burnham-on-Sea)的海滩上,海浪的每一次撞击都会在海岸上留下蓝色的光点,那是数以万亿计豌豆大小的梳状水母在泡沫中翻滚时的杰作。直到我和马丁·多恩来到波多黎各岛附近的别克斯岛(Vieques),某一天夜晚在蚊子湾(Mosquito Bay)游泳时,我才恍然大悟,为什么这个地方被吉尼斯世界纪录评选为"全世界最明亮的夜湾"。

这是马丁的拍摄项目。项目启动资金是通过他的公司"菊石"向《国家地理杂志》(National Geographic)筹集而来的。我是他安排的另一个导演和制片人,因为我有丰富的海洋知识。马丁在这个项目的各个方面亲力亲为,当然包括他最擅长的摄影工作。我必须要说,我们这一行普遍还是导演雇用摄影师多一些。我当然很乐意参与其中,但这个项目的雇用关系改变了权力架构。马丁作为"雇用"我的摄影师,正在那里对我发号施令。原本属于我的"指示"变成了一个个"建议"。

作为摄影师和主导演,马丁还设计出了我们正在使用的"令人惊叹"的新型水下相机。我提供了一些设计思路，但在具体的工程设计和投资决心方面还无法与马丁相提并论，毕竟没有美国航空航天局这样的机构帮助，我肯定无法完成看似不可能完成的工作。马丁曾和我说，他年轻时曾在一个建筑工地工作，每天回家都会路过一家摄影店，那里有许多他买不起的昂贵镜头。但是他突发奇想，觉得自己可以用造价更低廉的部件来拼凑出一台相机。毕竟，所谓功能齐全的相机镜头，不过是一根管子和一些简单镜头的组合。他做出了第一个镜头，效果非常不错。这次成功激发了他对相机光学、对黑暗拍摄，以及对生物发光现象的兴趣。三十年后，他制造出了可能是全世界性能最棒的夜视相机，并用它们来拍摄发光的海洋世界。

波多黎各岛蚊子湾的夜光主要来自浮游生物。数以万亿计的单细胞生物生活在这一带海域中，大多数是鞭毛藻（Dinoflagellates）。这些美丽而复杂的微生物被植物学家归类于藻类植物，隶属于"火藻"（pyrrophyta）。但也有许多动物学家认为鞭毛藻是类似阿米巴原虫那样的原生动物（Protozoa），因为它们拥有两条类似毛发的结构，会在水中抽动，并推动自身前进。这种结构被称为"鞭毛"。所以，除了那些我们还不认识的海洋生物之外，还有许多生物虽然已经被命名，但依然还没办法确定它们到底是什么类型的生物。一些鞭毛藻具有类似植物的光敏性，而另一些鞭毛藻则像动物一样进食，这无疑违反了我们对生物分类的基础逻辑。它们发光的原因目前尚不清楚，但其中一种最合乎情理，也是最令人惊讶的解释就是"防盗警报理论"，即一种防止被捕食的防御机制。如果小鱼或其他幼虫咬了它们一口，这些浮游生物就会"发光"，照亮这条小鱼或幼虫，这无疑会暴露它们的位置，引来它们的捕食者。鞭毛藻在被吃掉的同时启动了它的"防盗警报",吸引那些食肉鱼"警察"前来调查。这是一个很简单的理论,如果你问我,为什么鞭毛藻在无害的海浪波动中也会发光呢?那我只能说,不管出于什么原因,至少它发光的样子很好看。

在波多黎各岛蚊子湾,还有其他发光的海岸,鞭毛藻繁殖的速度很快。不过近年来,它们仿佛集体消失了,海湾的"夜光"也消失了。人们普遍认为,海湾周围的红树林,以及特定的水流条件,为鞭毛藻的生长繁殖提供了足够的营养和良好的环境。但事实是,它们广泛分布在全世界各地的温暖水域之中,只有数量多或少的区别,也就是说,全球各地的海洋在某种程度上都会"发光"。如果你手里有一架灵敏的星光相机,或者你有一双灵敏的眼睛,就能捕捉到"发光"的海洋。

一只巨乌贼的大眼睛从实验室标本罐里探出来,就好像是一个被砍下的脑袋。透过标本罐,我仿佛看到克莱德·罗伯(Clyde Roper)那张扭曲的脸,他是华盛顿特区美国国立自然历史博物馆中专门负责研究巨乌贼和其他乌贼的专家。从这个角度来看,巨乌贼的眼睛要比科学家的脑袋还大一些,当然,这是摄影师为了突出它的巨大而故意拍摄成这个样子的。

"在当今的动物王国,巨乌贼的眼睛无疑是最大的,哪怕是将历史上出现的所有动物拉出来比一比,它的眼睛也可能是最大的。"克莱德操着纯正的新罕布什尔(New Hampshire)口音解释道。在考入大学学习动物学之前,他是一名捕龙虾的渔民,所以他的求学完全是出自兴趣爱好。不过,他的这一番解释引出了一个更大的谜团。体形如此巨大的乌贼,还有那么大的一双眼睛,却生活

在发光的星球中寻找巨型乌贼：那些夜晚在海水里闪耀的生物

在水深超过一公里（我们也可以假设为一英里）的漆黑海洋中，永远见不到太阳。

顾名思义，巨乌贼和短尾乌贼在体形上是两个极端。它的体长超过20米，是所有乌贼中最大的，当然也是最笨重的。据说，巨乌贼会与抹香鲸搏斗，当然从来没有人亲眼见过这样的场面。我们只能通过一系列的间接证据得出这样的结论，比如出现在抹香鲸嘴部附近的巨大的吸盘伤痕，以及抹香鲸叼在嘴里一块巨大的乌贼触手。另外从捕鲸时代开始，人们就通过解剖从鲸鱼的胃里发现了许多来自乌贼的坚硬的"喙"，乌贼的这一部位是无法被鲸鱼的胃酸溶解的。从平均数上看，抹香鲸的食物中有3%是巨乌贼（当然这个数据比例在不同海域各不相同），剩下的则是其他种类的乌贼。

据我所知，目前至少有六部海洋动物纪录片试图找到传说中的巨乌贼或"挪威海怪"（Kraken）。到目前为止，只有一项研究取得了成功，那就是日本国立科学博物馆的动物学家久保寺恒美（Tsunemi Kubodera）的研究。经历了约三年的准备之后，2004年9月30日，久保寺和他的团队在东京以南约1000公里的小笠原群岛（Bonin or Ogasawara Islands）第一次拍摄到了活体巨乌贼。这是一个很受日本渔民欢迎的深海捕鱼区，抹香鲸会在这一带捕食大型乌贼。团队将乌贼绑在非常长的鱼线上，一直沉到约900米深的海水中。

2012年，久保寺和其他科学家带着新团队重返此地，为《探索》频道拍摄巨乌贼。他们又用一根拴在深钓线上的小乌贼作为诱饵，然后乘坐潜艇在周围耐心等待着。它们耐心地用微弱的光线照亮了诱饵，在将近一百次的尝试后，他们成功地通过潜水艇"小窗"拍摄到了一只3米长的小海怪。之所以将这只乌贼称为"小"海

219

怪，因为全世界都有巨乌贼尸体被冲上岸，大概要比这只巨乌贼大上六倍。

事实上，比较稳妥的办法是先拍摄一些巨乌贼的照片，然后再拍一部关于你是如何发现它的踪迹的电影。但事实并非如此。如果你并没有拿到足够多的电影预算，你该如何支付这些价格不菲的照片的巨额成本呢？许多失败的尝试总是将悬念留到最后，却未能向你展示哪怕一条巨乌贼的触手。而这一系列拍摄巨乌贼的尝试表明，人类依然对海洋中的那些"黑暗地带"，以及可能潜伏其中的怪物感到恐惧而着迷。

然而，这一切并没有阻止马丁和我参与的团队在2011年接下了《国家地理》的另一个节目《寻找巨乌贼》（*Hunt for the Giant Squid*）。我们的节目组提出了新颖的想法，试图用全新的视角来展示海洋。马丁和越来越多的科学家认为，生活在黑暗中的巨乌贼之所以有着巨大的眼睛，是为了看清生物光。确切地说，是为了看清鞭毛藻发出的生物光。更确切地说，是为了观察它的天敌抹香鲸闹出的动静。

巨乌贼的碟状眼睛的确大得过分。大多数动物都不会进化出那么大的眼睛，因为从进化的角度来看，这种进化的成本"十分昂贵"，毕竟拥有眼睛就意味着需要更多的食物。所以眼睛对于巨乌贼来说一定是至关重要的。众所周知，抹香鲸是通过声呐系统在黑暗的海水中捕捉猎物的，根据弹回的声波判断猎物的位置，就好像蝙蝠在晚上捕捉飞蛾一样。科学家对抹香鲸的声呐系统进行了较为深入的研究，并计算出它们能够探测到巨乌贼的最大距离是120米，而科学家们同时也计算出，巨乌贼能看清抹香鲸穿过浮游生物时发出的生物光的极限距离也差不多是120米，两者并不是巧合。因此，这两种动物实际上在进行一场"军备竞赛"。捕食者持续进化它的感知能力，确保其能在黑暗中发现猎物；而作为猎物的巨乌贼则进化出一种防御系统，能够及时发现捕食者靠近，以对抗捕食者的感知能力。

我帮马丁开发了适合水下使用的星光相机。第一步就是寻找合适的玻璃外壳（现有的玻璃管可以承受约3000米深的水压）。事实证明，玻璃的质地坚固，是深海拍摄的一种优质而经济的解决方案。玻璃作为相机外壳材料甚至不需要橡胶密封圈（所谓的O形圈），只需要使用类似白兰地酒瓶上的磨砂玻璃表面，就能实现100%密封。玻璃外壳看上去很危险，可是在承压环境下（比如迅速将它们浸入水中）的玻璃管和盖子绝无裂开的可能。

我们尽可能多地使用现成的组件，因为工程师的交付时间往往以年计，而我们的拍摄任务从预算批准开始也不过只有几周时间。为了在有限的时间内开发出深海拍摄所需的专业星光相机，我一刻不停地催促着工程团队，询问他们最快多久能提供我们所需的设备。"哦……大概18个月左右？"他们会这样说。而我则总是回复："啊！也许你们下周就可以帮我们做点什么？"听起来仿佛很糟糕，但通过某些优先级的调整和不断的妥协，我们最终还是完成了一个水下的星光相机系统，并在三个月内完成了我们的拍摄准备。

现在我们拥有了相当于巨乌贼眼睛的东西，我们打算依靠它来寻找巨乌贼。马丁的理论是，在漆黑的深海中，所有穿过浮游生物的物体都会产生某种光，而巨乌贼会被这种生物光所形成的光晕所包围，就会产生出一个黑暗的"负空间"（Negative space），这样一来，我们就能确定它的位置。

我们将拍摄地点安排在亚速尔群岛和日本附近的海域，那里是巨乌贼经常出没的地方。但在离开英国前一周，原定于日本的探索之旅不得不改向墨西哥和伯利兹。因为2011年3月11日，一场巨大的海啸席卷了日本本岛的东北侧海岸。这无疑会对我们的拍摄计划产生影响。所有的纪录片拍摄团队都试图严格按照计划推进，但总会有这样的随机事件出现。

星光相机安装在一个带短翼的小型铝制结构上，由我们租来的渔船拖着前进。这也是马丁的"自制"作品之一。摄像头发出的信号通过光纤实时传输到我们的终端，以便我们即时跟进相机拍摄到的内容。本章开头马丁所说的那句"这就是一只巨乌贼！"的场景就发生在亚速尔群岛附近的海域，他当时就盯着我们的星光相机。当时恰好是深夜，我们在渔船下方约500米的位置，在发光的海水中间出现了一片漆黑的空白。这恰好与马丁所认为的巨乌贼的大体位置极为相近。但最终呈现的图像可能会让那些大型软体动物爱好者失望，因为它不过是一团噪点而已。通常情况下，最重要的并不是与海怪的最后一次会面，而是在寻找过程中可能遇见海怪的兴奋感，以及那种探索过程中对未知的恐惧。这部电影详细讲述了我们是如何找到巨乌贼的过程，我们的技术细节，以及在寻找巨乌贼的过程中看到的发光生物。我们希望能向观众展现出一幅从未见过的深海画卷——在那里，闪闪发光的海水对于所有生物来说都很重要。

在伯利兹，我们遇到了海洋生物发光的最复杂的例子。我们去了伯利兹南部加勒比海岸的小镇丹格里加（Dangriga），还去了著名的南水礁（South Water Caye），那里以珊瑚和"横穿中美洲"的潜水项目而闻名。我们乘坐快艇从丹格里加出发，花了大约一个小时才抵达南水礁。我们的快艇装满了各种设备,在水中上下颠簸。头顶的云层中有许多巨大的军舰鸟盘旋着,它们那华丽的拱形翅膀在海风中平稳地滑翔。途中我们还经过了军舰鸟在小岛上的栖息地,岛上生长着许多小丛灌木。雄性军舰鸟长着极为罕见的双下巴,露出喉咙处的红色气囊。它们一边吹气,一边发出好奇而嘈杂的颤音。很快,我们就看到了蓝马林度假村(Blue Marlin resort),这是一排极通风的红顶小屋,坐落在海岛一端的狭窄沙滩上。这是我们的摄影棚、潜水基地和接下来十几天的家。

康奈尔大学的名誉教授吉姆·莫林(Jim Morin)是我们的科学顾问,很快他就成了团队一员。没有他的帮助,我们绝无可能找到想要拍摄的微小生物。吉姆因其在海洋生物发光现象方面的突破性发现而闻名,他和同事在1969年发现了绿色荧光蛋白(GFP,Green Fluorescent Protein),这是一种在水母体内发现的发光色素。从那之后,GFP就普遍被用来标记和理解许多生物体的遗传密码——这个发现极为重要,其后续的发展还获得了2008年诺贝尔化学奖。出于对海洋的热爱,吉姆在到了退休年纪还继续实地研究。他很喜欢伯利兹,尤其对玛丽·夏普(Marie Sharp)特制的辣椒酱情有独钟,这是我们每顿饭必备的特产。我们会往米饭里加很多辣椒酱,边吃边聊,从吉姆的研究细节聊到各种人生哲学。

吉姆是一个和蔼可亲、语气温和的人,对学生颇有耐心,对科研一丝不苟。他愿意花时间做好常规工作,一步一步揭开自然奥秘。我经常看到他工作到深夜,在临时小木屋实验室的防虫网上投下一道身影,那是他在整理收集到的发光微生物,并认真细致地在科学笔记本上记录细节。想要判断某个人是否擅长某件事情并不困难,只要关注他们是否能将其他人不愿意做的工作有条不紊地推进就可以了。

有趣的是，南水礁这样一个偏僻的地方，我以前还真的来过。我记得是1994年的一个儿童节目《真正的狂野秀》（*The Really Wild Show*），一部关于海洋的励志短片，是由我们和丹格里加附近的一所学校的孩子一起潜水并完成的。2011年我们计划在伯利兹寻找并拍摄的对象在当时并没有被发现，那时的吉姆还才刚刚开始在加勒比海的其他区域寻找并描述这种动物。这种动物的学名叫夜光藻（隶属于介形纲，Bioluminescent grass bed ostracod），一个在你听来很陌生的名字。这种生物在海洋中并不罕见，只不过对于我们这些陆地生物来说，它们大多显得奇怪和神秘。目前全世界大概还生存着13000种介形纲动物，另有约60000种动物以化石的形式保存下来。对于一种大多数人根本没听过的动物来说，这个数量已经是相当可观了，当然大多数介形纲动物都只有跳蚤般大小，只能通过显微镜观察。介形纲动物是一种小型甲壳类动物，长得有点像虾，但外形更圆，外壳更薄。这一类动物中体形最大的当属深水巨型介形虫（Deep-water giant ostracod），长得好像小的橙色乒乓球，通体呈半透明状，所以你可以轻松地看穿它的内部构造。在这个橙色球体内部，有两只奇怪的眼睛盯着后方，就好像一辆老式汽车的车灯。两根鞭子一样的附属物从外壳缝隙中伸出来，这样一来它就能以一种滑稽而随意的方式在水中翻滚。

并非所有的介形纲动物都会发光，但吉姆的研究对象会，而且其发光的场面还很壮观。另外，在南水礁背风面的海湾里，还生活着许多能发光的生物。16年前，我第一次在这里拍摄时遇到了一位英国的潜水导游，他告诉我，如果你有幸在晚上摸一摸生活在这一带的海星，它们就会发光。马丁当然也知道这个信息，但我第一次

在发光的星球中寻找巨型乌贼：那些夜晚在海水里闪耀的生物

听到这件事情时，我还以为这是一个科幻笑话呢！当时我还在想，这位潜水导游是不是在这里待得太久了，因为他无意中用喜剧方式解释了他的前女友是如何准确知道海星位置的。"那么'X'标记的地方就是了？"我差点脱口而出。

我们从伯利兹市订购了许多制造水族箱所用的硅晶体，马丁计划在我们的"酒店"的棚屋外面搭建至少三个大水箱。有时，我们会利用水族箱来拍摄一些体形较小的海洋生物的近距离镜头和放大镜头。一旦媒体们发现这是野生动物纪录片拍摄的常用技巧之一，估计他们会猛扑过来指责制片人作弊吧！我们之所以要这样做，是出于以下几个因素，其中最关键的就是物理原因。如果你使用的是倍率很大的微距或者是显微镜镜头，这会导致拍摄的"景深"很小，即对焦平面很小。这会导致对焦点两侧的细节会出现"失焦"现象。举例来说，如果你准备用放大镜头来拍摄一只苍蝇，在看清它的眼睛的各处细节的同时，就不可避免地会在它的头顶和身体等位置出现"失焦"。要想解决这个问题，你必须要"降光圈"。这个摄影术语实际上是增加镜头上标记的所谓"光圈级数"（f-stop），一般是从2.8到22之间的数值，所以对于非摄影专业的人来说可能还有些困惑。但从原理上来看，通过增加光圈级数，以缩小光圈中心小孔的大小，使得光线只通过镜头的中心部分，就可以有效地增加景深，并使整个画面从近到远的清晰度更好。当然这样做会出现一个问题，那就是大大减少了进入传感器的光线总量，因此在黑暗环境下，这种拍摄技巧是没有用武之地的。所以摄影工作的最底层逻辑就是，相机上的所有可调节的数值都是一种权衡——在提升某一项性能的同时必然会牺牲另一项性能——但必须要确保最想要表达的内容获得最佳的拍摄效果。

夜晚环境下，镜头必须"大开"，让尽可能多的光线进入相机传感器，所以你必须要选择光圈很大的镜头，比如标注着"f 1.4"的镜头。如果你能拿到光圈值低于"f 0.9"的镜头，那就更好了。这个镜头会让你在弱光条件下获得更高的灵敏度，但对应的镜头景深就会很少。为了确保对焦，你必须保持相机静止，但这在水下环境中是很难保证的。但如果你用水族箱拍摄，那你就可以用沉重坚固的三脚架来"锁定"相机，并透过水族箱的玻璃拍摄特写镜头。水族箱条件还允许你使用一些更加专业的镜头，而这些镜头是不可能出现在水下环境中的。另外，水族箱拍摄能提供更好的照明条件，以及更可控的拍摄环境，但前提是你必须活捉你的拍摄对象，并将其放在不那么"自然"的环境中。

今天，为了完全公开我们的拍摄技术，所有的幕后方法都被拍摄下来，并作为"附件"放在网站上。这样，当媒体指责我们作弊时，我们就可以轻松地说："不，请查看这个网站链接，里面有详细的解释说明和信息披露。"

这并不是说，观众们的信任对于拍摄一部尽可能诚实而真实的纪录片不重要，但有时候，我们也想拍摄下一些非常有趣的小事情，而这些事情在"野生"环境下是不太可能拍摄成功的。绝大多数时候，我们会用装在防水外壳中的相机在水面下拍摄，并尽量选用广角镜头抵消水面下微小波动的影响。这样一来尽管镜头的光圈级数比较低，在将其放大到极限时依然能确保镜头在可接受范围内的对焦水平。近年来也发明了不少精巧的专业相机，可以直接在水下拍摄放大倍率很高的细节照片。直接在水下拍摄显然更对我的胃口，但它们并非万能，而且价格昂贵。

在拍摄了一些日落的画面，并做了一些准备工作之后，我们在

在发光的星球中寻找巨型乌贼:那些夜晚在海水里闪耀的生物

晚上7点左右出发了。每个人都随身携带着能在光线较为昏暗的环境中正常拍摄的小型数码相机。《寻找巨乌贼》是《国家地理探险周》的一部纪录片,在拍摄主题和拍摄人员方面并没有设定多少限制条件。工作人员通常不会出现在最后的镜头里,这一要求会对我们在拍摄环节的内容提出更高的要求,但对于纪录片后期的结构设计和内容编辑来说则会相对容易。

我们乘坐着一艘由玻璃纤维做成的小"独木舟",在南水礁岸边的珊瑚礁之间掠过。这里的水很浅,我们能看到水下的珊瑚礁和鳗鱼草,但小船的驾驶员很清楚哪里的深度恰好能允许我们通过。周围已经是一片漆黑,所以我们用一小排红外LED灯和一台红外摄像机来拍摄。这种相机拍出的图像是夜视仪中常见的绿色,照片中的人脸酷似僵尸,特别是在黑暗环境中,瞳孔会放到最大且不会聚焦,给相片增添了几分诡异。外置的独木舟马达发出高速旋转的呜呜声,隐约还能闻到一股燃料和油烟的味道。过了十五分钟左右,我们就来到了此行的目的地,一片茂密的水下草地,此刻我们正漂浮在其上方。我们戴好水肺,潜入水中。

水下世界仿佛正在庆祝圣诞节。一条条蓝色的灯光忽明忽暗,就好像挂在圣诞树上的灯泡。"灯带"并不长,大约只有2英尺60厘米左右;但由于这一带的海水也不深,所以灯带看上去一直从海面延伸到海底,组成一根根柱子,一直延伸到我们看不见的远端。这就是介形虫们奇妙而美丽的仙境。人类首次造访这一片"仙境"也不过在四十年前。雄性介形虫大概只有针头一般大小,在游动过程中,每隔一段规律的时间便会从体内喷出微小的化学脉冲,并以此向雌性示爱。雌性介形虫一定也在附近的某个地方观察着,但是它们的体形更小,也不会发光,所以我们并不清楚它们的行踪。

数百只雄性介形虫聚集在一起，组成了水下"竞偶场"（Lek）：一个寻找异性的市场。雌性介形虫汇聚在一起观察着雄性介形虫，并迅速挑选其中最好的作为伴侣。这种现象曾出现在许多动物身上，如乌干达羚羊、马拉维湖的蓝鱼、黑松鸡和獴。大多数"竞偶场"都是由雄性向雌性展示，但双髻鲨等鲨鱼是反过来，由雌性向雄性展示。但这些并不重要，因为我可从来没见过闪闪发光的竞偶场啊！

正如吉姆后来说的那样，我们眼前的竞偶场的成员并非单一物种，而是由好几个种类的雄性介形虫一起向我们奉献了一场精妙的演出。这是怎么看出来的呢？因为每个物种都有专属的"摩斯密码"：不同的闪光点和不同的发光模式。不同种类的介形虫会在向上、向下、沿对角线以及沿着水平方向游泳时发光。还有一些介形虫会在原地发光。每一个种类的介形虫都有其独特的闪光模式，就好像灯塔用独特的光束频率来进行身份识别。举例来说，每一轮的闪光可以由三到四个相对明亮的脉冲开始，这也是对周围的雄性的一种警告；随后就会有多达15个更短暂更有规律的小脉冲，这就好像是呼唤船只归巢的灯塔，吸引雌性介形虫靠近并完成交配。介形虫发出的光是由两种天然化学物质混合形成的，其原理和游乐场的荧光棒类似，因为你必须要折断荧光棒才能启动——这会导致荧光棒内部的一根薄薄的玻璃管破裂，使两种化学物质混合并发光。而在自然界，这类化学物质通常被称为荧光素，通常与一种被称为荧光素酶的催化剂混合而发光。吉姆告诉我，介形虫的聪明之处在于，不同的物种会通过两种物质的混合比例的差异，产生不同的脉冲持续时间。

除此之外，还有许多奇妙的海洋生物发光现象，比如生活在深

在发光的星球中寻找巨型乌贼：那些夜晚在海水里闪耀的生物

海的垂钓鱼的光诱饵，以及生活在南水礁的海星在被螃蟹拖拽时发出的闪光——这是一种聚光灯效应或者是"防盗警报"，可以吸引螃蟹的捕食者前来。但这些针尖大小的介形虫却因其发光的复杂度而在一众发光生物中脱颖而出，成为海洋中的一项奇观。"加勒比海岸介形类动物的发光现象，"吉姆和同事特雷弗·里弗斯（Trevor Rivers）在一篇论文中[*]写道，"是海洋生物中最为复杂的。"它们是海洋生物中最擅长利用光线的，凭借着马丁特制的水下星光相机，我们第一次现场捕捉到了这一现象。

我们是否亲眼见到了巨乌贼，这一点其实尚未被100%证实。但马丁的理论——大型海洋生物会在扰乱发光浮游生物的同时暴露自己的位置——在某个黎明前的清晨，在墨西哥的下加利福尼亚州科尔特斯海（Sea of Cortez）得到了精彩的证明。那是2011年3月的一个夜晚，海面格外明亮，我们在海面上航行了好几英里，看到了许多奇特的蓝色烟花和海水中模模糊糊的亮光。天还没亮，我们正准备吃早饭——刚结束了一整晚的拍摄，我只想安安静静地待一会儿。我走到船头，朝着水下望去。就在我们的正下方，一群海豚就好像发光的火箭，在我们的船只卷起的尾流处游动，浮游生物发出的蓝色光勾勒出它们漆黑的形状。我兴奋地大喊着，让我的伙伴们赶紧过来。好几个美国同事大喊着："太棒了！太棒了！"英国人就不太会这样表达，因为在他们的认知中，"好"和"棒"之间应该还有好几个形容词。马丁在边上疯狂地摸索他的那台笨笨的星光相机，摄像助理艾略特试图跟上他的节奏，他正捧着那台连接着相

---

[*] 特雷弗·J·里弗斯和吉姆·G·莫宁，"发光雄性介形虫复杂的求爱表现"，实验生物学杂志，211（2008），第2252–2262页。

机的笔记本电脑。不过，训练有素的他们还是在短短数秒内完成了这个神奇的场景拍摄。

  时间似乎过去了好几个世纪，又仿佛只过了十分钟，海豚们为我们表演了一场灿烂而辉煌的烟花秀。它们的每一个动作都被一圈光晕给放大了：尾巴的快速摆动在水中变成了弯曲的轨迹，有时还会彼此交叉，呈现出"X"形的蓝色"烟雾"，就像是飞行表演队在空中留下的痕迹。当马丁结束了一组我认为最壮观的照片之后，他转过头来看着我："这只能用'太棒了'来形容了！简直令人难以置信！"

蓝海中的蓝鲸：拍摄地球上最大的动物

我经常做这样一个梦，梦里我眺望着墨西哥拉巴斯（La Paz）海湾蜿蜒的海岸。船长、摄影组和我一起站在一艘大型运动渔船的船尾甲板上，看着双螺旋桨在身后的海水中留下两条长长的尾流。沿途可以看到当地渔民驾乘的蓝色独木舟，以及略显破旧的灰色军舰和零星的豪华游艇，身后是逐渐变小且褪色的拉巴斯街区，更远处则是墨西哥下加利福尼亚州的深色山脉，参差不齐的仙人掌树剪影就好像一道道闪电划过天空。微风吹拂海面，勾勒出人字形的图案。虽然才刚刚破晓，海面上却弥漫着一股热情洋溢的气息，就好像一次快乐的家庭出游，一辆满载着食物、燃料和自由自在的汽车正行驶在开阔的道路上。这个美丽的梦永远都不会结束，它始终在深蓝色的海洋和闪闪发光的洋面上继续前进，留下仿佛永恒般的梦幻场景。实际上，那是1999年3月份，即将到来的千禧年隐隐约约地提醒着我们，我们应该趁着大好年华再多做点什么事。当时37岁的我正管理着一个拍摄蓝鲸的团队。这听上去还不错，但我这辈子还没有亲眼在水下见过蓝鲸，所以暂时只能重复着我的那些陈词滥调。

蓝鲸是地球上有史以来体形最大的动物，但一个令人感到惊讶的事实是，很少有人熟悉蓝鲸。如果我告诉你，没有多少人愿意尝试着去拍摄蓝鲸，那想必你会对上一句话表示理解。1999年，蓝鲸的照片才刚刚登上电视屏幕，人类大概还没有真正意识到，我们正与这样的庞然大物共享着这颗星球。我希望我们拍下的照片能像长颈鹿扎拉法（Zarafa）一样，于1827年漫步在香榭丽舍大街（ChampsÉlysées），周围是满眼敬畏的巴黎人，因为他们第一次亲眼见到了一只"神话"中的动物。当时已经有人拍摄过蓝鲸了，但我希望能从各个角度拍摄蓝鲸——水面上、水下以及空中。

蓝鲸的体形很大，所以你可能会认为很容易就能找到它们的踪迹。人类的捕鲸史告诉我们，事实并非如此。像蓝鲸和长须鲸这样的大型鲸鱼速度快、力量大，只有20世纪初最新型的机械化蒸汽捕鲸船才有可能捕捉到它们，所以这些大型鲸鱼就变成了"最后一座堡垒"。然而，捕鲸人很快就弥补上了这些错失的时机。整个20世纪，全球范围内的鲸鱼差不多被捕杀殆尽，累计约有40万头蓝鲸被杀，现存的蓝鲸数量大概只占"末日浩劫"之前的一小部分。科学家们普遍认为，蓝鲸的种群数量已经不足1.5万头，甚至有可能少于10000头。尽管北大西洋、南大洋和北太平洋分别于1955年、1965年和1966年相继禁止了对蓝鲸的捕杀，但捕鲸活动还一直存在，直到约20年后，才基本全面禁止。许多年长的鲸鱼始终对大船的声响保持警惕，这无疑加大了我们搜索蓝鲸的难度。尽管我们只想用相机来"捕捉"它们，也并不容易。

拍摄大鲸鱼显然需要更大型的拍摄工具。于是我独自一人带着不少于32个全尺寸的箱子和一些超大号行李箱，现身洛杉矶国际机场候机室，准备搭乘前往拉巴斯的航班。"可千万不要遗漏任何一件行李呀！"我暗暗地告诫自己，尽管在途中休息一下貌似是个不错的主意。在从伦敦前往洛杉矶的路上，我又在伯班克（Burbank）买了8个箱子，在那里，佩斯科技（Pace Technology）的文斯·佩斯（Vince Pace）为我们的相机制作水下外壳。对于我这样的专业摄影爱好者来说，他的工厂简直就是一个迷人的宝库。佩斯科技的工厂是由两个飞机机库组成的，里面有为迪士尼提供的数千盏水下灯光，为好莱坞水下摄影准备的大型设备，以及十年后詹姆斯·卡梅隆（James Cameron）的电影《阿凡达》（Avatar）3D系统模型。文斯和他的经纪人派翠克慷慨地向我们展示了他们作为设备制造商人的角度对于水下拍摄的看法，以及如何充分利用好这些先进的设备。我们还讨论了快速多变的多媒体世界的最新发展趋势。1999年恰逢进入新世纪的最后一个年头，新技术新理念的全面爆发仿佛有着改变一切的气势。那时谷歌公司也才刚刚成立两年，而YouTube公司将诞生于5年以后。我记得当时我和文斯说，如果我们能将电影搬到互联网上该多好。所以也许，YouTube公司可能会由我们来创建……只要我们当初就这个话题多聊一会儿就行……不过我们的注意力完全不在这个话题上面，很快我们就开始讨论起如何拍下蓝鲸的身姿等问题。

机场的货运司机帮我把装备拖到了合适的位置。看着零零散散摆在机场大理石地板上的行李，我知道我应该找个人帮忙的。这种情况我早该料想到的，但是我的思绪连带着基本常识早就跟着鲸鱼去了深海遨游，已经什么都顾不上想啦！

当时的大型机场里还有专门的"搬运工"，现如今很多都已经被取缔了。搬运工会向我们收取手推车的使用费用，所以随处可见来自各个国家的客人极为不满地在那里用我们不认识的货币找零。我找了一个搬运工，并努力用我最纯正的英国口音对他说，我希望他一直配合我，希望他能提一个合适的价格。我之所以这么说，是因为我们需要带着这32个包慢吞吞地通过海关检查，还得盖好公章，以免我们因各种原因被额外计税。如果没有他人的帮助，我觉得丢一个价值2万美元的镜头也不是什么难事，所以我很慷慨地给了搬运工200美元的小费，这是我唯一能做的事情了。不过，当我们总部办公室的人看到这张收据时，他们显然不会这样想。不管怎么说，在为我的搬运工费用讨价还价之后，整趟旅程的行李托运费用大约是6000美元。

尽管装备齐全，野生动物纪录片摄影组的规模却出人意料地精简：通常只有一个导演和一个摄影师，有时甚至只有一位"摄影导演"。之所以这样安排，主要是为了减少费用，延长拍摄时间。这样一来，我们就有更多机会来捕捉到有趣的动物行为。水下摄影可能需要更多的成员，以确保安全。这部分团队成员可能是公司的核心人员，也可能是就地招募的临时工。《蓝色星球》纪录片总部设在英国广播公司所在的布里斯托尔，但摄像师可能住在英国，也可能不在英国。他们之所以被选中，是因为他们足够优秀，而非他们的居住地。不过如果两者刚好契合，那就太棒了。话虽如此，《蓝色星球》工作组大部分核心人员还是美国人和英国人，偶尔还有来自其他欧洲国家的成员，以及来自世界各地的科学家和船员。因此，每一次拍摄实际上是由来自英国、美国，其他国家以及当地人组成的"特别行动队"负责的。

只要条件允许，我都会赶在摄影组之前几天抵达现场，一来是为了确保一切准备就绪，二来则是提前了解现场情况，以制定最佳策略。这就是这一次我会选择独自前往拉巴斯的原因。我会在名叫洛雷托（Loreto）的小镇与他们会合。这个小镇位于下加利福尼亚州海边，以观鲸旅游、精美的墨西哥建筑和优质的酒店服务业而闻名。但是我们的拍摄船停靠在拉巴斯，位于洛雷托南部，所以我们必须一路开车向北走，去和其他船员会合。这个计划听上去很不错，但是从一开始就遇到了大麻烦。

从英国的冬天来到墨西哥那阳光明媚的3月就是在给自己找麻烦。冬天的英国人就好像生活在阴暗潮湿橱柜里的植物，潮湿得几乎能长出真菌。尽管我准备了大量防晒霜，仅仅过了两天，我的耳朵后侧就开始流血了。我当然有足够的防晒知识，当我推着一辆装着32个箱子的小车沿着拉巴斯码头的木板漫步，耳边传来帆船桅杆升降索发出的滴答滴答的下坠声时，我不可避免地吸收了过多的紫外线。在码头的尽头停泊着我要找的那艘船："玛丽"号。这艘船是以船长母亲的名字命名的，船名用蓝色的斜体字刻在船尾。这是一艘大型运动渔船，其内部空间要比外面看上去大很多。但就算是这样一艘"飞船"（Tardis，科幻电视剧《神秘博士》中的产物，指那些内部空间比外部大的事物），一个潜水摄制组的全部装备也足以将其填满。

船长夫妇，约翰·巴恩斯（John Barnes）和乔安妮·巴恩斯（Joanne Barnes）对我的到来表示欢迎，但对我身后的大包小包就没有那么热情了。约翰长着一张和善的脸，此刻却难掩恐慌之情："我们的船恐怕不够大啊！"我向他保证眼前这些已经是这一趟拍摄之旅的大部分装备，当然我还没有算上另两位水下摄影师，里克和戴维，携带的大约10个箱子。他努力将这些箱子摆放整齐，但当这些箱子再次被打开后，船舱就不可能保持整洁了。因为在水下拍摄的高峰时段，我们有许多的电池和镜头要更换，有许多胶卷和录像带的盒子需要打开，更不用提潜水装备和水下相机在工作过程中需要更换大量的配件。这许许多多的零碎混在一起的场面可想而知。摄影技术发展到了今天，技术的复杂性更上一层楼；我们虽然已经将拍摄成果的录制和储存从传统的录像带转向了数码相机卡，但这也意味着你需要一个具备大量数据存储功能的计算机中心。在条件允许的情况下，你甚至还需要安排另一个人手负责将这些数据分类管理，这就是所谓的"数据猪"（Data pig）：一个专门负责管理数据的岗位。尽管我们的拍摄现场无法支撑这样专门的岗位现场办公，也就意味着摄影师必须包下这部分工作，这往往会花费一整天的工作时间。因此，拍摄船上的生活空间看着就像是个失物招领处，也就不足为奇了。船舱里的各种电线就好像海藻一样在架子上蔓延，各种乱七八糟的盒子随意地被放在沙发上，或者任何方便坐下的地方。要想在船舱里找到一丝丝"秩序"的气息是极为艰难的。你的身旁可能挤满了人，就好像搭乘着一辆拥挤的火车，必须用你的胳膊肘用力地往里挤，才能挣扎着带着你的包走到门口。

戴安娜·金德伦（Diane Gendron）是我们此次拍摄的合作科学家，她常年在拉巴斯研究鲸鱼。在接下来的三周时间里，她将作为向导同行，并负责确认鲸鱼们的安全。通常情况下，如果没有随行科学家的许可，摄影师是不允许直接拍摄鲸鱼的。我的朋友兼同事，马克·卡沃丁（Mark Carwardine）向我介绍了戴安娜，我在几个月前就和她取得了联系。她最初的研究对象是磷虾（Krill），一种长得酷似虾的小型甲壳类动物，通常聚成数以亿计的族群，是蓝鲸的主要食物之一。但现在戴安娜的研究对象已经从磷虾转为了蓝鲸本身。

蓝海中的蓝鲸：拍摄地球上最大的动物

20世纪80年代末，戴安娜从加拿大来到墨西哥。原本她只打算在墨西哥待上几年，但她最终选择定居于此。她是法国裔加拿大人，在拉巴斯著名的海洋研究中心CICIMAR（海洋科学跨学科中心）攻读硕士学位，这个项目是由加拿大和墨西哥联合资助的。在她开始这项研究之前，科学家的共识是蓝鲸会在冬天的几个月，在下加利福尼亚州海域停留时"禁食"，而到了夏天，当它们迁徙到太平洋的开阔海域时，就会恢复进食。对于有史以来体形最大、胃口也最大的动物来说，这可能吗？

戴安娜在这个课题上取得了重要突破。她证明蓝鲸生活在这片半封闭的冬季海域时，会以磷虾（或者体形相似的远洋螃蟹）为食。这一研究成果相当重要，墨西哥当局特意为她设立了一个全职工作岗位。虽然她本人极为谦虚，但不可否认的是这是一项重要的成就，也是重要的责任，尤其是对戴安娜已经开展了30年研究的对象，生活在下加利福尼亚州海域的蓝鲸。

下一刻，我们回到了千万次出现在我梦中的场景：船缓缓驶出了拉巴斯港，沿着迷人的下加利福尼亚海岸（或者科尔特斯海，取决于你的出发点）一路向北，沿途的海湾有闪烁着的灯光点缀。我们继续前进，穿过一系列紧贴着海岸的小岛，来到了洛雷托。我曾在这一带的海水中往返很多次，也曾在一天的不同时段欣赏过甲板上的美妙风景，所以我可以负责任地告诉你，这是一个神奇的地方，就算有独角兽出现在眼前我也毫不意外。无怪乎我总是在梦中重回此地。

我开启了我的"幕后拍摄"——记录我们正在做的事情。我曾试图将这个"《蓝色星球》纪录片的形成"作为单独的节目推销出去，但没能成功。一个专门负责做专题栏目的电视主管甚至告诉

237

我：“水下摄影那么无聊，大概只有老年人才爱看。”平心而论，当时连我自己都没有意识到《蓝色星球》会取得如此惊人的成就，但我知道我们正在做一些不同寻常的事情，值得记录下拍摄的经过、拍摄人员以及在这过程中遇到的自然历史背景。我自费买了一台价格不菲的摄像机，拍摄质量也很好，所以从来没有人问我到底在干什么。导演"不碰镜头"的年代已经过去了许久，但依然有人觉得这样做很不恰当，因为他们认为这会分散导演投入现场组织和策划等工作的精力。另外，我还没带摄影人员。说到这里，想必你已经猜到了接下来发生的事情。

戴安娜站在船头最前方一块狭窄的甲板上观望着，甲板两侧的保护性不锈钢栏杆很好地保护着她。随着船只的前进，她不断扫视着两边的大海。此时的我们恰好穿过海岸线与圣何塞岛（San José）之间的缝隙，距离拉巴斯大约50英里。平静的大海在白色和浅蓝色的阴影中缓缓向着地平线展开，柔和的银色的人字形波浪反射着逐渐升起的太阳。我们沉浸在如此美妙的景色中不可自拔，但戴安娜始终关注着周围的海面，因为这是观察鲸鱼换气的好天气。

突然，她兴奋地大喊起来："看那里！看那里！"我们也都看到了：到处都是虎鲸（Orca，别名逆戟鲸），跟着我们穿过了海岸和岛屿之间的海峡，缓缓地出现在我们面前。我能分辨出六群鲸鱼在一英里范围内海域中游动，但这很可能是一个大家庭，或者是两个偶遇的鲸鱼家庭。每一群（或者组）大约有4—7条鲸鱼组成，所以总数大约有40只。它们在水中的移动速度很快，一下子就和我们的船只并驾齐驱了。我们的船两侧都有逆戟鲸，船后还有一群逆戟鲸享受着渔船所带起的免费海流。一头小逆戟鲸从水中跃起，几乎落到了我们拖在船尾的小艇上。

戴安娜欣喜若狂："我在这里研究了十四年，还从来没见过这样的场景！"当时的我并没有这样的感觉，这是我第一次遇到逆戟鲸，也是我第一次出发寻找鲸鱼和海豚——这真的是初学者的运气。我静静地站在原地，静静地看着这些黑白相间的可爱生物在身旁游动，有些甚至还会跳出水面和我们对视一眼。鲸鱼和我们同属于哺乳动物，它们巨大的背鳍划过水面，陪着我们的船只以8节的速度向北前进，一路护送我们前往洛雷托。一头强壮的黑色鲸鱼搅动着身旁的海水，以仰泳姿势跃起，海水快速从他们白色的腹部滑落，将乌木似的身侧冲刷得焕然一新。这头重达4吨的海洋哺乳动物喷了一口水花，再深吸一口气，迅速沉入海水中。我隐约看到一头母鲸带着一头幼鲸出现在我正下方的海水中，激起呼啸的浪花。

"你是怎么了？"戴安娜大声朝我喊道，"你知道你看到了什么吗？我可从来没见过这样壮观的场景呢！"她再次强调了一遍，"为什么你这么淡定？"

的确，我并没有表露情绪，一部分原因是我被眼前的场景震惊得说不出话，另一部分原因则是我在暗暗后悔为什么没有带上摄制组，还有一部分原因则是我不知道在这种情况下必须表现出喜悦之情，尽管我确定内心深处有着类似的感觉。许多年后，我时常回想起这一刻，可见它一定给我留下了深刻的印象。

我没有表现出应有的情绪，这让我有些担心。我知道这是我的男性思维和英国人特有的矜持在作祟（尤其是在圣诞节等重要场合）。如果我真的表现出需要表现出的快乐，那不是一种做作的表现吗？如果你只是单纯在重建你认为别人希望看到的东西，就好像一张巨大的虚假笑脸，那么你真的能表现出那种强烈的兴奋之情吗？这是一直以来亲密关系研究的重点讨论问题，而这一切都可以通过这一次与虎鲸的相遇来阐明。我妻子的看法是，表达自己的情绪很重要，只有这样，别人才能知道你在想些什么。我虽能明白这个道理，但并不意味着能轻松做到，因此我更愿意保持安静，这样更坦诚。所以，对于在下加利福尼亚州海域与虎鲸相遇的壮观场面，我印象最深刻的却是自己因没有表现出任何情绪而被指出的场景。外在的世界如何反映在我们的内心深处，内外如何交织，这真的是一个很奇妙的问题。虎鲸们也有类似的感受吗？我感到好奇。

我们与这群海洋哺乳动物一起待了大约一小时，直到它们疾驰而去，消失在远处的地平线上。我很抱歉，这是其中一个我没有为读者朋友们拍下的壮观场面，这群动物从未成为"您家客厅里的鲸鱼"，尽管虎鲸其实是一种海豚。

在巨石组成的海堤和一排高大的棕榈树后面，就是西班牙风格的小镇洛雷托镇。停泊在洛雷托港的小船大多涂成蓝色和白色，但依然色彩斑斓。大多数小船都是墨西哥特有的小独木舟。马克·施罗耶（Mac Shroyer）曾是教师，他在20世纪60年代设计出了这种独木舟，目前大约有3000多艘独木舟停泊在拉巴斯的海岸边。出于某种原因，独木舟的内部被漆成天蓝色，而船体则被涂成白色。

我们与摄制组在洛雷托会合：里克·罗森塔尔（Rick Rosenthal）和戴维·赖克特（David Reichert）。有些一同工作的人只需要报以礼貌和专业，这些人就是所谓的"同事"。但里克和戴维很快就成了我的朋友，尽管他们定居在美国而我又多年没有见过他们，但我想我们差不多可以再续前缘了。当时是我们第一次会面。里克是一位受人尊敬的水下摄影师和海洋生物学家，他也在筹集拍摄自己的电影。我曾看过他拍的一部颇具诗意的电影《海风猎人》（Hunters of the Sea Wind），是关于"海洋之虎"——马林鱼、旗鱼、海豚和金枪鱼，以及它们是如何因哥斯达黎加附近的"海风"（也就是洋流）而聚在一起的。戴维那时候才刚出道，我对他并不太熟悉，但他那开朗乐观的态度对于任何团队来说都是一笔宝贵的财富。戴维钟爱户外运动，喜欢滑雪和皮划艇，他住在怀俄明州杰克逊霍尔，并在那里参加了摄影助理培训，后来又开始从事水下工作。他甚至还从水下角度拍到过驼鹿喝水的场面！

那天晚上，我们在"玛丽"号上开了个会。我们的队伍成员包括船长约翰和乔安妮夫妇；担任大副的劳尔，他是一位经验丰富的墨西哥水手；里克、戴维和我，还有戴安娜和她的同事，我们的引航员桑迪·兰哈姆。桑迪的经历尤其引人注目：她曾是一位舞者，后来当过印刷品销售人员、飞行教员，之后又受到美国慈善环保组织"大自然保护协会"（The Nature Conservancy）的邀请，对墨西哥的叉角羚（Pronghorn antelope）进行空中调查，并成立了自己的公司。不久之后，她就和戴安娜一起数起了这一带的蓝鲸。我的鲸鱼专家朋友马克向我推荐她们，说如果我要在下加利福尼亚州一带海域寻找鲸鱼，她们是最佳人选。桑迪拥有一架1956年生产的哑光黄和棕色相间的塞斯纳飞机（Cessna），她是这样评价这架飞机的："涂漆虽然已经不成样子，但内部功能却都完好。"这架飞机至今仍能起飞，是现存最古老的飞机型号之一。

在"玛丽"号主舱里，昏暗的灯光下，我们综合鲸鱼科学家、环境飞行员、船长和摄影小组的见解，商量着应该去哪个位置寻找蓝鲸。桌子上摊着一张下加利福尼亚州地图，大家纷纷用手指沿着地图上的海岸线比划，推测"宝藏"的确切地点。也许你会总结出蓝鲸会在某个特定的时间出现在海湾某个区域，但这是一个很大的范围——如果我算得没错的话，大约有半个比利时那么大，比利时经常被用来衡量其他地方的大小——当然如果你身在美国，可能更习惯于用马里兰州来作为衡量的基准。

事实上，从空中往下寻找鲸鱼是最有效的办法。我们给桑迪安排了两天时间，让她驾驶飞机去寻找蓝鲸的踪迹，"玛丽"号则趁着这段时间补充油料和物资。之前我寻找鲸鱼、姥鲨（Basking shark）或是伪虎鲸（False killer whales）等大型海洋生物的踪迹时，空中支援都帮了大忙。可想而知，空中搜寻并不便宜，但物有所值。第二天，桑迪就在洛雷托以南约30英里的海域发现了蓝鲸的踪迹，离我们之前遇到虎鲸群的位置不远，但更靠外一些，靠近海湾的开阔水域。戴安娜和她来自拉巴斯的团队曾在这一带做了许多年蓝鲸数量调查，她提供的建议价值千金。

桑迪在飞机上用无线电向"玛丽"号报告发现蓝鲸的位置，我们兴奋不已，决定马上返回洛雷托，这样里克就有时间在空中拍下几张蓝鲸的照片。现如今，要想完成空中拍摄，就必须在直升机上布置一套完整的陀螺稳定装置，成本将近200万美元；当时的我们非常大胆，也可以说非常愚蠢，认为只要手持一台古老的胶片相机，从一架50年前生产的塞斯纳飞机舷窗里探出镜头，就能从空中拍下蓝鲸的身姿。里克会将相机的拍摄速度调整为正常的两倍值，这样在正常速度播放时就能抵消拍摄时飞机的振动和颠簸，提升观感。

我坐在这架塞斯纳飞机狭窄的后座上，透过发黄的丙烯酸玻璃望向窗外，很快我们就在洛雷托机场的跑道上颠簸着加速起飞。从半空往下看，能看到飞机不可伸缩起落架的轮胎、洛雷托的方形布局、古老的西班牙教堂和庭院，然后脚下就变成了一片湛蓝色，因为机场跑道距离海岸线也就只有几英里的距离。随着飞机不断爬升，洛雷托周围的海湾，附近岛屿的形状，以及那石板蓝色的裂岩

蓝海中的蓝鲸：拍摄地球上最大的动物

山脉也变得清晰可见了。飞机引擎的噪声很大，所以我们不得不使用军用耳机来交流，但很快我们就习惯了这种背景噪声。桑迪坐在我前排左侧，里克坐在右边，两人中间的仪表盘上堆满了之前飞行的纪念品：一个叉角羚的塑料模型，桑迪的另一最爱；一个小小的耶稣雕像——胆小的人普遍认为上年纪的飞机必须备上一个。事实上，桑迪每隔几年就会更换飞机引擎，而且经常使用并维修的飞机要比偶尔开动的飞机安全得多。

我们在大约2000英尺的高空中飞行。这是个好天气，海面上没有白色的海浪，所以任何出现在海面上的斑点都有可能是鲸鱼。"我看到那边有动静！"桑迪朝着耳机喊道。我们还没来得及看清她说的到底是什么，飞机就开始急转弯，仿佛机翼和机身也是桑迪身体的一部分。桑迪一边驾驶着飞机转向，一边用无线电对20英里外的船只呼叫："玛丽"号，"玛丽"号，我们有了重大发现。那可能是一头蓝鲸，如果你已经准备就绪，我就把坐标传给你。"

就这样，我们看到了第一头蓝鲸。

如果从海面上看，你可能会怀疑蓝鲸为什么要叫"蓝"鲸，因为它们通体呈灰黑色；如果你从空中俯视，就会发现它们好像蓝宝石一样在海浪中发着光。如果仔细观察，就会发现它们身体的反光性很好，皮肤上还有许多闪亮的浅色斑块，但绝对不是蓝色；只有靠近水面的水下部分呈现明亮的蓝色，这是因为它们的身体反光，照亮了大海，就好像海底蓝色环礁湖下的白色沙子，更确切地说，就像灰色的月尘反射了照在月球上的阳光。因此当蓝鲸跃出海面时，可以看到它们斑驳的灰色脊背，蓝色的尾巴和胸鳍依然泡在水里，好像有一圈蓝色的光环勾勒出它们的轮廓。最早将它们命名为

243

"蓝鲸"的捕鲸人一定是站在桅杆顶上才发现蓝鲸的动向的。他们还给蓝鲸起了个"硫黄底"（Sulphur bottom）的别名，这是因为有些微小藻类会附在它们的身体下方，因此鲸鱼从下面看上去像笼罩着一层黄色的"烟雾"。

在最初的三四天里，里克和桑迪不断飞过蓝鲸上空，拍下了一系列珍贵的镜头。唯一的问题是，长须鲸和蓝鲸混杂在一起，有时很难分辨拍下的到底是哪一种鲸鱼。这两种鲸鱼长相相近，也会杂交繁殖。20世纪50年代，捕鲸船在一头母鲸身上发现了同时具有这两种鲸鱼特征的幼崽。一般来说，长须鲸颜色更深，也更光滑，它们的脊背处有一个小小的明显的鳍，形状就像是一把向后指的奶酪刀，如果你人在空中，就分辨不出这个特征。蓝鲸的颜色要浅，它们的体形更加厚实。当它们吞下一大群磷虾，转过身来，你会发现它们的嘴就好像是即将炸开的气球。蓝鲸的嘴里有许多肋条状的支柱，那是它们用来固定过滤食物用的鲸须的耙子。

幸运的是，某一天桑迪的黄色塞斯纳飞机刚好经过一大片浅橙色的磷虾群。磷虾群恰好位于海面附近，引得几头蓝鲸迅速前来。每一头蓝鲸周围的水面都格外清澈，那可能是因为它们刚刚吞下了附近的一大堆磷虾。这些照片在当时都是独一无二的，哪怕到了今天也称得上是空中摄影的珍稀作品。里克一直担心其他电影公司会模仿我们，而且当时有消息说《国家地理》杂志的工作人员也出现在附近。所以当里克和桑迪在洛雷托以南的圣何塞海峡上穿梭，沉浸于拍摄蓝鲸聚餐的壮观景象时，他意识到加密通话的重要性。所以当里克在无线电中讲"快派一辆出租车去埃斯孔迪多港"时，那里肯定有一大群蓝鲸！

接下来的20天时间里，我们一直在寻找鲸鱼的踪迹，尤其是活跃在下加利福尼亚州的蓝鲸。每天早上6点左右，我的脑袋都会撞到驾驶室控制面板的右舷控制台，下面是我的豪华卧室，放着我的睡袋和枕头。戴维·赖克特就住在和我对称的另外一边——谢天谢地，那些天我并没有打鼾。船长约翰·巴恩斯总是起得比我们早，观察海面的情况，然后盘算当天的海况。我们喝黑咖啡用的水是用反渗透装置去除了盐和其他微量元素的海水。潜水人员身上会散发难闻的气味，他们洗澡耗费的水量会超出日用份额，所以单单依靠水箱是无法满足我们日常需求的。只要有淡水制造设备，我们就可以在海上待很长时间，并抓紧时间去寻找鲸鱼。

海面风平浪静，又是一个寻找鲸鱼的好天气。太阳从地平线上爬起，在洋面上洒下一片银色的光芒，夹杂着浅蓝色的斑点和深蓝色的阴影，在阳光下发出漂白纸一般雪白的光芒。缓缓流动的海水在小船周围形成一个个小旋涡，将海面的蓝色、白色和银色混合到一起，仿佛一幅油画。如果海水是油漆，而你又恰好有一张巨大的白纸，那么你就能轻而易举地创作出一张由旋转的圆圈构成的抽象派画作。不过，由于海水每时每刻都在变化，所以你不可能完成两幅完全一样的画作。海水每时每刻都在流动，只不过在风平浪静的日子里才能看清。

我和约翰望向远处的地平线，原本平静的海水被撕开一个口子，形成巨大的V形，伴随着许多微小的波浪向我们涌来。这是300多只海豚，它们高兴地蹦蹦跳跳，很快就把我们包围。只见它们放慢了速度，和我们的船只并驾齐驱。有几头海豚靠得比较近，我们可以清晰地看到它们在海水中闪光的灰色身体的一侧有着椭圆形的白色斑块。这是生活在下加利福尼亚州和加利福尼亚州西海岸的长吻真海豚（Long-beaked common dolphins）。成年海豚大约和一个成人一般高，但它们的体格要比人类健壮得多。我们经常能见到三到五头海豚在海水中并排前进，它们的动作几乎是同步的。在遥远的下加利福尼亚州以山脉和岛屿围成的圆形剧场里，我们正欣赏着一场难得一见的海豚表演。流线型的光滑身体在海水表面弯成一条完美的弧线，海豚母亲和孩子、兄弟和姐妹们短暂地飞入我们的世界，随后又刺穿海面这层界限，回到它们的蓝色世界。海豚们的快乐是很有感染力的，很显然它们很享受和我们一起度过的这段旅程。当它们从海水中跳出来，看到眼前的大船和站在甲板上的"直立海豚"们，也许会在脑海中思考："噢！真是太奇怪了，还有一个家伙捧着个盒子一直对着我们呢！"

戴维捧着摄像机，一直站在船头，试图捕捉一群海豚群跃出水面的瞬间。他有些沮丧——摄像机始终处于开机状态，戴维却一无所获；可是他刚把摄像机关掉，海豚们又恰好跃起。事实上，科学技术的进步已经解决了这个问题，近些年来问世的专业数码相机通常都会有"缓冲器"功能，只需要按下按钮就可以记录下10秒以内的画面。这听上去有些违背时间原则，可能还有那么一点欺骗性，但重点在于拍下海豚跳跃的场景。摄像师会事先完成对焦和选框等工作，所以只要你按下记录键，就能拍出十秒内的精美照片。这项技术原本只有一部分专业相机才具备，但现如今，哪怕是功能最简单的手机也有这个功能。技术人员接下来又会开发出什么新功能呢？

那么，为什么我们脚下的船只问世不过一个多世纪，海豚们就学会了在船只附近这样玩耍呢？这个问题的答案我很清楚，因为我亲眼见过，所以人类其实没有必要对此沾沾自喜：数百万年来，海豚们一直以相同的方式围着鲸鱼玩耍。我曾看到过约50只海豚围绕着蓝鲸游玩，就好像环法自行车赛的许多车手一样，找到自行车、船只或者须鲸的间隙并勇敢地从中间穿过就会有许多收获。海豚幼崽也会和母亲一起这样玩耍，它们总是会贴着妈妈身体相对肥硕的侧面，这样可以节省大约60%的力气。

相机里海豚在船首乘浪的照片和海岸边的螃蟹一样多，这些镜头通常只会作为海洋野生动物电影一些更大镜头的组成部分，比如一群海豚默契地捕猎鱼群。但就算是这样司空见惯的镜头，也可能会出现一些特殊时刻，吸引你的目光，让你目瞪口呆，几秒钟后才反应过来，说："刚才那个镜头你拍到了吗？"

那天晚上我们又遇到了一群海豚，数量与白天相比少了许多。"玛丽"号的速度比平时快，而且始终在加速，所以在某个特定的速度下，船身掠过平静的海面，受共振作用影响会产生很大的波浪。海浪在我们的身后展开，我感觉自己仿佛化身为冲浪爱好者，掌控了周围的波浪。事实上，我们的确抓住了海浪——我是说那些冲浪的海豚——这些"静止"的海浪似乎困住了海豚，所以有时你可以短暂地透过海浪看清它们的脸。凝神注视了一会儿之后，我惊叹于眼前的美景，意识到这会是一个非常好的拍摄角度，就好像海豚和你一起在水中游泳。里克已经准备好了胶片相机，所以我们转身以相同的速度重新拍摄了一次。最后，在平静海面上一块稳定的甲板上，里克拍下了一张高速照片，效果出奇地好，《蓝色星球》第一季图片标题中玻璃球里海豚的脸便是出自这张照片。

通常情况下，海面上不会有任何动静。哪怕是有史以来体形最大的生物，也能轻而易举地隐藏在茫茫大海中。但这一次显然不一样。在之后的三个星期里，我们几乎每天都能遇到蓝鲸。有一次，我们的船只旁边大约围着17只蓝鲸，它们喷出的浪花在阳光下就好

客厅里的鲸鱼

像水晶喷泉一样闪着亮光。拍下这样的画面也并不容易。你需要靠近它们，但它们却不希望也不允许你主动靠近，所以你必须耐心地等着它们主动靠近。即使凑近了，你也只能看到它们巨大的卵石般的脊背，在周围深蓝色海水的映衬下显得颜色更深，这样在电视画面中就更加看不清了。如果你不靠近它们拍摄，你就必须把镜头放大，这无疑会同步放大甲板上的动静。所以，就算你亲眼见到许多鲸鱼，也不一定会拍出很好的照片。只可能有那么一两次近距离接触的机会，且它们恰好做出一个较为完整的动作，比如吹气、用尾巴拍水或整个身体浸入水中，才可能具备进一步剪辑的价值。

蓝鲸只需换一次气就可以在水下深潜30分钟以上。不过在下加利福尼亚州附近，这个时间会短一些，可能是因为这一带的海域比较浅。就算是这样，它们也能在水下以每小时8海里的速度前进。这意味着它们下一次在海面浮现，可能是在2英里开外了，当然前提是它们处于觅食状态。如果它们愿意，它们可以将行进速度提升到平时的三倍，这也能解释为什么鲸鱼和我们待上几小时之后又能轻而易举地离开我们的视线范围。在海上的这些天里，我们一直在玩猜谜游戏，猜测鲸鱼会出现在哪一个位置。如果它们浮出水面时和你的距离超过半个码头，你就别想拍出什么好照片了。蓝鲸群每次会在水面停留平均2到4分钟，并进行13次呼吸，随后再次回到海中。我甚至还简单统计了这些天里拍摄到的蓝鲸游动方向和它们两次潜水的间隔，但没有发现任何规律。我猜它们主要是为了跟踪磷虾群，但磷虾群的移动轨迹显然受洋流的影响，具有随机性。即使它们是在社交或只是简单地戏水，也没有任何规律。如果鲸鱼在我们拍摄距离之外出现并成功挑逗我们移动位置就给鲸鱼计一分的话，这一次拍摄的最终得分是"蓝鲸158：人类2"。

蓝海中的蓝鲸：拍摄地球上最大的动物

这些天就仿佛是"土拨鼠之日"（Groundhog Days，指代无尽轮回的每一天）。每一天我们都专注于拍出精彩的蓝鲸照片，这样的日子单调又重复。大海、鲸鱼、下加利福尼亚州的岛屿和山脉、轮船引擎的嗡嗡声、飞机燃料的气味，这一切仿佛都融为一体，超越了时间的界限。不过在1999年3月18日，我在潜水日志上记下"在哈氏异康吉鳗（Garden eel，花园鳗）身上安装悬挂式摄像机"。那是难得没有看到蓝鲸的一天，我们的船只停泊在"圣何塞海峡一个不知名的环礁湖"里。也许是因为那天海岸以外的天气并不好，但无论如何我们不可能让自己闲下来，所以我们决定潜入海底一探究竟。早在20世纪30年代，海洋生物学家艾德·里基茨（Ed Ricketts）就在他的著作《太平洋潮汐》（Between Pacific Tides）中描绘这一带的海景。当然，里基茨从未使用过水肺等设备潜水，所以我们看到的可以说是"太平洋潮汐之下"。与开阔的洋面相比，水下的能见度并不高，大约有5米，这是因为这一带的海水中有许多淤泥和小型浮游生物，里面可能藏着某种小型水母，会让你的脸产生轻微的刺痛感，让你的嘴唇肿得好像那些服用肉毒杆菌（Botox glamour，一种毒素）的好莱坞电影明星。

那一天，海床上出现了许多长相滑稽而又不同寻常的东西，那是一大群长长的鳗鱼，有数千条之多。鳗鱼们笔直地竖在海底，好像被"种"在海底的沙子上一样。它们被称为"花园鳗鱼"，因为它们看着就像是从海底长出来的。奇怪的是，它们非常害羞，就连你呼气时产生的气泡都能把它们吓得缩回洞中。花园鳗鱼将身体完全展开时大约有1米多长，所以它们藏身的洞穴一定很深，或者是呈螺旋状的，这样可以方便它们把自己隐藏起来，只露出脑袋和眼睛。由于花园鳗鱼十分抗拒近距离拍摄，我考虑在它们附近安装一台远程摄像机。"悬挂式摄像机"是一台安装在80米缆绳末端的小型摄像机，通常被挂在船底，与船舱中的监视器连接。悬挂式摄像机通常用来拍摄夜晚行动的龙虾或是猛烈的海上风暴。"花园鳗鱼电视台"很快就成了"玛丽"号上最受欢迎的节目，因为在我们离开后不久，花园鳗鱼们又一次从洞穴中钻了出来。数不清的鳗鱼在海底摇摆，伴随着一些有趣的近景"特写"，给每个人都留下了深刻的印象。花园鳗鱼们仿佛沉浸在"像埃及人一样行走"（*Walk Like an Egyptian*）的调子中，自顾自地低着头扭动着身体。其实，它们正忙着寻找海水中的浮游生物。你可以看到它们的皮肤上有许多"细节"，包括所谓的"侧线"，这是鱼类用于感知水流振动的器官。花园鳗鱼的"侧线"非常大，这也是为什么它们一听到水肺产生的气泡声就会迅速收缩身体。也许海狮或者其他掠食者会因此发狂？这些拍摄成果并没有出现在成片中，真是太可惜了，因为我认为它们很棒。我坚持认为，花园鳗鱼会成为绝佳的电脑屏保素材。当你离开电脑时，鳗鱼们就会跳出来；而一旦你重新回到座位上，它们又会缩回自己的洞穴里。

在海上连续拍摄了12天鲸鱼后，我们不得不返程补充燃料。这些天我们一直沿着虎鲸的路线向南前进，当我们回到拉巴斯湾时，就没能再一次见到它们。不过远处有一些巨大的黑色身躯在海面上跳跃，应该是伪虎鲸，但是距离太远，无法拍摄。15年后，我终于在新西兰拍到了伪虎鲸的照片。这时我才真正意识到它们的神奇之处，并再次感慨人类对大型海洋动物的了解是多么匮乏。

在我们一路向南的旅程中，我在短短一天内见到了许多其他种类的鲸鱼和海豚：灰鲸、座头鲸、鳍鲸和塞鲸；宽吻海豚、斑点海豚和太平洋白边海豚。还有一次，我们甚至可能看到了小头鼠海豚

（Vaquita），这是世界上体形最小的海豚。当时有一头母海豚带着幼崽在离我们船很远的岸边游来游去。当然这也可能是另外一个物种，毕竟当时我们船已经开到很南边，不太可能会看到这种下加利福尼亚州特有的哺乳动物。小头鼠海豚有多稀有呢？1999年，全世界可能只有200头小头鼠海豚，而到了2019年，整个科尔特斯海仅发现了22头。当你读到这本书时，它可能已经灭绝了，被捕捞石首鱼的刺网"赶尽杀绝"。石首鱼是一种珍贵的鱼类，在亚洲地区的售价可高达每公斤数千美元。1976年开始，这种稀有的鲸目动物（Cetaceans）已经濒临灭绝。

下加利福尼亚州的山脉沿着圣安德烈亚斯断层的方向从北美板块剥离出来，并与太平洋板块连接，美得令人惊叹不已。海湾持续向北延伸，并将会在未来的某一天切断加利福尼亚州，并将其部分领土切割出来，成为太平洋上漂流的海岛。山脉是由断层和火山组成的，远远看去似乎是光秃秃的，但从太平洋吹向内陆的海雾中吸收了一部分水分，所以长着一些令人感兴趣的植被。在返回拉巴斯湾的路上，我们发现山脉东侧明显比西侧更加干燥，植被也更加稀疏。一路上能时不时看到世界上体形最大的蓟仙人掌（Cardón cactus）挺立在山上，就好像是某个巨人将他的叉子插在沙地上，准备过会儿回来享用他的美餐。假如你偶然碰上了下雨天，就能看到被雨水"点燃"的烟树（Smoke tree），其绽放的花朵好像云彩一样泛着微微的蓝色。木榴油灌木（Medicinal creosote shrubs）开着黄色的花，让我想起童年威尔士山脉上的金雀花灌木。海拔再高一些的山区就不会长任何植被了，只有太阳照射到岩石上，反射出你能想象到的各种红色和橙色的倒影；到了晚上，这些岩石又会变成神秘的蓝色。

很快，我们就返回了拉巴斯港。就在几周前，我和约翰、乔安妮以及"玛丽"号才初次会面，此刻我们已经亲如一家人。我感觉自己从头到脚都变了一个样。如你所见，我再也不是那个来自英国寒冷冬天的憔悴英国人，而是另一个在风吹日晒中日渐黝黑但却自信满满的家伙。我相信，我能带着这些气质回家。

我们的工作是按周计酬的，也就是说，在拍摄现场工作五天就能拿到七天的工资。但大多数情况下，我们根本没有工夫留意今天是否是周末，但这一次回到拉巴斯港，我们觉得可以休息一个晚上。我问约翰附近有没有什么值得一看的景点，特别是那些有着"传统墨西哥风格"的地方。他毫不犹豫地推荐了一家名叫"黑人爵士"的老酒吧，说这就是典型的"传统墨西哥"。我邀请他一起去喝杯啤酒，但他拒绝了，说船上还有许多东西要整理。

戴维和我拦了一辆出租车前往"黑人爵士"酒吧。当我们告诉司机目的地时，他给了我们一个友好的微笑，这证明我们的选择没错。酒吧里很热闹（我想那应该是一个周五的晚上），我们费了好大劲才挤到吧台，这里的啤酒的确很好喝。酒吧的空间狭长，有些不同寻常，这里绝大多数都是本地人。后来我回想起来，酒吧里基本都是整整齐齐地穿着黑夹克和白衬衫的男人，这大概就是我一直在寻找的墨西哥本地文化。过了一会儿，酒吧里响起了音乐，中央的人群纷纷散开，留出一条通道。几位女士沿着这条通道昂首阔步，她们不着片缕，但一切都仿佛是那么自然：属于男人们的酒吧、当地人、最受欢迎的地方、微笑着的出租车司机、里克说他要清理相机、恍然大悟约翰推荐此地的原因。但尽管如此，由于坐在靠近T台的位置，我还是感觉有许多明亮的光笼罩着我，耳旁的音乐逐渐变得模糊，我沉沉睡去，就是那种只有在完成了一整天的工作之后才能体会到的深沉而满足的睡眠。过了一会儿，微微有些脸红的戴维轻轻推醒了我。当我们回到船上时，不过才晚上9点，约翰笑着调侃道："这酒吧有够'传统'吗？"

我读完斯帕克·艾尼亚（Sparky Enea）的回忆录之后才发现：这段略显尴尬的插曲与约翰·斯坦贝克和艾德·里基茨在20世纪30年代末经历的那段令人兴奋的旅程完全无法比拟。艾尼亚是一位船员，和约翰还有艾德一起乘坐从蒙特雷租来的"西部飞行者"号（Western Flyer）。《与斯坦贝克同游科尔特斯海》（*With Steinbeck in the Sea of Cortez*）是斯帕克对于那次著名科学考察的幽默描写，讲述了他们一路上闲逛过的各种酒吧，以及斯坦贝克的妻子卡罗尔和"西部飞行者"号的船长托尼·贝利（Tony Berry）的婚外情。虽然人类生物学只是海洋生物学的一个分支，但这些故事一定能给这段海上旅程增添某种乐趣。

斯坦贝克和里基茨对于海洋保护的认识要远远领先于他们所处的时代。他们的考察记录最先发表在《科尔特斯海：一次悠闲的旅游考察研究》（*Sea of Cortez: A Leisurely Journal of Travel and Research*）（1941）。他们在书中描绘了工业捕捞的巨量浪费现象："这是对自然的犯罪，严重损害了墨西哥的利益，最终会损害全人类的利益。"我还要再次强调，这个80年前就被指出的显而易见的事实，哪怕到了今天也还依然被许多人忽略：如果索求无度，最终将一无所有。

不幸的是，正如前文说的那样，里基茨在驾驶着他的别克车经过蒙特雷的一个铁路道口时，撞上了开往旧金山的德尔蒙特快车，不幸身亡。在他的朋友死后，斯坦贝克重新整理了他们的旅行记录，并将里基茨记录的各种动物的目录，连带着对好友里基茨的悼

253

词，一同写入另一本名为《科尔特斯海日志》（*The Log from the Sea of Cortez*）的书中。但关于这些动物的描述，最经典的作品莫过于里基茨与杰克·加尔文（Jack Calvin）合著的《太平洋潮汐》，这本书详细描述了太平洋西海岸无脊椎动物的特征。自1939年首次出版以来，这本书已经陆续重印了5次，总销量超过10万册。正如约翰·斯坦贝克在为1948年版前言中写的那样，这本书是一个连通海洋的"窥视孔"，通过这本书可以"窥视到一些全新的美丽的存在，一定会给人类的精神世界带来丰富的感受"。不过，描述海洋无脊椎动物的书籍显然不可能成为畅销书。

　　斯坦贝克那充满情感的文字与里基茨的科学论述形成了完美的互补。他对下加利福尼亚海周围发光山脉的描述饱含着对这片独特之地的情感，能一下子吸引读者的注意力："天空将大地吞没，又将她吐出。仿佛有一个巨大的梦境笼罩着这一片天地，令人沉思，而又引人陶醉。"在我看来，里基茨和斯坦贝克完成了事实和情感、科学与文学的完美结合，引起了我的共鸣，我心目中最好的野生动物纪录片就是这个样子。

　　对于我来说，能挤出时间来回味这些古早的故事是一种"奢望"。因为在补充燃料和适当的休息之后，我们再次踏上了"蓝色之旅"，开始了我们的下一段拍摄。接下来，我们的主要任务是在水下拍摄蓝鲸。我们一路向北，回到了距离洛雷托不远的圣何塞海峡。我确定它们还在那里等待着我们，也许吧。要想站在船只的甲板上拍出精美的蓝鲸照片是一件很困难的事情，但与在能见度低于20英尺的下加利福尼亚州的绿色海水中拍摄蓝鲸相比，你大概会认为后者才是"不可能完成的任务"，甚至还很危险。无论如何，里克和戴维已经准备就绪了。

里克是我们的主摄影师或摄影导演（DOP），他认识海洋的方式我从未设想过。他会告诉你大海的情绪、鸟儿们的举动以及鱼饵的位置，这会让你不由得产生一种"这家伙是个神秘主义者或者很迷信"的感觉，但是他说出的话通常情况下都是负责且有实际意义的。他能预料到"那一刻"的到来，即拍摄的最佳瞬间。正是凭借着这种能力，好几次都是他带着我们走上寻找蓝鲸的道路。要想靠近并拍摄位于表水层的鲸鱼，最常用的办法是浮潜法，而非潜水箱。有些人喜欢背着小型氧气罐潜水，但里克则偏爱自由潜水。在我们合作拍摄蓝鲸的几年之后，我还和他一同在亚速尔群岛附近潜水。那一次，他凭借着自由潜水技术潜入水中观察抹香鲸，他屏气的时间要比我长得多。要知道他年长我二十岁，当时已经年过七十。

在拍摄蓝鲸的过程中，里克经常教导着当时还算是个学徒摄影师的戴维。我时常听他说："戴维，不要用氧气罐，我们需要自由潜水。"究其原因，一方面是用氧气罐潜水会因从深水突然上浮而产生危险，另一方面则是穿上这一整套装备就好像钻进了一辆小坦克，哪怕是在海面上行动也会变得无比笨拙，而且在浮力的作用下很难控制自己的行动。同时，氧气罐产生的气泡会被鲸鱼误认为是一种"威胁"，因为在它们的认知中，如果你能产生那么多的气泡，那说明你一定是个庞然大物。有好几次，里克和戴维在我们独木舟旁的水下等待着那辆"蓝色火车"轰鸣而过，但奇怪的是每次蓝鲸都会偏离轨道。

让我印象最深刻的一次，是我们看到一头蓝鲸妈妈带着她的幼崽，从一英里以外的位置全速向我们扑来。我们停下小独木舟，任凭其在水面上漂浮；距离我们大约半英里的母船"玛丽"号也关掉了船上所有的回声探测设备、水泵和电器，以防出现意外，影响蓝鲸转向。我们抓着小船的船舷，悄悄地滑入水中，就好像戴维喜欢说的那句话，"像蛇一样鬼鬼祟祟"。我手持一台幕后摄像机，希望能拍下里克拍摄蓝鲸的镜头。只见他一直向前游，而露出水面的鲸鱼正快速朝我们游来。要想完成水下拍摄，里克和蓝鲸的距离必须在30英尺以内。我曾在空中目睹过带着幼崽的蓝鲸母亲，所以我知道它们有多么了不起。但是从空中俯视显然无法真正感觉到它们的速度。吨位越大的船只的速度也就越快，因为大船动力与阻力之比使其更有优势，对鲸鱼来说也是如此。蓝鲸在水下的瞬时速度可以达到每小时50公里，这差不多是滑水运动员在拖行下的速度，是普通渔船的两倍。150英尺……120英尺……100英尺……80英尺，母鲸和幼鲸仿佛要从我们的身上碾过去，这无疑会是一次伟大的水下拍摄。

但下一刻，蓝鲸们却拐了一个大弯，远离了里克。从水面上看着里克在蓝鲸巨型侧身映衬下的微小身影，他们之间的距离并不算远，应该满足了拍摄要求。但在水下，视野是绿的或暗的。要想看清楚某个东西全凭运气。"它们似乎拥有一种本不属于它们的感觉"，里克说，"但事实就是如此"。这种感觉并不是视力，因为在水下蓝鲸也不能发现我们。所以这一定与它们的听力有关。

一般来说，只有齿鲸、虎鲸、抹香鲸和海豚才会在近距离使用回声定位。康奈尔大学的研究人员发现，蓝鲸会在深海发出响亮而深沉的声音，声波触到海床后反弹，以此实现远距离导航。但在我们与它们相遇于下加利福尼亚的20年后，依然没有研究证明它们能在近距离探测如人类一般微小的生物。但事实上，它们真的能。

我们试图搭乘独木舟拍摄，从未成功，但我们注意到蓝鲸有时会对我们的母船"玛丽"号感兴趣。当"玛丽"号在海上漂流时，蓝鲸有时会凑过来观察一番，然后以极快的速度潜到船底之下，而这也是我们唯一拍到的蓝鲸的水下镜头。当时，戴维和里克注意到有一只蓝鲸即将从我们的船底经过，于是赶紧联系了船长约翰，让他把船停下来。他们两个赶紧准备下水，戴维带着数码相机迅速跑到船尾，敏捷地滑入水中，恰好拍到了蓝鲸从他脚下游过的画面：这个镜头大约只有12秒。

一开始他们并没有告诉我这件事情。当戴维确认这个场面拍摄成功之后，他们两个让我闭上眼睛，直到他们将这个12秒的镜头上传到中央船舱的电视上，才让我睁开眼，兴高采烈地带我欣赏了一番。我知道这个镜头对我和整个团队来说意味着什么。戴维最终成了世界级水下摄影师，在1999年拍摄的《狩猎》（*The Hunt*）系列中，他如愿以偿地拍到了蓝鲸在水下捕食的镜头，这是过去我们想都不敢想的。最近，他告诉我，他认为这次的成功拍摄可能和海水的能见度有关，因为《狩猎》中的镜头是在加州太平洋清澈海域中完成的。他觉得蓝鲸之所以没有迅速转身离开，是因为它们清清楚楚地看到了摄影师本人，并清楚摄影师并不会对它们构成威胁。

拖在"玛丽"号后面的小船虽不具备定位船员的能力，但它距离水面更近，所以我们能借此机会，尝试拍摄出其他令人印象深刻的蓝鲸照片。这些镜头同样需要靠近鲸鱼，但又不能追着鲸鱼拍。即便如此，戴维和里克还是构想了他们心目中"梦想镜头"，即在蓝鲸潜水前一秒倾斜身体，并抬起尾巴准备下潜时，相机能被"尾巴的阴影"笼罩。这是我一开始就写进计划的镜头，但要想和蓝鲸近距离接触，得有非常好的运气才行；而且蓝鲸并非总是"倾斜身体"，有时它也不需要抬起尾巴就能沉入水中。总而言之，这次估

客厅里的鲸鱼

计是不可能拍出被鲸鱼阴影笼罩的效果了,但我们学到了一点:找到并抓住合适的时机是多么重要。

在接下来的几天里,只要有可能接近蓝鲸,戴维和里克就会爬上独木舟来一次冒险,前提是蓝鲸在距离我们不远的地方浮出水面。同行的科学家戴安娜对此十分担忧,唯恐我们给蓝鲸施加压力。这是一种微妙的平衡,你当然知道必须要以正确的态度对待鲸鱼,但对于屏幕前的数百万观众来说,近距离拍摄蓝鲸下潜的画面又会是多么震撼。除了缓慢移动,还能怎样来到鲸鱼的后方呢?有时鲸鱼会做一次比较浅的潜水,随即浮上水面,这就是我们等待的机会,一旦我们注意到蓝鲸的下一次潜水将满足要求时,我们就会缓缓前进,然后耐心等待。这需要拿出我们全部的技巧和勇气,但成功率如何呢?

我们尝试了好几天,觉得我们似乎不太可能拍出这样的镜头。但下一刻,这个"不可能的镜头"就出现在你面前,就好像你早早掌握了一个复杂的舞蹈,终于等到了表演的机会。我的脑海里经常会回放这样一个场景:我站在"玛丽"号的甲板上,将镜头对准距离我们前方半英里的独木舟,里克和戴维就在那里,一切都准备就绪了。我看着他们慢慢地移动到准备潜水的蓝鲸的后方。戴维负责掌舵,里克则稳稳站在船头,伸出脚来并蹲得很低,降低重心。在他的正前方,蓝鲸抬起尾巴,潜入水中,溅起的水花几乎泼到了他的相机。

里克回想起拍摄这个镜头的情形时,他说:

我将胶片相机的拍摄速率提高到了正常的两倍,看着蓝鲸的尾巴出现在我的面前。戴维正努力地掌舵,但我知道我们的

蓝海中的蓝鲸：拍摄地球上最大的动物

发动机在换挡时将会不可避免地发出一些声音，而我只是静静地等着那个时刻的到来。果然，在我拍摄到一半的时候，引擎发出了"砰"的一声，小船突然启动。但我一直在等着这个时刻：我张开双臂，稳住膝盖，尽可能保持相机稳定。我的镜头一直聚焦于眼前的蓝鲸，脚下的小船带着我继续向前。当我回看自己拍下的系列照片时，我几乎察觉不到引擎突然启动导致的晃动，但我知道"它"就在那里。

我看着眼前的蓝鲸拱起的脊背，脊椎骨清晰可见——这可能是一条偏瘦的蓝鲸——下一刻，我看到它的尾巴抬了起来，银色的水滴顺着尾鳍滑落下来。我们之间的距离很近，我清晰地看到挂在蓝鲸身上的藤壶好像褐色的绳子一样连接在一起。一瞬间，喜悦和解脱感填满我的大脑，我知道我们拍下了一些特别的照片。

迄今为止，全世界大概有十亿人看过这张照片。正如大卫·爱登堡所说，蓝鲸的尾鳍大约和小型飞机的机翼一样宽。在Netflix频道播出的剧集里，这张照片贯穿第一季始终。这是蓝鲸向人类展示其壮观的绝美时刻，足以让每个人惊讶得屏住呼吸，坐在客厅的沙发上，关上门好好欣赏……

一旦得到了自己想要的，你原本梦寐以求的东西就会变得没那么令人满意，于是你就会转身去做下一件事情，这就是人类的本性。你会发现，从《蓝色星球》第一季开始，我们的拍摄标准在不断地提高。时至今日，你甚至可以与撑满整个电视屏幕的鲸鱼对视，就好像它在不远处端详着你的家。另一个我想拍的镜头是鲸鱼浮出水面，张开鼻孔（呼吸孔），将一股水喷向盘旋在空中的相机镜头上。1999年的技术条件还不支持我们这样做，因为当时无人机

259

还没有问世。但在开启这一次冒险之前,我曾拜读过一本名叫《风筝航拍》(*Kite Aerial Photography*)的书,了解到伦敦的考文特花园(Covent Garden)里有一家商店可以定做大型风筝。我算出平均风速下支撑一个12千克相机在空中飞翔的风筝尺寸,并下了订单。不幸的是,风筝没能及时送到。在我出发前往墨西哥之前,风筝还没有送到布里斯托尔自然历史摄影组总部。但不管怎么说,毕竟已经发货了。三周后,风筝寄到了拉巴斯科考站。确切地说,风筝的控制线寄到了,但用浅蓝色防撕裂尼龙做的遮篷却不翼而飞了,这不由得让人有些失望。于是,我本人作为"风筝摄影师"的职业生涯还未开始便已夭折,所幸我还有许多工作要做。大约四个月后,我回到了英国总部,才真正搞清楚这其中发生了什么。我收到了一个乱糟糟的包裹,还有一些浅蓝色的小布条。里面有一张来自墨西哥海关的纸条,上面写着这种材料是用来做婚纱的,所以需要缴纳婚礼税。包裹的主人必须前往包裹所在的城市墨西哥缴税,不然包裹就会被遭返回英国。我没有收到这条信息,也并没有结婚的打算。

就这样,1999年3月成了拍摄蓝鲸的"盛宴"。我们拍下了许多照片,也错过了许多精彩,比如有一天晚上,一条蓝鲸在我们面前翻了个身,露出了它的鲸须。当时天色昏暗,根本无法拍摄。现实是,电影制作是基于你拍摄到的素材,而非你错过的内容。

12年后我重返拉巴斯,准备拍摄另一部纪录片。这一次我又站在了当年"玛丽"号船体之下。它的大修没有完成,因此被拖出了港口,孤零零地待在那个钢铁墓地的支船架上,已经生锈。它那亮蓝色的,被挡住的名字依然挂在船尾,但嵌板已经不翼而飞,引擎盖也被打开了。我静静地站了大约一个小时,看着船上的铆钉、铜绿色的船桨叶片、破烂不堪的甲板栏杆以及从舷窗中爬出来的橙色锈痕。风轻轻地吹过，仿佛将过去搭乘这艘船的旅客的灵魂和20世纪末我们这群人在甲板上度过25天的回忆吹醒了。这一切仿佛是一场梦。

蓝鲸2：与大卫·爱登堡一同拍摄蓝鲸

大卫·爱登堡害我丢了墨镜。当然，我并不怪他，因为这是我的错——我把墨镜丢在去机场接他的出租车上了。我之所以记着这件事，是因为我以前还从没买过价格如此昂贵的太阳镜。考虑到长期在开阔海域工作会接触大量紫外线，我决定好好保护我的眼睛。我有些心烦意乱，因为此刻我正在思考，大卫爵士对我还有千百万其他人来说到底意味着什么。我对"名人"不是很感兴趣，倒不是觉得这个词肤浅，毕竟大多数"名人"都做了与名望相匹配的工作。我只是不愿意忍受媒体那瘟疫般的宣传，似乎将"名人"们背后作为个体生活的特征统统抹去，只留下人为的"名声泡沫"。有时我在想，历史上那些著名人物，阿尔伯特·爱因斯坦、弗洛伦斯·南丁格尔，或是我们所熟知的艾米·怀特豪斯是否真实存在。他们的名望已经完全超出作为人类本身的事实，他们作为"人"的真实存在已经被媒体和舆论操纵，只剩下完全假设的"人格"，而这个"人格"与他们本人和他们的生活方式可能没有共同点。

我与大卫爵士只有过少数几次会面和共事的机会，而在这为数

蓝鲸2：与大卫·爱登堡一同拍摄蓝鲸

不多的合作过程中，我注意到人们似乎都想从他身上获得些什么，某种能给他们带去荣耀，帮助提升地位的东西，尽管没有人承认这一点，哪怕仅仅是在内心深处自我承认。在我看来，大卫爵士本人只希望能得到正常人的待遇，不希望看到人们因他而大惊小怪。但是，他的确潜移默化地影响了很多人，可能连他自己都没有意识到。我身边就有许多人因为他改变了职业生涯。大卫爵士只要稍微鼓励和鼓舞一下他人，就能改变他们的职业生涯或对自身的信念。当然，许多改变都间接来自他讲述的电影故事。

通常情况下，像大卫爵士这样的名人，出现在你眼前的时间不过就是几个小时。他会现身演播室，为快要完成的电影配上旁白。大约一星期之前他就会拿到剧本，花几天时间好好修改，并在其中加入一些专属于他的用语习惯，以便更加流畅地完成朗读。有时，他会深度把控电影的主题，比如《哺乳动物的生活》（*The Life of Mammals*）这部纪录片的讲稿几乎是他独立完成的。他对这个主题了如指掌，对生物学也同样充满热情，但由于他的时间宝贵，指望他全程现场参与制作纪录片是不现实的。哪怕大卫爵士到了九十多岁，他也能在52分钟左右为特定图片完成时长50分钟的讲解，且只需要补充调整个别片段。所以他可能会在你完全没有预料到的情况下来到录音棚，并在结束之后马上离开。通常情况下，我都是趁着配音开始和结束的间隙和他说上几句话。虽然他总是很友善，但我们之间的对话却不免有些不自然，因为他会让人不由自主地产生一种敬畏之情。

"你好吗，约翰？"他问我。他能在那么多"约翰"中准确记住我的名字，这让我印象深刻。BBC2号频道的总负责人也叫约翰，负责彩色电视开机的也叫约翰，我真希望我也能牢牢地记住那么多人的名字。

"我很好，大卫。不过我最近去了好多地方。"这句话脱口而出之后，我才意识到我在和世界上去过最多地方的大人物对话。

他的眼里闪着促狭的光，大概也意识到我的言下之意："哦！看来你乐在其中，对吗？"

"是啊！不过我有个小家庭，我也希望能多多陪伴他们。"我的嘴里再次蹦出了这样一句"不假思索"的大实话。

他的表情也变得严肃起来。"是啊！我明白你的意思。当我的孩子还年幼时，我也有和你一样的感觉。"

我沉默了一会儿，思考着一件我从未想过的事情：一个足迹遍布全球的名人，将自己全部的精力和心血都放在为大众描述地球上的生命的人，居然也会因此产生一些个人遗憾。这就是我之前提到的对名人的看法：我们往往会忽略他们也是人。

2000年10月初的一个周末，我有幸和大卫以及摄制团队一起花费三天时间在海上寻找蓝鲸，这不得不说是一种享受。当时距离《蓝色星球》第一季播出时间只有不到一年了，这次也是剪辑素材之前的最后一次实地拍摄。大卫打算为《蓝色星球》拍摄一张照片，最好是以蓝鲸为背景。这就是所谓的"双镜头"——主持人和动物出现在同一个镜头里，会给人一种更直接和真实的感觉。《蓝色星球》系列制片人阿拉斯泰尔·福瑟吉尔推荐我作为现场执导。同时，由于他与《哺乳动物的生活》纪录片也达成了资金分成协议，确定其将作为《蓝色星球》之后推出的另一个系列纪录片，所以届时另一位制片人尼尔·卢卡斯（Neil Lucas）也会加入。我们的计划是邀请大卫上船拍摄，并连续跟进两个不同的稿子。

我们一行人入住了半月湾（Half Moon Bay）的一家便利旅馆，

因为它距离我们停泊拍摄科考船的码头很近。一个负责接待的年轻人请大卫把他的全名拼写一遍，并开玩笑说他们这儿可没有公共广播服务（PBS）。

我们早早地到了码头，我记得当时闻到了一股刺鼻的硫黄味。周围到处都是腐烂的海藻，有些是完整的，依稀能辨认出是加州海藻。有些看上去已经溶化，就好像有人把一大桶绿色的奶冻倒进了海里。到处都是苍蝇，聚在岩石和海藻上形成了一团团黑色斑块。这就是著名的"海藻扁蝇"（kelp flies）。它们以海带为食，通常在暴风雨之后"繁衍旺盛"，几周前这一地区就出现过类似的景象。顺便说一句，暴风雨天气出现的频率增加也是气候变化的重要指标，而在二十年前根本没有人注意到这种"规律"。

我们在科考船上与此行的科学团队会面了。船上满是苍蝇，显然是有人一晚上没关门。数以百计的小黑虫在船舱里飞来飞去，争相朝着明亮的窗户玻璃飞去，想要飞出船舱。我的余光瞥到大卫卷起一份刊物，可能是放在桌上的加州著名报纸《水星报》（*Mercury News*）。随后开始用报纸拍打起窗户上的苍蝇。我看了一会儿，然后不由自主地点评了一句："大卫·爱登堡先生，他连一只苍蝇都不会伤害！"大卫不好意思地笑了起来。

想到这个有意思的小插曲，我忍不住查了查海藻扁蝇的学名：*Coelopa frigida*。这个名字是以伴随着暴风雨到来的冷风命名的。作为分布最为广泛的海藻蝇之一，海藻扁蝇似乎是气候变化的赢家，因为近年来，越来越多海藻被冲上海岸。海藻扁蝇的幼虫不会以海带为食，它们主要吃腐烂海藻上的细菌。这个故事说明，所有野生动物都有属于自己的故事，只不过出于各种显而易见的原因，人类更倾向于关注那些体形更大、更有魅力也更可怕的动物，比如蓝鲸。

先前我们花了三个多星期才在墨西哥拍到了蓝鲸,考虑到大卫的时间宝贵,我们如何在三天内完成同样的工作呢?我们可以与一位在蓝鲸身上固定卫星信号发射器的科学家同行。来自俄勒冈大学的布鲁斯·梅特(Bruce Mate)就是一位研究大型鲸鱼的权威专家,他的主要研究对象是蓝鲸和他的近亲长须鲸。我们会面时,他主要在追踪那些生活在加利福尼亚和墨西哥沿岸的蓝鲸,还有一部分去到科尔特斯海的蓝鲸,也就是我们几个月前才仔细拍摄过的那群蓝鲸。对于蓝鲸的生活我们知之甚少——它们会去哪里,在哪里繁殖,如何以及在哪里养育幼崽——布鲁斯教授的团队希望通过卫星信号标签了解更多这方面的信息。上个季度,他们已经在好几头蓝鲸身上做了标记,但这次他们希望能在2000年秋季之前,将生活在加利福尼亚海岸附近的蓝鲸身上再增加一些标签。

我们之所以选择和科学家一起拍摄,除了可以分担一部分成本之外,就是他们持有可以接近蓝鲸的许可证。正如先前在墨西哥拍摄时我们的随行科学家戴安娜持有的许可,只不过美国的法律更加严格。1972年生效的《海洋哺乳动物保护法》(*The Marine Mammal Protection Act*)为美国海域内所有海洋哺乳动物提供了强有力的保护,并对任何"追逐、折磨或打扰"海洋哺乳动物的行为处以罚款。如果你没有获得许可,就别想在加州拍摄海洋哺乳动物了。接近鲸鱼的正当理由是"有利于海洋动物研究",以布鲁斯的工作为例,他试图通过研究揭示出美国西海岸鲸鱼的迁徙和繁殖模式。当布鲁斯教授忙于他的标记工作时,我们可以近距离拍摄他和蓝鲸。我将把这些"幕后"科学研究的内容制成十分钟左右的结尾故事,这也是一种履行"宣传推广"职责的手段,将布鲁斯实验室所在的俄勒冈大学对蓝鲸的研究工作向大众展示。事实上,这种合作意味着你必须以"研究摄制组"身份支付费用,分摊卫星信号标签的成本。2000年,一个蓝鲸卫星信号标签的成本大约是1.3万美元。这可不是一笔小数目,只有拿到和《蓝色星球》差不多的预算才有可能将这些成本考虑在内。

我和大卫一起待在船舱里。我们的科考船一路向北,驶向旧金山,随后进入法拉隆湾(Gulf of the Farallones)。根据布鲁斯·梅特的卫星标签显示,蓝鲸会在那里等待着我们。不得不说这种感觉很奇妙,我们情不自禁地讨论起大卫在20世纪60年代推动电视产业发展的经历。当时,他受邀打造全新的BBC2号频道,并制作了13集的《文明》(Civilisation)等剧集,这也是一种宣传推广彩色电视的必要手段。他还参与制作《为了今天》(Play For Today)等节目,认识并在职业发展上帮助丹尼斯·波特(Dennis Potter)等著名编剧。他还认识BBC自创立之后的所有高管:我曾远远地在走廊里见过这些大人物,但从未与他们正式交谈过,比如20世纪80年代BBC的董事长、二战老兵默多克·赫西(Marmaduke Hussey)。这些人像恐龙一样寿终正寝,而大卫的事业却像哺乳动物一样蒸蒸日上。我太想听听那些他塑造英国电视行业的故事,还有他对20世纪一些重要人物的回忆。

布鲁斯只花了几个小时时间,就将卫星图像下载到电脑上,这样我们大致可以确定了研究对象的位置。如果只有三天时间来靠近鲸鱼,单纯依靠这种办法可能还不太保险。此外,只有少部分蓝鲸带有标签,尽管那些有标签的蓝鲸会和没有标签的蓝鲸一起游泳。基于上述原因,我们迫切需要空中支援。我们雇了一架直升机来精确定位蓝鲸,并引导我们的船只直奔拍摄对象。在大海里,知道某个东西的大概位置和确切位置有很大区别——相当于将你的帽子扔进水里，20秒之后，再去寻找它的踪迹。我原本以为直升机上的无线电和船上的无线电可以无障碍互通，当我意识到，根据索德定律（Sod's law），海上无线电和空中无线电的频率不兼容时，我感到非常尴尬。我们以最快速度安排了一种通过手机实现远程交流的方式，事实证明这很有效，但我依然感到汗流浃背，因为这一个小变故让直升机多飞了半小时。

尽管发生了一些小插曲，但研究总体上还是按照我们预先设计了几个月的流程推进。在直升机和专业研究人员帮助下，相比过去，我们在拍摄过程中有更多自由和选择的余地。离鲸鱼已经很近了，我们从母船上放下RIB小艇。在直升机的指挥下，我们很快就听到了蓝鲸喷气的声音。蓝鲸大概是所有鲸鱼中移动速度最快的，这大概也是它们最晚才遭到人类捕杀的原因。但当它们处于正常行进状态时，我们的RIB小艇有可能追上它们。我们必须在距离它们3米至10米的范围内放置卫星标签。对于这样一头庞然大物来说，这样的距离真的很近了。

布鲁斯将跟踪标签装进一把小弩，然后站在船首一个凸起的金属龙门架上，瞄准鲸鱼上次浮出水面的方向。标签的个头不小，因为它需要足够电量，在接下来的几个月时间里记录蓝鲸的行动轨迹，在蓝鲸每次浮出水面时向天上的卫星发送通信信号。标签的一端是一个倒钩，能让标签牢牢地固定在鲸鱼身上。倒钩上还涂着防腐剂，以防伤口感染。布鲁斯向我们保证，这个标签对于鲸鱼来说就好像一根针，刺入时根本不会有什么明显反应。事实上，一些自然生物如巨大的鲸鱼藤壶，能深深刺入鲸鱼的皮肤。这总让我不由自主地想起克莱顿法（Cranston's law，凡是那些可以合理地预见可能会对竞争产生损害的行为,就算实际未产生损害,也都是违法的。)。

鲍勃·克兰斯顿在拍摄《蓝色星球》过程中曾多次与我合作。毫不夸张地说,我们一起经历了许多足以改变人生的冒险——所以我总是很认真地倾听他的发言。"当一个科学家向你保证这个标签是无害的,那么真实情况基本就是这样,"他总是这样说,"但是为了证明这一点,我认为他们应该在自己身上也放一个,确保这个标签真的没有他们说的那么疼。"说得有道理,不过我也亲眼看到过,当一个标签被固定在鲸鱼的皮肤上时,鲸鱼几乎没有反应。从标签返回的数据显示,鲸鱼的行动速度也不会因此发生改变。这证明标签的确是无害的。

直升机必须返程补充油料。即使没有它的帮助,我也大致确定了接下来能够遇见蓝鲸的位置。在加利福尼亚寒冷又异常昏暗的天空下,我们继续向前行驶了大约四十分钟。直到几乎可以看到远处的旧金山,耳边终于传来了大量空气被排出而发出的低沉轰隆声,四条蓝鲸出现在距离我们不远的海面上,而且它们的身上都没有标签。同行的科学家布鲁斯已经开足了马力,他冲着船长简单地喊了几句指令,而副驾驶迈克·德格鲁伊(Mike DeGruy)则冲着布鲁斯大喊,请他不要离开我们的拍摄范围。音响师迈克·卡西克(Mike Kasic)站在甲板上,将一根超长的吊杆伸向拍摄现场。所以从远处看,我们的RIB小艇(刚性充气艇)就像是一艘奇怪的手摇船,正在浪花中疯狂颠簸前行。其他人躲在浪花里,蜷缩在船尾的摄像机监视器前面,小心翼翼地避免海水打湿船上的电子设备和我们自己,监视器则通过一根细电缆和迈克的摄像机相连。很快我们就来到了一条蓝鲸身边,距离非常近,甚至可以看清它身上斑驳的皮肤,它呼吸时喷出的水雾以及在水中游动时形成的"弓"形轨迹。

"左，左，左……稳住了！"布鲁斯冲着驾驶员大喊，"保持稳定！保持稳定……"突然传来一声闷响，我们还来不及弄清到底发生了什么，布鲁斯已经将标签打入蓝鲸皮肤。蓝鲸好像轻轻地抽搐了一下，但它依然向前游着，仿佛什么事情都没有发生过。接下来的几次发射有成功的，也有失败的；最终这些标签都将在未来一年里为人类提供关于蓝鲸运动轨迹的宝贵数据，这有助于科学家们进一步讨论蓝鲸觅食地和迁徙路线的保护问题。科学研究工作在此告一段落，我们开始准备接下来大卫要拍摄的镜头，也开始调整拍摄背景蓝鲸的角度。

当你真正身处一直以来盼望和精心规划的拍摄现场，有时很难想象一切竟然都成真了——但下一刻，梦寐以求的场景就这样出现在你面前。近距离观察蓝鲸无疑是令人兴奋的，但对于一个纪录片导演来说，如果能看到主持人亲自站在蓝鲸面前，证明这种动物存在于这个世界上，我会更加激动。

"我清楚地看到它的尾巴就在我的船下面，"大卫盯着水下那巨大的蓝色三角形，"它游过来了，游过来了，是蓝鲸啊！"他一边盯着屏幕，一边大喊大叫，兴奋得就好像是一个收到生日礼物的小男孩。"蓝鲸是地球上现存的体形最大的动物，也是地球上有史以来体形最大的生物！"在这段旁白之后，是我们唯一一次在水下拍到蓝鲸的画面。我感到十分欣慰，因为这是我们几个月前在下加利福尼亚州辛勤拍摄的成果。

拍摄工作结束之后，我带着团队所有成员，科学家、摄制组、船员和大卫，一起享用了一顿美餐。我坐在布鲁斯和大卫爵士身旁，听到教授正在询问大卫是如何获得爵士头衔的。

"因为我是屠龙勇士！"

红色和橙色的海：珊瑚奇迹

菲尔站在海岸线上，他的身后貌似是一条湍急的河流，但其实是法卡拉瓦（Fakarava）环礁湖的主要入口。此时我们正处于法属波利尼西亚（French Polynesia）土阿莫土群岛（Tuamotu Islands）中心，距离塔希提岛（Tahiti）约200英里。土阿莫土群岛一直向东延伸，构成了世界上规模最大的环礁岛链。我小时候就对这片岛屿心心念念，虽然当时的我还不知道它的名字，但我那小小的手指却能清晰地在蓝色地球仪上感知它的存在。眼下已经到了下午4点，天色开始变暗，却依然有高耸的云层向上移动，十分壮观，这便是白天地表的热量冲上天空的证据。幸运的是，这个简短的镜头很快就可以完成。菲尔很清楚自己应该说什么。作为美国海军前上尉，他很擅长用"命令式"口吻表达自己的观点：

科学研究已经发展了很长一段时间，眼下我们应重点研究珊瑚科学。人类一直在给疾病命名，如黑带病、黑斑病；这总让我联想到中世纪的放血疗法。医学的发展已经取得了长足进步，接下来该轮到"珊瑚礁科学"了。

他的发言一气呵成。虽然只有一两句话，但我认为这给本书的

"珊瑚篇"开了好头。

就在左手边,一轮满月从波浪中升起。月球无比精准地在太阳和地球共同作用的运行轨道上移动,像计时器一样可以预测几千年后的未来。《五千年日食经典》(*Five Millennium Canon of Solar Eclipses*)最后一条就是,3000年4月26日,月球将会在一次日全食中遮挡住太阳,届时英国全境都能清楚地看到日全食。不过我想,那天说不定又是阴天,估计什么都看不到。

《经典》的预言到此为止,因为第二卷还未出版。理论上讲,这种计算方式可以确保6亿年内天文现象的准确性。大自然本就熟稔这些规律,如海洋生物总是靠天空中那块"白色的大怀表"来确定"聚会"的时间。月球的运动轨迹对人类来说也很重要,因为我们都知道,满月以后的第一次涨潮往往会是最壮观的。

菲尔·雷诺(Phil Renaud)船长是哈立德·本·苏丹海洋生命基金会执行董事。菲尔深深热爱着大海,能与它共情,所以我也很喜欢他。他身上兼具温和的军官、海洋科学家和外交官气质。从美国海军退役之后,他负责运行一艘研究船。现如今,他正作为阿拉伯和美国之间的"文化纽带",管理着一个他寄予壮志雄心的项目,即绘制全球珊瑚礁分布地图。这就是我在前文提到过的"全球珊瑚礁调查"。

在BBC工作总是免不了会被各种规则束缚。我自从离职之后,就找到了久违的自由,这种自由与我目前不稳定的自由职业生活十分匹配。我之所以选择与海洋生命基金会合作,是因为它在海洋摄影方面给了我更大的自由空间。基金会有一个很不错的海上研究平台,"金色阴影"号动力游艇。这是哈立德王子舰队的成员之一,总长约67米。船尾安装着一套海上升降设备，是可移动平台，可以将更小的船只放到海面上。如果有这艘船，我们甚至可以在巨浪天气中工作，不像那些笨重的普通船只，遇到这种极端天气便毫无用处。

作为大型支援船，"金色阴影"号的出色是毋庸置疑的。但对于习惯在海上开展深入拍摄工作的摄制组来说，这样的大船也有令人抓狂的一面。"金色阴影"号最多能容纳60人，各有各的日程安排，可惜海中的鲨鱼们并不知道这个消息。生命海洋基金会主持的科学调查需要在许多相隔数百英里的采样点取样。一旦天气有变，支援船就得继续向前，所以想要在一个区域停下来潜水是不现实的。海洋电影制作人就像小提琴手，需要充足的时间来演奏，尤其是在拍摄海洋动物时，他们需要集中注意力，静静等待着幸运降临。

海洋生命基金会的团队很清楚这一点，因为他们有过多次拍摄旅行的经历，我也曾与他们在加拉帕戈斯群岛共事过。正是那次，我与菲尔和基金会的通信息主管艾莉森·巴拉特（Alison Barrat）结识。艾莉森在科学研究和野生动物纪录片拍摄方面经验丰富，是一位受人尊敬的电视主管。也正是因为如此，我们顺利租下"海娃"号（Heiva）双体船协助我们拍摄。这艘17米长的双体船兼具潜水平台的功能，能独立于"金色阴影"号母船工作。"海娃"这个名字来自波利尼西亚语，意思是"聚集"。我觉得这个名字很适合我们，尽管眼下我们只是紧凑型八人小团队。在乐于助人的法国队长伊万·诺特（Yvan Neault）带领下，我们可以自由制订工作计划。这种工作条件对我们而言相当理想：母船的各种设施近在咫尺，而我们又可以不受日程安排的限制，可以专注拍摄珊瑚礁。我们主要

273

在"海娃"号拍摄纪录片中自然历史部分的内容，而当我们回到母船上，则主要记录科学家们的工作。总的来说，科学家可以根据指示满足我们的拍摄要求，但海底的鱼儿可听不懂我们的话。这也是为什么我们只需要一个下午的时间就能完成拍摄科学家的部分，但要想拍下鱼儿们的特定行为，就得花上好几天时间。不过，在法卡拉瓦的双体船上，我们有充足的时间。

全世界的珊瑚环礁大多分布在太平洋中心地带，其中，土阿莫土群岛的珊瑚环礁最为壮观。查尔斯·达尔文是有史以来第一个描述珊瑚礁形成过程的人，当时大名鼎鼎的"进化论"还没有问世呢。达尔文之所以对珊瑚感兴趣，主要原因是当时英国海军的木船经常因触礁而沉没，因此军方迫切想要了解关于珊瑚的一切。根据达尔文的观察，活体珊瑚总是喜欢浅而明亮的海水，它们总是会沿着火山岛周围的海岸生长，并最终绕着火山岛形成一个环。在漫长的地质时期，许多火山岛被海水淹没，但珊瑚虫却总是能在死去的珊瑚骨架上面继续生长，所以它永远不会沉没。最终，沉到水下的海岛留下的空洞会变成一个浅浅的环礁湖，被一整圈珊瑚礁环绕，这就是众所周知的"蓝色环礁湖"，四周都被深蓝色的大海包围。

从空中俯瞰，像伦吉拉环（Rangiroa）和法卡拉瓦这样没有中心岛的环礁会让你大吃一惊。它们十分突兀地冒出水面，仿佛与周围延绵数英里的深海格格不入。海浪不断冲击着环礁，反射出美丽的绿松石色。它们的规模可不小：法卡拉瓦环礁总面积超过1000平方英里，长度约60公里，宽度约37公里；土阿莫土群岛中规模最大的伦吉拉环环礁的面积大约是它的一半。我曾在这两座最著名的环礁工作过，这两处都是潜水的好地方。我个人认为，法卡拉瓦珊瑚礁颜色更浅，展现出的形态也更加原始。

虽说我们的主要任务是宣传珊瑚礁的重要性，或引发公众对于珊瑚的兴趣，但我们还是怀疑人们是否真正对珊瑚的形成机制感兴趣，因为我们知道拍摄一部没有观众的电影是毫无意义的。我们知道鲨鱼总是很受欢迎，"探索"频道连续三十多年的"鲨鱼周"节目就是极为有力的证明。所以，如果我们把珊瑚和鲨鱼的故事放在一起又会如何呢？这种题材必须是有意义且有目的性的，但当我们真正将两者结合时，我们发现海洋科学期刊上已经有不少关于"鲨鱼数量减少是否会影响珊瑚礁状态"的讨论。幸运的是，法属波利尼西亚群岛依然生活着一些健康的礁鲨种群，而我们即将去揭示它们的"健康生活"。

关于鲨鱼是如何在塑造海洋生态系统过程中出力的，我们还需深入研究，但对于珊瑚礁而言，有这样一种理论：鲨鱼会控制小型掠食性鱼类的数量，而这些鱼类总是以那些"有益"的草食性鱼类为生，草食性鱼类负责清理附着在珊瑚礁上的藻类。如果人类过度捕捞鲨鱼，那么体形较小的掠食性鱼类就会大量捕杀以藻类为食的鱼类，这样一来负责清洁珊瑚的"工人"数量就会下降，导致珊瑚被绿藻缠绕，最终窒息而死，包括加勒比海部分地区的珊瑚礁在内的许多珊瑚礁就是以这种方式死去的。无论如何，哪怕是出于直觉，大多数人都不会同意将大型食肉动物从生态系统中剔除出去；从实际情况来看，由于生态系统是复杂的多重网络系统，所以食物链被破坏的具体方式可能是相当复杂的。

科学是严谨且经过检验的，但终究是由人类来完成，所以难免会有一些"一厢情愿"的想法，特别是涉及明确结论的情况下。尽管人们经常提到鲨鱼和珊瑚之间的依赖关系，奇怪的是，很少有人目睹野生鲨鱼捕食那些掠食性鱼类，或者是任何一种活生生的鱼类。电视屏幕上的镜头大多是用诱饵——将一桶桶鱼肉或者三文鱼扔到船舷边上,吸引鲨鱼到来。这种手法谈不上自然,也无法让公众更好地了解野生鲨鱼的捕食习惯。因此,我们计划在法卡拉瓦环礁湖中寻找一个拍摄野生鲨鱼自然觅食的机会,并寻找新的证据,来重新审视鲨鱼和珊瑚礁之间的关系。不管怎么说,这样一来我们就有了拍摄的指导目标,也有了一个构建故事的框架;同时,由于波利尼西亚群岛物种丰富,我们有机会拍摄到生活在珊瑚礁附近的所有动物,从不起眼的珊瑚虫到充满魅力的鲨鱼。

从萌生最初的想法,到我们真正被海水弄湿了脚趾,大约花费了5个月的时间。"海娃"号双体船上集合了我们此行的专家团队:一位优秀的本地潜水向导鲁道夫·霍勒(Rudolphe Holler),他平时的工作是带领世界闻名的亿万富翁参观珊瑚礁;我们有两个主力摄影团队,每一组都配备着相机、船员和同行的科学家。我们还邀请了澳大利亚鲨鱼生物学家威尔·罗宾斯(Will Robbins)为我们出谋划策,这也是我们的影片重要组成部分。威尔教授对鲨鱼的习性了如指掌,他攻读博士学位时的主要研究对象就是生活在法卡拉瓦地区的灰礁鲨(grey reef sharks),所以他顺理成章地成了团队一员。我们一行人从舒适的"金色阴影"号上离开,在接下来的17天时间里,我们8个人就要以"海娃"号为家了,尽管船上已经堆满了潜水摄制组的各种装备。大部分时间,我们都将船停泊在法卡拉瓦南面的主航道上,这就意味着我们可以将精力集中到这个令人惊叹的地方,我对此感到十分开心。

法卡拉瓦南面的主航道真是太美了,我希望自己死后的骨灰能撒在这一片海域,前提是这样做不会为我的家庭造成太大的经济负担,且我的骨灰不会污染这片海洋。整片法卡拉瓦环礁周长约160公里,较浅的环礁湖和外边深一些的公海之间只有两个通道。北边较宽阔的通道很有趣,但南边通道聚集着更多海洋生物,呈现一片壮观的景象。公海里涌动的海浪推动着海水进入通道,使环礁湖内外的水位持平。当通道内外的水位差达到最大时,狭窄的通道里就会出现致命的快速水流。这也就是为什么人们大多选择在潮水平缓的时候下水,因为只有在这种情况下,环礁湖内外的水面是持平的。如果你选择在涨潮时分下水,那也是不错的选择,因为这样至少不会被冲到开阔的外海。来自外海的"危险"水流是环礁湖的生命之源,因为它搅动了环礁湖内部的海水,使得浮游生物富集,还吸引了数以百计的鲨鱼。环礁湖的过水通道仿佛一个大型游乐场,法卡拉瓦也因此闻名世界。

持续数周的周密计划,关于资金的紧张讨论和拍摄时间的反复确定,都在下一刻成为过去时。我们坐在一艘橡胶艇的船舷处,翻身后仰,再一次打破了空气与水的界限。此刻的我们格外谦卑,希望大自然能将它保守了数百万年的秘密展现在我们面前。

我们潜入水中的瞬间经常被处理为慢动作,似乎是为了让穿着笨拙潜水服的我们更好看。当你翻身后仰,头朝下进入水中时,往往会裹挟着一团空气。当气泡从你的眼前散开,露出水下的世界时,的确会有一种慢动作的感觉。

生活在浅水区的珊瑚是挑剔的生物。它们一边以水中的浮游生物为食,一边从体内名为虫黄藻(Zooxanthellae)的共生藻类处获取营养。因此,它们需要合适的光线和温度,还需要充沛的海水来为它们提供足够的浮游生物。海水不能过于湍急,不然将浮游生物冲走;但也不能过于平缓,不然会使浮游生物淤积在珊瑚表面,窒息而死。环礁岛的南部通道是海床的一个巨大的峡谷,这里海水的流动速度太快，导致珊瑚无法定居。通道两侧的海水相对平缓，因此长满了梯田般的珊瑚。有些珊瑚看着就像是一棵巨大的花椰菜，还有一些像是有着许许多多分叉的巨型叉子，还有一些则像是胡乱装在洗碗机里的餐盘，散落得到处都是。还有一些巨大的漂砾状珊瑚：密密麻麻的铁棕色珊瑚群比桌子还要大，看着像是现代雕塑，但实际上已经有数百年的历史。日常生活中，我们很难见到这些珊瑚，因此，它们的名字对我们来说是相当陌生的。不过《布拉夫手册》（*A Bluffer's Guide*）会给出建议：例如，那种看着像是带分枝花椰菜的珊瑚是"轴孔珊瑚"（Acroporids），隶属于鹿角珊瑚科；那些看着像石头的珊瑚是"滨珊瑚"（Porites）；那些长得像人类大脑皮层的珊瑚是"脑珊瑚"（Faviids）；当然，你还会遇到酷似电镀丝的蔷薇珊瑚"Montipora"。

环礁湖连通着外侧蓝色大海的通道上整整齐齐地排列着一堆珊瑚梯田，数百条色彩鲜艳、形状奇特的鱼在周围飞舞：数以百计的黄色鲷鱼一起朝着同一个方向游动，每一条都有一只手掌那么大，密密麻麻地组成了一堵巨大的移动的黄色鱼墙。之所以要强调它们，是因为这里的黄色鲷鱼是稀有的"蓝条纹"品种——有四条蓝色条纹夹杂在它们明黄色的身躯之中，就好像柏蒂全口味豆[*]出现了全新口味。这里还生活着许许多多其他类型的鱼，比如红色的脂眼凹肩鲹（Big-eye scad）、浣熊蝴蝶鱼（它们有着黑白黄相间的脸蛋）、各种各样的雀鲷（Damselfish）、巨大的扳机鱼和神奇的苏眉鱼（Napoleon wrasse）。生活在这里的苏眉鱼是同类型中体积最大

---

[*] 柏蒂全口味豆是指J.K.罗琳所著《哈利·波特》系列小说中魔法世界的休闲食品，一种形状、颜色、味道各不相同的豆子。在一袋"比比多味豆"中你很可能吃到草莓、蜜瓜、胡椒、桃子、牛肉、橘子等各种口味。——译者注

的，它们既是一种珍贵的观赏鱼类，也是餐桌上的美食，所以世界各地的苏眉鱼都濒临灭绝。

通常情况下，海水会吸收更多红光，使得海中所有生物都笼罩在一片蓝绿色的阴霾中。在这一块明亮的浅水区，暖水珊瑚的存在使得海面下充斥着红色。这也是为什么海洋国家的颜色图表习惯将珊瑚礁标注为"橙海"，因为红色和橙色在海洋中相对稀少。我也不方便称呼它为"红海"，因为这会引起混淆，所以"橙海"这个称呼是恰如其分的。

和往常一样，就在我们下水的那一刻，所谓水下美景都消失得无影无踪，包括我们的拍摄对象。我知道鲨鱼的感官很敏锐，但它们是如何察觉到我们的踪迹的？像这种情况——我们的拍摄对象远远地离开了——是很正常的。问题是，我们需要花费多少时间才能再次和它们相遇？

有时这可能是一段令人痛苦的漫长时光。日复一日，你什么都没看到。拍摄的开销越来越多，成果却乏善可陈，这难免让人感到焦虑。如果你是来这里工作的，那么你的心情显然和休闲玩耍时截然不同，因为你会担心一无所获。作为野生动物电影制作人，能够确保"按时交付"无疑是令人骄傲的，但当我在三周内花了价值一栋房子的成本之后，我还是感觉到了压力。

我们一行人沿着峡谷两旁的珊瑚梯田向深处游去，感觉自己好像进入了一座被遗忘的珊瑚葡萄园。温暖的海水抚慰着我，我觉得每一块巨石后面都藏着鲨鱼。我们越潜越深，鲨鱼科学家威尔·罗宾斯游到了我前面。他的身材本就魁梧，穿上潜水装备之后我几乎看不清他了。当我们来到约35米深的一片白色沙滩时，我看到四条灰礁鲨盘旋在他的头顶。远处还有4条鲨鱼，更远的地方还有更多灰色的轮廓。我们跟着灰礁鲨向前游去，眼前豁然开朗，出现了一幕让所有人震惊的场面。威尔的眼前出现了一堵"鲨鱼墙"。

不止4条、8条或者80条，大约有400条鲨鱼在我们面前盘旋，像飞机一样排成好几排。任意两条鲨鱼之间保持着几乎相同的距离，所以我们可以使用上学时学的计数方法：先数一数顶部有多少个鲨鱼方块，再乘以一侧的鲨鱼方块的数量——每一个方块都代表一条鲨鱼。眼前的鲨鱼可能不止400条，因为我们根本望不到鲨鱼墙的边。这里果然是地球上鲨鱼密度最高的地方。

这就是我们的星球，众多海洋生命在无人干扰的深海中生生不息，仿佛跨越了时间的界限。这就是著名海洋保护主义者西尔维娅·厄尔（Sylvia Earle）提到的一个希望点。她认为，海洋中还有少数区域人类尚未涉足，而只有在这些区域，我们才能看清海洋的未来；也只有这些区域生命的盛况才会让人类意识到，如果我们给海洋一点机会，原本退化的海洋功能会恢复到什么程度。这片海水中奇迹般地生活着如此多的生命，微小的软体动物和海胆，数以百万计色彩鲜艳的鱼，还有数以万亿计在海水中挣扎着的饥饿的珊瑚虫，当然也少不了海中的"猎豹"——灰礁鲨。它们那无瑕的银灰色流线型身体组成了一具巨大的锁子甲，挡住了通往外海的通道，并用一种全知全能的凝视耐心地等待着食物。

我瞥见这次同行的两个主摄影师之一，彼得·克拉格（Peter Kragh）正在悄悄地靠近鲨鱼。他身上的黑色氯丁橡胶紧身衣紧紧贴着那强壮的身体，整个人看上去就像是个特警队成员。他用的是换气设备，所以理论上他可以靠鲨鱼更近。但和我们想象的恰好相反，鲨鱼并没有盯上我们。事实上，鲨鱼与我们的"距离"始终保持在3米左右。如果你前进，它们就会后退；如果你选择继续前进并打扰它们，它们就会拱起脊背，压低胸鳍，摆出一副警告的姿势。此时距离它们被真正激怒还很远，如果你对它们的警告置之不理，肯定会遇到大麻烦。

著名水下摄影师迈克·德格鲁伊在他年轻时曾认为，将这种有趣的行为拍摄下来是不错的主意。他会故意靠近鲨鱼，然后等着灰礁鲨拱起脊背时，将它的警告姿态拍摄下来。事实上，这一举动恰好是压垮鲨鱼忍耐极限的最后一根稻草，因为下一刻灰礁鲨就狠狠地咬了他一口。经历多场手术之后，迈克受伤的肘关节才算恢复正常。迈克应该清楚鲨鱼拱起脊背是警告信号，如果他知道它们真的会付诸行动时，我想他一定会重新考虑当初的选择。哪怕是一条体长不超过2米的小型灰礁鲨，也具有很强的破坏力。迈克时常将这个故事挂在嘴边，显然他从中吸取了教训。我们这些潜水电影制片人也应该从中吸取教训。

正如我先前提到过的，雅克·库斯托曾警告过我们不要在面对鲨鱼时掉以轻心。他也知道，绝大多数时候，大多数鲨鱼都会自顾自地游泳。而这眼下就成了一个大问题。因为我们眼前的鲨鱼除了在这条水下通道中间巡游，扮演着在狂风中盘旋的海鸥角色之外，再没有别的举动了。而"没有别的举动"就意味着拍不出精彩的影片，至少拍不到足够多的素材。

你可以从鲨鱼牙齿形状判断它的食物类型。大白鲨以海豹为食，所以它们有着巨大而尖利的锯齿状三角形牙齿，能像链锯一样撕裂哺乳动物的肉。虎鲨的牙齿也很大，但比大白鲨的要薄。它们的牙齿上有"肩膀"，就好像开罐器，而这正是它们的作用：像开罐器一样打开乌龟的壳。以鱼类为食的鲨鱼，比如灰鲨，它们的下颚有着细而尖的牙齿，可以刺穿猎物。它们的上颚牙更宽，呈锯齿状，这样一来鲨鱼就可以用它们特有的"摇晃脑袋"的方式靠近猎物并发起攻击。虽然我们与生活在法卡拉瓦的灰礁鲨一同潜了好几个小时，它们也被成千上万条鱼儿包围，但我从未在白天看到它们捕食活鱼。

灰礁鲨的眼睛像猫一样，有着竖直的瞳孔，但它们的眼睛大约是猫的两倍大。它们眼睛的灵敏度可能已经到了生物眼球的极限，因为在超过某个极限之后，眼球的尺寸和灵敏度就不再呈正比例关系。另外，鲨鱼还有着人类没有的神奇器官，比如洛伦齐尼壶腹，这个名字是以1678年发现它们的科学家的名字命名的。这个器官具有电磁感应能力，排列在鲨鱼鼻子和两侧果冻状的小坑里面。如果你仔细观察鲨鱼，会发现它们的脸上有许多小针孔，那就是壶腹。壶腹对微小的电流波动很敏感，据说鲨鱼能感知到不远处的鱼的心跳（鱼儿们大概已经被吓得心怦怦跳）。还有人认为，大型的洄游类鲨鱼会利用这种器官感知地球磁场的变化，并完成长距离旅行。

虽然我们没有亲眼见过，但我们知道以鱼为食的鲨鱼终归是要吃鱼的，不然它们该如何长大呢？问题是，它们是在什么时候进食的呢？当然，凡事都有意外。有一些科学家来此地取样，在短短几小时内就亲眼看到鲨鱼吃掉了一条鱼，那是我们听说过的唯一一次鲨鱼在白天捕食。水下拍摄的定律就是，有些人短短一个下午就能看到的场景，我们却可能要花费好几个星期才能再次捕捉到。白天，鲨鱼往往会对出现在眼前的食物无动于衷，许多动物也有这种特性。在法属波利尼西亚群岛，你更可能遇到黑鳍礁鲨而非灰礁鲨，因为黑鳍礁鲨经常会在浅水区与小狗嬉戏。黑鳍礁鲨体形很小，体长不到1米，但它们长得很漂亮。黑鳍礁鲨的背鳍有特殊的黑色斑点，像一块小帆板一样切割着水面。但我们依然没能看到它们捕捉活鱼，所以我们不得不实行"B计划"，改变我们拍摄的时间或地点。

法卡拉瓦环礁的这一侧并没有多少建筑，也没有多少土地。曾经有那么一段时间，这里是法属特塔玛努殖民地的首都，不久之后，首都就搬到了北侧的罗托瓦，也就是今天飞机降落的位置，因为那一带的环礁更宽。特塔玛努的绝大多数区域都是由黑色火山岩废墟组成的，点缀着茂盛的草地、棕榈树和白色珊瑚废墟。这里有一座小小的漂亮教堂，教堂的屋顶呈红色条纹状，令人印象深刻；当然还少不了"小旅店"：散布在岛上的，被棕榈树覆盖的小屋，来岛上潜水的游客会住在那里。比起高档的酒店，这些小屋显然能让旅客体验《鲁滨孙漂流记》（*Robinson Crusoe*）一般的露营体验。

法卡拉瓦环礁南侧通道的尽头有一个旅游咖啡馆。你可能会很惊讶，开在这里的咖啡馆会有足够维持运营的旅客吗，更何况几乎所有来这里旅游的都是潜水运动员。如果你某天不想走进船上的厨房，那么这里可能是唯一一个可以吃饭的地方。这里的设计十分奇妙，餐桌被设计成高出水面的高跷凳。坐在那里，你可以看到不远处的厨房，以及远处的棕榈树。

有一天，我看到船上的厨师在做鱼，被剁下来的鱼脑袋从窗户扔了出去，落在了一群饥饿的黑鳍礁鲨的身旁，它们已经是咖啡馆的常客。厨师停下了手头的活，想要看看海里的这个天然垃圾处理器的工作有多么高效。我看到他盯着水面一动不动，脸上仿佛带着一种病态的迷恋，就好像每个人第一次看到鲨鱼进食时的表情。这让我意识到，鲨鱼不会错过任何进食的机会，它们很快就会记住食物的来源。

  几天后,这个快乐的内脏盛宴出了意外。当时我正等着拍摄一个古老的捕鱼陷阱,打算将它写进关于环礁湖和潮汐的故事中。这个陷阱的历史可以追溯到史前时期,现如今渔民们选择用石头和铁丝网来编织这种陷阱。涨潮时,陷阱漏斗状的底部会兜住那些误入其中的鱼儿。我和摄影师厄尼·科瓦克斯(Ernie Kovaks)、科学家威尔·罗宾斯被留在码头上,其余的成员则前往别处潜水。我们在码头上等着当地渔民带上我们参观这种"潮汐陷阱"。渔民们驾驶着小船来到我们身边时,我看到船上装满了色彩鲜艳的鹦鹉鱼,看来这是一个满载而归的日子。渔民们走上码头,在我们面前将鱼儿们开膛破肚。一堆金属绿、天蓝色和番茄红色的鱼儿混在一起,这种天然的美丽与寻找食物时造成的破坏交织在一起,不由得让我有些恍惚。一开始我并没有注意到跟在渔夫身旁的小狗,但很快它们就开始大叫起来。随后小狗们跳进了水里,冲着黑鳍礁鲨吠叫——几十条黑鳍礁鲨就好像小鱼雷一样在浅滩处扑腾。

  "你看到了吗?"我低声对厄尼说。我们需要将这个画面拍摄下来,毕竟,这辈子能有几次目睹小狗和鲨鱼一起游泳,并像追赶猫咪一样追赶它们呢?

  "是的,当然!"他用一种平静的加州口音回答,并伸手去取相机。由于我们已经没有什么时间给相机安装水下外壳,所以他只打算先拍水面上的景象——美丽的鱼儿、工作着的渔民、疯玩着的小狗和它们吠叫的对象——黑鳍礁鲨。我手里恰好有带着水下外壳的小相机,于是我和小狗、鲨鱼们一起走进浅滩,打算向全世界证明这些生活在海边的小狗是无所畏惧的,尽管黑鳍礁鲨并没有比它们大很多。

红色和橙色的海：珊瑚奇迹

如果说有什么不同寻常的地方，那就是小狗明显更害怕我的黑色相机外壳，这无疑加大了我的拍摄难度：小狗的腿在水下划动着，恰好挡住了那些饥饿的黑鳍礁鲨，电影《大白鲨》中就有类似的镜头。不管怎么说，我和厄尼不得不加快了拍摄节奏，因为眼前的一切会在五分钟之内结束。渔民们将捕获鱼儿的内脏取出来，鲨鱼吃掉了投喂给它们的一切之后离开了，留下一群小狗在身后对它们虎视眈眈。幸运的是，鲨鱼们并没有机会品尝狗肉的滋味，也不想体验人类摄影师的味道。

我们在设计节目情节时将这个"捕获"鲨鱼的镜头作为重点考虑，因为它以一种生动方式展示了鲨鱼来到镜头面前的方式。当然，小狗们的表现也吸引了观众的注意，因为他们也想知道，摄影师是否将小狗作为诱饵。不过既然我们已经将拍摄鲨鱼的自然进食行为作为本次拍摄的重要挑战，我们当然期待能够拍下这激动人心的一幕。

我们回到了法卡拉瓦的南部通道。一路上我们都在思考，既然我们没有办法捕捉到鲨鱼在白天捕食的场景，那就在晚上碰碰运气吧。毕竟鲨鱼们有着非常大的眼睛，好像狼外婆一样"能够轻松发现你的踪影"；它们还长着专门吃鱼的牙齿，"能够更好地吃掉你"；另外它们还有着神奇的洛伦齐尼壶腹。但是，在环礁通道附近夜潜可是相当危险的。如果潜水时机选得不好，就很容易被退去的潮水裹挟进公海里。眼下没有救生艇，也来不及空中救援，所以我觉得必须让整个团队一起评估这样做的风险。那天晚上，我们在"海娃"号上开了一次会。船舱里淡黄色的灯光下露出一排充满期待的面孔：彼得摆动着手里的照相机；厄尼忙着将电池装进充电器；船长菲尔表情严肃又兴奋；厨师宝拉则在琢磨是不是要少做一些晚餐；伊万还在纳闷接下来要发生什么事儿；威尔正在琢磨新的研究论文，而向导鲁道夫显然已经习惯了那些不讲道理的亿万富翁，惊讶于我们居然还要开个会讨论。"那么，"我总结道，"我们面临的可能是数百条鲨鱼，以及湍急的海流。"随后我问他们是否愿意夜潜。一阵短暂的沉默之后，所有人都严肃地点了点头，然后齐喊道："当然！我们完全同意！"这场景让我感觉自己正在参加某个智力竞赛节目，等待着最终成绩的公布。

我们一致认为，咖啡馆是观察鲨鱼晚餐的好地方。餐桌下方的海面应该是相对安全的夜潜位置。固定在海床上的桥塔能起到遮挡水流的作用，而且这一带的海床并不深，大约只有6米。

鲁道夫计算出当天的"平潮"时间大约是晚上9点。"平潮"是指涨潮和退潮之间的某一段时间。当潮水的流向反转时，水流就会变弱，这就形成了"平潮"。法卡拉瓦的潮水流速在高峰期可以达到每小时8海里，十分可怕，这速度足以摧毁潜水员的面罩，所以精准计算出潮汐变化十分重要。换句话说，我们的性命其实就掌握在鲁道夫和船长伊万的手中。他们交替着从当地的潮汐时间表中确定某一天的潮汐变化。今天你可以在互联网上查到法卡拉瓦南部通道一些"供参考"的潮汐时间，但受当地气候条件的影响，或是由于仅仅测量了最近的港口的涨潮时间，实际上的涨潮时间可能会有几小时的偏差。一些小型通道或者大环礁的潮水特征则更加复杂，因为只有在环礁湖内外的水位相同时，水流才会静止；由于水流无法快速通过某一个小缺口，所以这些区域的潮水会比整体退潮的时间更晚。另外，海水膨胀也会使环礁湖比平时更满，这些都是与潮汐时间无关的变量。因此，最明智的选择是在参考潮汐时间的同时，在潜水前仔细观察水流变化。鲁道夫对这片海域很熟悉，所以我们主要听从他的建议。在官方通报的退潮时间之后,水流开始变缓。当天晚上9点30分左右,我们开始潜水,安全地夜潜了一小时。

我们乘坐着小橡皮艇,穿过环礁岛的通道,朝着咖啡馆的位置前进。这条小小的RIB快艇几乎快要超载,它吃水很深。小艇路过正在享用烛光晚餐的游客们,酒吧看上去很诱人。在那一刻,我感觉上岸去喝一杯啤酒似乎要比跳进漆黑的水中寻找未知的鲨鱼好得多。咖啡馆的彩灯照在木头柱子上,呈现出黄绿相间的阴影,照亮了海水中好奇的鱼群,给眼前这一切蒙上了一层忧郁色彩。我们一个个滑下船舷,RIB小艇终于松了一口气,浮得高了一些。

厄尼是两位主摄像师之一,他随身带着一套最夸张的照明设备,那是安装在框架上的六盏大型LED潜水灯——长得有点像足球场上的便携式泛光灯塔,两者的亮度也很相似。这组照明设备可以分成两排,其中一排给了船长伊万,另一排则交给了鲁道夫,他们分别站在两侧,充当着照明助手的角色。在功率齐开的情况下,这些电池大概能维持40分钟的工作时间。

LED灯是一种发光二极管,是由英国工程师亨利·约瑟夫·朗德(Henry Joseph Round)发明的。1907年,亨利发现无线电中使用的某种"猫须"晶体探测器在通电时会发出微弱的黄色光。只需要知道其中的原理,再花费一定时间,你就能将其转化为有用的发明。1994年,中村修二(Shuji Nakamura)基于同样的原理,利用氮化镓二极管发明了超亮的蓝色LED灯。不久之后,人们又发明了超亮的白色LED灯,今天我们使用的LED灯平均能耗已经缩减为原来的80%,亮度更高,使用寿命也延长至原来的25倍。

LED灯彻底改变了水下摄影。2001年上映的《蓝色星球》第一季拍摄过程中,在一个巨大的发电机,一盏笨重的灯头和一根很粗的电缆帮助下，我们大约能实现厄尼手中LED灯一半亮度。发电机必须放在船上，电缆时不时会被海中的岩石或海藻缠住。受限于电缆的长度，它们无法被固定在正确的位置，还会被海面上的波浪疯狂拖拽。不用说你们也知道，这些额外的硬件进一步增加了拍摄成本。发电机的采购运输很麻烦，因为无法将发电机油箱里的油空运送达指定位置。

我们在靠近咖啡馆的位置下潜。当LED灯光束扫过海底通道，穿透层层海水时，感觉就像是在雾气中行驶的车前大灯，而不是灯塔那种刺眼的光。这无疑营造出了一种很棒的氛围感，身在其中的我仿佛听到黑暗中一些振奋人心的配音，我已经开始将这个声音和我们最终呈现在屏幕上的拍摄成果融合到一起。

灯光照亮了我们从氧气罐中呼出的气泡。我注意到气泡并不是像往常一样垂直向上，而是向两侧游动，这说明此时的水流依然很强劲。我们必须紧紧抓住海床上的岩石，以固定自己的位置。周围没有鲨鱼的踪迹——也许是因为我们下潜的深度不够？但下一秒，我就发现有三三两两的鲨鱼从我眼前游过。它们就好像是执行侦察任务的喷气式飞机，跑来查看我们这些入侵者。它们从两侧的光线处径直游到距离我们不远的地方，不过它们表现得很小心，没有撞到我们。它们那银灰色的皮肤在灯光下闪闪发光，而当它们遁入黑暗中时，我们只能看到一个个黑色的剪影。

我们在海底游了一会儿，一边欣赏着眼前的光束和鲨鱼的剪影，一边静静地等待着水流变缓。白天不敢出现的生物此刻在海底的珊瑚丛中爬来爬去。我看到一只章鱼从两块巨石中间的裂缝处挤了出来，朝着边上的另一块岩石爬去。很快它就将身体藏进了一个我们看不到的位置，只从裂缝处探出一只眼睛，观察着我们这群人的动向。我用一台随身携带的较小的相机拍起这些"次要"角色，因为在以鲨鱼为主的影片中，这些角色也会是后期剪辑的好素材。一只"移动的拖鞋"从我的眼前路过，它由几块有着黄色斑点带蓝边的嵌板拼接而成，"脚趾位置"还特意做了两个口袋。"哇！一只向你走来的拖鞋！"我被眼前的神奇生物惊讶得目瞪口呆，然后才意识到这是一种名叫"钝拖鞋龙虾"（Blunt slipper lobster）的生物。如果今天没有夜潜的话，我是没有机会目睹这种生物的。一条海鳗在珊瑚丛中蜿蜒前行。它们肯定算不上是海里最快乐的生物，但在夜晚的灯光照射下，却显得格外狰狞。

此刻，鲨鱼们也变得愈发勇敢。越来越多鲨鱼从我们眼前掠过，我们不由得有些担心，生怕是我们的到来引起了它们的骚动。很快我们就意识到，我们这群人显然不会是鲨鱼们的关注焦点。一大群银色的鱼儿在我们的头顶处转来转去，它们看上去有些慌张，正努力地想摆脱鲨鱼们的追杀，并逃进我们身后的环礁湖。鲨鱼们也在努力地驱赶着这群鱼，想要把它们挤成一个球，方便自己的同伴捕猎。身处这一片海域无疑是令人兴奋的，鲨鱼的出现只是给此地的洋流和夜间出没的各种动物增添了一丝变数。最令野生动物纪录片制作人满意的是，这是有史以来第一次拍摄到灰礁鲨这样的捕食行为。威尔·罗宾斯和菲尔·雷诺基于这些观察结果，在2015年10月版的珊瑚礁学会期刊《珊瑚礁》上发表了一篇科学论文。我们的拍摄任务也算有了实实在在的成果。

晚上10点左右，我们高高兴兴地返回了"海娃"号，这一次夜潜我们收获颇丰。当然我们也体验了一把在水下待了大半个小时的湿漉漉的感觉，贴身的氯丁橡胶潜水服紧紧粘在皮肤上，锁住了漏进来的温热海水；好像你在潜水服里尿了裤子一样。我们站在甲板上，手忙脚乱地卸下一身的装备，用水枪将它们好好冲洗了一番，再把口罩、鱼鳍和调节器等部件组装在一起。这时我注意到伊万的手割伤了，流了不少血。

"哦，没什么，"伊万很平静地说，"只是普通的擦伤。"这显然是鲨鱼造成的伤口。刚才他一直举着灯，鲨鱼撞了他一下，半张着的嘴刚好从他的手旁擦过。鲨鱼并不打算咬人，它那锋利的牙齿只要轻轻撞一下也能划出一道非常严重的伤口。如果情况严重，伊万失血过多的话，我大概需要实行撤离计划了。从我们所在的位置返回罗托瓦可不是一件容易的事情，至少也需要乘船两小时，只有那里有空中救护车。万幸的是，伊万的伤口就在两根手指中间，是两个很小的划痕，只需消毒剂和创可贴就足以对付。不过在清洗伤口时，我们一看便知那是鲨鱼牙齿造成的划痕。第二天晚上，我们将LED灯固定在了一个杆子上，这样我们就能离它们远一些。

接下来的两个晚上，我们进行了同样的夜潜活动，希望能再次遇到鲨鱼驱赶鱼群的景象。尽管鲨鱼们还是一如既往地活跃，鱼群却不见了。这也就导致我们有足够的远景镜头，却没有鱼群的近距离特写，所以无法准确识别鱼群的身份。在最终的剧本中，我们决定称它为"银鱼"。之所以要连续几天拍摄同一个场景，是为了从让观众兴奋的不同角度选取素材，只有这种固定地点的重复拍摄才能确保拍摄场景的统一。在一个好的剪辑师帮助下，一些精心挑选出来的片段——如鲨鱼在水面上的喜怒哀乐和"移动的拖鞋"——才能最终呈现出一部精美的电影。

我们已经熟悉了较浅水域的夜潜，就打算直接去通道中心的深水区碰碰运气。那里的水流更急，水更深，鲨鱼也更多。白天我们在通道中央看到了一大块白色的斑点，那就是我们的参考定位。由于鲨鱼越多，麻烦也越大，所以我们决定派一支小队前往。

我们又一次核对潮汐的时间，这一次的平潮时段延后到了晚上11点左右。鲁道夫、伊万、彼得和厄尼一起下水。因为装备问题，威尔·罗宾斯和我留在了"海娃"号上。我们看到小橡皮艇缓缓地划到了通道中央，伴随着安置在船上的"小灯塔"和几个颜色各异的荧光棒，用来区分不同潜水人员。然后我们就看着他们一个一个下了水。船上的大灯被点亮，在夜晚的大海中形成了奇怪的绿松石色的光圈。我们焦急地等待着，计算着他们下水的时间：二十分钟过去了，光圈依然维持在原地不动；四十分钟以后，橡皮艇在原地盘旋着，等待着潜水小队露出脑袋。在他们下潜之后大约45分钟后，第一批潜水队员返回了海面，所有人都平安无事。

橡皮艇返回"海娃"号后，深潜小组在爬上船时发出了很大的声响。每一个人都在咧着嘴傻笑，他们十分激动地描述着这次与鲨鱼们的夜间相遇：

"太棒了！"

"没错！"

"没错！"

"大概有六十条鲨鱼！"

"肯定不止这些！"

"它们捕食出现在眼前的一切猎物！任何在礁石上移动的东西都逃不过它们，那场面真是太精彩了！"彼得用他那纯正的丹麦裔美国口音说道。

"这可真是一段令人兴奋的美妙经历！我敢说接下来的每个晚上你都会再来一次。"厄尼的话再一次证实我们身处越界边缘。事实上，两年后BBC的另一个摄影组重返此地，再次尝试了同样的事情，只不过这一次他们配备了最新款的防鲨潜水服。

我们回到船舱，回放了一遍他们拍摄的视频。尽管威尔一直将灰礁鲨作为他的主要研究对象，但是他依然满怀敬畏地看着眼前的这些画面。刚开始的时候只有一两条鲨鱼，但随着他们越潜越深，鲨鱼的数量也在逐步增加。深潜小组很快就沉浸在这一片奇妙的水下世界之中。

"我从没见过这样的事情，"威尔说，"通常情况下，鲨鱼不会刻意地去吓唬那些鱼，因为它们知道鱼儿的游动速度要比它们快，至少短时爆发速度是有差距的，"他停顿了一下，又看了一遍录像，"所以它们选择悄悄地移动到鱼儿身旁，尽可能地从侧面靠近鱼的头部，然后轻轻一下就抓住了猎物。海里的鱼儿们也会跳一些'慢舞'，因为它们游得越快，动作越兴奋，周围的鲨鱼也会被这种氛围感染。"

令人兴奋的是，这是第一次在没有人工引诱剂情况下拍摄到灰礁鲨的自然捕食行为记录。

在夜晚黑色的海水中使用人造光源是否会改变研究对象的行为，这一直是一个问题。我们在哥斯达黎加拍摄白鳍鲨时也遇到了这个问题。很显然，冲着熟睡中的鱼打开灯光会引起鱼群的骚动，使得鲨鱼注意到它们，并调动起全身的肌肉、嗅觉和视觉感知。但是这种狩猎行为很有可能是提前谋划好且在黑暗中进行的，所以是否有灯光其实并不会产生干扰。正如威尔所说："我们的灯光可能会让鲨鱼更好地定位它们的猎物，显然，在我们出现之前，鲨鱼就已经制定好了狩猎策略。"事实的确如此，在光线消失的位置，我们看到鲨鱼采用完全相同的策略，突袭猎物。

我已经用慢动作回放的方式，反复观察了一百遍我们拍的鲨鱼狩猎素材。我呆呆地坐在那里，看到即将被捕食的猎物和鲨鱼并排向前游，共同面对着接下来的未知，仿佛在进行一场生死对决。突然，鲨鱼的脑袋向旁边一歪，就好像它的身体里长着一根铰链，能弯出最合适的角度。下一秒，它已经将猎物含在了嘴里，就好像在品尝美味的甜瓜一样，露出了怪异的微笑。

鲨鱼并非每次都能成功，我甚至可以告诉你一个具体的数字。在威尔和菲尔·雷诺［"海娃"号上和我们合作的海洋基金会主任，现在在伍兹霍尔海洋研究所（Woods Hole Oceanographic Institution）任职］共同撰写的一篇论文中，他发现鲨鱼捕猎的成功率大约是16%。*

拍摄记录清楚地显示，鲨鱼不仅仅以大型肉食性鱼类为食，它们的食物很丰富。灰礁鲨不仅会吃鲷鱼和鳕鱼等掠食性鱼类，还会吃以海藻为食的独角兽鱼（这种鱼的脑袋上有短角，它的眼神也像独角兽般温柔，因此得名）。鲨鱼还会吃黄梅鲷（fusilier fish），这是一种美丽而光滑的鱼类，以浮游蓝藻为食。这些证据仿佛有力地反驳了所谓"鲨鱼通过捕食以藻类为食的植食性鱼类来保持珊瑚礁的健康"的观点。事实上，鲨鱼一有机会就会将这些以植物类鱼类为食的鱼儿吃掉。奇怪的是，明明很少有人目睹过鲨鱼的自然觅食行为，却偏偏有许多论文强调鲨鱼是如何调节生活在珊瑚礁附近的鱼群结构的。在编造"神话"这方面，有些科学家和普通人其实没有任何区别。

---

* W.D.罗宾斯和P.雷诺，灰礁鲨在两种不同的情况下觅食模式研究。《珊瑚礁》第35期（2015），253—260页。

事实上，在电视纪录片拍摄这个行业中，理论对错根本无关紧要，因为不管怎么样，你都能找到合适的故事脉络。只需要将其作为编写纪录片内容和结构的"借口"。这有点类似于阿尔弗雷德·希区柯克（Alfred Hitchcock，英国著名导演）的"麦高芬母题"（MacGuffin）[实际上这是希区柯克的编剧安格斯·麦克菲尔（Angus MacPhail）的名字]：事件或者情节对于编造电影和角色的动机来说是很必要的，但这与其本身无关。即便如此，我们遇到的这个"麦高芬母题"却还是战胜了对手。在这几个夜晚，我们发现了鲨鱼许多前所未见的新行为。

彼得和厄尼告诉我，每次夜潜快要结束的时候，鲨鱼就会变得格外活跃，它们仿佛意识到潜水人员的出现会导致鱼儿们夜间活动的增加，夜晚时分出现在深海灯光的四周可能会有更多的捕食机会。彼得在水中被鲨鱼撞了好几次之后，我们一致同意既然已经拍到了想拍的画面，就没有必要继续夜潜来冒险拍摄了。我们可以在白天下水拍摄。

当上述这一切都井然有序地进行时，我们也会同步观察每天晚上出现的上弦月。坦率地说，这和我们在英国见到的月亮有些不同，仿佛有些上下颠倒，这是因为太阳反射光的方向会随着纬度变化而变化。如此微小的变化竟让我感到有些不安，其实这并非我观察月亮的原因。因为我知道它将会引发一场不同寻常的海洋事件，这也是为什么我们要选择在这个时候来这里拍摄。

每年的特定时间，成千上万的石斑鱼会来到法卡拉瓦环礁的通道处产卵。这种现象已经持续了数百万年，而土著也已经在数千年前就发现了这种规律。直到最近，这一规律才开始在更广泛的区域传播。人们曾就是否应该公开这种规律发表意见；现如今我们生活在一个万物互联的网络时代，将这一规律公之于众也可能是一个保护它的好方法。近些年来，这一地区已经被划定为一个巨大的海洋国家公园，理论上受法属波利尼西亚总统和法国政府的保护，禁止非法捕捞任何鲨鱼和生活在珊瑚礁区域的鱼类。

聚集在法卡拉瓦环礁和土阿莫土群岛其他岛屿周围的棕色大理石石斑鱼是一种很神奇的鱼。大多数情况下它们都生活在印太地区的另一边，长得很像那些价格昂贵的观赏锦鲤，实际上却属于海鲈鱼科，背部长有刺状的背鳍，肉质比鲤鱼更加紧实。和所有石斑鱼一样，它们也有着巨大的嘴和厚厚的嘴唇。由于它们的嘴实在太大了，只要简单地张开就能产生足够的吸力，将螃蟹和小鱼吸入嘴中，然后用特别显眼的牙齿将猎物吃掉。它们有一双警惕十足的大眼睛，还有着军服棕和灰白色伪装。旅游指南上往往形容它们为"孤独的生物"，但当它们回到法卡拉瓦环礁湖繁衍后代时，很显然它们很清楚该如何"聚会"。鱼类如何能做到这一点？这是另一个海洋之谜。

石斑鱼的大量聚集很可能是有6月或7月的满月日引发的。我们负担不起在此地停留两个月的费用，所以这一次我们只打算拍摄满月，而能否成功的关键在于我们是否能准确预测出满月日。如果7月初有满月，那么我们可能恰好能赶上石斑鱼的产卵日，但2013年的新月却让人摸不着头脑，其中一次在6月底，另一次在7月底。那么，石斑鱼会在6月下旬还是7月下旬的满月日产卵呢？或者它们会选择分批进行？经过细致周详的询问，特别是参考了鲁道夫这种大部分时间都在法属波利尼西亚群岛开展潜水工作的人之后，我们决定选择6月的满月日，并向海神祈祷产卵日的出现。

客厅里的鲸鱼

在拍摄快开始的时候，我们并没有见到多少石斑鱼，所以我不得不给远方的总部发了一些电子邮件，来表达我紧张的心情。当时我感觉就像是在赌场里把所有赌注都押上了。不过现在，我大概能理解当时自己为什么要如此焦虑，因为一旦做出选择，除了满怀希望之外，我们就再没有什么可以依仗的了。顺便说一句，和远在几千英里之外的总部办公室分享这种焦虑是这几年才时兴的工作，因为仅仅几年前，在这样的地方你可能连续好几个星期都不会和总部联系。而现在，矗立在土阿莫土群岛南部通道的信号塔让我的手机信号比在家时还要好。

2013年6月21日23点25分，我曾给总部办公室写过这样一封看上去比较乐观的邮件：

> 你好！
> 我发现船上也有电子邮件信号。不确定信号的稳定性如何，目前来看应该还不错。这里有许多石斑鱼——尽管当地人表示这比往年的数量还差得远——不过它们已经将环礁通道堵得严严实实，看上去很有希望。

石斑鱼一条条地出现，然后是十条二十条地出现，然后是几百条、几千条——在满月日到来之前"将通道堵得严严实实"并不是空话。如果要说出什么不一样的话，那就是它们在黄昏时分更加活跃，忙着在海床附近觅食、捕杀甲壳类动物。还有许多石斑鱼似乎已经失去了食欲，只是耐心地在海底附近盘旋。两种性别的石斑鱼一眼就能看清：一种是身材苗条的雄鱼，而另一种则是肥胖且鱼卵饱满的雌鱼，它们的腹部和天上的月亮一样圆。石斑鱼用大眼睛满怀期待地盯着你，仿佛知道接下来要发生什么事情。

2013年6月23日的满月是一个近地点的满月日，即超级月亮：用通俗的话来说，就是一个极大的月亮。这是因为月球和地球之间的距离缩小，所以这时的月亮看上去稍微大些，月球引力也会拉动起更高的潮汐。这对于石斑鱼来说可能只是"锦上添花"，而非指导它们产卵交配的必需品，但它的出现也再一次提醒我，这个星球对于生活在其中的生命来说是多么完美。满月就好像是一场自然警报，提醒石斑鱼应该集合并产卵。外海涌起的海浪会朝着环礁湖内部倾泻，将石斑鱼的受精卵冲进浮游生物更加丰富的区域，帮助小鱼长大。如果没有这样一个天体时钟，生命可能根本就无法存续。

日落之前，我和菲尔在船上拍摄了一个小片段，算是作为这一篇章的开头。我们整理着清单上的一些零碎物件，并借此分散自己的注意力，尽量避免自己担心第二天是否能拍摄成功。鲁道夫向我们保证说，石斑鱼产卵的时刻恰逢潮水涌向环礁湖内部，确切地说，是早晨8点24分。

6月23日早上7点45分，我们排着熟悉的潜水队形，乘坐着橡皮艇，拖着全套拍摄工具来到通道中心。8点05分，我们一个个下水了。8点15分，我们在晨光熹微的海底集合，并分成两组。每一个拍摄组周围都被成群的石斑鱼包围。8点24分，正如鲁道夫预测的那样，开始了。

我最先注意到的是，我们的头顶好像有许多烟雾弹在爆炸，大约每隔30秒就会爆发一次，导致鲨鱼们有些混乱。这让我有些不敢相信，我们计划了几个月的事情终于真实地出现在了我们面前。

雄性石斑鱼浑身变得雪白，只在尾巴位置留下一个黑点，在周围的雌性石斑鱼中间非常显眼。成千上万条鱼一起漂浮着，朝着同一个方向。它们一动不动,只是随着海浪的起伏而摇摆。雌鱼看上去很胖,随时都可能产卵,并且会在产卵几秒后离去。这样,距离雌鱼最近的雄鱼才更有可能使卵子受精,这个规则简单而正确,并驱使着雄鱼们的行动。雄鱼打破了原本的队形,努力为赢得怀孕的雌鱼而战斗,用嘴巴互相攻击,盘旋周转,掀起了一场海底沙尘暴。

雌鱼会用颤抖的表演来向胜者求爱,但并非总是这样,它也可能转身回到鱼群中。获胜的雄鱼会轻轻推着雌鱼的腹部,触发最后一步,然后这一对配偶就会像火箭一样,喷出卵细胞和精子组成的云雾——一场白色的大爆炸。这时,周围所有的雄性石斑鱼都会冲过来,将精子排出,每一次产卵都会诞生约五条幼鱼。但引起鲨鱼警觉的并非视觉上的冲击,而是石斑鱼尾巴产生的低沉鼓声。它们离开了珊瑚礁的掩护,游到开阔水面进行交配。这听上去有点像灰礁鲨的晚餐铃声,它们以一种更快的速度游出一条美丽而致命的弧形曲线,悄无声息地抓住那些忙于求爱的石斑鱼,并尝试飞快将它们撕成碎片。

这条被鲨鱼咬住的石斑鱼太大了,一口根本吞不下,还从鲨鱼的嘴中滑了出来,不过灰礁鲨那细细的牙齿就像鱼钩一样牢牢钩住了猎物。许许多多鲨鱼前仆后继,试图从第一条咬住石斑鱼的鲨鱼口中将石斑鱼夺下来。一条又一条鲨鱼以接力方式咬住石斑鱼,组团将石斑鱼推向更靠近水面的位置。如果有鲨鱼成功吞下了战利品,它的同伴们就会立刻停止追逐,再次潜入更深的海水中,寻找着属于自己的猎物。

在拍摄现场,我们共准备了两台主摄像机、三台副摄像机,几个潜水员还随身携带了几台小型运动相机。鲁道夫的相机就安装在他的换气管上,声音则借助相机的水下外壳传播。当其中一个"火箭发射场景"出现在他面前时,我能听到他那喜悦和惊奇交杂的尖叫声,没有一丝恐惧,是"嚯嚯"而不是"哇哦"。他那兴奋的笑声和惊叫声持续了好一会儿。作为这次拍摄的向导,他证明了自己的直觉和计算,实现了团队的期望。

我尝试着用小型相机拍下"鲨鱼火箭"的镜头。我拍到了,可是也不可避免地占据了彼得主相机的拍摄框。坦率地说,当时的环境过于复杂,我根本无心留意谁的相机对准了哪个位置,因为整条通道都挤满了产卵的石斑鱼。最后这两张照片都入选了最后的剪辑环节,虽然我对自己出现在别人的镜头里感到有些尴尬,但是我的内心却还是在为此欢呼雀跃:"看呐,妈妈!那是我!"虽然只是一个剪影,但我依然……

通道处仿佛在进行另一场滑铁卢战役,一队蓝色的燧发枪士兵在珊瑚上冲锋。它们在石斑鱼和鲨鱼周围形成了一堵厚厚的鱼墙,这样能更好地获取食物,因为此时海水中满是乳白色的鱼卵。这些鱼是石斑鱼繁衍的重要原因之一:用巨量的卵吸引敌人的注意,这样其中总有一些鱼卵会幸存下来。在那么一瞬间,我看到了菲尔·雷诺。他端着相机,在混乱中盘旋着,仿佛是一条冷静的海参,就好像曾经见过这样的场面。不过我猜他一定在面具下笑开了花。

这一切就好像一场盛大的烟花表演,结束得飞快。"火箭"们已经全部熄灭了,只在某些角落还有一些零星的活动。如果我们是在这次"爆炸"前十分钟左右下水,而这一次潜水持续了五十分钟,那么从第一次爆炸到最后一次爆炸的整个过程还不到半小时。石斑鱼乘着退潮返回环礁湖,其中一些不幸的家伙因此留下了一些巨大的锯齿状伤痕。隔着面具，我都能闻到它们被撕裂的肉油味。

我很少会这样兴奋。当我回到水面上时，我并没有关掉手里的小照相机，因为我想要拍下同事们的喜悦之情。他们开心地笑着，挥舞着拳头。我们的摄影师彼得笑着说："真是个好日子呢！"团队负责人对着镜头发表了一通慷慨激昂的演说："能亲眼看到生活在这里的鲨鱼真令人高兴，这应该是全世界最庞大的珊瑚礁鲨鱼群。要知道，人类每年都会从海洋中捕获超过一亿条鲨鱼——我无法想象一亿条鲨鱼会是什么概念。"

接下来我还要讲讲，当鲨鱼不在场或通道处的潮水过于强劲时，我们拍下的一些珊瑚丛中的微小景象。我们拍到了独居的棕拟雀鲷（Brown damselfish）在珊瑚头上照料它们的藻类花园——这是它自己种下并守护的海藻丛。我们用特殊的紫外线灯拍摄珊瑚，这样拍出来的珊瑚颜色更加美丽，还能看清生活在其中的珊瑚虫。我们收集了许多种珊瑚鱼的镜头，还拍到一条和潜水员差不多大的巨型拿破仑隆头鱼。它会在暴风雨天气浮到海面附近，抬头向上看，它长得就像水晶吊灯上挂着的玻璃水滴。我们还拍到了色彩鲜艳的蓝雀鲷群，数百条鱼儿居住在鹿角珊瑚群中。我们拍到了泰坦炮弹鱼（Titan trigger fish），这是炮弹鱼中体形最大的品种，全长近1米。它身上黄色和橙色的图案仿佛是在警告你，如果你侵入它那巨大的巢穴，就会被咬伤并中毒。泰坦炮弹鱼的巢穴的宽度可达2米，它们喜欢在沙子里挖洞产卵。

我们还在环礁湖的其他位置拍到了巨大的护士鲨。它们生活的环境与通道口截然不同，这方便它们用粗短的牙齿咀嚼软体动物和小螃蟹。护士鲨浑身呈现泥绿色，有一个圆钝的脑袋和一双昏昏欲睡的眼睛。当你走近时，它们会像一团淤泥一样从海底升起。它们看上去很温顺，也许有些潜水员和某些愚蠢的人对护士鲨不屑一顾，但请不要理会这些轻视它们的废话，护士鲨在"有伤人记录"的十种鲨鱼中排名第四。

我们还拍摄到了棘冠海星（Crown-of-thorns starfish，COTS），它们长得酷似耶稣被钉在十字架上时穿戴的荆冠，我估计两者大小也很相似。棘冠海星以珊瑚为食，会清除掉那些不怎么健康的珊瑚。而那些健康的珊瑚则能抵御住它的侵害。我们特意在棘冠海星前进的路上埋下一个小型相机。当它从相机上爬过时，我们记录下了数百条管足一齐运动的可怕场景，海星、海胆和海参等动物都是这样运动的。

在靠近公海的环礁湖的外侧，我们沿着珊瑚礁的边缘一路深潜，这就是臭名昭著的"水下陡坡"。珊瑚礁组成的"墙壁"一路螺旋式下降，直到我们看不清的深处。脚底下的深渊始终凝视着你，激发你内心深处的恐惧感，让你不由自主地想象着黑暗处的深渊里是否潜伏着什么可怕的生物。这场景真的令人印象深刻。我们还在法卡拉瓦更宽阔的北侧通道潜水，在那里拍下了成群的彩色鹦鹉鱼和长条的银色管口鱼（Trumpet fish），它们在珊瑚丛中排成一条条细线。我们还拍到了被浮游生物吸引到浅水区的蝠鲼，其中有一条就趴在我的面前，露出翅膀之后从我的头顶游过。当然我也趁机拍下一张漂亮的照片。

法卡拉瓦环礁湖今时今日的珊瑚丛是否与人类出海之前一模一样，这一点我无法确定。但它的确是我们这片星球上现存的最壮观的珊瑚礁之一。我们在这里拍摄的电影《珊瑚峡谷之谜》（Mysteries of The Coral Canyon）记录了野生动物和海洋生命基金会的工作，该片于2016年在美国公共广播公司（PBS）上映，并获得了当年的艾美奖最佳环境电影奖，读者朋友们可以在PBS的官网上欣赏这部影片。法属波利尼西亚群岛珊瑚礁的健康状况评估报告可以在哈立德·本·苏丹海洋生命基金会的网站上找到。这是有史以来规模最大的珊瑚礁生存调查的其中一部分工作，仅在法属波利尼西亚群岛就有73位科学家参与，并在264个潜水点开展超过1600次珊瑚礁调查和2200次鱼类调查。悲哀的是，研究表明，越是靠近大量人类定居的区域，珊瑚礁的健康状况就越差。因此，远离人类定居点和污染源的法卡拉瓦珊瑚礁表现出最好的"恢复力"。这意味着它们能更快地从白化、疾病和棘冠海星的袭击中恢复过来，和人类一样，只有保持健康，才能扛过疾病的侵袭。

现实情况是，所有的珊瑚礁都处于崩溃边缘。就在我撰写这本书的时候，塔希提岛和法属波利尼西亚群岛南部又发生了一次严重的珊瑚白化事件。这甚至还不是一个典型的厄尔尼诺年份，只是看似"正常"的天气波动，对于珊瑚礁而言却依然是灭顶之灾，温暖的海水杀死了珊瑚礁内部共生的藻类，而这些藻类是珊瑚赖以生存的关键。珊瑚白化事件原本属于正常现象，但由于法属波利尼西亚群岛地处几大洋流的交汇处，轻微的波动就会导致海水温度剧烈变化，可能导致珊瑚白化事件发生的频率要快过珊瑚礁的自然恢复速度，这会使这一带的珊瑚的永久死亡。

法卡拉瓦环礁湖与浩瀚的海洋相比只能算是沧海一粟，但它是海洋生物重要的繁殖地，并在洋流的帮助下将生命的种子传播到全世界。正如生命海洋基金会的报告中说的那样："全世界的珊瑚礁正在减少，拯救这一珍贵的生态系统不仅对法属波利尼西亚的人民至关重要，对整个南太平洋周围国家珊瑚礁的发展也至关重要。"2012年，法属波利尼西亚被划归为全世界最大的鲨鱼保护区之一。今天，全世界共有17个海域宣布禁止捕杀和割鳍，总面积大约是欧洲的两倍。这是一个良好的开端，但监管效果究竟如何，以及这些神奇的海洋掠食动物和它们赖以生存的美丽生态系统能否得到拯救，还有待观察。

由于船长将乘"海娃"号返回塔希提岛，我们也决定不坐飞机，而是跟着"海娃"号一起返航，这样我们就有充足的时间来收拾和清理我们的装备。从法卡拉瓦环礁湖到首都帕皮提（Papeete）的距离差不多是355公里，我们一行人轮流掌舵，共花费了约36小时，途中还遇到过好几次暴风雨天气。

我们在清晨抵达帕皮提的码头。一行人疲惫不堪，盼望着能赶紧洗个热水澡。我在街头漫步，还逛了逛市中心的巴黎圣母院，它就像是在法卡拉瓦看到过的小教堂的大型版本：红黄相间的屋顶，还有一个尖顶。有一个唱诗班在教堂里排练，歌声在高高的拱门周围回荡。这是一首旋律优美、颇具戏剧色彩的塔希提民歌，但又带有明显的欧洲风格。我不信教，但大自然特意展现在我面前的美景会让我暂时相信神的存在。

清洁海洋：海洋垃圾

　　塑料具有独特的美，但它也给我们带来了麻烦。人类和塑料之间的"爱情"已经持续了一个多世纪，如同所有深陷爱恋的家伙一样，人类也是盲目的。塑料在我们的海洋中蔓延，就像是疾病一样，对世界造成了不可挽回的破坏。塑料颗粒就好像我们在玻璃球里见到的小颗粒一样悬浮在水中。在制作《蓝色星球2》时，我们很清楚，海洋塑料已经是我们不可忽略的存在了。尽管我们很想向公众展示神奇的海洋生物，但这显然不是海洋的全貌。

　　二十多年前我参与制作第一部《蓝色星球》纪录片时，塑料就已经悄悄侵入地球上的海洋生物了，当时很少有人注意到这一点。这一次就全然不同了，问题也变得严重许多。今天的我们已经有能力捕捉到抹香鲸和海豚的运动轨迹，但我们却要将目光投向如何清洁被污染的海洋。

　　我深爱着大海。我深爱大海每一滴咸咸的海水，我深爱着海天相接的地平线，它吸引着你去探索它的边界。我深爱着在斑驳的海水中潜水，寻找神秘的野生宝藏，每一次潜水都会给我带来惊喜。因此，我很荣幸能在这一片远离海岸的浩瀚海洋上拍摄"蓝色巨人"这一集。这是一个让你无法呼吸的挑战：去拍摄至今仍有90%区域属于未知的神秘海洋，那覆盖着地球绝大多数表面的海洋。然而，这一段旅程要比我想象的更加令人惊讶，并促使我重新审视多年来拍摄海洋电影的经历。这是一段情感之旅，也是一段地理之旅。

"你想看看我拍过的最美的东西吗……这个包和我一起跳舞，就好像一个小孩一样，在求着我和它一起玩耍……"

这是一部赞誉颇多的电影《美国丽人》（*American Beauty*）的完美场景——在一段略显悲伤的钢琴背景旋律中，一个塑料袋和树叶共舞。这个片段给了我灵感，我想出了如何促使人类思考与塑料的关系的新办法：塑料袋仿佛拥有了生命，而这凄美的音乐也代入了某种情感。我知道《蓝色星球2》的拍摄动机并非如此，其更倾向于表达挖掘"美丽"本身的乐趣。事实证明，如果我们大胆选用一些怪诞有趣的角度，是有可能将塑料"情绪化"的。在《美国丽人》中，塑料袋是主角，是英雄；但在《蓝色星球2》当中，它却是反派。然而，现在，也很难将塑料这种神奇的材料认定为"罪犯"，尽管它的美丽很快就会消失，然后被丢弃，变成无用而丑陋的存在……

要是放在以前，我可能就直接弃之不顾了，以前YouTube频道也不会对电视制作人开放呀！所以我尝试着在搜索引擎中输出"塑料袋"，马上就跳出了《美国丽人》的经典场景（这并不意外），生活小妙招频道里关于塑料的一些伟大而不寻常的再利用场景，以及来自CNN的一些有价值的信息："塑料袋和环境。"我猜其中的内容应该和标题差不多，因为这篇文章在过去六年时间里只有1.9万次点击量。我又随意地看了几眼，发现一条"海啸过后出现了令人难以置信的怪物"的消息,说的是一条搁浅的鱼,大概有六个行人那么大。我很确定虾虎鱼不会长到那么大,但这个标题依然引起了我的注意力,尽管我永远弄不清楚他们如何能控制自己只用一个感叹号的。这条新闻在发布9个月以后获得了11570983次点击。干得好啊,猎奇频道!

我将这个新闻分享给坐在我身边的编辑马克·福克斯(Mark Fox)。经过近三年的素材拍摄之后,我们终于要开始剪辑影片了。他假装自己并没有偷看。"我还在好奇你是不是完全沉浸其中了,"他温和地揶揄了我一句,"这种事情很难说的。"他从两块蓝色的屏幕中间抬起头来,电脑的反光就打在他的脸上。

"是啊。你知道《美国丽人》的那个画面吗?"

他当然知道。他随时可能将脑袋凑过来,幸运的是,我在YouTube频道上找到了另一个宝藏。"好吧,看看这个:七年内有250万次的浏览量——他们也不可能都是错的。"

点开之后,是一位声音沙哑的野生动物讲解员,正操着一口"悠久历史"味道的口音开始了他的旁白:"丛林世界里的开阔平原,是大大小小许多生物的家园,也是最雄伟、最杰出的生物之一——塑料袋的孕育地。"《雄伟的塑料袋——一部伪纪录片》。

我俩都被迷住了,这是一个很好的方向。在所谓稳妥可靠的自然历史纪录片节目中,我们唯一能做的就是把一个塑料袋当作一只美丽的动物来拍摄。当然这可能只是其中一种尝试,事实证明它要比传统"塑料袋和环境"叙事风格的点击量多250万次。"今天,"解说员继续他的表演,"我们探索这个奇怪的生物——塑料袋——的生命循环,以及它是如何回归最后的家园——太平洋的过程……"

我们总是一厢情愿地认为自己的生活比古老的祖先复杂得多,

但几千年前以狩猎采集为生的原始人使用的购物篮可能比我们今天用的更好,因为它们的购物篮是用可降解的生物材料编制而成的。在超市里使用塑料袋并没有什么问题,它既便宜又方便,能帮你把食物带回家——但当它流落到野外时,就成了一场噩梦。我们尚不确定它们究竟有多么可怕,因为关于它们被丢弃后到底会变成什么样子的研究还远远没有完成。但即使是简单的探究也足以让我们意识到,将它释放到大自然可不是什么好主意,因为它看上去像是海龟最爱吃的水母,也可能会缠在许多动物身上,导致它们窒息而死。当然这只是痛苦的开始,因为塑料袋分解后的碎片依然会伤害动物,而关于这一点我们才刚刚开始了解。的确,有一些国家已经开始尝试着为此做些什么,但对于海洋里的塑料袋和其他类型的塑料垃圾,人类对其潜在毒性的认知还远远不够。

实际上,最令人震惊的是,人类意识到海洋中塑料垃圾的危害已经有好多年了,但没有人为此付诸行动。各种媒体上长篇累牍的报告不可能是上周才出现的。

塑料颗粒广泛存在于马尾藻海(Sargasso Sea)的西部区域,每平方公里的范围内大约有3500个塑料颗粒,总重量大约是290克。塑料颗粒很脆,在增塑剂的风化作用下,塑料颗粒会被分解成直径约0.25厘米到0.5厘米的小颗粒。硅藻和水螅体会附着在塑料颗粒的表面。全世界范围内塑料产量仍在不断增加,再加上目前普遍落后的废物处理方式,无疑会导致海水中的塑料颗粒浓度的增加。塑料颗粒还可能是近段时间以来海洋生物中普遍发现的多氯联苯(polychlorinated biphenyl)的主要来源。

这篇文章是什么时候出现的?是1972年。海洋生物学家爱德华·卡朋特(Edward Carpenter)和肯尼斯·史密斯(Kenneth

Smith）用一张一米长的"漂浮生物"网，在数千英里范围内的大西洋海域进行调查。这张特殊的网能捕捉到位于最顶部海水的表层膜中游动的微小浮游生物。已经七十出头的肯尼斯当时还在读博士后，与爱德华·卡朋特一起在科考船"亚特兰蒂斯2"号上工作，这艘科考船属于著名的伍兹霍尔海洋生物实验室，其总部位于马萨诸塞州法尔茅斯（Falmouth, Massachusetts）。前段时间我才刚刚上门拜访他，他仍在蒙特雷湾水族馆研究所（MBARI）从事海洋研究工作。"我们在马尾藻附近采集浮游生物样本，它们就位于海水的最上层。"肯尼斯说，"当时我们正沿着从伍兹霍尔到百慕大群岛（Bermuda）之间大约1300英里长的海洋横截面探测，一路上都能看到来自大瓶子或者烧杯等塑料制品的大块塑料残骸。"原本只该含有浮游生物的样本中却多了许多坚硬的白色圆柱状颗粒。还有一些是绿色、蓝色或红色的，当然也少不了细碎的塑料片。我询问他当时是否感到很惊讶。

"当然，当然，我们对此感到非常惊讶。这也是为什么我们选择将其发表在《科学》（*Science*）杂志上，因为这是一本备受瞩目的期刊。来自石油工业的焦油球（Tar ball）大量分布在海水中可不是一件小事。当时我们还和一些化学家有密切的合作，爱德华·卡朋特和化学家们合作，在几个月后又发表了一篇关于塑料中的污染性化学物质的文章。"

这是我与肯尼斯的通话内容，网页上还能看到他的照片。从他那修剪得整整齐齐的白胡子和一张因和大海打了大半辈子交道而格外沧桑的脸庞背后，我能够想象出50多年前他得出这一发现时的惊讶神情。这种化学物质大规模生产的历史也不过20多年，就已经遍布于近1000英里范围内的海水中，几乎每一个样本中都能提取出这种物质。

"我注意到,《纽约时报》（New York Times）曾报道过这个故事,"我说,"在当时引起了轰动。但人们并没有因此而做出什么改变——对吗？"

肯尼斯会心一笑。"据我所知,没有。我本人也偏离了这个研究方向,转到其他方向去了。在当时来说,这只能算是昙花一现。社会风气和社会认知与今天所在的时代截然不同,所以这件事情并没有什么后续推进。于我而言,这是一段被掩埋的历史,我们也没有预料到这个话题到了今天反而引发了各种兴趣,所以这真的很神奇。"事实上,当时这不过是好奇心驱使下的一次心血来潮式的研究,很快就被抛诸脑后。

科学更多的是对乏味的容忍,而不是浪漫的突破。就这个问题而言,它可能兼有这两种要素,但世人并未对此过多注意。这些塑料颗粒是通过人工分离的方式从浮游生物中提取出来的,然后根据大小分类并分别称重。我们可以简单算一算：按照正常的行进速度,一张一米宽的网每小时可以过滤约24.4万加仑（约110.92万升）海水,这部分海水能填满4000个鱼缸。所以在算清你的收获之后,你只需简单计算一下,就会知道给定区域的海水中有多少塑料颗粒,答案是290块到3500块之前,或是每平方公里大约0.25公斤。当然,这个数字是比较粗糙的,因为它提前假设作为样本对象的海水的深度不到一毫米。不过,如果多年来取样方式并没有发生改变,那么我认为这个数字会是一个基准值：今天海水中的塑料颗粒的谜底大约为每平方公里6.3万到200万之间。虽然全球各地海水中的塑料颗粒密度会有差异,但大多数区域的海水中的塑料颗粒的密度大约是1972年的1000倍。在污染最严重的区域,取样拖网所能提取到的塑料颗粒就不会是0.25公斤了，可能高达2吨甚至更多。

卡朋特和史密斯的论文是现存第一篇关于海洋塑料颗粒的科学报告，但是这并非塑料在海洋中的持久存在以及其对海洋动物的影响的第一条线索。

白腰叉尾海燕（Leach's petrel）是一种美丽的缎面黑色海鸟，比你的巴掌稍大一些，背部还有一个向后指的V形标志。我们很少能目睹它们出现在陆地上，因为在非繁殖时期的大部分时间里，它们都会聚集在大西洋和太平洋较冷的北部地区。哪怕是在海岸区域繁殖，由于它是一种夜行动物，所以和我们的生活没有多少交集。为了给雏鸟提供丰富的食物，它可以长途跋涉1000英里。在北美洲海岸线附近，每年可以看到数以千计的白腰叉尾海燕迁徙。它的希腊名字是"oceanodroma"，意思是海洋奔跑者。由于它的活动和觅食范围很广，所以不幸地成了海洋塑料的天然采集器。

早在1963年，生物学家斯蒂芬·罗斯坦（Stephen Rothstein）就在纽芬兰湾的维特力斯湾（Witless Bay）海鸥岛（Gull Island）的白腰叉尾海燕尸体中发现了塑料。其中一些塑料颗粒与十年后卡朋特和史密斯用拖网提取到的塑料颗粒极为相似。斯蒂芬指出，由于海燕大部分时间都在海上度过，所以塑料颗粒很有可能来自海洋而非海岸。在他与美国鸟类学会（American Ornithological Society）主持的同行评议期刊《秃鹰》（Condor）杂志的简短交流中，他说："白腰叉尾海燕显然会吃掉海水最表层几厘米范围内的任何物体。在塑料颗粒出现以前，海面上的几乎所有物质都是可以食用的。所以自然选择是不会进化出能避开这些不可食用物质的海燕的。"他的语气不由得让人联想起柯南·道尔（Conan Doyle）在《失落的世界》（The Lost World）中饰演的查林杰教授（Professor

Challenger）。他接着说："不可食用的漂浮物（如塑料颗粒）突然而又广泛地出现在海面上，代表着一种生物进化的新现象，但鸟类显然不适应这种现象的出现。"这也就意味着，它们无法快速改变自身的捕食习惯。

斯蒂芬指出，细孔的取样网是1963年问世的，所以确定塑料颗粒首次出现在海中时间的唯一办法就是检查海燕标本的胃。但这个推论其实也算不上非常精确。有一个科学家可能会忽略的显而易见的事实，在塑料被发明和大量使用之前，海水中是不可能出现塑料颗粒的。20世纪40年代，也就是第二次世界大战期间，塑料开始出现在家庭的日常生活之中，所以我们据此可以猜测，第一批出现在海水和海洋生物中的塑料颗粒应当是在20世纪50年代初的某个时间。

当前的数字视频编辑技术中有一个独特的技术创新，被称为"窗口"。透过它我们就来到了春天。路对面的花园里有一株开着花的木兰。处在"编辑食物链"高层的那些家伙屡次将我们的剪辑成果打回，这也预示着我们将在这个环节耗费大量时间。"也许等我们从这里出去，那棵木兰花都要开始掉叶子了。"这虽然是一句玩笑话，但我们对此深信不疑。马克和我已经来这里好多次了，哪怕在一英里以外，我都能闻到大楼里那些紧张万分的管理者味道，伦敦特有的"部落等级制度"味道。

总的来说，这还是比较公平的。《蓝色星球》纪录片的声誉和反响都还不错，但如同第一部一样，前期投入的大量资金并没有获得应有的利润回报。用BBC的话来说，这就意味着要将这部分价值返还给为此支付BBC频道收看许可的观众。类似这样的项目最大的资金来源往往是许可费用，而这部分许可费的最大股东则是有着一大堆拍摄计划的国际广播公司。然而，一个更简单易懂的观点是，那些薪资颇高的当权者需要保住自己的职位，或是像足球俱乐部经理一样，通过取得惊人的成功来获得荣誉和更多的权利。

然而这一次，大人物们需要考虑的因素又多了一样，那就是对于环境保护的思考。眼下已经是21世纪，野生动物纪录片再也不是一个完全不受人类干扰的完美世界。《蓝色星球》第一季最后一集是关于保护工程与海洋的主题，而这一次，每一集都会安排一个环境故事。我们需要将其构建到剧本之中，但是，为什么我们先前没有想到这一点呢？

当我听说，每一集最后的环保故事已经没有预算了的时候，我很惊讶，因为这意味着我们必须调整挪用其他项目的预算，并从它们的已有成果中寻找素材。要想"打破砂锅问到底"是挺困难的，通俗地来说，传统说教式表现手法并不能让广大"资助者"们满意，也很难通过BBC的审核。电视节目的主要功能还是娱乐，所以让人们为自己生活在这世上而感到内疚（就好像许多真正有价值的信息所做的那样），并不是一种取悦大众的策略。

还有另外一个问题，很多人会将广播公司和绿色非政府组织混为一谈。但明智的广播公司力求"政治公正"，避免被公众视作竞选工具。因此环境类节目必须遵循纪录片的两条基本法则：

避免无聊的内容。

内容要可信。

当然，还有许多办法可以解决上述问题，并制作出引人入胜的环境故事，但是这并不简单。因此《蓝色星球2》的总体思路就是在每一集中向观众展示更好的生态信息。事实证明这种方式很受观众欢迎。

作为广播记者的一种,制片人普遍都是愤世嫉俗的。年长的制片人更是专业的愤世嫉俗者。愤世嫉俗来自多年来对不可靠的事实的核查,和对一切的质疑。今天我必须要向大家坦白:这么多年以来,我一直认为环保主义在野生动物纪录片制作中是徒劳无功的。无论我们说什么,都不会对每年稳步增长的工业产值和消费主义加持下的无情的收银机器产生丝毫的影响。也许人类是造成地球环境快速变化的罪魁祸首,但是环境因素错综复杂而又彼此关联,这其中的因果关系就真的是绝对正确的吗?不容置疑的真理到底是什么?如果这些可怕的预测都是正确的,那么摆在我们面前的唯一可能就是"毫无希望的未来"。因此,制作人只能回归到他们作为表演者的角色,通过玫瑰色的相机镜头向观众展示自然世界的美丽。

说到制作环保类电影,我们工作当中的"虚伪"也令人望而却步。在我的认知中,我们应该尽可能地限制我们的旅行次数,即使我们要去很远以外的地方拍摄奇妙的世界,或者向公众证明世界的多样性。和我的许多同事一样,我的"绿色罪"是很严重的。我们所在的制作小组曾搭乘飞机前往澳大利亚拍摄气候变化是如何破坏大堡礁(Barrier Reef),讽刺的是,飞机尾气排放占据了近年来全球变暖约10%的原因。在将近30年的环球飞行工作中,我欠下了重重的"碳债",即使我下定决心再也不洗热水澡或淋浴,这笔债我也还不了。每个人都热衷于物质享受,那些破坏环境的物质条件当中,能让我们自愿放弃的真的是凤毛麟角。

我刚参加工作的时候其实比较自私,满脑子都想去更好的地方,拍下更多动物们的奇妙行为,并将其展现给公众。当时的我根本没有关于"环保类电影"的概念,与之最接近的想法大概是:只要我们能向观众展示野生动物的美丽,观众就会产生保护它们的想法。慢慢地，我开始接受内心的转变，开始认真倾听海洋研究人员的专业知识，并积极吸收和我一起工作的潜水摄制组成员丰富的经验。

1999年10月10日，我们来到了世界上规模最大的珊瑚环礁之一，法属波利尼西亚群岛伦吉拉环礁。

这是一个美丽的珊瑚碎石环，大约半英里宽，周长约180英里。我和摄影师鲍勃·克兰斯顿、戴维·赖克特来到这里，为《蓝色星球》纪录片拍摄传说中的鲨鱼墙。

20年前的伦吉拉环礁是否已经被塑料覆盖，我已经记不太清了。我还留着一些死去的珊瑚块组成的海滩照片。将照片放大很多倍之后，我依然没有看到一点塑料的痕迹。当然，海水中不可避免地会有一些塑料颗粒，其含量肯定比20年后的今天要少很多。更有可能发生的情况是，我之所以没有看到它，是因为我和当时的大多数人一样，根本没有留意到它的存在。在我的"雷达"中，塑料颗粒掀不起多少"回声"。

在某一次成功的潜水中，鲍勃拍下了一些很好的镜头。我为此特意安排了"幕后专访"（尽管这部分内容从来没有出现在公众视野）。20年后的今天，我意识到他所说的话其实很重要。

我们所生活的这个时代，已经有足够的技术支持我们下水观察这些鲨鱼。这在以前是无法想象的。这很有可能是最后一大群鲨鱼，就好像最后一大群水牛一样。我的意思是，我们千辛万苦来到这里观察鲨鱼，就好像以前美洲的拓荒者盯着荒野中的水牛群一样。

我们是幸运的，因为我们亲眼见到了工业化之前的海洋。像伦吉拉环礁、法卡拉瓦环礁、科科斯和马尔佩洛岛，还有许许多多我们曾深潜过的地方，银色的鱼群就好像闪闪发光的盔甲一样挡住了我们的去路。这些"希望点"告诉我们，如果人类能更加小心地对待海洋和我们的地球，它们会变成什么样。

让我们将思绪回到剪辑室。马克已经受够了我一直盯着窗外看："那艘葡萄牙战舰在哪儿呢？你看到它在海上航行了吗……是有风的那一艘吗？"

我当然知道，至少大概知道。"我想应该是615号，差不多快剪辑一半了。"

我们的剪辑工作才进行了两周，就已经剪掉了三个镜头。请注意，我知道我们必须在一个月内制作出一集长达一个小时的纪录片，尽管这一系列工作通常都是由一位视觉编辑师制作的。视觉编辑师可以更方便地将图片剪切在一起。通常情况下，你可以让他们随口点评几句。但是如果无事发生，或者你没有找到很好的机会，那么你也可以直截了当地请他们谈谈剪辑的想法。在这个过程中要想做到完全的稳妥可靠是不太可能的，这一系列由美丽的景观和动物行为组成的素材必须拼接成一个天衣无缝的"无人故事"。

我们所在的这一片海滩，可能四十年内都不会有人涉足。我们正在查戈斯群岛的某一个小岛上，这是全世界公认的规模最大的环礁岛。20世纪60年代，英国政府强行将此地的土著搬迁到了其他地方，这样一来群岛整个北部地区都被荒废了。

我此行的伙伴是珊瑚礁专家萨姆·珀基斯教授（Sam Purkis）和野生动物摄影师道格·艾伦（Doug Allan），我们试图拍摄一个暴露在地表的珊瑚岩结构，并撰写一篇关于岛屿形成的文章。要想找到合适的地点可不容易，我的脚边时不时地会出现塑料瓶、人字拖、钓鱼浮标、塑料袋和洞洞鞋，这都是我们日常生活中常见的塑料制品。从距离此处最近的"文明"——马尔代夫乘船到这里大约需要三天时间。它可以说是全世界最为偏僻的地方之一。但是，我没有想到的是，依然能在这里见到塑料瓶。

这可能是我一生中幡然醒悟的重要时刻。我回顾了自己参与拍摄的五十多部关于海洋的电影，脑海中的记忆就好像在邀请你跳第一支舞。我就好像是一个意识到自己天真的成年人那样尴尬万分。那些不曾注意到的存在，如今却在你面前堂而皇之地出现，这着实让人有些尴尬。

和大多数人一样，我在这方面的领悟能力是相当迟钝的。即使我在1972年的时候（那时我11岁）有幸拜读过这一篇关于海洋中的塑料颗粒的论文，我也不会意识到它的重要性，也不会觉得塑料污染海洋会有什么大不了的。哪怕是维多利亚时代的伟大的化学家们也不会有这样的认知。是他们最早将石化产物混合在一起，生产出一种难闻的块状物质，而这就是现代塑料的先驱。

利奥·贝克兰（Leo Baekeland）发明了Velox照相纸和有史以来第一种大规模生产的合成塑料——酚醛塑料（Bakelite）。他留下了49箱资料、62本日记和几千张照片、实验报告和工作笔记。它们详细描述了这种神奇、耐用且可塑性很强的新材料的制作过程以及全部用途。但他从来没有考虑过它们报废之后会出现什么样的情况。"关于这一点你是怎么考虑的呢？"这个问题其实根本不必问，因为他根本没有考虑过塑料的回收利用。他也不曾想到，自己发明的这种坚不可摧的材料会便宜到被人随处丢弃，并对自然界造成了极其严重的破坏。

我手里恰好有一张利奥和他的妻子塞利娜（Céline）度假的照

片。他显然是成功人士，眼里的光芒让他那张严肃的脸显得更加光彩夺目。照片中的利奥站在他那120英尺长的游艇"离子"号的甲板上眺望着眼前的大海。利奥·贝克兰，塑料之父，深深爱着大自然。他喜欢钓鱼，喜欢在海滩上收集贝壳，喜欢水族馆和海龟。他在迈阿密（Miami）比斯坎湾（Biscayne Bay）度过了不少欢乐的晚年时光，那里有他买在椰树林（Coconut Grove）的住宅。他曾搭乘"离子"号进行了许多次深入佛罗里达群岛的冒险任务。他曾多次在1936年的日记中赞美大海的清澈：

3月30日：我们继续在弗吉尼亚岛（Virginia Key）湛蓝色水域的浅滩中航行。

4月23日：美丽而平静的风景，平静清澈的海水。许多船只外出捕捞海绵。在这样的天气里，海水总是很清澈。（迈阿密比斯坎湾）

5月4日：比斯坎湾的海水清澈而透明。下午3点20分，我们回到了码头。

比斯坎湾是迈阿密的门户。毫无疑问，如今的比斯坎湾堆满了塑料。聚苯乙烯泡沫塑料片、塑料瓶和瓶盖、吸管、塑料袋、渔具和各种塑料垃圾成吨地堆在海岸线上，渔网里，或是漂浮在海面上，或是沉在海底。利奥钟爱的比斯坎国家海岛公园的许多海滩都被塑料覆盖得严严实实，连沙子都看不见了。这里原本是海龟筑巢的地方，但现在许许多多产卵的雌海龟已经找不到上岸的路了。和大多数人一样，利奥以及那些应该对塑料制造行业征收清理税的政客们，都没有预料到这场海洋末日的噩梦。

贝克兰死于1944年。如果他还活着,也许只需要一次简短的对话,或者给他看几张现代海岸线的照片,就能永远改变塑料的生产方式。更有可能发生的情况是,每个人的观念不可能在一夜之间发生改变。那些受过良好教育的人可以选择性忽略那些他们不想看到的东西,要么是太忙,要么是不想被打扰,更或者是出于某种原因就是不明白。

编辑室外面的玉兰树叶子已经开始落下。我计算了一下,在它们成长和死亡的这段时间里,我们的剧本被修改了约35次,总编辑时间不少于26个星期——只为了这一个小时的成果。这是一个巨量的团队工作——甚至是团队中的团队。根据估计,全世界大约有1000多人参与了《蓝色星球2》的制作。

令我感到惊讶的是,我依然能辨认出三年前写下的大纲——差不多在最后的截止时间,我们还替换了一次拍摄内容。摄影师拉法·埃雷罗和同事安德里亚·卡西尼为我们提供了加那利群岛附近海域拍摄到的美丽的领航鲸(Pilot whale)照片,那里是领航鲸的故乡。有机会和你的拍摄对象一起生活好几个月——对拉法来说则是数年——要比BBC公司专门派人过去拍摄三个星期所能得到的成果更加丰富。这意味着他能拍到许多很少有人见过的领航鲸的精彩瞬间。但是《蓝色星球2》系列制作人马克·布朗罗(Mark Brownlow)和我一致认为,这些领航鲸的镜头和我们在节目开头看到的抹香鲸镜头过于相似:它们都讲述了一个哺乳动物大家庭如何在广阔海洋中生存的故事,所以它们都无法出现在我们的纪录片中。

在最后一刻,拉法提供了一些新的照片。一头已经死去的领航鲸的幼崽,被它母亲叼在嘴里。它很有可能是被它的母亲的乳汁中的塑料残留物给杀死的。

这张照片必须用上。我们原本就打算用海洋中的塑料污染来结束这一集影片，这张照片会产生巨大的情感影响。

马克·福克斯和我又花了一周时间，围绕着拉法拍摄到的关于领航鲸的一系列镜头编排剧本，并将其剪辑在一起，验证是否可行。在大西洋中部清澈湛蓝的海水中，拉法拍摄了许多美丽的领航鲸照片。它们那闪亮的圆脑袋反射着阳光，深情款款的眼睛盯着拍摄镜头。它们为死去的幼崽哀悼的样子又是那么令人心碎。当马克完成了影片的剪辑工作，并配上了悲哀的背景音乐时，我的眼泪忍不住涌了出来。电影制作苦乐参半，但我很喜欢画面、音乐和文字融合在一起，变得比你想象的更加强大，并引导着你的情感上电视屏幕上无拘无束地流动。

电影制作的最后一个谜团——也许是最大的谜团——就是，尽管很多人的初衷是好的，但你永远不会知道最终的结果如何。电影是如何被坐在客厅里的观众接受的，你可能对此有一种直觉，但直到它真正呈现在观众面前，你永远无法知道它是否会与观众产生共鸣，或是获得真正的"成功"。但就在这个时刻——我不得不咽一口口水——我们猜想着是否有什么重要的事情发生。

我们再一次验证了鲸鱼是否能表现出这种情绪波动。小组里的研究人员约兰德·博西格（Yoland Bosiger）和乔·特雷德尼克（Joe Treddenick）告诉我，其中一条证据来自鲸鱼脑子里的所谓的"纺锤形细胞"。正如其在显微镜下显示的那样，这种细胞是因其长长的纺锤状身体而得名的，它被认为是人类能够感受到爱和情感痛苦的力量所在。鲸鱼身上的纺锤形细胞要长很多；即使考虑到鲸鱼和人的大脑重量的差距，它们体内的纺锤形细胞的数量也有人类的三倍多。*我们也询问过拉法，他证实自己拍摄的这个鲸鱼家庭至少和这条死去的鲸鱼幼崽一起待了两天。大多数时候，幼鲸的尸体都是由母亲叼在嘴里的，偶尔也会在鲸群中传递。这个场景实在过于情绪化，所以我们专门邀请了几位知识渊博的专家负责解释这一片段。我们所说的观点都是由本剧执行董事詹姆斯·霍尼伯恩（James Honeybourne）通过仔细的分析后得出的结论。大卫·爱登堡还特意做了修改，简化了旁白文字，使其更加有力，更加流畅。在最后几行剧本中，他写道：

> 生活在"深蓝"中的生物可能比地球上任何生物都要远离人类的影响。但这个距离似乎还远远不够，因为它们依然无法逃脱人类对它们所在的这片世界的干扰。

这一集于2017年11月19日首播，产生了深远的影响。推特（Twitter）等数字服务商已经能显示即时的观众评论，从中可以看到观众们对这一集的观感。成千上万条推文中的一个显著特征是：

> 心碎！
> 鲸鱼妈妈带着她死去的孩子在大海里游荡，因为它不忍心放手。而这一切都是因为我们！！！！#蓝色星球

第二天《每日电讯报》的头版标题是——《蓝色星球》的观众们在看过如此悲伤的画面之后发誓自己再也不使用一次性塑料

---

* 安迪·科格兰，鲸鱼拥有"使人为人"的脑细胞，新科学家，2006年11月27日。

了——这引起了巨大的反响。大多数科学家都支持这一观点，尽管也有人高呼这是"假新闻"，要求通过尸检确定幼鲸的确是死于塑料颗粒中毒。这也是为什么我们必须以极度谨慎的态度审查作品及相关措辞，确保其经过实证研究。要想对拍摄到的幼鲸尸体进行尸检是不现实的——你要如何将它从母亲身边带走，或是连续跟踪它们两天，最终在绵延数百英里的开阔深海中找到它呢？不过，世界自然基金会（WWF）在2017年发表了一项研究，通过对生活在地中海中的100种海洋哺乳动物进行的尸检，科学家们发现包括领航鲸在内的所有接受尸检的动物体内都有一种高浓度的名为邻苯二甲酸酯（phthalates）的塑料衍生物，其平均浓度大约超标三倍多。邻苯二甲酸酯会对胎儿的发育和生育能力产生有害的影响，或破坏生殖激素。还有许许多多类似的研究证明海水中的塑料颗粒及其衍生物对海洋哺乳动物的致命危害。另外，海洋哺乳动物的乳汁是所有哺乳动物中营养最为丰富的，大约含有60%的脂肪。不幸的是，脂肪很容易携带这一类毒素，并将母亲体内的毒素转移给幼崽。因此在某些情况下，即使刚生下的幼崽并不是死胎，也可能被母亲的乳汁毒死。在我看来，拉法拍摄到的领航鲸家族都不可避免地中了塑料毒素，因此我们的论断是正确的。

我们在剪辑室里流露出的真实情感分享给了所有坐在客厅里的观众：仅仅在英国，就有超过1400万人观看。《蓝色星球》是英国有史以来观看人数最多的野生动物纪录片。它还被世界各地的电视台转播，也进入了中国市场；再加上Netflix等频道订阅观众的重复播放，全世界观看人数可能已经突破了10亿人次。

在《深蓝》播出了悲伤的领航鲸母亲和死去的幼崽的画面之后一周，英国环境大臣迈克尔·戈夫（Michael Gove）公开承认了海洋塑料污染的严重性，连时任首相特蕾莎·梅（Theresa May）也承认了这一点，显然他们也看过《蓝色星球》。戈夫说，他因《蓝色星球2》中展现出的对海洋的严重破坏的画面而感到"痛苦地折磨"。11月22日，英国财政大臣菲利普·哈蒙德（Philip Hammond）在2017年秋季预算演讲中宣布要开启调查征收新的塑料税的可行性研究时，也提到了《蓝色星球2》。2020年3月，他的继任者之一，财政大臣里希·苏纳克（Rishi Sunak）宣布，对于回收含量低于30%的包装额外征收每吨200英镑的税。《蓝色星球2》的最后一期节目由奥拉·多尔蒂（Orla Doherty）和威尔·瑞金（Will Ridgeon）制作，名为"我们的蓝色星球"。这一集专门讨论海洋的环境问题，其中很大一部分是关于塑料颗粒的污染，以及它们对海洋的影响——这是海洋保护组织一直以来努力争取的。《蓝色星球》系列纪录片催生出了一系列社会运动，要求英国征收塑料税，并废除一次性塑料，尽管这一运动已经来得有点晚了。2018年1月，首相特蕾莎·梅在访问中国时，将《蓝色星球2》系列碟片作为礼物送给了中国国家主席习近平，一方面是因为这一系列纪录片在中国很受欢迎，另一方面则是作为全球海洋保护合作的象征。"悲伤的母鲸和死去的幼鲸"片段获得了英国电影学院奖（Virgin BAFTA award）的"年度必看时刻奖"，这是由公众投票选出的，并在国家电视奖颁奖典礼上播出。《蓝色星球2》获得了当年最具影响力电视剧奖。在领取奖章时，大卫·爱登堡站在《蓝色星球2》制作团队面前，总结了我们拍摄的初衷，那就是将可能会影响海洋和整个地球的环境问题呈现给观众："如果我们的电视节目能够激起全世界人民的思考，让每个人都能够为保护我们的美丽世界而做点什么，那么我们会很高兴的。"

是什么创造出了这样伟大的时刻？非政府组织和科学家们一直在告诫着公众类似的内容，海洋污染也已经到了刻不容缓的时候，但是什么让观众们坐下来关注这个问题？"大卫·爱登堡"似乎是一个很好的答案，但是时机也很重要。如果时机合适，即使是一点点"星星之火"，也足以引发已经成熟的社会运转机制的巨大改变。

即使如此，再次提醒你这个世界所面临的麻烦，人类的所作所为对自然的破坏，对海洋的威胁，似乎也是一种"老生常谈"。联合国大会批准的"世界海洋评估"（World Ocean Assessment）等一系列报告强调了海洋对地球上的所有生命的重要性，也提供了大多数海洋栖息地功能严重退化的证据，其中以海岸附近最为严重。如果我们是现实主义者，没准就已经放弃了。哪怕是最好的情况下，我们也只是在比赛，看是先拯救地球还是先看到地球崩溃。这会是一场惊险万分的比赛。也许这场比赛的决胜点已经错过，我们已经无力解决如此严重的污染问题。但这是我们应该有的态度吗？如果我们没有了希望，该如何继续坚持？难道我们认为已经没有办法让我们的星球再次完整？绝望是没有用的，在大自然的美丽和创造力的鼓励之下，我们必须要振作起来，勇敢地面对未来的恐惧。

实话实说，我们都是芸芸众生的一员，苟且度日，只顾着关注自己眼前的一切，如何还有精力"顾全大局"呢？有时候，环境问题看上去势不可当，让人顿感无力。尽管我经常能听到"需要更多关于环境的信息"之类的话，但我认为绝大多数人都很清楚，我们的地球危在旦夕，每一种活着的植物或者动物都处于"濒危"状态。但最重要的一点，是我们面对这些真相时的做法，我们应该关心这些问题，并为此做些什么。就我个人而言，我可以下定决心减少消费，可以积极参与所在社区的倡议，以减少碳排放，实现再利用和再循环，我可以下定决心去支持那些有着踏实可行的环境政策的政党。但是，人们总是倾向于采取那些更加简单直接的途径来达成我们想要的目标。因此，在很大程度上，改变我们的行为的将是技术上的修正。有些技术革新可能会强加在我们身上，比如电动汽车的普及和更加节能的灯泡。在这些方面，我们应该尽可能地减少抱怨，并支持那些既能省钱，又能保护地球的双赢方案。

那么那些从海上走进客厅的视觉信息呢？它们是如何改变我们对这个世界的看法的？1914年，记者J.E.威廉姆森（J. E. Williamson）发明了"光球"，一个足以容纳一个人进入的铁管子，上面有一扇窗户，可以在水下拍照。在最新修复的一部作品中，他用一匹死去的马儿的尸体做诱饵，捕捉到了一条鲨鱼。为了增加影片的戏剧效果，他在摄像机镜头前面用刀杀死了这条鲨鱼。值得庆幸的是我们可以继续向前，来到了汉斯·哈斯（Hans Hass）和他的16分钟的作品《水下跟踪》（*Pirsch unter Wasser*），以及历史上第一部长篇彩色水下纪录片，雅克·库斯托于1954年上映的《寂静的世界》（*Le Monde du Silence*），虽然该影片依然描绘了屠杀鲨鱼的场景，并通过用炸药杀死生活在珊瑚礁上的所有生物，让它们浮到水面上的方式来完成生物调查，不过后来，库斯托坚定地成了环保主义者。《蓝色星球》系列纪录片也成了你客厅里的海洋历史的一部分。在《蓝色星球》和《蓝色星球2》问世的间隙，人类对于环境问题的讨论也有了巨大的进步——希望这一系列纪录片能反映出大多数人对于保护自然之美的共同观点。

我开着车穿梭在美丽的英国乡村之间。才八岁的女儿印蒂雅坐在后排。灯光在道路两旁的树枝之间闪烁。眼下正是盛夏，大自然的力量无处不在。突然,她提出了一个只有孩子才会萌生的想法。

"爸爸,你说我们是真的在这里,还是在上帝的梦里呢?"

我几乎就要脱口而出:"去问你妈妈吧!"但是这是一个美丽的问题,不仅捕捉到了生命本身的奥秘,甚至回答了我们如何能够幸运地生活在这颗与众不同的生命星球上的问题。

我们驱车穿过树林,阳光透过绿叶,洒在我的脸上,将我的记忆带到了前不久才完成的一次拍摄——印度洋查戈斯群岛周围摇曳的海草。在这里我找到了一个重要问题的答案,那就是地球是如何进化出如此繁复的生命,以及大海为什么如此重要。眼前所见的是海床上的一小块区域,孤零零地坐落在一片沙滩中间,仿佛距离任何地方都有数百英里的距离,除了偶尔拜访的海龟之外就再无其他访客。但就是这样一个地方,却生活着至少十一种绿色、棕色和黄色的鱼;长得酷似"苗条皇帝"的鼠尾草色鲷鱼、各种各样的橄榄色山羊鱼和绿色的鹦鹉鱼,还有许许多多还没有得到名字的小鱼,却能完美地适应这个小小的水下草地,并很好地藏匿其中。所以生命可能只需要这么小小的一方天地就足以完成进化,这一方被海水包围的三维天地。也许这也是为什么,拥有大量水资源的地球能够孕育出生命。这种生命在浩瀚的宇宙中不太可能是孤独的,但是肯定很稀有,也很珍贵。

我的潜水服已经被海水漂成了灰色,还有些硬化了。但当我梦回那美丽而又充满惊喜的蓝色星球时,脚边似乎传来了海水特有的刺痛感、脚蹼踢打海水以及手臂在海水中滑动的感觉。在多年的潜水生涯中,我曾目睹许许多多的精彩场面,而这些我都没来得及和你们分享。比如鲸鲨从我的头顶飞过,比如一条雷莫拉吸盘鱼(Remora suckerfish)想和我成为亲密的朋友,比如我们第一次拍到抹香鲸妈妈领着小抹香鲸潜入海底，比如我曾亲眼见到的可能是最大的活体硬骨鱼，比如两种不同种类的海豚能合作捕猎，实现所谓的跨物种合作，还有很多……这些故事将不得不排队等待，但是你完全可以自由自在地出发去探访海滩和岩石池子，去游泳，去潜水，或者只是简简单单地在海边散步。

当然，我希望人类能给大海一个兴旺发达的机会，它还有许许多多的秘密等着我们去发现。一想到那些生活在海洋中的种类丰富的生物，以及那些可能生活在大海里却还没有被人类发现的生物，还有那些我们可能永远都发现不了的生物，我就兴奋不已。不久以前，人类还只能透过斑驳的海面，去寻找海浪之下的生物。我们不知道海面下到底是什么样子，也不知道生活在那里的生物对我们来说是多么重要。今天，我们所熟知的海洋已经展现出它的真面目——它像玻璃一样清晰，就好像我们也是生活在其中的一条鱼。作为有史以来最大的生物，鲸鱼带领着生活在海洋中的所有生物，从电视屏幕上划过，并通过电视来到我们的客厅。直到今天，我们依然对它知之甚少，鲸鱼在海洋中的生存质量也还没有受到人类的重视。大海紧紧地藏起了许多秘密，这很大程度上是通过它那宽广无垠的海水、漆黑的深海以及无尽的神秘来实现的。

致谢

从我们的启蒙老师,到护送我们上学的交警,以及我们的同事,甚至还包括那些花时间问你过得如何的陌生人,生活在我们周围的所有人,在我们的生命中扮演着比想象中更加重要的角色——他们的友谊给了我们做好自己的决心。

当然,这一切都还要从我们最亲密的关系说起。在我的记忆中,母亲是唯一一个用不含氟(Unfluorinated)的威尔士溪水养好宠物蝾螈(Captive axolotl)的人。她培养了我对野生动物的兴趣。当我十岁的时候,我曾将一条死去的蝾螈冷藏在冰箱最深处,而她却故意装作没有发现,并用自己远超过我的饲养技术向我做了亲身示范。现在回想起来,母亲的这种另类的鼓励方式,值得我好好感谢她。

我要感谢我的妻子露西,和我们的孩子印蒂雅和威尔。我衷心地感谢他们在我创作时表现出的耐心、鼓励和欢快地取笑作乐。露西总是能给我很多中肯的建议,我经常向她请教如何将脑海中的想法转化为笔下的文字。露西的父母,约翰和莉兹·鲍登(John and Liz Bowden),也非常支持我们。约翰·鲍登曾严格地检查过我最初的草稿,并提出了许多建设性批评意见,这对我很有帮助,也很鼓舞人心。因为当有人用心阅读你的作品（欣赏你的电影）并详细评论时，我总是会将其当作一种极大的赞美。

莉兹对整个家的爱，以及她无穷无尽的支持，以及跺着脚说的那句"不要再想那该死的书啦"也十分宝贵，它始终提醒着我要将家庭放在第一位。

海豚和鲸鱼专家兼作家马克·卡沃丁（Mark Carwardine）将我带进了这个烂摊子。他总是说："如果我再写一本书，就赏我一颗子弹吧！"但是下一刻，他就会鼓励我再写一篇。我的合伙人兼野生动物导演彼得·巴塞特曾与马克和我一起花了很长时间讨论协作、电影制作和摄影，并彼此取笑对方。随着年龄的增长，我感觉我们三个正慢慢变成了《最后的夏日美酒》（Last of the Summer Wine）中的康波、克莱格和福济，尽管我们还不确定谁是谁。马克已经写了数百本书，他慷慨地向我推荐了一位经纪人卡罗琳·蒙哥马利（Caroline Montgomery），她不知疲倦地为我找到了一位伟大的出版商，以及罗宾逊出版社的另一群新朋友。

很快我就意识到，虽然我们并不在同一个媒体领域，罗宾逊出版社总监邓肯·普劳德福特（Duncan Proudfoot）很理解我，并很快消除了我对印刷出版业的恐惧（出版界的新手们总是对它望而生畏）。为了巩固我们的友谊，我将一个深海琵琶鱼的塑料模型，连带着我的手稿，一起塞进了信封里。它曾掉在地板上无人问津，想必是经历了一番困惑之后，模型的新主人将它放在了桌子上，放在视线范围之内。我是将它作为一个护身符送出的，但这其实也算是一个隐喻。正如琵琶鱼有自己的发光器官照亮了一小片海洋，我也希望这本书里的某些内容能像琵琶鱼一样闪闪发光。《客厅里的鲸鱼》是邓肯帮我取的名字。我一开始有点惊讶，但很快就喜欢上了这个名字,因为它巧妙地将我们与鲸鱼,以及它的"客厅"联系在了一起,并巧妙地暗示着近60年来通过电视来到我们客厅的海洋图像。这个标题也有几分"房间里的大象"的味道,暗示着某些不应该明说的事情。

我要特别感谢出版过程中的那些吃力不讨好的工作环节,包括编辑和法律团队的工作。格雷厄姆·科斯特充分体现了一位经验丰富的编辑的价值,他巧妙地删减了文稿中的一些多余的部分,让整篇文章增色不少。同样,总编辑阿曼达·基茨很有耐心地接手了被各种"标注"修改成"滑铁卢战役"的初稿(经由不同的编辑修改过的死去和受伤的句子组成了红蓝两色,横陈在我的文稿中)并开启了她的第二轮修改。阿曼达平静地翻开了那些被删改得血迹斑斑的书页,将它恢复成可以阅读的成稿。法律顾问费莉希蒂·普莱斯也帮了我大忙,她表示自己很喜欢这本书。她还鼓励我再一次联系《指环王》的制作人巴里·奥斯本。我曾在第二章讨论过他的想法,而巴里也好心地允许我研究如何将这些想法开发成一个系列的海洋故事。

这本书里有许多科学事实。尽管科学总是假装公正,但它实际上是由人类创造的,所以是很容易出错的。当然,大多数事情的细节可以用不同的方式来解释。除此之外,由于海洋中还有许多未知的存在,所以你很难找到科学共识。因此,当海洋专家朱利安·帕特里奇、罗恩·道格拉斯和吉姆·莫林善意地从科学角度审视我的作品时,我感到很宽慰。朱利安和罗恩是深海视觉和深海生物方面的专家。有一次他们带我去加利福尼亚之外的圣克莱门特海沟(San Clemente)欣赏海底奇观,这真是一次令人着迷的旅行。吉姆在海洋生物发光方面有着开创性成果,是这一领域的领军人物之一。摄影师兼拍摄工程师，小发明创造者乔纳森·沃茨也参与了文本的检查工作，并向我提供了许多光学物理的细节。多年来，我们曾一起拍摄过风洞中飞行的种子，也曾拍下他在厨房的桌子上为拍摄抹香鲸而制作的深海相机的样子。他对我的鼓励从未改变。

我的另一个"狐朋狗友"福格斯·基林，我俩已经是相识许多年的朋友了。他是我的同事，也是一位主持人，我们第一次合作是为BBC广播4台制作《自然历史》节目。我们曾一起徒步穿越加拿大北部的盐碱地（这是另一个故事），并在这过程中培育了一种对彼此的工作直言不讳的诚实关系。福格斯对这本书的问世帮助很大。他现在也在创作自己的书。我认为，无论是写作风格还是对人性的洞察，他都要远超过我。

艾莉森·巴拉特是纪录片制作领域的一位出色的执行编辑，她现在是"热爱自然"公司的制作和开发副总裁。在她担任华盛顿非政府组织哈立德·本·苏丹海洋生命基金会（KSLOF）的通信官时，曾向我派发了许多令人惊叹的拍摄任务。我很喜欢和她一起共事，从和她一起工作的那种积极向上的氛围中获得的自信融入了这本书，也融入了我的生活。同样的，我还要感谢摄影师和极地探险家道格·艾伦，是他介绍我和艾莉森认识的。我们相识于BBC的自然历史部门，并一直维持着我们的友谊。哪怕是到了今天，我们也很喜欢凑在一起制作电影短片。

里克·罗森塔尔、戴维·赖克特和佛洛里安·格拉纳，这三位从《蓝色星球》第一季开拍就已经是我的朋友，他们为我提供了许多支持性的意见。尤其是负责拍摄蓝鲸的摄影师里克，他总是能提醒我那些早已被忘掉的细节，比如他在空中发现蓝鲸的踪迹时使用的暗语："快派一辆出租车到埃斯孔迪多港！"

致谢

我很幸运地住在南格罗斯特郡（South Gloucestershire）霍克斯伯里厄普顿（Hawkesbury Upton）的一个可爱的村子里。在某种程度上，社区里的村民也支持了我的创作，在这里我要特别感谢迈克·韦勒姆（Mike Wareham），他曾仔仔细细地读过我的手稿。作为一名海军的高级军官，他很了解海洋。

还有那么一些人，总是能出现在你人生的十字路口，并指引着你前往未来的未知之地。当你开着车行驶在人生旅途时，可能没有注意到他们的存在，可如果没有他们的帮助，你可能永远都无法到达目的地。西蒙·罗伯茨（Simon Roberts）就是这样的一个人。他是我的好朋友，也是20世纪90年代的一位电台制作人，遗憾的是2010年死于脑瘤。我们有着许多相同的兴趣爱好，也曾彼此捉弄：有一次，他去外地出长差，我在他家的花园里放了一整包葵花籽。他回来之后惊讶地发现自家的花园里开满了向日葵。他回赠了我一本过期的《铁路模型师》杂志，因为他知道我痴迷老旧火车。但是他故意少付了邮资，害得我只能第二天早上6点30分赶去火车站，还得垫上多余的邮资。2016年，我们为《蓝色星球2》拍摄抹香鲸的其中一个相机标签（如果你想听的话，我可以另外开启一个故事），就被我命名为"西蒙"。现在你知道这是为什么了。

特别值得一提的是艾伦·詹姆斯。他本人是一位杰出的摄影师，在布里斯托尔开了一家水下摄影相机店。是艾伦将我领进了水下摄影的大门。艾伦和他的妻子希瑟组织了一次从康沃尔到苏拉威西的研讨旅行，而就是这一次旅行让我第一次深刻领会了人类所居住的这颗星球的美丽。艾伦对水下摄影的爱好也使得我在这方面拥有了丰富的经验，让我有幸参加《蓝色星球》制作组，当时的系列制片人阿拉斯泰尔·福瑟吉尔一定是被我那种对海洋摄影主题的喋喋不休的兴奋之情给说服了。

我还要感谢我的生物老师，雷克斯·狄布莱（Rex Dibley）。1979年，他给我们这些优等生介绍了《地球上的生命》系列相片。课堂上的我们惊讶万分，想知道这些照片是怎么被拍下来的。当时的我根本没有想到自己也能拍出这样的电影。所以如果你刚好读到这里，并萌生了这样的想法，那么请务必吸取这个教训，那就是绝对不可以限制自己的发展边界：因为会有相当多的人帮你铺好通向未来的道路。我很自豪地说，我的生物老师自己搭建了一个非常成功的专业苗圃。1993年，我在坦桑尼亚拍摄盆栽植物的历史时（这又是另外一个故事），曾发现了一种我认为不同寻常的非洲紫罗兰。于是我将它的种子收集起来，并装在信封里寄给他，希望他能在自家的苗圃里繁殖这种紫罗兰。在我的写作室的外面就有这样一个花盆，上面写着"狄布莱的苗圃"，种着一株我特意买来的非洲紫罗兰。那就是我的老师的名字！

我还要感谢我的兄弟姐妹，吉奈特、艾奥娜和詹姆斯，他们都充当着这本书的产品测试员。我还要特别感谢我的堂兄安德鲁·芬德利，他读过我所有的文章，并永远坚定地站在我的身后。安德鲁曾带着我在他居住的加州海峡群岛航行过几次，这不由得让我想起我的父亲（阿奇）对大海的热爱，以及他乘坐着一艘名叫"Indoona"的小船，从埃塞克斯（Essex）海岸出海的场景，那显然是他这一生中最快乐的时光。

这本书就这样步入尾声。在故事的结尾，我就像是那些经常登上广播节目的名人，偶尔出现在聚光灯前却担心自己在致谢的环节忘记了某个重要人物，这时我就会说："……嗯，也向所有认识我的人问好。"